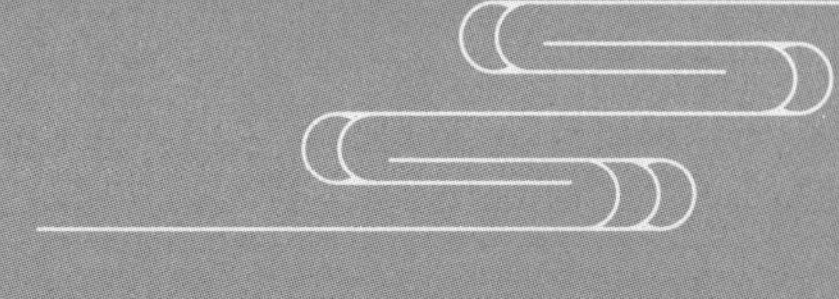

慢・讀・世說新語

那些放誕與深情的魏晉名士

戴建業・著

自序　回到經典——

記得在曹慕樊師門下讀研究生時，曹老師給我和劉明華兄講唐詩和文獻學，都不是像現在這樣講「高屋建瓴」的概論，而是一首首地講李白、杜甫和韓愈的詩，文獻學講向歆父子、漢志、隋志。他反覆強調要熟讀本專業的經典，用他形象的說法就是「屁股下要坐幾本書」。他告誡我們說，學唐宋詩就要誦讀李、杜、蘇、黃，學唐宋文則要誦讀韓、柳、歐陽、蘇。他沒有給我們上西方文論課，有一次閒談時他對我說，只讀教材恐怕不行，學西方理論先要熟讀一家一派，進入這一家一派的理論框架才有所獲——不管是詩歌、古文，還是文獻學和理論，他老人家都強調我們必須面向原典，對幾經轉手的概論不太信任。

讀研究生之前我雖酷愛讀書，但大多是「隨便翻翻」式的獵奇，讀研究生後才從曹老師那兒學會了「開卷動筆」。曹老師曾多次對我們說，讀文學作品第一印象非常重要。聽說曹師是在教會學校上中小學，他兩次告誡我要把閱讀時的「the first impression」記下來，這樣才能培養自己對作品的敏感。後來我才慢慢明白，讀書要「讀進去」才是好學生，教書要「講進去」才算好先生。現在不少分析文學作品的論文，不是「結構緊湊」、「情景交融」、「意境優美」，便是「張力」、「能指」、「所指」，所用的術語雖有新舊之別，浮在作品的表面並無不同。

時下不少文學博士生，泛泛而談時都天花亂墜，一面對作品便兩眼茫然。幾年前，一名牌大學博士來我們文學院求職，我和教研室同仁都對他印象很好，他的博士論文寫的是明清杜甫接受史。面試時我隨便問他主要讀哪家的杜甫注本，開始他還支支吾吾顧左右而言他，幾經老師們的追問，他只好誠實地對我們說：「任何一家杜詩注都沒有通讀過。」自己沒有通讀過杜甫詩歌，卻寫出了古人杜甫詩歌接受史！這種學術膽量固然叫人欽佩，但這種研究方法卻不敢恭維。十九世紀新康德主義者曾呼籲「回到康德去」，今天我們更有必要「回到經典去」。假如甩開了經典或只浮於經典表面，我們闡釋經典就是撏扯經典，不是用花哨的新詞裝點門面，就是輾轉稗販前人的陳言，對經典言說得越多，離經典就可能越遠。

當年要是像現在研究生這樣寫論文，曹老師肯定不會讓我們得學位。當然，過去是否「讀進去」了，現在是否「講進去」了，我自己並沒有半點自信，但我和明華兄大體都算是聽話的學生。明華兄後來在中州古籍出版社出版的《杜詩修辭藝術》，就是他當年的碩士論文，是他熟讀杜詩的結晶，這本薄冊子至今還是杜詩語言研究方面極有分量的專著。反覆細讀經典已經成了我的讀書習慣，眼前這本拙著就是我細讀《世說新語》的產物。這本名著我讀了二、三十年，大概至少讀了上十遍，余嘉錫先生《世說新語箋疏》（中華書局一九八三年版），現在好幾處已經開始脫線了。過去我買到了心儀的好書都要包上封面，捨不得在書上寫字畫線，每有偶觸之思便記在本子上。十幾年前長江文藝出版社邀我編一本《世說新語選注》，由於規定交稿的時間太急，我又請湯江浩教授合注。這本選注分析的部分很多就是我平時讀該書的筆記。

傳統詩文評點，敏銳精當是其所長，凌亂瑣碎則為其所短；西方現代新批評派倒是系統深入，但完全撇開作者和時代又失之偏頗。拙著試圖兼採二者的某些優點，所用的方法是文本細讀，所用的體裁是隨筆小品。共選一百二十多篇名文，約占原著的十分之一，盡可能以優美機智的語言，來細品原文的微言妙趣。隨筆小品要有識有趣，有識而無趣便失之沉悶，有趣而無識則流於浮泛。有所求不一定有所得，拙著也可能既無識又無趣，像一鍋又焦糊又生硬的夾生飯。

拙著二〇一六年元月初版，在兩年多的時間裡連續重印了三次，出版不久《文藝評論》就發表了一萬多字的長篇評論，而且還進入當當網暢銷書榜。新版付梓之前我對全書又審讀一遍，對初版文字做了訂正和潤色。

戴建業二〇一八年十二月

【目錄】

❖自序　回到經典——❖ 005

導言 014

❖第一章　高貴❖ 030

兩得其中 031

客主不交一言 035

高僧養馬 039

真愛 041

活法 043

華王優劣 045

大丈夫將終 047

❖第二章　自信❖ 050

「寧作我」 051

「咄咄怪事」 054

天之自高 058

旁若無人 061

❖第三章　剛正❖ 065

管寧割席 066

「聖質如初」 068

不卑不亢 070

豈能長久？ 072

憎不匿善 074

郗公三反 076

❖第四章　率真❖ 079

吃貨 080

未能免俗 083

性急 086

待客之道 090

良箴 091

東床袒腹 095

◈ 第五章 曠達 ◈ 098
何必見戴？ 099
人生貴得適意 103
祖財阮屐 105
智且達 107

◈ 第六章 雅量 ◈ 112
器度 113
新亭對泣 115
鎮定自若 117
雅量與矯情 120
受寵若驚 122

◈ 第七章 清談 ◈ 125
名士風流 126
「旨不至」 129
詠矚自若 132

佳物得在 134
神州陸沉 136

◈ 第八章 雋語 ◈ 141
小時了了 142
八面玲瓏 144
巧舌如簧 146
胖與瘦 148
松柏之質與蒲柳之姿 151
南人與北人 153
善人與惡人 155

◈ 第九章 妙賞 ◈ 157
亂世英雄 158
家有名士 160
最「養眼」的風景 164
處長亦勝人 167

【目錄】

何可一日無此君？ 171
發現自我與發現自然 175

第十章　深情 177
年在桑榆 178
木猶如此 180
一往有深情 182
子敬首過 185

第十一章　血性 189
王敦擊鼓 190
壯懷激烈 192
正氣與霸氣 194
何必謙讓？ 196
生氣懍然 198
自勵自新 201
兄弟道別 204

第十二章　風姿 207
龍章鳳質 208
以貌取人 210
丘壑獨存 213
看殺衛玠 216

第十三章　幽默 222
出則為小草 223
曬書 227
夷甫無君輩客 230
談者死，文者刑 234
爾汝歌 237
鼻目鬚髮 241

第十四章　放誕 245
劉伶病酒 246
人種不可失 250

付諸洪喬 253
吾若萬里長江 256

第十五章　傷逝 261

情之所鍾 262
生孝與死孝 265
阮籍喪母 269
驢鳴送葬 272
人琴俱亡 275
情何能已已 278

第十六章　藝術 282

兄弟異志 283
世情未盡 287
漸至佳境 291
頰益三毛 294
一丘一壑 297

傳神寫照 300
神解 302

第十七章　師道 306

從師之道 307
禮遇書生 310
「常自教兒」 312
兒女：父母的臉面？ 315
車公求教 317

第十八章　名媛 319

家娶才女 320
靈襟秀氣 323
慈母儀範 325
巾幗英豪 327
聰慧 329
卿卿 332

【目錄】

夫妻舌戰 336
夫婦戲謔 339
韓壽偷香 343

第十九章 機詐 347
床頭捉刀人 348
謀逆者挫氣 351
望梅止渴 355
偷兒在此 357
溫嶠娶婦 360
韜晦 364

第二十章 世故 368
座次與面子 369
豈以五男易一女？ 372
謝公畜妓 374
向秀入洛 376

「變色龍」 378
胸中柴棘 381
雅與俗 385
莫近禁臠 387

第二十一章 吝嗇 391
膏肓之疾 392
小氣 395
刻薄 398
聚斂與疏財 402

第二十二章 奢侈 406
交斬美人 407
鬥富 411
身名俱泰 414
帝甚不平 418

初版後記 423

編於南朝宋的《世說新語》，一經成書便成了名著，流傳不久便成了經典，南齊便有學者為之作注，後世幾乎代代都有名家評點。它不僅是中國古今文人的「枕邊秘寶」，甚至還是日本人千百年來的「最愛」，傅雷先生鄭重告誡遠在國外的兒子要精讀《世說新語》（《傅雷家書》），朱光潛先生也稱《世說新語》伴隨自己一生。

不過，《世說新語》一向是文人的清供雅品，很少向社會大眾「敞開大門」。今天，我有幸能和大家一起細讀這部傑作，領略魏晉的文采風流，感受名士的高雅飄逸，品味語言的機智雋永。

一、成書過程與體例特徵

《南史》本傳稱《世說新語》為劉義慶「所著」，要瞭解此書的成書過程還得從此書的編著者說起——

劉義慶（四〇三～四四四）為宋武帝劉裕二弟長沙景王劉道憐的次子，奉敕過繼給武帝少弟臨川烈武王劉道規為嗣，襲封臨川王，歷任尚書僕射、平西將軍、荊州刺史等職。據《宋書》說他自幼就聰穎過人，劉裕曾當面誇他「此吾家豐城也」，把他譽為產於豐城的干將、莫邪寶劍，可見劉裕對

這個侄子是如何賞愛。劉裕稱帝後他任皇帝近侍。宋文帝劉義隆即位，他同樣為文帝所信任和器重，二十七歲就升任尚書左僕射，這是相當於副宰相的顯職。不過，劉義慶並沒有因此忘乎所以，他很早就體認到「世路艱難」。宋文帝為人一向猜忌殘忍，又對宗室諸王和大臣深懷戒心，登基不久就大開殺戒，接連殺害了傅亮、徐羨之、謝晦等擁立功臣。劉義慶當然愛高官厚祿，但無疑更愛自己的腦袋，恰好元嘉八年（四三一）「太白星犯右執法」，史稱「義慶懼有災禍」，以此為名「乞求外鎮」。他所懼怕的「災禍」是天災更是人禍。他於元嘉九年至十六年（三十～三七歲）出鎮荊州，元嘉十六年調任江州刺史，第二年調任南兗州刺史，直至元嘉二十一年病逝於京邑（三七～四二歲）。

史稱劉義慶「性簡素，寡嗜欲，愛好文義，文詞雖不多，然足為宗室之表」。所謂「宗室之表」，是指其才華學識為劉宋宗室的佼佼者。除《世說新語》外，《隋書．經籍志》和新舊《唐志》錄其編著書目有二百六十多卷。他本人既高才飽學，又喜歡「招聚文學之士」。許多有「辭章之美」的文人學士如袁淑、陸展、何長瑜、鮑照等，或「請為衛軍諮議參軍」，或「引為佐史國臣」。

這些有欠完整的史料引出了兩個疑案：一是《世說新語》編於何時？學術界對此至今還眾說紛紜，有的說「可能撰於元嘉十年之前」，有的說當成書於劉義慶任江州刺史任之後。這兩種說法都屬推測之詞，從二十多歲到四十一歲這段時間都有可能編成此書，一定要坐實在某年某月則未免武斷。此書約編於元嘉九年出鎮荊州之後，因為年紀太輕編此書尚嫌學養不足，身在京城他也不敢廣招天下的文學名流。

二是《世說新語》編於一人還是成於眾手？劉義慶文才既「足為宗室之表」，而興趣又「愛好文義」，無論是才學、愛好還是精力，都能獨自編撰而不必假手他人。《南史．劉義慶傳》稱「所著《世說》十卷」，並沒有說是出自幕府文士，此後的史志目錄和私家目錄中，《世說新語》的撰者都是劉義慶，到明清之際才開始出現雜音。明陸師道在何良俊《何氏語林》序中說，劉義慶當時「幕府多賢」，編《世說新語》「雖曰筆削自己，而檢尋贊潤，夫豈無人」？他認為《世說》全書最後「筆削」由義慶執筆，而檢尋材料和潤色文字之功則屬幕府文人。幕府諸賢只是做一些初級工作，全書義例與「筆削」是義慶完成，這絲毫不影響該書著作權歸屬義慶。魯迅在《中國小說史略》中更進一步推測該書「成於眾手」，「《世說》文字，間或與裴、郭二家書所記相同，殆亦猶《幽明錄》、《宣驗記》然，乃纂輯舊文，非由自造。《宋書》言義慶才詞不多，而招聚文學之士，遠近必至，則諸書或成於眾手，亦未可知。」後來，他在《集外集．選本》中也說，「《世說新語》並沒有說明是選的，好像劉義慶或他的門客所搜集」，其實它「是一部抄撮故書之作」。

「亦未可知」、「好像」云云，魯迅先生不過提出自己的懷疑，時下學界卻有人試圖將這種「或然之詞」證成「實然判斷」，從《世說新語》沒有統一的語言風格，書中時有前後重複、稱謂不一、相互矛盾等問題，書中偶有句式和用詞見於袁淑、何長瑜、鮑照諸人作品等角度，來論述該書「成於眾手」（參見范子燁《世說新語研究》）。有的則竭力維護劉義慶的著作權，從《世說新語》具有統一的風格，袁淑、何長瑜、鮑照等人在義慶幕府或就職時間太短或與該書文風差異太大等角度，闡述該書只能「編於一人」（參見王能憲《世說新語研究》）。

其實，這兩種論證用心良苦卻不得要領，都不能得出各自所要證明的結論。首先，《世說新語》

無論是否具有統一風格都說明不了什麼問題，因為該書「乃纂輯舊文，非由自造」，沒有統一風格十分正常；該書主要記述魏晉名士清談，這容易形成某種統一的時代風格，具有某種主導風格也合情合理。其次，極少數文句或用詞習慣相同，並不能證明該書可能出自某人之手，因為劉宋與魏晉時代相接，與東晉更地域相重，出現相同的詞彙和相近的句式不是很自然的嗎？再次，某位幕僚就職時間不長，難道不能由其他幕僚接著幹嗎？最後，以文風相差太大來排除某人不可能參與編寫，這種論證方法同樣也不靠譜，「銘誄尚實，詩賦欲麗」（曹丕《典論・論文》），文體風格既不相同，作家語言自然會因體而異。今天，許多官場顯宦和學界名流喜歡當主編，好讓自己看起來有權有名又有「學」，其實他們多半「主」而不「編」——「主」歸自己，「編」屬他人。以今揣古，我倒是比較傾向魯迅先生的猜測，但沒有找到確鑿證據之前還應「維持原判」——《世說新語》為劉義慶編撰。

再來看看該書的體例。魯迅《中國小說史略》稱它為「志人小說」，如今這已經成了學界定論。古代史志目錄和私家目錄，也大都把它列入諸子「小說類」。不過，此「小說」非彼「小說」。《漢書・藝文志》這樣界定「小說」：「小說家者流，蓋出於稗官。街談巷語，道聽塗說者之所造也。」魯迅先生的「小說」是指一種文體形式，漢志的「小說」標準是界定其材料來源和內容特點。《世說新語》「雜採群書」，一千二百多條大多「言必有據」，有的出於稗官野史，有的採自傳聞逸事，有的來於人物雜記，從南梁劉孝標注的引文可以看到，該書每則差不多「無一字無來歷」。該書中的許多內容還被正史《晉書》採用。歷代目錄學家把它視為「諸子」，劉孝標等注家則把它當成史書，不時用大量史料證明它的「失實」。可見，《世說新語》是一部古代意義上的「小說」，並不是一部虛構的文學創作。事實上，它是一部優美的歷史筆記，與其說它是一種小說文體，還不如說它是一本小品隨筆，呂叔湘先生就曾將它選入《筆記文選讀》。

《隋書．經籍志》和新舊唐志都稱「《世說》」而無「新語」，藏於日本的唐寫本殘卷題為《世說新書》。早在劉義慶之前，漢代劉向有《世說》一書，余嘉錫先生認為《世說新書》應為該著最早的書名，以示與向著《世說》的區別，《世說新語》這個書名見於唐初。

該書以類相從分為三十六門：德行、言語、政事、文學（以上為上卷）；方正、雅量、識鑑、賞譽、品藻、規箴、捷悟、夙惠、豪爽（以上為中卷）；容止、自新、企羨、傷逝、棲逸、賢媛、術解、巧藝、寵禮、任誕、簡傲、排調、輕詆、假譎、黜免、儉嗇、汰侈、忿狷、讒險、尤悔、紕漏、惑溺、仇隙（以上為下卷）。三十六門是按當時價值標準從高到低的順序排列，上卷和中卷的十三門都是值得讚美的節操、品格、個性；下卷從「容止」到「巧藝」也具有肯定的倫理、社會、審美價值，從「寵禮」到「黜免」則偏於中性，編者有時似褒而實貶，有時似貶而實褒，有時只是好奇而無褒貶，從「儉嗇」到「仇隙」雖多貶義，但少數地方仍難掩欣悅之情。總之，《世說新語》有是非而無說教，生動地描寫了魏晉士人的品格、智慧、才情、個性乃至怪癖，是魏晉士人精神風貌的真實寫照。

該書成書不久，宋末齊朝的敬胤就為之作注，梁代劉孝標注問世後，敬胤注就被取而代之。劉孝標《世說新語注》堪稱「典贍精絕」，與裴松之《三國志注》、酈道元《水經注》、李善《文選注》並稱「四大古注」。劉注引書約四百多家五百多種，或糾原文之謬，或申原文之意，或補原文之缺，或溯原文之源，使得注文與原文相互映襯，二者成了不可分割的有機整體。

現當代該書的重要注本有：楊勇《世說新語校箋》、余嘉錫《世說新語箋疏》、徐震堮《世說新語校箋》、龔斌《世說新語校釋》。普及注本有中華書局和上海古籍出版社的《世說新語譯注》。近一、二十年來大陸和臺灣地區，以及相鄰的日本等地相繼出版了多部相關的研究著作和教材。

二、魏晉風流與士人群像

《世說新語》主要記述東漢後期至東晉末年士人的言行逸聞，魏晉名士清談的議題、清談的形式、清談的風習占了大量篇幅，以致陳寅恪先生稱它為「一部清談之全集」。當然這種說法未免誇張，名士清談多見於《世說新語》，但《世說新語》並非全是名士清談，它同時還刻畫了魏晉士人俊美的容貌、優雅的舉止、超曠的情懷、敏捷的才思，以及他們荒誕的行為、吝嗇的個性、放縱的生活……真要感謝該書的編者劉義慶，要不是他招聚文士輔助搜集、整理、加工、潤色這些片玉碎金、零縑寸楮，我們今天就無緣一睹魏晉名士迷人的風采。他生活的那個年代，魏晉上流社會的精神生活不僅寫在書中紙上，也流傳於人們的口頭，當時還健在的遺老宿臣或許還曾躬與其事，所以他搜集加工起來，既方便又可信。

魏晉是一個什麼樣的時代？為什麼會湧現出那麼多特立獨行的名士？

東漢末年，統治者以自己種種殘忍卑劣的行徑，踐踏了他們自己所宣揚的那些悅耳動聽的名教。因而，隨著東漢帝國大廈的瓦解，對儒學的信仰也逐漸動搖，儒學教條的名教日益暴露出虛偽蒼白的面目，不佞之徒借仁義以行不義，竊國大盜借君臣之節以逞不臣之奸。人們突然發現，除了人自身的生生死死以外，過去一直恪守的儒家道德、操守、氣節通通都是騙人的把戲。這樣，很多人不再膜拜外在於人的氣節、忠義、道德，只有內在於人的氣質、才情、個性、風度才為大家所仰慕。於是，魏晉士人開始追尋一種新的理想人格——由從前主要是倫理的存在變為精神的個體，由尋求群體的認同變為追求個性的卓異，由希望成為群體的現世楷模變為渴望個體的精神超越。這種理想人格即人們所說的「魏晉風流」，它具體展現為玄心、洞見、妙賞、深情（馮友蘭〈論風流〉），《世說新語》正是「魏晉風流」最形象逼真的剪影。

書中的魏晉士人個個自我感覺良好，他們毫不掩飾地炫耀才華，愛才甚至遠勝於敬德。曹操欣然領受「亂世英雄」之稱，全不計較「治世奸賊」之誚。桓溫與殷浩青年時齊名，二人彼此又互不買帳，有一次桓問殷說：「卿何如我？」殷斷然答道：「我與我周旋久，寧作我。」每人在才名上當仁不讓，為了決出才氣的高低優劣，他們經常通過論辯來進行「智力比賽」：

許掾年少時，人以比王苟子，許大不平。時諸人士及於法師並在會稽西寺講，王亦在焉。許意甚忿，便往西寺與王論理，共決優劣。苦相折挫，王遂大屈。許復執王理，王執許理，更相覆疏，王復屈……（《世說新語．文學》）

這一代人富於智也深於情。「嵇康與呂安善，每一相思，千里命駕」（《世說新語．簡傲》），真是「情

之所鍾，正在我輩」（《世說新語．傷逝》）。連一代梟雄桓溫也生就一副溫柔心腸。「桓公入蜀，至三峽中，部伍中有得猿子者，其母緣岸哀號，行百餘里不去，遂跳上船，至便即絕。破視其腹中，腸皆寸寸斷。公聞之，怒，命黜其人。」（《世說新語．黜免》）任性不羈的阮籍，「當葬母，蒸一肥豚，飲酒二斗。然後臨訣。直言『窮矣』！都得一號，因吐血，廢頓良久」（《世說新語．任誕》）。人們擺脫了禮法的束縛和矯飾，自然便坦露出人性中純真深摯的情懷。王伯輿登上江蘇茅山，悲痛欲絕地哭喊「琅邪王伯輿，終當為情死」、「桓子野每聞清歌，輒喚『奈何』」（《世說新語．任誕》）。魏晉名士喜便開心地大笑，悲則痛苦地大哭。大家知道，情與智通常是水火不容——情濃則智弱，多智便寡情，可在魏晉名士的精神結構中，情與智達到了絕妙的平衡，他們可謂情智兼勝的人格標本。

名士把僵硬古板的名教扔在腦後，追求人格的獨立和精神的自由，追求一種任性稱情的生活。「阮籍嫂嘗還家，籍見與別。或譏之。籍曰：『禮豈為我輩設也？』」（《世說新語．任誕》）決不為名利而扭曲自我，稱心而言，循性而動，是他們所嚮往的生活方式，也是他們企慕的人生境界。「張季鷹縱任不拘，時人號為『江東步兵』，或謂之曰：『卿乃可縱適一時，獨不為身後名邪？』答曰：『使我有身後名，不如即時一杯酒！』」（《世說新語．任誕》）因為有這種淡於名利的生活態度，他們才能活得那樣瀟脫，那樣輕鬆。

在愛智、重才、深情之外，士人同樣也非常愛美。荀粲就公開聲稱：「婦人德不足稱，當以色為主。」（《世說新語．惑溺》）《世說新語》隨處都可見到對飄逸風度的欣賞，對漂亮外表的讚歎：

時人目「夏侯太初朗朗如日月之入懷，李安國頹唐如玉山之將崩」。（《世說新語．容止》）

潘岳妙有姿容，好神情。少時挾彈出洛陽道，婦人遇者，莫不連手共縈之。左太沖絕醜，亦復效岳遊遨，於是群嫗齊共亂唾之，委頓而返。（《世說新語．容止》）

士人向內發現了自我，必然導致他們向外發現自然。品藻人物與留連山水相輔相成，有時二者直接融為一體，仙境似的山水與神仙般的人物相映生輝，在這之前，幾乎沒有人對自然美有如此細膩深刻的體驗：

王子敬云：「從山陰道上行，山川自相映發，使人應接不暇。若秋冬之際，尤難為懷。」（《世說新語．言語》）

顧長康從會稽還，人問山川之美，顧云：「千巖競秀，萬壑爭流，草木蒙籠其上，若雲興霞蔚。」（《世說新語．言語》）

王司州至吳興印渚中看，歎曰：「非唯使人情開滌，亦覺日月清朗。」（《世說新語．言語》）

只有優美高潔的心靈才可應接明麗澄淨的山水，對自然的寫實表現為對精神的寫意，大自然中的林泉高致直接展現為名士的瀟灑出塵。

「魏晉風流」要經由魏晉士人來體現，因此，假如說《世說新語》是「魏晉風流」的剪影，那麼該書自然便是魏晉士人的群雕。《世說新語》及劉孝標記載的人物多達一千五百多個，魏晉豪門世家幾乎無一遺漏，如以王導為代表的琅邪王氏——王衍、王敦、王羲之、王徽之、王獻之等；以謝安為代表的陳郡謝氏——謝鯤、謝尚、謝玄、謝道韞等；還有太原王氏王湛、王述、王坦之等，龍亢桓氏桓溫、桓玄；陳留阮氏阮籍、阮咸；高平郗氏郗鑒、郗愔、郗超，新野庾氏庾亮、庾冰、庾翼等等。另外，書中還有早慧的天才少年，有雄強剛烈的將軍，有風姿綽約的名媛。明末作家王思任在《世說新語序》中說：「今古風流，惟有晉代。至讀其正史，板質冗木，如工作瀛洲學士圖，面面肥晳，雖略具老少，而神情意態，十八人不甚分別。前宋劉義慶撰《世說新語》，專羅晉事，而映帶漢、魏間十數人，門戶自開，科條另定……小摘短拈，冷提忙點，每奏一語，幾欲起王、謝、桓、劉諸人之骨，一一呵活眼前，而毫無追憾者。」正是由於《世說新語》的形象描繪，許多魏晉人物至今還是人們的精神偶像，甚至還讓日本文化精英為之神魂顛倒，近代日本作家大沼枕山曾說：「一種風流吾最愛，六朝人物晚唐詩。」詩中的「六朝人物」主要指魏晉名士。

三、風趣與風韻

《世說新語》具有歷久彌新的藝術魅力，其風趣與風韻尤其使人回味無窮。這裡的「風趣」是指它那幽默詼諧、機智俏皮的趣味，而「風韻」則是指其優雅脫俗的風采和含蓄雋永的韻致。

該書中的人物多為魏晉名士，所記的內容又多為名士清談，它的語言自然也深受清談影響。首先，它常以簡約的語言曲傳玄遠幽深的旨意，讓名士「披襟解帶」稱歎不已；其次，清談常使用當時流行的口語和俗語，但談出來的話語又須清雅脫俗，這使得名士要講究聲調的抑揚和修辭的技巧，他們清談時的「精微名理」，必須出之以語言的「奇藻辭氣」；最後，清談是一種或明或暗的才智較量，名士為了在論辯中駁倒對手，不得不苦心磨煉自己的機鋒，以敏捷的才思和機巧的語言取勝。因而，《世說新語》的語言，不管是含蓄雋永，還是簡約清麗，抑或機智俏皮，無一不是談言微中，妙語解頤。

清談辯論當然應講究思理的縝密，可到了後來人們似乎更看重語言的機趣，因而關鍵不是要以理服人，倒更在乎因言而「厭心」：

支道林、許掾諸人共在會稽王齋頭。支為法師，許為都講。支通一義，四坐莫不厭心。許送一難，眾人莫不抃舞。但共嗟詠二家之美，不辯其理之所在。（《世說新語．文學》）

王逸少作會稽，初至，支道林在焉。孫興公謂王曰：「支道林拔新領異，胸懷所及，乃自佳，卿欲見不？」王本自有一往雋氣，殊自輕之。後孫與支共載往王許，王都領域，不與交言。須臾支退，後正值王當行，車已在門。支語王曰：「君未可去，貧道與君小語。」因論莊子〈逍遙遊〉。支作數

千言，才藻新奇，花爛映發。王遂披襟解帶，留連不能已。（《世說新語·文學》）

這兩則小品表明，時至東晉，清談已經從一種哲學運思，變成了一種語言遊戲，談吐機敏比思維嚴謹更能贏得滿堂喝彩。「許送一難」、「支通一義」，讓在場「眾人莫不抃舞」，表面上看，是在為許與支的思辨手舞足蹈，可實際上他們雖「但共嗟詠二家之美」，卻並「不辯其理之所在」——「莫不厭心」和「莫不抃舞」的「眾人」，其實只是「觀眾」而非「聽眾」。後一則小品中，使王逸少「留連不能已」的，與其說是支道林思致的「拔新領異」，還不如說是「支作數千言」的「才藻新奇」。

這種取向容易使清談從求真導向討巧，「晉武帝始登阼，探策得『一』。王者世數，繫此多少。帝既不說，群臣失色，莫能有言者。侍中裴楷進曰：『臣聞天得一以清，地得一以寧，侯王得一以為天下貞。』帝說，群臣嘆服。」（《世說新語·言語》）「天得一以清，地得一以寧，侯王得一以為天下貞」，這三句來於《老子》第三十九章。可《老子》中的「得一」是指得道，晉武帝「探策得一」只是個數量詞，裴楷何曾不明白此「一」非彼「一」，但他更明白只有通過概念的混淆與挪移，才能讓「不說」的皇帝回嗔作喜。武帝「探策得一」讓「群臣失色」，將武帝的「得一」偷換成《老子》的「得一」便讓「群臣嘆服」。再看《世說新語·言語》篇另一則小品：「陶公疾篤，都無獻替之言，朝士以為恨。仁祖聞之曰：『時無豎刁，故不貽陶公話言。』時賢以為德音。」陶侃病篤時沒有留下一句獻可替否之言，可能是「病篤」後頭腦已不清醒，可能是早就知道「說了等於沒說」，也可能是對朝政的極度失望。其中任何一種原因都不能拿上檯面——或者有汙死者，或者有損朝廷，因而只可意會不可明言。

還是以「辯悟絕倫」著稱的謝尚乖巧，他把陶公沒留下政治遺言解釋成「時無豎刁」——陶侃深知朝中沒有奸臣，自然用不著「獻替之言」。那時連三歲小兒也學會了這種機敏：

晉明帝數歲，坐元帝膝上。有人從長安來，元帝問洛下消息，潸然流涕。明帝問何以致泣？具以東渡意告之。因問明帝：「汝意謂長安何如日遠？」答曰：「日遠。不聞人從日邊來，居然可知。」元帝異之。明日集群臣宴會，告以此意，更重問之。乃答曰：「日近。」元帝失色，曰：「爾何故異昨日之言邪？」答曰：「舉目見日，不見長安。」（《世說新語．夙惠》）

既能把「遠」說「近」，又能把「近」說「遠」，人們全不追問言說是否荒謬，只是在意詭辯是否聰明。只要能把遺憾說成圓滿，把凶兆變成了吉祥，把噩耗轉成了佳音，你就會使別人「嘆服」——無所謂對錯，只在乎機巧。這樣，清談很多時候成了戲謔調侃，名士借此相互鬥機鋒、鬥才學、鬥敏捷、鬥思辨，以此表現自己的才華、學識與幽默：「王、劉每不重蔡公。二人嘗詣蔡，語良久，乃問蔡曰：『公自言何如夷甫？』答曰：『身不如夷甫。』王、劉相目而笑曰：『公何處不如？』答曰：『夷甫無君輩客。』」（《世說新語．排調》）這篇小品中兩問兩答的對話，酷似一段讓人捧腹的相聲，機鋒峻峭而又回味無窮。

生活的方方面面都可能成為他們的笑料，有時他們拿別人的外貌開玩笑，「康僧淵目深而鼻高，王丞相每調之。僧淵曰：『鼻者面之山，目者面之淵。山不高則不靈，淵不深則不清。』」（《世說新語．

排調》）有時拿各人的姓氏開玩笑，「諸葛令、王丞相共爭姓族先後，王曰：『何不言葛、王，而云王、葛？』令曰：『譬言驢馬，不言馬驢，驢寧勝馬邪？』」（《世說新語．排調》）有時拿各人的籍貫開玩笑，「習鑿齒、孫興公未相識，同在桓公坐。桓語孫『可與習參軍共語。』孫云：『「蠢爾蠻荊」，敢與大邦為讎？』習云：『「薄伐獫狁」，至於太原。』」（《世說新語．排調》）習鑿齒是楚人，所以孫興公用《詩經．采芑》原話嘲弄他是「蠢爾蠻荊」；孫興公是太原人，所以習鑿齒同樣引用《詩經．六月》中的典故，回敬他當年周朝攻打獫狁至於太原。他們有時嘲諷別人，如本書中那篇〈出則為小草〉；有時則是自嘲，「郝隆七月七日出日中仰臥。人問其故？答曰：『我曬書。』」（《世說新語．排調》）只知嘲人而不敢自嘲，就不可能有真正的幽默。幽默的最高形態恰恰就在於自嘲，自嘲又恰恰需要自省和自信，我們偏偏又缺乏深刻的自省，骨子裡更缺乏真正的自信，因而，我們今天只有油滑貧嘴而沒有機智幽默。

《世說新語》的幽默風趣讓人愜心快意，它那含蓄雋永的韻味同樣讓人留戀不已。《世說新語》表現魏晉士人的精神風貌，不是通過理論的概括，也不是通過整體的描述，而是通過具體歷史人物的一言、一行、一顰、一笑來描繪栩栩如生的人物形象，再通過眾多的形象來凸顯一代名士的風神。作者只是「實錄」主人公的三言兩語，便使所寫的人物神情畢肖。「顧悅與簡文同年，而髮早白。簡文曰：『卿何以先白？』對曰：『蒲柳之姿，望秋而落；松柏之質，經霜彌茂。』」（《世說新語．言語》）簡文帝的矜持虛偽，顧悅的乖巧逢迎，經這一問一答就躍然紙上。作者從不站出來發表議論，常用「皮裡春秋」的手法來月旦人物，表面上對各方都無所臧否，骨子裡對每人都有所褒貶，如〈管寧割席〉、

〈庾公不賣凶馬〉、〈謝安與諸人泛海〉等，作者於不偏不倚的敘述中，不露聲色地表達了抑揚臧否的態度，筆調含蓄雋永。

明王世貞稱《世說新語》「或造微於單辭，或徵巧於隻行」（《世說新語補》序）。該書中的小品大多不過數行，有時甚至只有一句，但讀來如食橄欖回味無窮。「庾公嘗入佛圖，見臥佛，曰：『此子疲於津梁。』於時以為名言。」（《世說新語．言語》）「庾子嵩作〈意賦〉成，從子文康見，問曰：『若有意邪？非賦之所盡；若無意邪？復何所賦？』答曰：『正在有意無意之間。』」（《世說新語．文學》）「王長史道江道群：『人可應有，乃不必有；人可應無，己必無。』」（《世說新語．賞譽》）這三則小品談佛、論文、品人，無一不語簡而義豐，片言以居勝。

魏晉名士都有極高的文化修養，差不多個個都長於辭令，庾亮所謂「太真終日無鄙言」（《世說新語．任誕》）雖為調侃，但道出了這個群體的實情。余嘉錫先生在《世說新語箋疏》中說：「晉、宋人清談，不惟善言名理，其音響輕重疾徐，皆自有一種風韻。」哪怕是突然之間的倉促應對，名士同樣一張口便咳唾成珠：

王武子、孫子荊各言其土地人物之美。王云：「其地坦而平，其水淡而清，其人廉且貞。」孫云：「其山嶵巍以嵯峨，其水浺渫而揚波，其人磊砢而英多。」（《世說新語．言語》）

李弘度常歎不被遇。殷揚州知其家貧，問：「君能屈志百里不？」李答曰：「〈北門〉之歎，久

已上聞；窮猿奔林，豈暇擇木！」遂授剡縣。（《世說新語．言語》）

道壹道人好整飾音辭，從都下還東山，經吳中。已而會雪下，未甚寒。諸道人問在道所經。壹公曰：「風霜固所不論，乃先集其慘澹；郊邑正自飄瞥，林岫便已皓然。」（《世說新語．言語》）

句型或排比或對偶，音調或悠揚或鏗鏘，這是清談也是詩語，是小品文也是散文詩。「好整飾音辭」的豈只一個道壹道人，整個魏晉名士都注重談吐的風雅。晚明小品文作家王思任稱道《世說新語》說：「本一俗語，經之即文；本一淺語，經之即蓄；本一嫩語，經之即辣。蓋其牙室利靈，筆顛老秀，得晉人之意於言前，而因得晉人之言於舌外，此小史中之徐夫人也。」（《世說新語序》）

由於生活中常常囊中羞澀，撈錢成了我們大家夢寐以求的目的，柴米油鹽耗盡人們的大部分精力。如今我們的精神越來越荒蕪、淺薄，只一味地渴望那種俗氣的幸福，只去尋求那種粗野的刺激，多虧了劉義慶留下一本《世說新語》，讓我們能見識什麼叫超然脫俗，什麼叫高潔優雅，什麼叫瀟灑飄逸……

魏晉是一個門閥制度社會，政治經濟代表的是貴族利益，文化藝術表現的是貴族的審美情趣。

半個多世紀以來，「貴族」在大陸漢語辭典中是個絕對的貶義詞，它與腐朽、沒落、奢侈、剝削、自私甚至弱智連在一起，以致我們一聽到貴族就滿臉鄙夷。神州大地上徹底消滅了貴族，自然也完全丟掉了貴族精神，因而，只有貪婪的權貴，只有地位的顯貴，卻沒有品格的高尚，沒有靈魂的高貴。

這裡選的六篇小品從不同層面詮釋了貴族精神：首先，作為貴族必須具有高度的主人意識——既然自己是國家的主人，就要以國家的興亡為己任，所以他們處處以「國士」自期，也希望別人以「國士」相許。侍中孔坦臨終之前，司空庾冰看望他時「為之流涕」，可孔坦不僅毫不領情，反而大為不滿。他認為「大丈夫將終」時，庾冰應該向他詢問「安國守家之術」，「乃作兒女子相問」是沒有把他看作「大丈夫」，沒有把他視為「國士」。《晉書・卞壼傳》載，蘇峻之難時朝廷軍隊一瀉千里，卞壼帶領大軍護衛京城，自己及兩個兒子身先士卒，朝臣都勸他要備好良馬準備逃生，他回答說如果國家亡了要「良馬何用」，最後自己及兒子全部戰死沙場。孔坦和卞壼用自己的生命演繹了「貴族精神」：生命將終之時，國難當頭之際，與自己的國家和民族共存亡。如今我們這裡少數貪官，只有特權而無擔當，只有貪婪卻無責任，於是便出現了「領導先飛」、「領導先走」、「領導先用」、「領導先拿」……其次，貴族必須具有深厚的悲憫情懷，無私地愛自己的同胞，甚至愛身邊的動物，如庾亮不賣凶馬、支遁放鶴。再次，貴族必須具有寬容的精神和博大的胸懷，如下面〈兩得其中〉中的裴楷不強人同己。最後，作為貴族當然必須具有高度的文化修養，具有敏銳的藝術感受，具有高雅的氣質風度，如最後一篇〈主客不交一言〉中，子野與子猷的高貴，主要不是由於出身於官宦世家，出身於書香門第，而是由於他們的精神修養，由於他們的文化品位。

◆ ◆ ◆

兩得其中

阮步兵喪母，裴令公往弔之。阮方醉，散髮坐床，箕踞不哭。裴至，下席於地。哭，弔唁畢便去。或問裴：「凡弔，主人哭，客乃為禮。阮既不哭，君何為哭？」裴曰：「阮方外之人，故不崇禮制；我輩俗中人，故以儀軌自居。」時人歎為兩得其中。

——《世說新語．任誕》

由於事事不守禮法，又由於常常白眼看人，有人把阮籍當作「麻煩製造者」，他自然成了禮法之士的眼中釘。因居母喪期間照舊飲酒食肉，「以禮自持」的何曾要求司馬昭將他「流之海外，以正風教」。可正是這個「至孝」的何曾，為人「外寬內忌」，附權奸而害忠良，「正衣冠」而極「豪奢」，他死後博士秦秀上表請謚「繆醜」。秦秀還引經據典地闡述謚「繆醜」的「法理依據」：「謹按《謚法》，『名與實爽曰繆，怙亂肆行曰醜』，曾之行己，皆與此同，宜謚『繆醜公』。」讀《晉書·何曾傳》時，我不知不覺就想到了死去的軍中大貪徐才厚，徐才厚稱「自己最大的『缺點』就是清廉」，他把自己的政治對手都整成了「貪官」。說句實話，我覺得徐才厚比何曾更有幽默感。

言歸正傳。也不是所有「行止有節」的人都想置阮籍於死地，「非禮」與「崇禮」不一定要「你死我活」，這兩種人也可能「各得其所」。這篇小品不僅給我們許多做人的啟示，也間接地揭示了此後社會思潮的變化。

文中的「裴令公」就是大名鼎鼎的裴楷，他曾官至中書令。裴楷與阮籍私交的深淺不得而知，但他不僅與王戎齊名，物論以為「裴楷清通，王戎簡要」，還與王戎相互欣賞。他稱「王安豐（戎）眼爛爛如巖下電」，王戎說「見裴令公精明朗然，籠蓋人上，非凡識也。若死而可作，當與之同歸」。他們顯然是在相互抬轎，而不是在相互拆臺。山濤也對裴楷讚不絕口，估計裴楷對山濤也評價很高。王戎和山濤都是竹林七賢中人，想必裴楷與阮籍也過從甚密。阮籍喪母後裴楷連忙前去弔唁，碰上阮籍剛喝醉酒，正披頭散髮在坐榻上伸足而坐，也沒有哭，「箕踞」就是他坐的樣子像簸箕，是一種隨意傲慢的坐姿。見裴楷來，他從坐榻上下到地上來。裴楷倒是一進門就哭，弔唁禮畢就轉身離去。有人不解地問裴楷說：「弔喪通行的禮節是，凡去弔喪要等主人哭後，客人才回禮而哭。阮籍既然沒有哭，您幹嘛要先哭呢？」裴楷十分通達地說：「阮籍是世俗之外的人，所以不必尊崇禮制；我們是世俗中人，所以應該依禮節行事。」當時的人非常讚賞裴楷這種態度，認為裴楷和阮籍「兩得其中」。所謂「兩得其中」是指兩個人都不過激，兩個人都表現得很得體。

翻翻嵇康和阮籍等人的詩文，你就不難知道，魏晉之際名教與自然的衝突異常激烈，其中既有思想觀念的差異，更有政治立場的分歧。何曾請求晉文王將阮籍流放海外，其實是企圖借禮法之名來進行政治清洗。而崇尚自然任性放縱者，對禮法之士的虛偽卑劣也極其鄙夷，如〈大人先生傳〉中，阮籍對禮法之士「服有常色，貌有常則，言有常度，行有常式」的嘲笑；〈酒德頌〉中，劉伶對縉紳先生「怒目切齒，陳說禮法」的戲弄，無一不辛辣而又尖刻。嵇康提出「越名教而任自然」的命題，更公開聲稱「非湯武而薄周孔」，〈與山巨源絕交書〉簡直就是嬉笑怒罵，間接聲明與司馬氏集團勢不兩立。

隨著司馬氏集團篡位塵埃落定，「越名教而任自然」的政治隱義渙然冰釋，名教與自然的對立逐漸變成名教與自然的合一。裴楷以方內與方外來區分崇禮與非禮，「時人歎為兩得其中」，開始泯滅二者政治態度的不同取向。稍後王澄、胡毋輔之等人裸體放縱，已經不同於嵇康任達以對抗，也有別於阮籍借酒以逃避，不過是以放縱為「通達」，所以樂廣當時就曾譏笑他們：「名教中自有樂地，何為乃爾也？」言下之意是說，你們不就是要追求快樂嗎？在名教中也能找到你們這些快樂呵，何必要做得這麼誇張呢？東晉名士更是儒道兼綜，孔莊並重，名教與自然在社會上不再形成衝突，在他們內心深處也不再構成緊張，如東晉名臣庾亮一方面「性好《莊》、《老》」，另一方面又「動由禮節」。

這篇小品還教給我們如何為人處世。《世說新語》中多次說到「裴楷清通」，《晉書》本傳又稱「楷性寬厚」，「清通」是指他為人清明通達，「寬厚」是說他待人寬容厚道。「清明通達」使他能換位思考，稟性「寬厚」又使他能包容異己。阮籍居喪醉酒他不以為非，客來後不哭他不以為侮，他依舊謹守弔喪禮儀——自己「哭」後「便去」。還在別人面前為阮籍緩頰：阮為方外之人可以「不崇禮制」，我們這些世俗中人應「以儀軌自居」。既不屈己從人，也不強人同己；既堅守自己的行為準則，又尊重別人的生活方式——裴楷這樣的人誰不願和他交朋友呢？難怪王戎說假如裴楷能死而復生，我一定要與他為伍了。

每個人都有不同的個性特徵，不同的價值取向，不同的為人方式，哪怕情人或夫妻之間，也可能志不同或道不合。那些總想「改造」對方的夫妻，結局往往不再是夫妻；那些總想使人從己的朋友，最後往往都成了路人或仇人。假如我們能有起碼的寬容厚道，尊重別人不同的思想和行為方式，社會、公司和家庭就將減少許多矛盾；假如我們能以新奇的眼光，來欣賞別人異樣的思想行為方式，我們就將獲得許多新的快樂，贏得許多新的朋友。想想看，一對夫妻要是出門都「齊步走」，那模樣該是多麼滑稽！

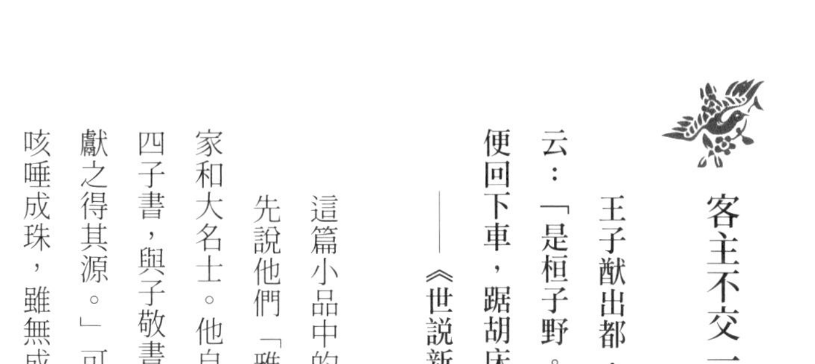

客主不交一言

王子猷出都，尚在渚下。舊聞桓子野善吹笛，而不相識。遇桓於岸上過，王在船中，客有識之者云：「是桓子野。」王便令人與相聞云：「聞君善吹笛，試為我一奏。」桓時已貴顯，素聞王名，即便回下車，踞胡床，為作三調。弄畢，便上車去。客主不交一言。

——《世說新語．任誕》

這篇小品中的兩位主人翁，既是雅士，也是奇士。

先說他們「雅」在何方。王子猷（徽之）是王羲之公子，他本人也是著名書法家、鑑賞家、清談家和大名士。他自幼跟隨父親學書有成，宋人黃伯思在《東觀餘論》中說：「王氏凝、操、徽、渙之四子書，與子敬書俱傳，皆得家範，而體各不同。凝之得其韻，操之得其體，徽之得其勢，煥之得其貌，獻之得其源。」可見，他的書法成就後世早有定評。他對人物、山水和植物都有妙賞，隨意評點無不咳唾成珠，雖無成篇評論文章傳世，但《世說新語》為我們留下了許多屑玉碎金。他和那個時代大多數貴遊子弟一樣談鋒很健，出語機智而又尖刻。至於「名士」之目，他那種家世，他那份才氣，不想做大名士都很困難。文中那位吹笛者桓子野（桓伊小字子野），是東晉著名軍事家、音樂家和大名士。據說，他有一枝蔡邕傳下來的柯亭笛，常常一個人獨自吹奏，是中國音樂史上的「笛聖」。

再說他們「奇」在何處。桓子野每聞清歌輒喚「奈何」，一肚皮溫柔心腸，滿腦子感傷情調，然而卻是一位軍事天才，在「淝水之戰」等歷次大戰中，以輝煌的戰績拜將封侯。王子猷則是才氣、傲氣、豪氣、雅氣、痞氣兼而有之，他的行藏出處和接人待物都異於常人，如做桓沖的騎兵參軍，竟然不知自己任職「何署」；如弔胞弟子敬之喪，琴不成調而喊「人琴俱亡」；如雪夜訪戴，「造門不前而返」；又如本文中他請桓子野為自己演奏完畢，最後「客主不交一言」——

王子猷奉命赴京都，泊舟於建康東南的青溪渚碼頭。他先前就聽說桓子野吹笛妙絕一世，可惜他們兩人從未相識，自然無緣品味子野美妙的笛聲。這天碰巧桓子野駕車從江岸邊經過，客人中又剛好有認識子野的人，對子猷說此人就是子野。子猷馬上派人到岸上向子野傳話：「久聞您善於吹奏笛子，可否為我吹奏一曲？」桓子野此時已經身居要津地位顯貴，他同樣也久聞王子猷的大名，聽說是王子猷邀請，隨即轉身下車，坐在江邊的交椅上，為子猷一連吹奏了三支曲子。一演奏完畢便上車離去。自始至終，他們二人不曾說一句話。

這是一篇古今描寫音樂演奏的奇文，看起來似乎是寫音樂演奏，但只交代邀者與奏者，沒有半句寫演奏效果，也沒有一字談聽者感受，因而讀來沒有「嘈嘈切切錯雜彈，大珠小珠落玉盤」（白居易〈琵琶行〉）的美感，沒有「女媧鍊石補天處，石破天驚逗秋雨」（李賀〈李憑箜篌引〉）的想像，也沒有「曲終人不見，江上數峰青」（錢起〈省試湘靈鼓瑟〉）的回味。更奇的還在於此文未入該書〈巧藝〉篇，編者卻將它放在書中〈任誕〉篇。吹笛子算什麼「任誕」呢？原來作者並不關注吹奏技巧和水平，而聚焦於邀者和奏者的態度，文章以「客主不交一言」點題，更以「客主不交一言」出彩。

王子猷和桓子野都為一時顯貴，也都為一時名士。子猷既「舊聞子野」，子野也「素聞王名」，可在桓應邀為王吹完笛子之後，王沒有一言感謝客套，桓沒有一言敷衍寒暄。奏者完事後立馬走人，邀者聽完後也毫無留意。從世俗禮節上看，因他們二人都有點任性不羈，以致吹笛這種雅事也變得「荒誕不經」。

王子猷「舊聞桓子野善吹笛」，偶遇桓子野很想聽他吹奏，王自己又不願親自出面，而只是「令人與相聞」，這一做法的潛臺詞是：只在乎子野吹出的笛聲，但不在意子野這個吹笛人。邀請別人還要講貴公子的派頭，對於另一個同樣已致身通顯的要人來說，的確顯得十分簡傲和輕慢。想聽「笛聖」吹笛是人之常情，如此傲慢的邀請則屬「不情之請」。桓子野「素聞王名」，王子猷託人邀請吹笛，一個喜歡吹笛，一個願意聽笛，所以子野當即為他吹奏三支曲子。天才如子野當然十分識趣，人家只想聽笛就只是吹笛，人家不想結交我便走人。我們有幸見識了這兩個東晉顯貴，一個如何擺架子，一個如何講身分。

不過，從世俗的人情禮節上講，他們似乎都有點無禮和寡情，但從更高的精神層面來看，他們未嘗不是真正的知音。前人說「人之相知，貴相知心」。子猷妙在賞音，子野長於吹笛，所以當子猷邀其吹奏，子野便為他連吹三曲。這樣，子野可謂盡心，子猷肯定盡興，他們相互的默契和欣賞全在悠揚的笛聲中。當子野三曲「弄畢」之際，子猷還陶醉在婉轉的笛聲之中，他不及一言而子野已經遠去，待子猷回過神來的時候，唯有笛聲還在耳邊迴響，還在江面迴蕩……此時此刻，子猷來不及說聲讚美，子野也用不著聽到讚美。對於像他們這樣感情豐富且感受細膩的名士來說，語言純屬多餘，而且「一說便俗」。

為了進行比較，我們不妨再來看看子猷另一次賞竹的遭遇——

王子猷嘗行過吳中，見一士大夫家，極有好竹。主已知子猷當往，乃灑掃施設，在聽事坐相待。王肩輿徑造竹下，諷嘯良久。主已失望，猶冀還當通，遂直欲出門。主人大不堪，便令左右閉門不聽出……（《世說新語．簡傲》）

大家知道子猷向有竹癖，自稱生活中「不可一日無此君」，經行吳中見士大夫園子裡竹子極好，子猷豈能不一睹為快？主人也料其必定「當往」，所以特地灑掃庭除置備酒宴，在大廳中恭候貴客的光臨。可子猷並不先上門拜望主人，而是乘轎子徑直來到竹林下「諷嘯良久」，主人對此已經有點失望，但仍希望他稍後會來通問，哪知他賞竹後又徑直出門，這時主人覺得大為不堪，覺得自尊心受到了羞辱，於是讓手下緊閉大門不讓子猷出去。吳中這位士大夫的門第和境界，與子猷都不在同一層面，子猷到家賞竹讓他臉上有光，到家賞竹卻不通問主人又讓他顏面盡失，所以最後才會憤而擋駕。子猷意在竹下諷詠，主人則只在意臉面，前者極富高情雅韻，後者則有點附庸風雅，他們即使把臂言歡也難心心相印。

再看看子猷與子野，子猷希望賞音而子野傾情吹笛；子猷無須一言而子野不以為侮，他們在理智和精神的層面上算是棋逢對手，對他們而言真可謂「禮豈為我輩設也」？難怪他們的關係不著痕跡，難怪他們的交往不沾不滯，難怪千百年後杜牧還在念叨「月明更想桓伊在」（〈潤州二首〉其一），蘇軾還在尋問「誰作桓伊三弄」（〈昭君怨．金山送柳子玉〉）……

高僧養馬

支道林常養數匹馬。或言「道人畜馬不韻」。支曰：「貧道重其神駿。」

——《世說新語．言語》

世上人與物各種各樣的聯繫中，最本質的聯繫不外乎兩種——或實用，或審美。所以，人對事物的態度也相應一分為二——或從實用的角度進行衡量盤算，或從審美角度來鑑賞批評。譬如名犬和肥豬，實用主義者可能更愛豬，崇尚美的人可能更愛犬。即使對同一對象，這兩種人也可能各有側重，將軍和戰士愛馬，是愛馬能在戰時馳騁疆場，使部隊發揮更大的戰鬥力，看重牠「所向無空闊，真堪託死生」（杜甫〈房兵曹胡馬〉）的效用，而本文中的和尚支道林喜歡養馬，則完全是「重其神駿」——喜歡牠那駿逸超凡的神采。這裡還得補充交代一下，文中的支道林即支遁，字道林（約三一四～

三六六），東晉高僧，般若學派「即色宗」的主要代表。道人是僧人的舊稱，魏晉間佛學初興的時候，和尚尚無僧稱而稱為道人。

一個和尚養馬很容易招致別人的不解甚至誤解，覺得僧人養馬終不是一件雅事，這是由於我們通常都將馬當作實用的動物，不是用牠來拉車就是用牠來作戰，很少對牠進行審美觀賞。到唐代才出現許多畫馬名家和詠馬詩人，如畫家曹霸筆下的馬「一洗萬古凡馬空」（杜甫〈丹青引贈曹將軍霸〉），其弟子韓幹畫的馬或「驤首奮鬣，頓足長鳴」，或「隅目聳耳，豐臆細尾」（蘇軾〈韓幹畫馬贊〉），又如詩聖杜甫有幾十首詠馬詩，從早年歌頌馬「驍騰有如此，萬里可橫行」（〈房兵曹胡馬〉）的雄健，到晚年〈病馬〉中同情馬「塵中老盡力，歲晚病傷心」的馴良，這表明此時人們不只是使用馬也懂得欣賞馬。

不過，支道林可能是較早——即使不是最早——喜歡並欣賞馬的人士。魏晉士人由於鄙棄世俗的功利目的，他們的為人處世往往顯得超塵脫俗，常以審美的態度來應世觀物，不僅美化了平凡的事物，也詩化了瑣屑的人生。比起支道林來，我們勢利得可怕，俗氣得可惡。試想，誰願意為了欣賞馬的「神駿」而養馬數匹呢，又有誰能欣賞並品味出馬的「神駿」呢？

真愛

支公好鶴，住剡東峁山，有人遺其雙鶴，少時翅長欲飛。支意惜之，乃鎩其翮。鶴軒翥不復能飛，乃反顧翅，垂頭視之，如有懊喪意。林曰：「既有凌霄之姿，何肯為人作耳目近玩？」養令翮成，置使飛去。

——《世說新語．言語》

《列子．黃帝篇》有一則寓言說：海邊有一個人喜歡鷗，每天早晨去海邊與鷗嬉戲，鷗在他身邊圍聚數百隻之多。後來他父親對他說：「我聽說鷗樂於與你遊戲，你到海邊捉幾隻來讓我玩玩。」第二天他再到海邊時，鷗只在空中翔舞而不下來。鷗與海邊人之所以前親後疏，是因為海邊人先以鷗為友，與牠們平等親切地遊戲，而後卻想捕獲並佔有牠們，把牠們作為玩弄取樂的對象。海邊人對鷗的前後態度似乎都出於喜愛，但前後的喜愛卻有本質的差異。

支道林起先好鶴，正好「有人遺其雙鶴」——剛好有人贈了一對鶴給他。哪知沒有養多久，雙鶴翅長就想飛走。眼看自己喜愛的寶貝即將離己而去，他出於留戀和喜愛把牠們的翅膀剪斷了。鎩羽後的雙鶴振舉雙翅卻不能奮飛，反顧自己剪斷的翅膀垂頭懊喪。鶴這種可憐哀戚的神態引起了支公的同情，他深深地自責和反問道：雙鶴既然有展翅雲霄的本領，怎麼會甘於給人當觀賞的玩物呢？如此認識導致如下結局：「養令翮成，置使飛去。」細心調養讓雙鶴翅膀長好後，就放開讓牠們飛走了。

小品寫了支道林好鶴、養鶴、剪鶴、放鶴的全過程，表現了他體貼仁厚的愛心，同時也告訴人們什麼才是真愛。支公開始由於愛鶴而養鶴，由於養鶴而剪鶴，這樣就形成愛的悖論：因為喜愛牠，所以殘害牠，喜愛最終滑向了殘忍。後來又由於愛鶴而放鶴，鶴得以展翅雲霄，支公的愛也躍入了新境界。支公自己嚮往精神的自由，推己及物以讓鶴實現「凌霄」之志。他原先對鶴的愛與佔有糾纏在一起，使這種愛顯得狹隘自私；後來愛鶴卻不企圖佔有鶴，他的愛才變得博大深厚。

由此我想到社會上許多父母對子女的愛，夫妻對自己另一半的愛，情侶對自己情人的愛，他們的摯愛往往導致獨佔，因為太愛他們，所以要佔有他們，這種愛把自己所愛的對象當作自己的「私有財產」。愛如果與佔有聯繫在一起，那就不是愛對象而是愛自己。

愛他絕不是佔有他，更不是限制他，而是讓他自由地發展，讓他過自己理想的生活——看了這則小品，你明白什麼才是真愛嗎？

活法

庾公乘馬有的盧，或語令賣去。庾云：「賣之必有買者，即復害其主。寧可不安己而移於他人哉？昔孫叔敖殺兩頭蛇以為後人，古之美談，效之，不亦達乎？」

——《世說新語．德行》

世上的人雖然種種色色，生活的態度雖然千奇百怪，但人的「活法」本質上不外乎兩種：要麼高尚，要麼卑鄙。寧可我負天下人，不可天下人負我，是一種活法；為了讓他人活命，寧可自己獻身，是另一種活法。為了煮熟自己一個雞蛋，不惜燒掉別人一棟樓房，是一種活法；只要民族能夠興旺發達，自己寧可承受苦難，是另一種活法。本文圍繞到底賣不賣凶馬的盧這一事件，揭示了人性的高尚與卑劣，形象展示了人世兩種不同的「活法」。

「皇親國戚」現在基本上是個貶義詞，一提到「皇親國戚」，人們無不咬牙切齒，就像一看到「官二代」三字就極度厭惡一樣。不過，萬事都不可一概而論，這則小品中的「庾公」就立身很正。庾公即東晉名臣庾亮，他的妹妹是明帝皇后，他自己歷仕元帝、明帝、成帝三朝，曾以外戚身分與王導共同輔政，《晉書》本傳稱他為人淵雅有德量。《伯樂相馬經》說，白額入口至牙齒的馬叫的盧，的盧是一種性子很烈的凶馬，主人乘牠會喪身疆場，僕人乘牠會客死他鄉，是誰騎牠誰就遭殃的「喪門星」。不巧庾亮就有一匹的盧，這位重臣的命自然比小民的命值錢，於是，他身邊那些「好心」的親故、「聰明」的謀士和「機智」的小人，都紛紛向他獻計獻策：趕快把這匹凶馬賣給別人，趕走自己可能遭遇的厄運。既然這種凶馬誰騎誰喪命，那誰要是花錢買牠不就等於花錢買死？明明知道買這種馬會是一種什麼結局，還要儘快把牠賣給別人，豈不是明目張膽地謀財害命？為什麼沒有人叫他把凶馬殺掉呢？「聰明」人當然不會犯這種「可怕」的錯誤，殺了凶馬會使自己蒙受經濟損失，只要自己錢袋能夠裝滿，哪管別人會命喪黃泉？

庾公沒有聽從他人的勸告，他的想法十分樸實簡單：「賣掉牠必定會有買主，牠將會害死新的主人，怎麼能因為有害於己，便轉而嫁禍於人呢？」他接著還給身邊的人舉例說：「春秋時孫叔敖殺兩頭蛇以為後人，在古代被傳為美談，我今天仿效他的做法，不也算是通情達理嗎？」庾亮提到的這位孫叔敖是春秋時楚國人。據賈誼《新書》記載，孫叔敖小時候曾在路上看見一條兩頭蛇，立即把牠打死埋進土裡，回家後哭著對母親說：「有人告訴我，看見兩頭蛇的人必死無疑，我今天就不幸看到了。」母親問他蛇現在在哪裡，他說自己怕後來人也看到牠，遭遇同樣的不幸，便把牠打死埋到了土裡。母親聽後安慰他說：「你積善德，必有好報，不必擔憂。」庾亮說的道理簡單明瞭，勸他賣凶馬的人又豈不知道？孫叔敖打兩頭蛇的故事既是美談，勸他賣凶馬的人自然也會聽到，問題的癥結就在這兒。知道賣凶馬結果可怕還是要賣，這是一種態度，一種活法；知道賣凶馬結果可怕就不再嫁禍於人，這是另一種態度，另一種活法。

今天有很多人，認定賣凶馬那種活法「高明」，不賣凶馬這種活法「愚蠢」，所以今天到處充斥著毒薑、毒蒜、毒肉、毒魚、毒奶、毒米、毒菜、毒藥、毒蛋、毒水……當我們大家都認為自己這種活法非常「高明」的時候，事實上我們大家都活得非常「愚蠢」。

庾公手下那些謀士可能不這樣看，庾公本人應該會同意我這種看法。

朋友，你覺得哪種活法「高明」呢？

華王優劣

華歆、王朗俱乘船避難，有一人欲依附，歆輒難之。朗曰：「幸尚寬，何為不可？」後賊追至，王欲舍所攜人。歆曰：「本所以疑，正為此耳。既已納其自託，寧可以急相棄邪？」遂攜拯如初。世以此定華、王之優劣。

——《世說新語．德行》

魏晉之際人物月旦之風特甚，其時的士人往往飾容止而盛言談，通過小廉曲謹以邀時譽。華歆和王朗都是漢末魏初的名士，二人在改朝換代時都是「識時務」的「俊傑」，在疾風驟雨中都是隨風轉舵的高手，都從漢朝的「忠臣」搖身一變就成了魏國的「元老」，華歆入魏官至太尉，王朗仕魏官至司徒。他們無恥地賣身投靠並無二樣，但在矯情偽飾方面華歆比王朗技高一籌。《世說新語．德行》篇載，「華歆遇子弟甚整，雖閒室之內，嚴若朝典」，對待自己的子侄晚輩也十分嚴謹端莊，即使在自己家裡也像上朝一樣嚴肅。華歆這些「行為藝術」不僅贏得了社會的掌聲，連王朗也對他有樣學樣：「王朗每以識度推華歆。歆蠟日嘗集子侄燕飲，王亦學之。有人向張華說此事，張曰：『王之學華，皆是形骸之外，去之所以更遠。』」倒是阮籍眼光敏銳，看不慣華歆之流矯揉造作的醜態，他在〈詠懷〉之六十七首中揭露他們的偽善面目：「洪生資制度，被服正有常。尊卑設次序，事物齊紀綱。容飾整顏色，磬折執圭璋。堂上置玄酒，室中盛稻粱。外厲貞素談，戶內滅芬芳。放口從衷出，復說道義方。委曲周旋儀，姿態愁我腸。」華歆和王朗都以彬彬有禮的外表掩飾著骯髒的靈魂，他們每個人的為官之道各有不同，但本質上沒有什麼兩樣，都是見「高名」就爭，見「重利」就搶，至親好友也各懷鬼胎，親人骨肉也彼此反目，「委曲周旋儀，姿態愁我腸」，誰見了他們這幅虛偽的醜態能不噁心？

本文記述華、王乘船避難途中，有一人請求他們搭救，幾次要求都被華歆拒絕，王朗則一開始就同意他上船一塊逃走：「正好船艙中還有空位置，叫他上船有什麼不行呢？」華歆在他人有難時不肯援手相救，落難人幾次懇求都被他擋回，看起來王朗比他似乎要寬厚仗義得多。「歆輒難之」四字給人的印象簡直糟透了。

遇難者上船不久，後面賊兵很快就追了上來，見此情景，王朗想儘快甩掉自己剛才同意上船的搭乘者，此時華歆卻不同意甩他：「起先我不同意他搭乘，正是考慮到後面可能有追兵，現在既已讓他

上了船，我們就不能急而相棄。」於是，還像開始一樣攜帶他，搭救他，做好事算是做到了頭。社會以此判定了華、王的優劣。

為什麼僅憑這件小事就能定二人優劣呢？

當不需要自己付出代價時，一般人都會顯得慷慨仁慈，但一旦有損自己的利益時，許多人就可能表現得冷漠甚至冷酷。把自己餐後的殘茶剩飯施捨給乞丐，算不上什麼仁愛之舉，將自己僅有的麵包讓給饑腸轆轆的孤寡殘疾，那才算是真正富有同情心。至此，人們又推翻了早先形成的印象：其實華歆比王朗不僅更有先見之明，也更為無私仗義。

通過一件小事來定人品的優劣，使人想起「見微知著」那句名言，故事很富於戲劇性，行文更是跌宕起伏。

大丈夫將終

孔君平疾篤，庾司空為會稽，省之。相問訊甚至，為之流涕。庾既下床，孔慨然曰：「大丈夫將

終，不問安國寧家之術，乃作兒女子相問！」庾聞，回謝之，請其話言。

——《世說新語・方正》

一個男人是不是偉男子或大丈夫，主要不是看他是否魁梧高大，也不是看他是否孔武有力，而是看他是否有博大的胸懷，是否有遠大的志向，是否有出類拔萃的才能，更要看他是否以民族國家為己任，是否具有某種全人類的關懷。法國拿破崙長不滿五尺而心雄萬夫，中國抗日戰爭中許多將軍身材瘦小卻氣吞山河。

文中的孔君平名坦，歷任太子舍人、尚書郎、揚州別駕、侍中等職。庾司空即庾冰，司空是他曾做的官職。孔、庾二人都是東晉重臣。

「為會稽」是指庾冰做吳郡、會稽內史。孔坦病危的時候，政壇上眾望所歸的庾冰前往探視，對他的病情十分關切，對他的問候更殷勤備至，以至於因他病重而「為之流涕」。沒想到，孔坦的重病雖使庾冰傷心落淚，庾冰的眼淚卻沒有使孔坦感到安慰溫暖，相反，孔坦還覺得自己被輕視和冷落。等庾冰剛一下坐榻轉身離去，他就慨然歎道：「大丈夫將終，不問安國寧家之術，乃作兒女子相問。」原來他是責怪庾冰沒有把他當作國士，沒有把他當作大丈夫，否則，當國士離開人世之際，首先被問及的應當是治國安邦之策，經綸濟世之方，不該像鄉間野老死前那樣，只是哭哭啼啼地送點「心靈雞湯」。

庾冰聽到這番話後，連忙回來道歉，並謙恭地傾聽他的治國金言。孔坦以統一國家和再造中華為己任，以「方直雅望」為時輩所稱，不以個人生死進退為懷，臨終時還致書庾冰之兄庾亮說：「使九服式序，四海一統，封京觀於中原，反紫極於華壤，是宿昔之所味詠，慷慨之本誠矣。今中道而斃，豈不惜哉！若死而有靈，潛聽風烈。」這封臨終遺書使人想起陸游的臨終詩〈示兒〉：「死去元知萬事空，但悲不見九州同。王師北定中原日，家祭無忘告乃翁。」

孔坦的一生，活得磊落坦蕩，死得崇高悲壯。中華民族之所以能作為一個文明古國屹立於世界，正是因為有孔坦這些以國為懷的民族脊梁。

這篇文章非常形象地告訴我們：什麼人才算真正的大丈夫，什麼人才是真正的貴族。

魏晉士人喜歡和別人比才情，玩個性，鬥機智，拚漂亮，好像個個都自我感覺良好，甚至外貌「絕醜」的左思，也想在容貌上與「妙有姿容」的潘岳一賭高低。「潘岳妙有姿容，好神情。少時挾彈出洛陽道，婦人遇者，莫不連手共縈之。左太沖絕醜，亦復效岳遊遨，於是群嫗齊共亂唾之，委頓而返。」應該是平時鏡子照得太少，左思這才在京城洛陽大出洋相。任何人要是不知輕重，出名就可能變成出醜。過分的自信必定變為狂妄的自負，狂妄的自負必定變為病態的自戀。不過，魏晉名士雖然三者兼而有之，但他們大多數人留給我們的是美麗的身影——「寧作我」的自信讓人肅然起敬，「天之自高」的狂妄也確有資本，即使王濛的自戀也並不過分。

◆ ◆ ◆

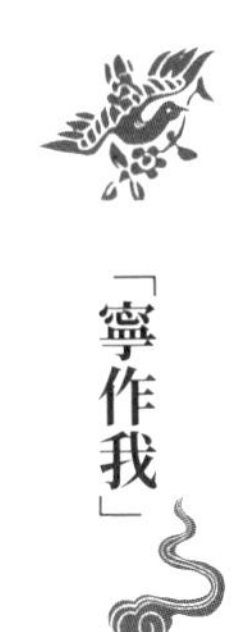

「寧作我」

桓公少與殷侯齊名，常有競心。桓問殷：「卿何如我？」殷云：「我與我周旋久，寧作我。」

——《世說新語．品藻》

文中的「桓公」即桓溫，「殷侯」即殷浩，此處「公」與「侯」屬泛指，意在凸顯他們二人地位的尊貴。

東晉名士劉惔曾這樣描述桓溫：「鬢如反蝟皮，眉如紫石稜，自是孫仲謀、司馬宣王一流人。」（《世說新語．容止》）桓溫好像也默認了劉惔的「寫真」，他本人一直以當世司馬懿自許。很難想像鬢毛像反蝟皮有多可怕，眉毛像紫石稜有多兇狠。《晉書》本傳稱「桓溫挺雄豪之逸氣，韞文武之奇才」。的確，他的能量很大，他的野心更大。有一次他對身邊的人說：我這輩子要是寂寂無聞，連景帝和文帝也將嘲笑我。晉景帝司馬師和文帝司馬昭兄弟是篡奪曹魏政權的權奸，桓溫公開揚言要步他們的後塵，嚇得他左右心腹大氣都不敢出。他多次向人們亮明自己人生觀的底牌：縱不能流芳百世，也要遺臭萬年！加之他身為晉明帝司馬紹的駙馬，一舉滅蜀和三次北伐的卓著功勳，更加之他蓄謀已久的不臣之心，所以他晚年獨攬朝政，總兵馬之權，居形勝之地，著手「廢帝以立威」——廢晉帝司馬奕為海西縣公，立相王司馬昱為簡文帝，謝安見到他也誠惶誠恐地行君臣跪拜之禮。

但有一個人從不怕他。這個人就是殷浩。

《晉書》說桓溫「以雄豪自許」，時論對殷浩則以宰輔相期。當時的社會輿論，殷浩差不多被捧為國家「救星」。《世說新語》載，「殷淵源在墓所幾十年，於時朝野以擬管、葛」，人們以殷浩出不出仕來「卜江左興亡」。會稽王司馬昱也對殷浩說：「足下去就即是時之廢興，時之廢興則家國不異。」好像殷浩要是不肯出山，太陽從此就不會在東晉升起。

不是江左需要殷浩來振興，而是桓溫需要有個殷浩來抗衡。

滅掉西蜀成漢政權之後，桓溫的威望和勢力震懾朝野，晉朝廷時時感到虎狼在側。就社會聲望來看，只有殷浩可以制衡桓溫。東晉君臣都意識到，手中壓制桓溫唯一的好牌，就是拚命來抬舉殷浩。這無形中加深了他們二人的敵意，致使他們從互相輕視變成彼此敵視，從棋逢對手變成冤家對頭。

於是，就有了這篇小品中二人的對話——

桓溫與殷浩年輕時齊名，他們一直就互不買帳，一直暗中互競短長。有一次桓溫問殷浩說：「你覺得自己比我怎麼樣？」殷浩巧妙地回答說：「我與我相處得很久了，我還是寧肯做我自己。」

「我與我周旋久，寧作我。」話說得真是太絕了！殷浩一生沒有桓溫馳騁疆場的豪氣，但桓溫一輩子也說不出這樣的名言。桓問「卿何如我」，殷答「寧作我」，問者的囂張寫在臉上，答者則骨子裡充滿自信。

「寧作我！」三字是一種低調的豪言，也是一種內斂的自信，更表現了一種成熟的人性。

殷浩沒有回避桓溫挑釁性的問話，但又沒有正面反擊說「我比你強」，而是說：「我與我相處的時間最久，我還是覺得我非常棒，我還是寧肯做我自己。」「寧作我」說得非常謙和禮貌，他當面充

分肯定了自我，又沒有貶損對手桓溫。他沒有半點自我吹噓的得意忘形，沒有絲毫浮誇的狂妄氣焰，以一種低調內斂的語氣表達一種內在的豪情和底氣。

之所以說「寧作我」表現了一種成熟的人性，是因為它不是幼稚的情緒化自戀，也不是匹夫匹婦爭吵時的賭氣，這三個字是建立在「知人」與「自知」之上的。《老子》說「知人者智，自知者明」，「寧作我」表明殷浩既「智」且「明」。作為桓溫政壇上的對手，殷浩對桓溫無疑有充分的認知。桓溫是能把江左弄得天翻地覆的梟雄，哪怕謝安在他面前也是戰戰兢兢。殷浩敢與他分庭抗禮，桓溫自然也把殷浩視為勁敵，應該說他們二人都「知己知彼」。一旦放棄政治偏見的時候，桓溫對殷浩同樣十分欣賞，他曾對自己的心腹郗超說：「阿源有德有言，向使作令僕，足以儀刑百揆。朝廷用違其才耳。」因殷浩字淵源，阿源是比較親昵的稱呼。以殷浩這樣高妙的「思致安處」，「我與我周旋久」這麼長的時間，他當然完成了「認識你自己」。表面上看，「我與我周旋久，寧作我」並不涉及對手，但「寧作我」是比較之後的選擇，它隱含的語意是：如果只能在你與我之間二選一，那我寧可選擇做我自己。後來辛棄疾說「寧作我，豈其卿」（〈鷓鴣天．博山寺作〉），要算是英雄識英雄，這位詞人能與殷浩「心心相印」。

跳出殷、桓二人的「競心」，「寧作我」教給我們要如何做人。

今天由於媒體的發達，各種各樣的「偶像」便層出不窮，年輕人追逐自己偶像時精疲力竭。他們不僅衣著要偶像那種款式，說話要偶像那種腔調，辦事要偶像那種做派，甚至整容也要整成偶像那種嘴巴、鼻子、眼皮……他們與殷浩「寧作我」相反，在偶像崇拜中完全失去了自我，寧可做別人也不願做自我，他們成了自己偶像的複製品。

有些年輕人是不懂得「寧作我」，有些成年人則是不敢「寧作我」。為了得到上級的表揚，為了得到朋友的肯定，為了得到他人的喜愛，我們去扮演一個好員工，一個好同事，一個好丈夫，一個好妻子，一個好……我們一直在「演」社會指定的角色，但從來沒有真正做一回自己。我們只是社會舞臺上的「戲子」，從來就不是生活中的真人，所以我們只在意自己的「社會形象」，害怕讓自己露出「原形」。我們不想認識自我，也不敢袒露自我，當然也不會接受自我，更不敢像殷浩那樣「寧作我」。

「寧作我」需要對自己充分的自信，需要對別人高度的坦誠，還需要自己內在的堅定性。

想當年，嵇康「師心遣論」，阮籍「使氣命詩」，陶潛「守拙」歸隱，謝安從容破敵，桓溫志在問鼎，殷浩「以長勝人」……他們活出了真情真氣真我真人，他們看上去有款有型有情有韻。

「咄咄怪事」

殷中軍被廢，在信安，終日恆書空作字。揚州吏民尋義逐之，竊視，唯作「咄咄怪事」四字而已。

——《世說新語·黜免》

晉穆帝永和三年（三四七），桓溫滅掉西蜀成漢政權後名聲大振，加之他當時正鎮守荊州，扼住了東晉的咽喉，因而這位梟雄讓朝廷如芒在背。另一位正在丹陽祖先墓所隱居的殷浩，那時的聲譽同樣如日中天。《世說新語·賞譽》載，「殷淵源在墓所幾十年，於時朝野以擬管、葛，起不起，以卜江左興亡」。朝野都把他比為管仲和諸葛亮，以他的出處來「卜江左興亡」。於是，他便被正在輔政的會稽王司馬昱當作抗衡桓溫的棋子，數次懇請殷浩出來主持朝政。永和五年（三四九），後趙皇帝石虎一死，北方便開始大亂，桓溫立即上書請求北伐。朝廷怕桓溫因此進一步坐大，對他的請求久久置之不理。次年以殷浩為中軍將軍、都督五州軍事，永和七年殷浩受命率軍攻打洛陽、許昌，永和九年殷浩兵敗許昌。桓溫見北伐連年吃敗仗，趁機上表彈劾殷浩。朝廷不得已將他廢為庶人，並流放東陽郡信安縣安置。

幾年之間，殷浩從王朝「救星」變成了朝廷「廢人」，從人生的頂峰跌入人生的谷底。於是，就有了這則小品描述的故事——

話說中軍將軍殷浩被廢為庶民後，被朝廷流放到東陽郡信安，他在這裡整天都對空寫字。當年做揚州刺史時他有不少崇拜者，這些仰慕他的官吏和平民追隨他來到信安。見他天天對空寫字，他們好奇地偷偷觀察，發現原來殷浩只寫「咄咄怪事」四字而已。

殷浩流放地東陽郡信安，治所在今浙江省衢州市衢江區。《晉書》本傳稱他「識度清遠」，弱冠之年便名滿天下，尚未出仕就已經眾望所歸。由於多年來一直是眾星捧月，他自己當然更覺得「我輩豈是蓬蒿人」（李白〈南陵別兒童入京〉）。哪曾想出師北伐屢戰屢敗，幾年之間他從人生「無限風光」的頂峰，墜入暗無天日的深谷！命運的轉折實在太急、太陡、太大，在如此沉重的打擊面前，很多人都會精神崩潰，我們能想像殷浩承受著多大的心靈煎熬：朝野都指望他來扭轉危局，他同樣認為自己無所不能，結果在戰場上卻是百無一能，在仕途上更是一蹶不振。作為當事人，殷浩無疑會百思不得其解，把悲劇歸結為命運的捉弄，所以只是困惑驚詫地感歎：「咄咄怪事！」「咄咄」是表示詫異驚歎的感歎詞。「咄咄怪事」現在成了常用成語，表達對不合常理或不可理解怪事的詫異之情。

當年諸葛亮六出祁山連連失敗，他不是同樣哀歎「謀事在人，成事在天」嗎？諸葛亮出師無功而返，回朝後仍是受人尊敬的丞相，殷浩敗後則從宰輔廢為庶人，所以他只能痛苦地書空「咄咄怪事」。在那種環境和心境中，他怎麼能冷靜反思悲劇產生的深層原因呢？

他唯一能想明白的就是自己被司馬昱賣了，自己一生成了他的工具和玩偶，一旦玩膩了就被給他甩了。《世說新語．黜免》篇載：「殷中軍廢後，恨簡文曰：『上人著百尺樓上，儋梯將去。』」他廢黜後怨恨簡文帝司馬昱說：「把我送到百尺高樓上面之後，立馬又把梯子給撤走。」文中的「儋」字通「擔」字。司馬昱即後來的簡文帝，當時輔佐年幼的穆帝司馬聃，事實上是他在獨攬朝政。他開始時要利用殷浩制衡桓溫，把殷浩推上了權力的頂峰，當殷浩北伐失利後被桓溫彈劾時，他又不願意站出來為殷浩承擔責任。殷浩要是勝了他占頭功，殷浩敗了他毫髮無損。

劉孝標注引《續晉陽秋》說：「浩雖廢黜，夷神委命，雅詠不輟，雖家人不見其有流放之戚。

外生韓伯始隨至徙所，周年還都。浩素愛之，送至水側，乃詠曹顏遠詩曰：『富貴他人合，貧賤親戚離。』因泣下。」史書記載「其悲見於外者，唯此一事而已」。「富貴他人合，貧賤親戚離」，他被廢為庶人後體認到了世態的炎涼，在自己喜愛的外甥面前泣下沾襟。但他平時能鎮定自持，仍然「夷神委命」，照樣「雅詠不輟」，即使家人也聽不到他唉聲歎氣，所以孝標懷疑「咄咄怪事」云云的真實性，「書空、去梯之言，未必皆實也」。

從人生的大喜墮入人生的大悲，對空書「咄咄怪事」即便不是歷史的真實，也符合殷浩性格及境遇的真實。這裡我們倒想追問一下：殷浩兵敗許昌算不算「咄咄怪事」？

誰都知道「勝敗乃兵家常事」，他麾下的部隊又是臨時糾合，謝尚部下的叛將又臨陣倒戈，在這種情況下誰都可能一敗塗地，何況殷浩此前只在紙上談兵。「人各有所長」的另一面，就是「人各有所短」。

《晉書》本傳說他「夷曠有餘，經綸不足。舍長任短，功虧名辱」，史家對他優缺點的評價冷靜客觀。殷浩誤以為在清談席上善於脣槍舌劍，在戰場上必定也勇於衝鋒陷陣。《三國志》稱諸葛亮「應變將略，非其所長」，這句話移來評殷浩更為貼切。要麼殷浩不清楚自己的所長與所短，要麼殷浩不懂得如何揚長避短，他領兵北伐本身就是一個錯誤，大敗而逃實屬正常，凱旋就有點反常——殷浩同意這個說法嗎？

天之自高

王長史與劉真長別後相見，王謂劉曰：「卿更長進。」答曰：「此若天之自高耳。」

——《世說新語．言語》

文中的主角「劉真長」即劉惔，另一位「王長史」即王濛，濛曾官至司徒左長史。劉惔為當朝駙馬，王濛為前朝國丈，他們二人同為東晉外戚，同為東晉顯貴兼名士，所以時人總將他們二人並稱為「王劉」或「劉王」。《晉書．王濛傳》說：「時人以惔方荀奉倩，濛比袁曜卿，凡稱風流者，舉濛、惔為宗焉。」

人們喜歡把他們一起並稱，自然也喜歡拿他們一起比較。《世說新語．品藻》篇載，謝安對王濛孫子王恭說：「劉尹亦奇自知，然不言勝長史。」也許真的佩服王濛，也許只想拉攏王恭，謝安是在轉彎抹角地稱讚王濛的才氣。如果對王恭面諛他的祖父，則有失自己宰相的身分，不說幾句對王濛的恭維話，又不能拉近與王恭的感情，所以，表面上他對劉惔、王濛優劣完全不摻雜半點個人意見，只是「非常客觀」地敘述一件歷史事實：劉惔這樣狂傲的天下名士，雖然對自己的才華十分自負，但他從未說自己勝過王濛，可見王濛的才情「牛」到什麼程度！這句話說得委婉巧妙極了，既不直接就劉、王的短長進行品評，又能讓王恭感覺到自己對他祖父的讚美；既能讓王恭為祖父驕傲，又不讓王恭覺得難為情。謝安的「雅量」固然不俗，他的說話技巧更為高明。

不管高明還是笨拙，委婉還是直率，比較的目的就是要分出個高下優劣，一分出高下優劣就容易傷害雙方感情，所以兩人並稱弄不好就成了兩人敵對。與其他並稱者彼此拆臺不同，他們二人倒是一直相互推許。《世說新語．賞譽》篇載，劉惔不僅覺得王濛姿容優雅，還常常讚歎他性情通達而又自然有節。有一次王濛酒酣起舞，劉惔說王濛那天的風度一點也不亞於向秀。王濛認為「劉尹知我，勝我自知」。他還曾對支道林誇獎劉惔說：劉真長的才高學富恰如「金玉滿堂」。《晉書》說他們二人情同手足，王濛下葬那天劉惔將王喜歡的犀柄麈尾放在棺中，慟哭昏厥了好長時間。

他們既然親於兄弟，說話就沒有任何顧忌。該文記述了他們二人這樣一則對話——有一天王、劉別後重逢，王濛表揚劉惔說：「老兄好像又有點長進了。」劉惔「大言不慚」地回答說：「不是我有什麼進步，天本來就很高嘛。」

劉惔所謂「天之自高」語出《莊子．田子方》：「夫水之於汋也，無為而才自然矣。至人之於德也，不修而物不能離焉，若天之自高，地之自厚，日月之自明，夫何脩焉。」莊子原話的意思是說，水流之有波瀾，是自然無為而形成的；同樣，至人之有道德，正如天自然就高，地自然就厚，日月自然就明一樣，哪還用得著人為修養呢？莊子所謂「天之自高」，是形容至人無為而德高；劉惔以「天之自高」答王濛「卿更長進」，是強調才華來自天生。「長進」須有人為努力，「天高」則是自然而成。

王濛是想誇獎朋友的刻苦勤奮，劉惔則是吹噓自己天生聰明。

孔夫子把人分成了四個層次：「生而知之者，上也；學而知之者，次也；困而學之，又其次也；

困而不學，民斯為下矣。」王濛誇他「卿更長進」，無形中把劉惔定位「學而知之」的層次上。劉惔稱自己是「天之自高」，是堅信自己屬「生而知之」的人。

在「人的覺醒」這一精神氛圍中，魏晉士人特別看重個人才智，他們常以高才誇人，也常以高才自炫。劉惔一向對自己的才華「感覺良好」，同輩們對他既以清談之宗相許，他自己也以清談之宗自居，怎麼甘心做「第二流人物」呢？《世說新語．品藻》篇中另一小品文能加深我們對劉惔的理解。「桓大司馬下都，問真長曰：『聞會稽王語奇進，爾邪？』劉曰：『極進，然故是第二流中人耳！』桓曰：『第一流復是誰？』劉曰：『正是我輩耳！』」

「第一流人物」「正是我輩」！那「我輩」無疑就是「生而知之」了，「我輩」的傑出也如「天之自高」，怎麼還要靠學習來求「長進」呢？

清人李慈銘對此大加指責，說「人雖妄甚，無敢以天自比者」（〈余嘉錫《世說新語箋疏》引〉）。表面上看李氏的批評不無道理，再狂的人也沒狂到以天自比，可細讀原文又覺得他說的似是而非。劉惔不過是暗用莊典，像天之自高和地之自厚一樣，自己的聰明才智來自天生，不是「學而知之」的努力結晶。再說，這是他們哥兒倆的閒聊，千萬不能對他們的談話過於拘泥。類似的對話在今天的兄弟之間也很常見，譬如一哥兒說：「老弟，你這件T恤衫配上你這身條，今天看起來好帥呀！」另一個馬上回答說：「我生來就帥，有什麼辦法！」當年王濛與劉惔對話，如果一個人說「卿更長進」，另一個回答「天生聰明」，那麼這場對話就太無聊也太無趣，劉惔那句「此若天之自高耳」，這個典故用得十分俏皮，也很符合他的身分，而且還有幾分幽默，倒是李慈銘太不解風情。

旁若無人

王子敬自會稽經吳，聞顧辟疆有名園，先不識主人，徑往其家。值顧方集賓友酣燕，而王遊歷既畢，指麾好惡，旁若無人。顧勃然不堪曰：「傲主人，非禮也；以貴驕人，非道也。失此二者，不足齒人傖耳。」便驅其左右出門。王獨在輿上，回轉顧望，左右移時不至。然後令送著門外，怡然不屑。

——《世說新語．簡傲》

王獻之（字子敬）與其父王羲之書法齊名，後世常將他們並稱「二王」，其書法是人們公認的「無上神品」，一直為歷代書家所仰慕仿效，其出身是東晉最顯赫的豪門，他的門第和他的書法一樣高不可及。

既生於高門又富有高才，這很容易讓別人覺得他高不可攀，也容易讓他覺得自己高人一等。通過這篇小品，我們來見識見識王獻之高人一等的優越感——

王子敬從自己會稽莊園裡外出途經吳郡，聽說顧辟疆有一座很有名的園林。他原先與主人並不相識，就徑直到他家去了。恰好碰上顧辟疆正在宴請賓客，朋友們在一起開懷暢飲。而王子敬參觀遊覽完畢之後，便毫無顧忌地對園林的優劣指指點點，旁若無人。顧辟疆氣憤得忍無可忍，他十分惱怒地對王子敬說：「在主人面前倨傲輕慢，是極其無禮；以身分高貴而盛氣凌人，是非常無道。無禮而又無道的人，就是為人不齒的粗野傖父。」說完，便叫人把他身邊隨從全都趕出門去。王獻之獨自一個人坐在轎子上四面顧盼，等了很長時間也不見隨從們來侍候。顧辟疆看到這種傲慢自負的樣子，馬上命人把他送到了門外，可王照樣還是一臉怡然自得不屑一顧的神態。

這篇文章置於《世說新語．簡傲》中，全文的中心就是表現王獻之待人接物如何「簡傲」。所謂「簡傲」就是於人輕蔑無禮，於己倨傲自矜。文中有幾個關鍵點值得注意：王獻之聽說吳郡「顧辟疆有名園」，他根本不與主人打招呼，就徑直到別人家裡賞園林，已經無禮之甚；主人正在宴請賓客，他對別人的園林放肆地說短論長，好像旁邊沒有人一樣，完全沒有把主人放在眼裡；被園子主人大聲指責後，王獻之還在轎子裡「顧望」園林，對「不足齒之傖父」這樣的唾罵也充耳不聞。讚美既不會讓他高興，咒罵也不會讓人掃興，因為在王獻之眼裡顧辟疆這樣的「下人」，無論說什麼都不值得他上心；直到主人把他的隨從趕出了門外，又把他本人遣送出門，他還是一副「怡然不屑」的神情。這就不僅僅是「旁若無人」，簡直就視主人為無物，這種「怡然不屑」比魯迅所謂「連眼珠也不轉過去」更要輕蔑百倍，「高人一等」遠遠不足以形容他門第和才氣的優越感。

王子敬從小就養成等級觀念，在他這種世胄看來，士庶之分就像天壤之別，《世說新語．方正》篇載：「王子敬數歲時，嘗看諸門生樗蒲。見有勝負，因曰：『南風不競。』門生輩輕其小兒，乃曰：『此郎亦管中窺豹，時見一斑。』子敬瞋目曰：『遠慚荀奉倩，近愧劉真長！』遂拂衣而去。」樗蒲是晉人常玩的一種遊戲，子敬小時偶然觀看家中用人玩樗蒲，發表意見後被用人調侃，他馬上就怒目而視說：「遠慚荀奉倩，近愧劉真長！」沒有半點小孩的純樸天真，而是滿腦袋門第優越感。六朝的「門生」並非王家學生，而是曲附於王家的義從侍者。

荀奉倩即三國時期思想家荀粲，他生前以「不與常人交接」出名，「不與常人交接」其實就是不與下等人往來。劉真長即東晉名士劉惔，他更是狂妄地宣稱「小人都不可與作緣」。「劉真長、王仲祖共行，日旰未食。有相識小人貽其餐，肴案甚盛，真長辭焉。仲祖曰：『聊以充虛，何苦辭？』真長曰：『小人都不可與作緣。』」劉惔有一次與好友王濛出行，很晚了還沒能吃上飯，一位相識的百姓好心地給他們送來晚餐，還特地備辦了豐盛的菜肴，劉惔寧可餓肚子也不吃百姓飯菜，王濛勸他說：「聊以充饑，何苦推辭？」劉惔毫不掩飾地說：「凡是百姓小民，統統都不能打交道。」王子敬看下人遊戲已是降低了身分，被下人調笑更是奇恥大辱，所以他以荀粲、劉惔為愧。

隨著貴族後代日益腐朽無能，寒門庶族子弟的處事能力，逐漸遠遠超過世家紈袴子弟，東晉士庶的鴻溝也越來越深。表面上看似乎貴族地位越來越高，實際上是這些紈袴子弟越來越強烈地發現，要想保住自己的社會特權，只得以深溝高壘的方法來凸顯其血統高貴，因此，他們通過以貴驕人來掩飾自己的焦慮心怯。我們來看看《世說新語．方正》中另一則小品：

王脩齡嘗在東山甚貧乏。陶胡奴為烏程令，送一船米遺之，卻不肯取。直答語「王脩齡若飢，自當就謝仁祖索食，不須陶胡奴米」。

一個落魄貴族還如此傲慢，拒絕接受寒門官吏送來的一船米，在今人看來真是匪夷所思！人們可能有所不知，正因為他已經落魄，所以他才更加傲慢；越是身價受到威脅，他才更要顯示自己的身價。

上升期的貴族對下人反而相對「隨和」，沒落時期的貴族在寒門面前更要拿架子耍派頭。

王子敬這位世家子弟和大書法家，其地位當然是無可爭辯的貴族，但精神深處某個角落又是庸人；他的藝術成就證明了他的才氣，他對待寒門的態度又暴露了他的俗氣。

第三章 剛正

《世說新語》中的〈德行〉和〈方正〉兩門，記述了許多剛強正直的君子，他們對上絕無媚態，對下絕無驕容；處世從不知道媚俗討巧，論人更沒有半點阿諛奉承——

一旦發現朋友華歆豔羨富貴權勢，管寧馬上與之割席，還斷然告訴對方「子非吾友也」，這就是古代所謂「君子不交非類」；和嶠在晉武帝面前不願違心地恭維太子，「聖質如初」表現了大臣的錚錚風骨；宰相王導對晉明帝歷數當朝開國皇帝竊國的種種陰謀、血腥，揭露了統治者殘忍卑劣的本性；郗超與謝玄私交「不善」，但在國難當頭之際力薦謝玄，表現了為人的公正和胸襟的坦蕩；卞壺論郗鑒「體中三反」，直率地品評身邊的同僚，既需要智慧更需要勇氣。

環顧一下我們的四周，聽到的莫非諛辭鬧曲，看到的全是溜鬚拍馬，今天到哪裡去找魏晉那些剛烈正直的君子？

◆ ◆ ◆

管寧割席

管寧、華歆共園中鋤菜，見地有片金，管揮鋤與瓦石不異，華捉而擲去之。又嘗同席讀書，有乘軒冕過門者，寧讀書如故，歆廢書出看。寧割席分坐，曰：「子非吾友也。」

——《世說新語．德行》

狐狸總是藏不住自己的尾巴。人雖然比狐狸要狡猾萬倍，更比狐狸善於隱瞞偽裝，但偽君子永遠成不了君子。在公開場合那些冠冕堂皇的議論，在大會上那些慷慨激昂的演講，甚至在情人耳邊那些甜言蜜語，都可能是自欺和欺人。聽貪官講廉政，聽嫖客講愛情，聽裸官講愛國，都是今天最有喜感的藝術享受。語言可以把自己顯露出來，也可以把自己隱藏起來，不然，怎麼會出現「口蜜腹劍」、「口是心非」這類成語呢？對「言為心聲」千萬不要太信以為真，金元好問早就識破「心畫心聲總失真，文章寧復見為人」（〈論詩三十首〉其六）的秘密。西方哲人說「語言是存在的家園」，可我們古人一直對語言存有戒心，《論語．公治長》便記有孔夫子「聽其言而觀其行」的教誨。評價一個人不能只聽他如何說，關鍵還要看他是如何做。

這則小品通過無意識行為和下意識動作，來揭示人的品行個性和精神境界——不是通過「聽」來論其優劣，而是經由「看」來定其高卑。

管寧和華歆二人是小時好友。管寧漢末避難遼東，歷經魏武帝、文帝、明帝三朝，一直以聚徒講

學為生，終生不仕。華歆漢末為尚書令，入魏後依附曹氏父子官至太尉。管、華在菜園鋤菜時，他們同時看見一塊金子。面對同一塊金子他們有完全不同的反應：「管揮鋤與瓦石不異」，華則「捉而擲去之」。「捉而擲去之」這兩個連續的動作，寫出了華歆複雜的心理過程——「捉」是見到金子一剎那的下意識行為，表明他急於想佔有金子的心情，不經意間暴露了他對金錢的貪婪，但當他一意識到自己露出醜態後，馬上就裝出一副對金錢的鄙夷之色，將「片金」輕蔑地「擲去之」。一「捉」一「擲」是從無意識的表露到有意識的掩飾，作者從其行為變化細膩地刻畫了他的心理變化，並由此揭示了他人格的卑微和境界的低下。

第二件「小事」是管、華同在一張座席上讀書，正好有一乘坐「豪車」的達官貴人從門前路過，這一次管寧又讀書如故，目不斜視，而華歆卻一臉豔羨，立即廢書出觀。

從這兩件事就能「看」清華歆的為人。管寧當即割斷座上的席子，與華歆分席而坐，並不留情面地對華歆說：「你不是我的朋友。」

作者通過兩人對兩事的不同反應，生動地表現了他們對金錢和權勢的不同價值取向，並於各自的行為描寫中表達了作者的褒貶態度。觀察得細緻入微，表達更曲折委婉，用語尤其雋永含蓄，看起來作者是在隨意揮灑，而文章其實是在用心經營。

「聖質如初」

和嶠為武帝所親重，語嶠曰：「東宮頃似更成進，卿試往看。」還，問「何如」？答云：「皇太子聖質如初。」

——《世說新語・方正》

晉武帝司馬炎所立的太子司馬衷是個窩囊廢，朝廷上下人人都心知肚明，大臣們無不憂慮晉朝的未來，武帝對這個寶貝兒子的能力也並不看好。有一次他把東宮官屬全召集來，拿出一些國家大事讓太子裁決，這位未來的皇帝一問三不知，賈妃讓太子左右的人代他回答，這才沒讓太子大出洋相。

暗地裡誰都知道太子是個笨蛋，可那些專以奉承拍馬起家的大臣們，公開場合卻一直恭維太子「聰明英斷」，只有和嶠對晉武帝說：「皇太子有淳古之風，而季世多偽，恐不了陛下家事。」（《晉書・和嶠傳》）和嶠字長輿，歷任尚書、太子少保等職，對錢財雖慳吝小氣，對皇帝卻剛直不阿，所以皇帝一直很信任他。所謂「淳古之風」只是「愚蠢」的一種委婉說法。司馬炎聽和嶠回答後默然不語。俗話說，老婆是別人的漂亮，兒子是自己的聰明，誰喜歡人家說自己的兒子愚蠢呢？更何況是富有四海的天子！

不久，晉武帝對和嶠、荀勖說：「太子近來好像有些長進，你們到東宮試一試虛實。」武帝這句話是在暗示直得不能再直的和嶠：別再對太子評頭品足說三道四，我的兒子怎麼會是個蠢貨呢？一向善於揣摩人主旨意並喜歡逢迎的荀勖回報武帝說：「太子德更進茂，明識弘斷，不同於初，有如明詔。」和嶠還是那個不懂轉彎的死腦筋，他向武帝回報的結果正好相反：「皇太子聖質如初。」用通俗直白的話來說就是：「皇太子還和從前一樣蠢。」可以想見武帝聽後的心情。晉武帝時荀勖為中書監，和嶠為中書令，按慣例監、令同車出進，但耿直的和嶠鄙薄佞媚的荀勖，公車一來和嶠便登車揚長而去，荀勖只好再找公車上下班，監、令分車上朝自和、荀始。

這位蠢太子即帝位後，西晉就開始由治變亂，由盛轉衰，他最大的政績就是加速了西晉的滅亡，連以給皇帝貼金為能事的正史也不得不給他「抹黑」：「及居大位，政出群下，綱紀大壞，貨賂公行，讒邪得志。」聽說天下百姓成批餓死的時候，這位「有淳古之風」的晉惠帝說：「百姓真傻，沒有米飯吃，幹嘛不去吃肉粥呢？」惠帝晚年還得意地責問和嶠說：「卿昔謂不了家事，今日定云何？」和嶠的回答真讓人哭笑不得：「臣昔事先帝，曾有斯言，言之不效，國之福也。」

這裡給大家講一個發生在當今的段子：有個官二代學生，成績在班上長期倒數第一，打架耍賴又總是名列前茅，學校校長對該生的班主任說：「這名同學一直表現『突出』，期末評語不能寫得讓他家長掃興。」既不想拍馬屁，也不想惹麻煩，班主任便在期末總結一欄中寫道：「該生成績一直穩定，動手能力尤強。」

從昔日的「聖質如初」，到今天的「成績穩定」，我們民族的確能「持之以恆」。

司馬景王東征，取上黨李喜，以為從事中郎。因問喜曰：「昔先公辟君不就，今孤召君，何以來？」喜對曰：「先公以禮見待，故得以禮進退；明公以法見繩，喜畏法而至耳。」

——《世說新語．言語》

歷史上削尖腦袋往官場鑽者並不少見，從被莊子諷刺舐痔吮膿之徒，到晉朝潘岳「望塵而拜」，再到唐代郭霸為魏元忠品尿獻媚，大可寫一部求官醜態史。

竟然有人做官全因被迫！這則小品可能讓無數讀者困惑。

魏晉之際士族個體的自覺，使許多人遺棄世事而宅心玄遠。由於頻繁改朝換代導致血腥政治清洗，阮籍「但恐須臾間，魂氣隨風飄，終身履薄冰，誰知我心焦」（〈詠懷〉其三十三首）的詩句，表達了當時士林普遍的焦慮，這使他們更加珍視個人生命和人格的價值。逃避政治，高蹈遠引，成為不少士人的人生取向，除非是出於無奈或被迫，通常不願意涉足官場這個是非之地。晉初，朝廷屢下徵聘的詔書，李密鐵心辭不就職，以致到「郡縣逼迫，急於星火」的程度，才逼出了他那封打動歷代讀者的〈陳情表〉。《晉書．劉毅傳》載：「文帝辟為相國掾，辭疾，積年不就，時人謂毅忠於魏氏，而帝怒其顧望，將加重辟，毅懼，應命，轉主薄。」李喜對景王問反映了部分魏晉士人的心曲。

司馬景王指司馬懿之子司馬師，師死後諡景王。高貴鄉公正元二年（二五五），鎮東將軍毋丘儉、揚州刺史文欽舉兵謀反，司馬師統率大軍征討，文中「東征」就是指這次戰事。上黨在今山西長治、壺關一帶。司馬師東征時「取」李喜為從事中郎，「取」要訴諸武力，「辟」則講求禮節，所以，「辟」可以推辭，「取」只得應命。不願就其父之邀，卻出任其子之命，這引發了景王司馬師的好奇，他大惑不解地問李喜道：「過去先父辟你為官你不就，現在我取你為什麼又來了呢？」幹嘛不吃敬酒吃罰酒呢？李喜的回答直截了當：你父親以禮待我，我也以禮決定進退；而你以法來強制我，我當然只好畏法就職。

李喜不想卑鄙地求官，也不想無謂地去送死，他對景王的答語真是漂亮極了：既不狂放無禮，也不阿諛奉承，正好在不卑不亢之間。

環顧今天為了一個處長或副處長，幾十個教授爭得頭破血流，再回頭仰望這則小品中的李喜，我還有什麼可說的呢？

豈能長久？

王導、溫嶠俱見明帝，帝問溫前世所以得天下之由。溫未答頃，王曰：「溫嶠年少未諳，臣為陛下陳之。」王乃具敘宣王創業之始，誅夷名族，寵樹同己，及文王之末高貴鄉公事。明帝聞之，覆面著床曰：「若如公言，祚安得長！」

——《世說新語．尤悔》

「晉祚安得長」這句話，不是發自晉朝「階級敵人」的惡毒詛咒，而是出自晉明帝司馬紹的深切擔憂。司馬紹是東晉第二任皇帝，他享國的時間比晉祚更短——在龍椅上僅僅坐了四年，壽命僅僅二十七歲。剛即位不久，明帝就詔見王導和溫嶠，這兩位是東晉開國元勳，也算是他自己的顧命大臣。現在難以確知當時的談話背景，也不知道是由於什麼原因，明帝向溫嶠問起自己祖輩如何打下晉朝江山。很可能就像現在學習歷史一樣，是想通過重溫先輩「光輝的創業歷程」，一方面讓自己和臣下珍惜「今天來之不易的幸福生活」，一方面給自己的皇位找到合法性理由，也讓自己在皇位上找到自信。這個二十出頭的小傢伙登基時，東晉王朝臣強主弱，政權已是風雨飄搖。手握重兵的王敦早就看上他這個位置，他天性就不喜歡稱「臣」而喜歡稱「朕」。這位有不臣之心的大臣，是明帝和東晉士族的心頭大患。他此時特別需要心理支撐，尤其是他想確證晉朝得天下是「天命所歸」，自己才是「真命天子」，任何覬覦皇位的逆子叛臣，到頭來都不可能得逞。

還沒有等溫嶠開口，王導就搶著接過了話頭：「溫嶠年輕不熟悉我朝的建國史，還是讓我來為皇帝陳述這些陳年舊事。」於是，王導開始口述晉朝的「建國大業」，他從晉朝事實上的開國皇帝司馬懿講起，講他如何趁曹家孤兒寡母，乘人之危突然發動「高平陵政變」，將曹爽、何晏等魏氏宗室和忠臣一網打盡。《晉書．宣帝紀》載，司馬懿在這次政變中「大行殺戮，誅曹爽之際，支黨皆夷及三族，男女無少長，姑姊妹女子之適人者皆殺之，既而竟遷魏鼎云」。高平陵之變使天下「名士減半」（《三國志．魏書．王淩傳》注引《漢晉春秋》），司馬師、司馬昭兄弟進一步剿滅異己，擁護曹魏政權而不與司馬氏合作的名士，如夏侯玄、毋丘儉、諸葛誕和嵇康等，幾年後又先後掉了腦袋。司馬昭後期更明目張膽地弒高貴鄉公曹髦，「司馬昭之心，路人所知也」。從開始篡皇位到後來保皇位，晉王朝一直伴隨著陰謀、殘忍、血腥、虛偽，不忠、不義、不仁、不善，就是明帝「前世所以得天下之由」。

看了晉朝「所以得天下之由」，誰還會相信什麼善惡報應和歷史公正？

明帝聽了祖輩的「光輝歷程」和「英明決斷」，掩面伏在坐榻上心虛地說：「若是像公所說的這樣，我晉室皇位怎麼能長久呢？」

又豈止是晉朝不可能長久，哪個用武力搶來的政權能夠長久？這篇文章有諸多耐人尋味之處：一、皇帝怎麼會不知道先人是如何龍袍加身？他為什麼要在此時問「所以得天下之由」？二、皇帝明明是問溫嶠，王導為什麼要搶著回答？三、王導為什麼要當面揭明帝先人的老底？

當時複雜的政治背景無從猜測，不過可以肯定的是，只有王導這樣的重臣才敢如此「放肆」，也只有王導這樣的忠臣才願如此直言。

憎不匿善

郗超與謝玄不善。苻堅將問晉鼎，既已狼噬梁、岐，又虎視淮陰矣。於時朝議遣玄北討，人間頗有異同之論。唯超曰：「是必濟事。吾昔嘗與共在桓宣武府，見使才皆盡，雖履屐之間，亦得其任。以此推之，容必能立勳。」元功既舉，時人咸歎超之先覺，又重其不以愛憎匿善。

——《世說新語・識鑑》

郗超與謝玄都出身於東晉顯貴豪門，又都以其出群才華和迷人個性見稱士林。郗超既卓犖不羈又妙善玄言，謝玄同樣舉止不凡且語驚四座。他們曾經同在桓溫幕下任職，不幸的是，一個雞籠裡容不下兩隻叫雞公，二人很有點像油和水，放在一塊卻合不到一塊。不過，他們兩人的「不善」並沒有發展成「交惡」，彼此都在交際場合不失君子風度，更難能可貴的是，郗超在國難當頭的時刻拋棄私人恩怨，客觀地肯定和舉薦與自己有隙的對手。

「苻堅將問晉鼎，既已狼噬梁、岐，又虎視淮陰矣。」苻堅是十六國時期前秦皇帝，建元十九年（三八三）率七十萬大軍攻晉，「問晉鼎」表明來者不善，「既……又……」說明軍情如火。只有雄才才能扭轉戰局。朝廷決議派謝玄北上討敵，社會上對此議論紛紛，很多人不看好謝玄的軍事才能，「唯超曰」三字寫只有郗超獨排眾議，公開贊成朝廷的決定：「是必濟事。吾昔嘗與共在桓宣武府，見使才皆盡，雖履屐之間，亦得其任。以此推之，容必能立勳。」「是必濟事」以斬絕的語氣斷定謝

玄必然成功，接著再根據自己的親身經歷，告訴大家謝玄有識人之明，大小事情都能用人得當，能把合適的人放在適當的位置上，能讓自己的部下都人盡其才，以此推論謝玄「必能立勳」。在短短幾句話中，郗超連續用了兩個「必」字打消人們對謝玄才能的疑慮。《晉書．謝玄傳》載，苻堅強敵壓境之際，謝安舉侄子謝玄應敵，「中書郎郗超雖素與玄不善，聞而歎曰：『安違眾舉親，明也；玄必不負舉，才也』」。

人與人之間在感情上或有好惡，在關係上或有親疏，郗超與謝玄二人氣味不投是人之常情，關鍵是不要為個人好惡所惑，要能「愛而知其惡，憎而知其善」，對所親者要能知其短，對所疏者要能識其長，並能對各自的優缺點作出公正的評價。現實中常有些人順我者昌，逆我者亡，好之者無一不善，惡之者則一無是處，由感情上的不相親善，變成了人事上的不能相容。

郗超能做到「不以愛憎匿善」，是由於他能去好惡之私，存是非之公。這需要識人的能力，更需要容人的胸懷。

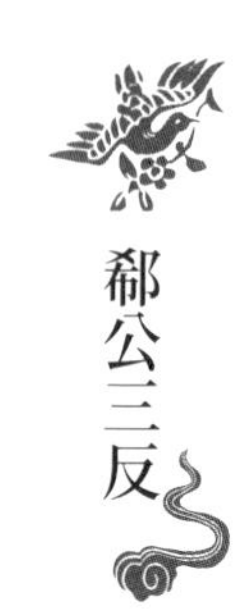

郗公三反

卞望之云：「郗公體中有三反：方於事上，好下佞己，一反；治身清貞，大脩計校，二反；自好讀書，憎人學問，三反。」

——《世說新語．品藻》

《大學》第九章說，人們對自己所愛的人往往過分偏愛，對自己所輕賤厭惡的人往往過分輕賤厭惡，對自己敬畏的人往往過分敬畏，對自己同情的人往往過分同情，對自己鄙視怠慢的人往往過分鄙視怠慢，「故好而知其惡，惡而知其美者，天下鮮矣」。大家對自己喜歡的人總覺得無一不好，對自己討厭的人總感到無處不糟，喜歡他卻知道他的缺點，討厭他而能看出他的優點，這樣的人在世上並不多見。

並不多見並不等於完全絕跡。

卞望之對郗鑒的品評，堪稱「好而知其惡，惡而知其美」的典範。卞望之名壼，出身於官宦世家，祖父卞統曾做琅邪內史，父親卞粹兄弟六人「並登宰府」，人稱「卞氏六龍」。他本人為東晉重臣和書法家，曾兩次出任尚書令，蘇峻之亂中他和兩個兒子戰死。卞壼立朝剛正不阿，以匡風正俗為己任，在朝廷上嚴肅批評丞相王導「虧法從私，無大臣之節」，彈奏御史中丞鍾雅「不遵王典」。《世說新語．賞譽》載：「王丞相云：『刁玄亮之察察，戴若思之巖巖，卞望之之峰距。』」王導認為東晉名臣中，刁玄亮明察，戴若思嚴峻，卞望之剛烈。「峰距」形容山嶽竦峙高峻的樣子。連高僧對他也敬畏三分，《世說新語．簡傲》載：「高坐道人於丞相坐，恆偃臥其側。見卞令，肅然改容云：『彼是禮法人。』」高坐道人在丞相王導身邊也常仰面而臥，但一見到卞壼就一臉嚴肅正襟危坐。

被卞壼品藻的「郗公」即郗鑒，東晉名將、名臣和名書法家，歷任中書侍郎、安西將軍、車騎將軍、司空等職，明帝逝世時他與王導、卞壼等人一同受遺詔輔佐晉成帝，他是同代人眼中的「一代名器」。

卞壼與郗鑒同為名臣，同為名書法家，他們既屬同僚更兼有同好。這種關係要麼結為死黨，因而相互吹捧；要麼成為死敵，於是相互拆臺。可卞壼與郗鑒既非死黨亦非死敵，他們之間是相互欣賞也相互批評的諍友。卞壼對郗鑒知之甚深，對他的評價也客觀理性——

卞壼說郗鑒身上存在著「三反」的現象，也就是有三種矛盾對立的品性：一方面對上侍奉君主方正原則，另一方面對下卻喜歡聽他們阿諛奉承，一反；一方面修身廉潔正派，另一方面又大肆計較利害得失，二反；一方面自己愛好讀書學習，另一方面卻忌恨別人有學問，三反。

郗鑒身上存在著的這「三反」，倒不是說他為人虛偽卑劣，也許他還沒有意識到身上的「三反」，這說明人性本身就非常糾結矛盾。以「一反」為例吧，「方於事上」反映他為人剛正，不喜歡對上司吹牛拍馬，卻「好下佞己」，喜歡聽下級對自己吹牛拍馬。這是什麼原因呢？人們可能要說郗鑒「方於事上」是「裝」，按理說自己既然不喜歡奉承別人，自然也應不喜歡別人奉承自己。其實，郗鑒身上的這種矛盾很容易理解，但凡有一點骨氣的人誰願意去奉承別人？可一個正常人誰不喜歡聽別人的表揚恭維？想想看，誰樂意在別人面前低三下四？誰不樂意別人在自己面前讚美謳歌？《大學》要求

「所惡於上，毋以使下，所惡於下，毋以事上」，可有幾個能夠做到這樣呢？「好下佞己」不過是人性的軟弱。第「二反」是理性與感性的衝突，從個人修養上他要求自己廉潔正派，但個人情感上又擺不脫利害得失，道德上厭惡的東西，情感上又很喜歡，這大概也屬「人之常情」。第「三反」則屬個人興趣和個人胸襟的矛盾，自己的興趣喜歡讀書，但郗公胸襟有點狹窄，所以他害怕別人讀書，心胸狹隘者能包容比自己差的人，但不能接納比自己強的人。

能看出「郗公體中有三反」，卞壼印證了老子所謂「知人者智」；敢說出郗公體中「三反」，則表現了卞壼自身的正直與勇氣。對自己身邊親朋的優缺點，我們往往不是看不出來，就是不敢將它們說出來。不能看出來是不智，不敢說出來是不剛。

有個老兄曾慨歎說，要能交到卞壼這樣的朋友，那真是人生的福氣。可要真遇上卞壼這樣的朋友，說不定你覺得特別晦氣——誰敢擔保你體中沒有「三反」呢？

第四章 率真

羅友跑到別人家裡賴吃白羊肉，是不是有點讓人丟臉？阮咸用竹竿掛出「大布犢鼻褌」的惡作劇，是不是有點搞笑？王藍田吃雞蛋時「性急」的神態，是不是讓你噴飯？王右軍東床袒腹的模樣，能不能讓你稱歎？

在禮教之士眼中，這些舉止全都背禮傷教；可在魏晉名士看來，這樣做才能「漸近自然」。

阮籍曾對名教之士極盡挖苦諷刺，說他們「容飾整顏色」的造作讓人反感，「外厲貞素談」（《詠懷》其六十七）的偽善更讓人噁心，所以嵇康提出「越名教而任自然」（〈釋私論〉）的口號。禮教的規範使人日漸遠離動物性，同時，禮教的束縛又使人越來越異化為非人。「循性而動」無須矯飾，率性而為坦露本真，魏晉名士的率真就是有意要與禮教「對著幹」。

陶淵明曾多次沉痛地說「舉世少復真」（〈飲酒二十首〉其二十），「真風告逝，大偽斯興」（〈感士不遇賦并序〉），也曾深深地喟歎「久在樊籠裡，復得返自然」（〈歸園田居六首〉其一）。在老莊哲學和魏晉玄學中，「真」與「自然」是同一概念——「真」的就是「自然」的，「自然」的也就是「真」的。因而，就像回歸自然一樣，率真不只是魏晉士人推崇的行為方式，也是他們強烈的形而上衝動。

羅友作荊州從事，桓宣武為王車騎集別。友進，坐良久，辭出。宣武曰：「卿向欲咨事，何以便去？」答曰：「友聞白羊肉美，一生未曾得吃，故冒求前耳。無事可咨。今已飽，不復須駐。」了無慚色。

——《世說新語．任誕》

雖然孔老夫子說過「飲食男女，人之大欲存焉」，《孟子》中也說「食色，性也」，可「食」與「色」既是「人之大欲」，同樣也是人之「大忌」——大家總以「好學」、「好禮」來恭維人，誰願意被別人說成「好吃」、「好色」呢？

「學」與「禮」都非人的本性，所以必須「勸學」和「崇禮」，沒有勸勉和推崇的助力，沒有利益或名譽的激勵，大概沒有多少人喜歡艱苦的學習和刻板的禮義。古人早就知道「困而後學，學以致榮；計而後習，好而習成」（嵇康〈難自然好學論〉）。「學」與「禮」都違反人的本性，違反了自己的本性還能愛好它，所以值得大加表彰。「食」與「色」是人的本能，越是壓抑就越是「好吃」、「好色」，「偷吃」、「偷窺」乃至強姦，通常都是人們過分「饑渴」所致。「性饑渴」與「口饑渴」同樣讓人難以忍受，食與性兩方面長期過度的饑渴，不是傷身就是喪命。「食」、「色」既是「人之大欲」，人們對它們就有極強的佔有欲，囤積食品和包養二奶都是多佔或強佔。這方面不僅不需要任何鼓勵，就是不斷勸說、警告和懲治，還是有人難免貪食和貪色。人們把貪食者蔑稱為「饕餮」，把貪色者貶斥為「色鬼」。饕餮是傳說中一種兇惡貪婪的怪獸，鬼更是大家又害怕又討厭的陰魂。

人之所惡偏大肆頌揚，人之所欲卻壓抑貶斥，這種與人性「對著幹」的文化，很容易造成全社會的道德虛偽，色鬼裝得像是坐懷不亂的聖人，吃貨在人前也得假裝斯文君子。

這裡和大家介紹一位率真的吃貨羅友，他貪吃從來不扭扭捏捏——貪得既很爽快，吃得也很痛快。羅友是湖北襄陽人，此公胃口實在太好了，從小對所有美食就來者不拒。可家中無錢，自己又無權，他為自己解饞的高招是蹭飯。小時候，一聽說哪裡有祭祀活動，他就跑到那裡去討祭品吃。有一次得知有家人祭神，他去得太早人家還沒有開門，主人出門迎神發現了他，問他為什麼一大早就待在這兒，他說打聽到你家要祭神，不過是想來求一頓飯吃而已。於是，他藏身在主人家門後，等天亮後飽吃一餐抹抹嘴便心滿意足地離開，臉上沒有半點羞愧之色。

常言道「江山易老，本性難移」，羅友做官後仍舊貪吃，貪吃的方法還是蹭飯，只是蹭飯的對象稍有變化——小時蹭鄉鄰的飯，做官後蹭上司的飯。桓溫做荊州刺史時引薦他為荊州從事，這篇小品就是記述他任從事期間蹭飯的趣事。桓溫有一次為王導三公子王洽餞別，陪客中本來沒有邀請羅友。羅友聽說上司請客便不招自來，藉故說有公事要請示桓溫，在宴席上坐了很長時間後，又一言不發便轉身告辭。桓溫問他說：「你剛才還說有公事要問，怎麼就這樣走了呢？」羅友從實回答道：「聽說白羊肉味道鮮美，有生以來從未嘗過，有人告訴我說，您宴席上備有這道佳餚，便找個由頭前來討吃。原本沒有公事要請示您，現在已經吃飽了，用不著再在您這兒待下去。」說罷便轉身離去，和以往一樣臉上依舊沒有半點羞慚。

桓溫對他蹭飯的方式大不以為然，曾直言勸這位下屬說：「想食也得講究一下身分，怎麼能像你現在這個樣子呢？」羅友對上司的勸告「傲然不屑」：「就公乞食，今乃可得，明日已復無。」言下之意是說在您這兒乞食，瞅著什麼時候有就什麼時候來，今天不吃明天可能就沒有這道菜了——吃飯還講究什麼派頭？

他以家貧乞食，也「以家貧乞祿」。桓溫起初只欣賞他的才華學問，但覺得他過於放縱荒誕，不是當官治民的那種料子，口頭上雖應允了他，卻又遲遲沒有任用他。有次府上有一下屬被舉薦到一州郡任職，桓溫特地設宴為他送行，羅友故意很晚才來赴宴，桓溫詢問遲到緣由，羅友一臉委屈地說：「小民自小就好吃，昨天接到大人的請帖，我一大早便出門赴宴，不料半路上遇到一鬼挖苦我說：『我只見你送別人做官，怎麼不見別人送你做官？』開始我大為恐怖，後來又非常慚愧，於是我反覆琢磨鬼的話，不知不覺犯下遲到之罪。」這回反而弄得桓溫滿面羞慚，不久便推薦他去做襄陽太守。

做了荊州從事還到別人家裡乞食的確失格，可當時士人卻認為「羅友有大韻」，所謂「大韻」就是極有格調風度。羅友的「大韻」來自何處呢？他嘴饞則去乞食，遇上美食便快意大嚼，酒足飯飽便馬上告退，從不找任何藉口，更不裝什麼清高。蘇軾在〈書李簡夫詩集後〉說：「陶淵明欲仕則仕，不以求之為嫌；欲隱則隱，不以去之為高，饑則扣門而乞食，飽則雞黍以延客。古今賢之，貴其真也。」這則評語移來評羅友也大體合適，他的「大韻」就在於其適性任情，在於其坦然率真。

未能免俗

阮仲容步兵居道南，諸阮居道北。北阮皆富，南阮貧。七月七日，北阮盛曬衣，皆紗羅錦綺。仲容以竿掛大布犢鼻褌於中庭。人或怪之，答曰：「未能免俗，聊復爾耳。」

——《世說新語．任誕》

「視金錢如糞土」這種豪言壯語，「說起來」比「做起來」要容易得多。「世人都曉神仙好，只有金銀忘不了」（《紅樓夢》第一回），曹雪芹倒是道出了實情。錢不僅決定你物質生活的豐儉，還決定你社會地位的高低，甚至決定你個人心情的好壞。「有錢能使鬼推磨」，古今中外少有例外。晉朝魯褒在〈錢神論〉中詛咒金錢說：「錢之所在，危可使安，死可使活；錢之所去，貴可使賤，生可使殺。是故忿諍辯訟，非錢不勝；孤弱幽滯，非錢不拔；怨仇嫌恨，非錢不解；令問笑談，非錢不發。」讀讀莎士比亞的《雅典的泰門》就知道，錢在文藝復興時期的歐洲，比一千多年前的魏晉更加管用，它能「使黑的變成白的，醜的變成美的，錯的變成對的」。

魯褒和莎士比亞所痛罵的這種情況，後世似乎越來越變本加厲。俗話說「自古衙門朝南開，有理無錢莫進來」。即使在今天，錢不一定是萬能的，但沒有錢肯定是萬萬不能的。

「人窮氣短，馬瘦毛長」是社會生活的真實寫照。「一擲千金」的豪爽，「捉襟見肘」的窘迫，連蠢驢也能看出誰更有氣派。

不過，任何通例總有例外。今天我們來見識一位人窮氣不短的名士。

文中的阮仲容就是竹林七賢之一阮咸，「步兵」是指阮咸叔叔阮籍，他曾出任過步兵校尉。據史載，阮籍這個家庭世代崇儒，只有阮籍、阮咸叔侄這一脈棄儒崇道，看重個人精神的自由，而不太在乎世俗的利祿，這樣家道就慢慢衰落下來。阮咸和叔父阮籍在道南住，其他諸阮都住在道北。道北的那些阮家都很闊綽富有，道南的阮家大多家境貧寒。古代民俗七月七日那天，家家都要曬衣服、書籍以防蟲蛀。道北阮家曬出來的都是綾羅綢緞，一家比一家的衣服華貴，這哪是在曬衣，分明是在炫富。道南的阮咸看到道北諸阮競相曬衣比富，他便用竹竿掛一條像犢鼻的褌（音同昆，短褲），人們見了覺得又搞笑又奇怪，問他為什麼要曬這條犢鼻褌丟人現眼，阮咸滿不在乎地說：「七月七日既然都得曬衣，我家既未能免俗，那就曬曬這條犢鼻褌應景吧。」

《論語．子罕》記孔子的話說：「衣敝緼袍，與衣狐貉者立而不恥者，其由也與？」孔子很少表揚他的學生子路，這次稱讚子路穿破舊衣服，站在穿名牌的人旁邊而不覺羞恥。對人不以衣著分貴賤，於己也不以衣著論高低，像子路這樣的人的確十分難得。可子路畢竟是一條莽漢，孔子一直責備他勇敢而無禮，他穿破衣站在穿名牌者中間毫無恥色，多半可能是他粗豪勇敢的個性使然，不見得是他有多麼超脫。

阮咸是著名音樂家，可不是子路那種粗人，他在道北諸阮家曬衣比富時掛出犢鼻褌，可不是因為他無知者無畏。這位「一醉累月輕王侯」（李白〈憶舊遊寄譙郡元參軍〉）的名士，已臻於「視金錢如糞土」的境界。我們不妨想像一下道北與道南曬衣的場面——

道北阮家陳列著五顏六色的「紗羅錦綺」，讓觀者目迷五色嘖嘖稱奇，而道南阮咸家在舊竹竿上，掛出一條破犢鼻褌，貧富反差是如此強烈，這場面看上去要多滑稽有多滑稽。

我們知道，七月七日曬衣只是當時的民間風俗，並不是晉朝的皇家法律，法律必須強制執行，民俗則悉聽尊便——阮咸可以曬也可以不曬衣服。說實話，他那條破犢鼻褌沒有曬的必要，這種粗麻布織品不曬也不至於生蟲，他故意用竹竿掛出破舊的犢鼻褌，是以一種惡作劇的方式，嘲諷道北諸阮家擺闊炫富的醜陋觀念。在紅紅綠綠的綾羅錦繡中，迎風招展的粗麻布犢鼻褌絲毫也不顯得寒酸，反倒是耀眼的綾羅錦繡顯得那樣珠光寶氣，俗不可耐。

是什麼原因讓阮咸不怕「丟醜」呢？主要是阮咸在人生境界上遠高於時輩，他擺脫了貧富之累和窮達之憂，所以敢於戲弄道北富有的阮家，讓那些熱中炫富的傢伙在精神上顯得極其寒磣。

假如沒有精神上的超越，誰敢在錦繡綢緞之中掛出「大布犢鼻褌」？誰還會有「未能免俗，聊復爾耳」這種人生的幽默？

性急

王藍田性急。嘗食雞子，以箸刺之，不得，便大怒，舉以擲地。雞子於地圓轉未止，仍下地以屐齒蹍之，又不得。瞋甚，復於地取內口中，齧破即吐之。王右軍聞而大笑曰：「使安期有此性，猶當無一豪可論，況藍田邪？」

——《世說新語‧忿狷》

文中的「王藍田」即王述，出身於魏晉豪門太原王氏，襲父爵藍田侯，官至散騎常侍、尚書令，地位和聲望都讓人仰視。曾祖父、祖父、父親及其子王坦之，也都是魏晉「一流人物」，父親王承（字安期）被譽為「中朝名士第一」，王坦之（字文度）與謝安、郗超齊名，東晉有謠諺說：「盛德絕倫郗嘉賓，江東獨步王文度。」

可是，以魏晉品藻人物的價值標準衡量，王藍田興許還夠不上一個「雅士」。魏晉士人以從容不迫為雅量，以恬淡豁達為超曠，以不露喜怒為修養。即使用上最先進的顯微鏡，你在王藍田身上也找不到這三條。單說修養吧。要叫王藍田做到喜怒不形於色，那你除非讓他徹底斷氣。這篇小品就是描寫他易於發火的急性子，堪稱一篇通過細節刻畫人物性格的傑作。作者只用五十多個字，就把王藍田的「性急」寫得活靈活現。

一起筆就交代全文的主旨：「王藍田性急。」一個人性急會表現在生活的各個方面，表現一個人性急也可以從很多方面著手，作者只選擇吃雞蛋這一日常瑣事展開——

有一次王述吃雞子——現在叫雞蛋，他用筷子去叉雞蛋，一下沒叉著，馬上就大發脾氣。如果是用一隻筷子，「刺」雞蛋是指戳或叉雞蛋，如果是用一雙筷子則是指夾雞蛋。我們吃煮雞蛋的時候，通常是用手拿起來剝蛋殼，用一隻筷子扎雞蛋容易滾，用一雙筷子夾雞蛋也容易滑。王藍田「刺」一回雞蛋「不得」，「便大怒」，因這一點小事馬上就大發脾氣，說明他性子非常暴躁，暴躁的人沒有一點耐心，稍不如意就會火冒三丈。「舉以擲地」四個字寫了兩個細節：先把雞蛋高高「舉」起來，然後再死勁扔下去，是想把雞蛋砸得粉碎，可見他對「不聽話」的雞蛋多麼「痛恨」。哪想到雞蛋煮得有點「老」，摔到地上後不僅沒有碎，還在地面旋轉不止，好像在向王藍田示威，於是他下地用木屐齒去「碾」雞蛋。「仍」是「乃」的通假字，「碾」字表示「踩」、「踏」後還要搓揉幾下，看來他與雞蛋已經「不共戴天」。哪知「碾」雞蛋「又不得」，於是新仇又加上舊恨。為什麼木屐齒沒「碾」著雞蛋呢？木屐就是一種以木做底的鞋子，木屐齒就是木底的鞋跟，木屐分有齒和無齒，即有鞋跟和沒鞋跟。魏晉人穿的木屐大多有齒，而且是有前齒與後齒，也就是有前後跟，鞋底前後跟中間自然就是空的。王藍田以木屐齒去「碾」雞蛋，雞蛋正好滾到木底前後齒中間，所以才「碾」不著雞蛋。沒有「碾」到雞蛋他的火氣更大了——「瞋甚」，「瞋」是發火時怒目圓睜的樣子。看著這枚雞蛋他不禁怒火中燒，為了發洩胸中的怒氣，只好從地上拿起雞蛋放入口中，使勁把雞蛋嚼碎，嚼碎後立即吐出來。文中的「內」通「納」字，此處是指王藍田把雞蛋放進自己口裡。

作者通過細節描寫主人公的心理，並進而刻畫他急躁火暴的性格，展現了極其高明的藝術技巧：

每前一細節是後一細節的「因」，後一細節則是前一細節的「果」，就文章結構而言層層遞進，就性格刻畫來說又入情入理。如，「刺」沒有刺著，於是便「舉以擲地」；可「擲」又沒有擲破，於是便「以屐齒碾之」；可「碾」又沒有碾成，於是便放進口中「齧破」，主人公的情緒也從「大怒」變成「瞋甚」。盤中煮熟的這枚雞蛋，已經不再是他用餐的食物，而成了他眼中「狡猾」的「敵人」。此時他對雞蛋已恨得咬牙切齒，最後從地上揀起雞蛋放進口中嚼碎，不是要咽下雞蛋填飽肚子，而是「齧破即吐之」，一解心頭之恨。另外，作者巧妙地運用動詞來生動描寫一系列的動作，如「刺」、「舉」、「擲」、「蹍」、「齧」、「吐」，用「大怒」、「瞋甚」表現神態的變化，讀來如聞其聲，如見其人。

文章結尾引用了王羲之對這一事件的評價：「王右軍聞而大笑曰：『使安期有此性，猶當無一豪可論，況藍田邪？』」王右軍聽到這件事以後大笑道：「即使王安期有這樣急躁的壞脾氣，也沒有一絲一毫值得稱道的，更何況等而下之的王藍田呢？」「一豪」就是「一毫」的意思。王安期是西晉享譽士林的大名士，王羲之自然不敢公開不敬，對於同輩人王藍田則不妨借此貶損。我們對王羲之的話要大打折扣，首先，太原王氏和琅邪王氏是魏晉兩個顯赫的家族，這兩個王氏既都人才輩出，又都各據要津，所以兩王難免暗暗較勁。其次，王右軍與王藍田極不投緣，所以右軍看藍田總不順眼，《世說新語．仇隙》載：

王右軍素輕藍田。藍田晚節論譽轉重，右軍尤不平。藍田於會稽丁艱，停山陰治喪。右軍代為郡，屢言出弔，連日不果。後詣門自通，主人既哭，不前而去，以陵辱之。於是彼此嫌隙大構。後藍田臨

揚州，右軍尚在郡。初得消息，遣一參軍詣朝廷，求分會稽為越州，使人受意失旨，大為時賢所笑。藍田密令從事數其郡諸不法，以先有隙，令自為其宜。右軍遂稱疾去郡，以憤慨致終。

右軍的書法極盡其瀟灑高雅，但與藍田相處卻顯得狹隘庸俗；藍田雖然脾氣急躁火暴，但對人對事卻十分大度。王藍田吃雞蛋氣急敗壞當然不足為訓，但也不是王右軍說的那麼不堪——他吃雞蛋那個樣子，儘管可笑，但不可厭。我覺得王藍田吃雞蛋的行為，比當代喜劇演員王景愚表演的小品《吃雞》，更加逼真，更加自然，也更加具有喜劇性。

謝安對王藍田屢屢稱賞備至，他認為王藍田「掇皮皆真」（《世說新語．賞譽》），剝掉王藍田的皮全都剛直率真。晉簡文帝對王藍田也有類似的評價：「才既不長，於榮利又不淡；直以真率少許，便足對人多多許。」（《世說新語．賞譽》）的確，王藍田也許算不上雅士，也許還夠不上能臣，但他無疑是一位真人。

你欣賞故作清高的「雅」，還是喜歡剖肝露膽的「真」？

待客之道

過江初，拜官，輿飾供饌。羊曼拜丹陽尹，客來早者，並得佳設。日晏漸罄，不復及精，隨客早晚，不問貴賤。羊固拜臨海，竟日皆美供，雖晚至，亦獲盛饌。時論以固之豐華，不如曼之真率。

——**《世說新語．雅量》**

誰都免不了要到別人家做客，做客的人誰都有這樣的經驗：最怕主人虛情假意，飯菜極盡其精美，態度極盡其殷勤，招待極盡其周到，但客人自己卻感到極不自在，站也不是，坐也不是，留下來自己覺得勉強，一走了之又怕得罪主人。上自己摯友家做客的感受就大不一樣：朋友家有什麼大家就吃什麼，不需要格外忙乎張羅；心裡想什麼嘴上就說什麼，用不著絞盡腦汁敷衍應付；興起而往，興盡而歸，不必察看主人的臉色和心情。在朋友家與在自己家沒有任何兩樣，彼此都脫略形跡，大家都用不著客氣。節假日上這樣的朋友家做客，能真正體驗到友情的珍貴，感受到人際的溫暖，品味出生活的醇香。

東晉初年政權還在草創階段，朝廷接二連三任命了大批朝官和地方官，按當時的風俗受命者要款待前來道賀的人。這時羊曼拜丹陽尹，羊固拜臨海太守，時人將他們並稱「二羊」。不過二羊並不是親兄弟，羊曼泰山南城（今山東費縣）人，歷任黃門侍郎、尚書吏部郎、丹陽尹等職。羊固是泰山（今山東泰安市）人，以善草書和行書聞名於當世，歷任黃門侍郎、臨海太守等職。先來羊曼家道賀的人能吃到豐盛的宴席，幾天後好食物被吃空了，後來的客人不問貴賤都待之以粗茶淡飯。拜官後羊固整日都為道賀者提供美食，不論遲來早到都可大飽口福。「佳設」就是精美的食品。

羊固比羊曼更細心周到，也更捨得掏腰包，想不到「時論以固之豐華，不如曼之真率」。羊固為什麼吃力不討好呢？關鍵是他的大方和精心是「做」出來的，從早到晚，從先到後，他的宴席都同樣豐盛精美，人們在大快朵頤時多少有點不自在，因為客人感到主人在「存心」待客，說白了，就是沒有把客人當作「自己人」。羊曼則恰好相反，他一方面對道賀者由衷感激，家裡有什麼就讓客人吃什麼，另一方面對客人是那樣隨便、自然和真率，讓客人有一種賓至如歸的親切與溫暖。

待客之道和為人之道一樣，最重要的不是食物的豐盛，而是對人態度的真誠。

良箴

陸玩拜司空，有人詣之，索美酒，得，便自起，瀉著梁柱間地，祝曰：「當今乏才，以爾為柱石之用，莫傾人棟梁。」玩笑曰：「戢卿良箴。」

——《世說新語．規箴》

今天如果某人加官晉爵，家中定然是賀客盈門，人們不是稱頌晉升者功高才大，就是祝願他今後前程遠大。這些不絕於耳的讚美和祝願中，有的是真心為他「彈冠相慶」，有的可能是為了巴結逢迎，有的不過是恭維敷衍，不管哪種情況都在情理之中，絕不會有誰冒冒失失地跑去說：如此低能卻爬上如此高位，你老兄這次意外升官，要麼是走了後門，要麼是走了狗屎運。即使那些喜歡嫉妒眼紅的小人，眼看別人飛黃騰達也會假惺惺為他感到「高興」，除非貨真價實的「二百五」，或者是患上嚴重的精神病，否則，在人家大喜的時刻斷然不會去「大煞風景」。

也許我們古人有點死心眼，這種煞風景的事情就發生在東晉。話說東晉一代名臣王導、郗鑒、庾亮相繼謝世，朝野都有一種天崩地陷的憂懼，陸玩很快憑自己的德操和聲望官拜侍中、司空。司空在東晉官銜一品，就是我們俗話所說的「位極人臣」。對於陸玩本人來說是登上了權力的頂峰，對於普通士人和百姓來說更是高山仰止。當他和家人正沉浸在成功的喜悅中時，不承想來了一位道賀的客人，一進門便向他索要美酒，拿到酒後自己並不開懷暢飲，而是把酒傾灑在房子梁柱旁的地上，一邊對著梁柱禱告說：「當今之世缺乏良才，把你當作柱石來用，可不要傾覆了人家的棟梁。」這哪裡是來給陸玩賀喜，簡直就是存心來給他難堪。這番表面對屋梁的禱告中，隱含了一種「時無英雄，使豎子成名」（《晉書．阮籍傳》）的狂傲和輕視。沒料到陸玩不僅不以為侮，反而感激地笑著對客人說：「我一定會記著你的金玉良言。」據《晉書．陸玩傳》記載，陸玩說完後對在座的眾賓客一聲長歎：「朝廷以我為三公，實在是由於天下無人。」東晉「三公」是指太尉、司徒、司空。當時物論以為陸玩道出了實情。

陸玩的門第雖然不能比肩北來的王、謝，但陸家向來是江南望族，明帝病危，其兄陸曄與王導、庾亮、郗鑒等同為御榻前的顧命大臣，即使是權傾一時的王導也要讓他三分。史載王導過江後想對陸玩示好，當面請求與陸玩結為兒女親家，陸玩對此還毫不領情，當面委婉拒絕了王導的美意。他在給王導的短札中還敢調侃王導是北方來的「傖鬼」。到王導那兒請示公事，他也不是事事遵循王導旨意，別人問他為什麼不執行王導指示，他說「王公位尊，小民位卑，臨時不知所言，過後覺得不妥」。同輩稱陸玩為人謙遜而有雅量，從他對王導的態度來看，他溫和之中又不乏剛強，對任何人都不會輕易彎躬屈膝。

陸玩其品節足為世範，其才能足堪調度，其器量又能讓人歸附，最終成為眾望所歸的一代名臣，誰能說陸玩才劣呢？有的人才華外露，有的人比較內秀，有的人非常敏捷，有的人比較深沉，每種才能都各有其長短利弊，能用其長則中人也能成就大業，只用其短則天才也將一事無成。陸玩自稱無才只是表現了他謙遜的一面，要是他接到朝廷詔命立即「仰天大笑出門去」（李白〈南陵別兒童入京〉），真的像李白那樣得意忘形，在那風雨飄搖的東晉如何做得了宰輔呢？「知人者智，自知者明」（《老子》），陸玩達到了老子所謂「明」的境界。比起那些一直自命不凡而又埋怨懷才不遇的傢伙，謙遜沉潛的陸玩不是更有智慧嗎？

為什麼認為陸玩出任司空是朝廷的無奈之舉，連陸玩自己也說這是朝中無人呢？難道他對自己也沒有一點自信？瞭解一下東晉政治生態就不難知道，那時北方士族佔據了權力中心，江南士族基本上都在敲邊鼓，陸玩能位至三公算是破天荒了。權力的支柱不是「才」而是「勢」，沒有勢力當然就沒有底氣。正是因為「有」江南士族的背景和勢力，他才敢在王導面前不卑不亢；也正是因為他「只有」江南士族的背景和勢力，他才在北方士族唱主角的政治舞臺上不得不低調做人。聲稱「以我為三公，是天下為無人」，用通俗的話說就是「山中無老虎，猴子稱大王」，這表明即使登上顯位他也不敢張狂。千萬不要把他這句話過於當真，他放低姿態未嘗不是以退為進，要想跳起，必先蹲下，是政客們常用的把戲。

這篇小品通過陸玩家中會客的一個場面，表現了魏晉士人精神風貌的一個側面。能到陸司空家祝賀他榮升的那位客人，無疑不是我們這些升斗小民。到宰輔家賀喜卻又索酒奠梁，還要告誡司空「莫傾人棟梁」，既不顧自己為客之道，也不顧主人的顏面之尊，真是狂放到了撒野的程度。余嘉錫先生對此大不以為然，說這是魏晉士人「狂誕之積習」（《世說新語箋疏》）。不過，大家還記得阮籍那句「禮豈為我輩設也」的名言吧？魏晉士人喜歡稱心而言，任性而為，他們討厭周旋客套，反感世故矯情，客人「狂誕」中流露出的「真率」，比虛情假意的恭維捧場不是可愛得多嗎？

客人的狂誕讓人驚奇，主人的態度更讓人意外。客人禱告無異於使酒罵座，主人卻把他的「撒野」視為「良箴」。陸玩並不覺得客人是在羞辱自己，反而把他的話當作善意的規勸。權傾一時但不以勢壓人，名高一代而不以名驕人，文中率真的客人很可愛，大度的主人更可敬。

文章平平道來但波瀾迭起，剛拜司空便有客道賀，誰曾料到客人卻以酒澆地，而且還要警告主人不要傾人家棟梁；人們以為主人可能大為光火，沒想到他卻把客人的狂傲視為好意，還把他的禱告視為「良箴」——這在藝術上是典型的「平中見奇」。

東床袒腹

郗太傅在京口，遣門生與王丞相書，求女婿。丞相語郗信：「君往東廂，任意選之。」門生歸，白郗曰：「王家諸郎，亦皆可嘉，聞來覓婿，咸自矜持，唯有一郎在東床上袒腹臥，如不聞。」郗公云：「正此好。」訪之，乃是逸少，因嫁女與焉。

——《世說新語．雅量》

郗太傅（鑑）與王丞相（導）兩家都是東晉豪門，郗、王二人又同處當朝權力的核心，在魏晉那個門閥等級森嚴的時代，郗、王二家的子女聯姻可謂「門當戶對」，所以任職京口的郗太傅遣門生向王導「求女婿」。王丞相也很隨便坦然，叫郗太傅的門生往東廂「任意選之」。魏晉的門生不一定就是主人的弟子，大多是投靠世家大族的門客。「廂」指正房前面兩邊的房屋，正房一般都坐北朝南，廂房通常便為東西兩向。

聽說郗家叫門生來「求女婿」，這下可忙壞了「王家諸郎」，個個都精心地修飾自己，不僅抖出自己平時最喜歡的衣冠，而且在儀態上也作了大幅度「調整」：盡可能地莊重而不呆板，隨便又不輕浮，言行舉止都優雅得體，盡可能顯出大家豪門風範。想不到郗太傅那位門生也眼明心細，王家子弟一舉一動都看在眼裡，回家後向郗太傅一一稟報：「王家諸郎亦皆可嘉。聞來覓婿，咸自矜持。」「矜持」一詞道盡了諸兒郎為了成為郗家快婿故作莊重、拘謹種種不自然狀。門生接下來又向郗太傅說：

「唯有一郎在東床上袒腹臥，如不聞。」與諸郎形成鮮明對照的是，當兄弟精心打扮的時候，此郎竟然袒露著肚子仰臥東床，完全像沒聽說過郗家選婿這回事似的。如此不雅，如此放肆，如此任性，此郎在這場選婿中必定落選無疑。想不到郗公聽說後不僅沒有皺眉，反而高興地一拍手說：「正此好！」郗太傅在世俗眼中也未免太草率了，還不知道此郎的姓名、個性、學業，甚至還沒有見到此郎模樣，只因為在選婿時袒腹仰臥就選為女婿，誰沒有自己的肚子呢，袒露肚子算什麼本事呀？太傅一言九鼎，女兒的終身大事就這麼定了。定了女婿人選再去訪女婿的姓名，原來袒腹者「乃是逸少」，即那位後來冠絕古今的書聖王羲之。

故事極富戲劇性。最不雅觀的袒腹者卻是最為高雅藝術的創造者。

其實這一戲劇性的偶然中也包含著必然。王家其他「諸郎」在選婿時，不僅用衣冠遮住了自己的身體——掩蓋了自己生理上的「真我」，而且用諸般「矜持」之狀遮住了自己精神上的「真我」。他們都用世俗的意識、舉止將自己層層包裹起來，已經失去了生命的真性，儘管穿戴入時，儘管談吐文雅，但不可能有驚世駭俗的精神創造。

王羲之在郗家「覓婿」時袒腹東床，袒露出了他身心的本然形態，展露了他個體的性情之真，生理上的自然袒露和精神上的真率灑脫，正表明他的內在生命沒有被世俗所掩埋、閹割和窒息。他草書「如龍跳天門，虎臥鳳闍」（梁武帝〈古今書人優劣評〉）的勁健筆力不正是來自他生命的勃發旺盛麼？「飄若浮雲，矯若驚龍」（《晉書．王羲之傳》）的筆勢不正是來自他精神的灑脫飄逸麼？

當時袒腹東床的逸少是塊璞玉渾金，為女選婿的郗太傅也有識珠慧眼。單憑他主動向王丞相「求

女婿」一事，就可以看出他本人也討厭世俗禮節，一個大家閨秀還愁沒有採花者？養著女兒還低頭向人家「求女婿」？「求女婿」本身就是向世俗的挑戰。郗太傅肯定也認同阮籍「禮豈為我輩設也」那句名言。真是物以類聚，人以群分，女婿固不凡，泰山也不俗。

作者筆致空靈跳脫，「君往東廂任意選之」一句後，徑直便寫「門生歸」。從稟報郗太傅的話中見出門生選婿觀察之仔細，如果一五一十詳寫他如何選婿，那真是佛頭著糞，死板乏味。以「諸郎」的「咸自矜持」，襯托逸少的袒腹真率，反襯手法的運用也恰到好處。郗公「正此好」三字讓人忍俊不禁，文字有一種不動聲色的冷幽默。文中郗公寫信求婿，王丞相表態同意，門生東廂挑選，然後回去稟報，接著郗公拍板，每一個人都忙得不亦樂乎，而真正的主角逸少始終沒有露面。逸少人無須露面，其形象卻活靈活現，這種「背面傅粉」技巧之高明令人叫絕。只用一百來個文字，居然寫了那麼多人物，那麼曲折的情節，那麼多轉折頓宕，如此高明的藝術手腕你能不服嗎？

這則小品堪稱藝術極品。

第五章 曠達

「曠」的本意是「明」，「達」的本意是「通」。「曠達」就是洞明世事透悟人生之後，所嶄露出來的一種豁達的生活態度，一種灑脫的人生境界。曠達的人不以俗務縈心，不以功名累己，任興而行毫無功利，率性而言絕無機心，他們將晦暗的人生引入澄明，使俗氣沉悶的生活充滿詩性。

因為明白「未知一生當著幾量屐」，阮遙集才「神色閑暢」；因為強調「人生貴得適意爾」、留戀家鄉菰菜羹、鱸魚膾，張翰「遂命駕便歸」；因為擺脫了世俗的羈絆，王子猷才會「乘興而行，興盡而返」……無欲、無念、不沾、不滯，他們活得那樣瀟灑、輕鬆、超然。

連杜牧也不無羨慕地說：「大抵南朝皆曠達，可憐東晉最風流。」（〈潤州二首〉其一）「曠達風流」的人生，誰不神往？誰不企慕？

◆ ◆ ◆

何必見戴？

王子猷居山陰，夜大雪，眠覺，開室，命酌酒，四望皎然。因起彷徨，詠左思〈招隱〉詩，忽憶戴安道。時戴在剡，即便夜乘小船就之。經宿方至，造門不前而返。人問其故，王曰：「吾本乘興而行，興盡而返，何必見戴？」

——《世説新語．任誕》

不管是孔夫子的「益者三友，損者三友」，還是劉峻〈廣絕交論〉中「勢交」、「賄交」、「談交」、「窮交」、「量交」等「五交」，都是講理性的算計而非朋友的交情。劉峻的「五交」本質上不是「交友」而只算「交易」，是用金錢或權勢來進行「情感投資」，以便當下或將來獲得更高的回報。即便是孔子的「益者三友」——「友直，友諒，友多聞」，也仍然是通過與人交往讓自己獲益——或提高修養，或改正錯誤，或擴展見聞。「益三友」與「五交」的差別，只在於後者是得到世俗的利益，前者是得到精神的昇華。二者表面上雖然在論「交」談「友」，實際上交友的目的全是為了自己的好處——對自己有好處的就算是「益友」，對自己有害處的就劃歸「損友」。中國人很少那種「莫逆於心」的純潔友情，大家交友不過是為了好在這個世上「混得開」，所謂「在家靠父母，出外靠朋友」、「多個朋友多條道，多個敵人多堵牆」。劉峻「五交」的勢利一目了然，所以人們一直暗暗地這麼做，但誰也不會明目張膽地這麼說；而孔夫子交友之道隱含的世故有點轉彎抹角，兩千多年來沒有被人識破，「益三友、損三友」至今還是大家的處世格言。

連交個朋友也要掂量掂量，到底是讓自己受「損」還是獲「益」，一切都要放在利益的天平上稱一稱，所有行為都必須獲得收益，久而久之，大家都習慣了「謀而後動」，很少人懂得「興之所至」。這種「活法」不累才怪！

杜牧在〈潤州二首〉其一中說：「大抵南朝皆曠達，可憐東晉最風流。」詩中的「曠達」、「風流」是互文，這兩種特點共屬南朝與東晉。東晉的「曠達」與「風流」，包括東晉士人倜儻瀟灑的儀表風度，卓異出眾的智慧才華，任性而為的生活態度，無拘無束的生活方式。這篇小品以一個士人雪夜訪友的細節，為後世生動地勾勒了東晉士人「曠達風流」的側影——文中王子猷即王徽之，書聖王羲之第五子，他的門第既顯赫高貴，個人才氣又卓越不群。在「世冑躡高位」（（左思〈詠史詩八首〉其二））的魏晉，王子猷無須鑽營也可榮登高位，不必奮鬥也能坐致富貴，《晉書》本傳說他「不綜府事」，從不以世事縈心，為人灑脫不羈，放曠任性。《世說新語．任誕》篇載：「王子猷作桓車騎參軍。桓謂王曰：『卿在府久，比當相料理。』初不答，直高視，以手版拄頰云：『西山朝來，致有爽氣。』」對頂頭上司關於府事的詢問，仍是一副傲然不屑的神態，全然不在乎個人仕途的升降沉浮，這種邁往之氣，這種簡傲之儀，看上去酷似飄然遠舉的神仙。

有一年冬天，王子猷辭官待在山陰的家裡。山陰就是今天浙江紹興，用他父親〈蘭亭集序〉中的話說，「此地有崇山峻嶺，茂林脩竹，又有清流激湍，映帶左右」，王家的大莊園就建在這兒。夜裡忽然大雪飛揚，他半夜一覺醒來，連忙開門賞雪，並命家童酌酒。只見夜空中雪花飄飄灑灑，四望一片晶瑩皎然。皎潔的大地，清亮的美酒，澄明的心境，真個是「表裡俱澄澈」。他情不自禁地起身，一邊來回踱步，一邊吟起左思〈招隱詩〉：「杖策招隱士，荒途橫古今。岩穴無結構，丘中有鳴琴。白雪停陰岡，丹葩曜陽林……」因眼前白雪聯想到有「白雪停陰岡」又因此想到了正隱居剡溪的畫家戴安道。子猷忽地一時興起，當即乘上小船前往訪戴。剡縣位於山陰東北面，剡溪在曹娥江上游，由山陰的曹娥江溯江而上，到戴安道隱居地有百來里行程。小船抵達戴安道門前時，已是第二天凌晨。叫人大感意外的是，冒著鵝毛大雪，頂著刺骨寒風，乘一夜小舟，好不容易才到戴的門前，他竟然沒有叩門造訪，馬上又掉轉船頭打道回府。有人大為不解地問他是何緣故，他只簡簡單單地回答說：「我原本是乘興而行，現在則是興盡而返，為什麼非要見戴安道呢？」

是呵，為什麼非要見戴安道呢？

「興」是這篇小品之骨：王子猷見夜雪而起「興」，因「興」而開門賞雪，因「興」而命童酌酒，因「興」而雪夜吟詩，因「興」而連夜訪戴，又因「興盡」「不前而返」。「興」是這一系列行為的動因，沒有「興」就沒有王子猷這一連串活動，當然也就沒有這篇迷人的小品。

那麼，什麼是王子猷所說的「興」呢？

「興」是因特定情景而產生的一種飄忽的思緒，一種飄逸的興致，它來無蹤去無影，恰似「羚羊掛角，無跡可求」（宋嚴羽《滄浪詩話》語），用唐司空圖的話來說，「遇之匪深，即之愈希，脫有形似，握手已違」（《二十四詩品·沖淡》）。「興」近似於純感性的意識流，即王勃所謂「逸興遄飛」（〈滕王閣序〉），或李白所謂「俱懷逸興壯思飛」（李白〈宣州謝朓樓餞別校書叔雲〉）。它可能忽然而起，也可能戛然而止，它全不著痕跡，因而不可事前逆料，也不可人為控制。

今天我們不管幹什麼事情，都要經過周密的成本計算，和某人親熱不是因為情趣相投，而是此人對我有用；與某人關係疏遠不是因為此人討厭，而是由於特殊原因必須保持距離。哪怕是戀愛結婚也要斤斤計較，有的婚前還要辦財產公證，以免日後離婚產生財產糾紛——準備結婚的同時，又在準備離婚。今天開公司和開商店更近於欺詐，只要能掏空你口袋中的鈔票，可以昧著良心不擇手段。如今，「興之所至」是任性的代名詞，是一種非理性的衝動，是必須克服的「幼稚病」。幼兒園的兒童也變得非常「老練」，從小就知道把目光盯著權和錢，因為這是衡量成功與失敗的唯一標準。幾年前，廣州某小學一年級一個女生「暢談理想」，她說自己最大的願望就是做貪官，因為她媽媽告訴她貪官都既有權又有錢。人們起初是只用智而不用情，後來變成只有智而沒有情，最後對所有人都冷酷無情。我們沒有任何興致，沒有任何激情，我們心靈的泉水越來越枯竭，我們的精神越來越荒蕪，我們的人生越來越庸俗……

王子猷雪夜乘舟訪戴，事前並無任何安排，來時是「乘興而行」；到了戴的門前卻不造訪，回去是「興盡而返」。無論是來還是返，他都無所利念無何目的。無利念而愉悅，無目的而合目的，這不正是一種審美的人生嗎？「乘興而行，興盡而返」，王子猷擺脫了所有世俗的羈絆，「乘興而行」不是求官，「興盡而返」也不是逐利。他適性任情循興而動，雪夜開室「四望皎然」，「興」起便連夜乘舟前往，他使枯燥的日常生活充滿美感，他給晦暗的人生帶來詩情。在他「興盡而返」的一剎那，王子猷的人生晶瑩剔透，一塵不染。

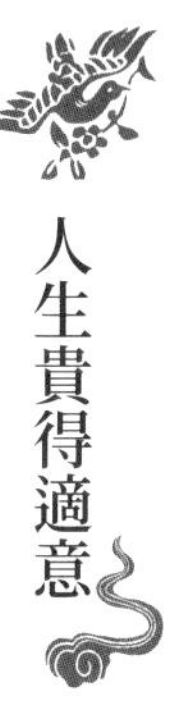

人生貴得適意

張季鷹辟齊王東曹掾，在洛，見秋風起，因思吳中菰菜羹、鱸魚膾，曰：「人生貴得適意爾，何能羈宦數千里以要名爵！」遂命駕便歸。俄而齊王敗，時人皆謂為見機。

——《世說新語．識鑑》

張翰（字季鷹）是西晉文學家，被齊王司馬冏辟為東曹掾，他辭職歸鄉不久齊王被殺，時人都認為張翰辭職是他有先見之明，在司馬冏最得勢的時候預料到了將要來臨的悲慘結局，因而這則小品在《世說新語》中歸入〈識鑑〉一門。劉孝標還注引《文士傳》以為佐證：「翰謂同郡顧榮曰：『天下紛紛未已，夫有四海之名者，求退良難。吾本山林間人，無望於時久矣。子善以明防前，以智慮後。』」但就本文而論，張翰辭職不是由於他在政治上能「以智慮後」，而是他在人生價值取向上能以適意為貴，這一人生態度在魏晉士人中很有代表性。

文章一開始就說「張季鷹辟齊王東曹掾」，開門見山地交代他已經釋褐出仕，接下來說：「在洛見秋風起，因思吳中菰菜羹、鱸魚膾。」菰菜羹、鱸魚膾是江浙一帶的風味小吃，菰菜羹就是把菰菜切碎後蒸成糊狀的一道素菜，鱸魚膾是將鱸魚肉切得很薄再爆炒的一道葷菜。大概是菰菜要到秋天才入食，鱸魚也是到秋天最肥美，張翰是今江蘇蘇州人，一見秋風就想起故鄉的這兩種小吃。古代沒有飛機和高鐵，中原洛陽不可能讓他享受這份口福，因此他便大發起感慨來，「人生貴得適意爾，何能羈宦數千里以要名爵」！「羈宦」就是在外地做官，「要」的意思是求取，「名爵」指名聲和官爵。離家千里做官於異地，求的全是一些蝸角虛名和蠅頭小利，到頭來連自己喜歡的家鄉菜也吃不到。人生最可貴的就是適意，而吃不到自己喜歡的風味菜就不適意，既然如此，還要那些名爵有什麼用呢？這促成了張翰做出重大的人生抉擇——「遂命駕便歸」。

小品後面這幾句的文意和筆調都有點滑稽，「命……便……」句式寫出了過程的迅速，以此表現張翰辭官態度的決絕。可在外人看來張翰的選擇過於輕率，菰菜羹和鱸魚膾再好吃，不也就是兩道地方小菜嘛，與洛陽的京官相比孰輕孰重傻子也分得清。一個大丈夫為了吃到故鄉這兩種小菜，竟然辭掉京官捲起鋪蓋回老家，這簡直比小孩還要任性可笑。

然而，在張翰看來這一點也不滑稽可笑，他丟了烏紗帽卻又重新找回了自我。張翰生當魏晉「人的自覺」的時代，人自身成了最高目的，為了功名利祿而委屈自己，而扭曲自己，而喪失自己，是地地道道捨本逐末的荒唐行為，這種人生選擇才最為可笑。陶淵明後來也曾說「寧固窮以濟意，不委曲而累己」（〈感士不遇賦〉），人生最大的幸福就是適意稱情，按照自己的本性選擇自己的生活方式。張翰喜歡吃故鄉的菰菜羹、鱸魚膾，「遂命駕便歸」，正是為了讓自己能「適意」地生活，而「適意」不正是人生最大的快樂嗎？《世說新語．任誕》還有一篇寫張翰的小品文：

張季鷹縱任不拘，時人號為「江東步兵」。或謂之曰：「卿乃可縱適一時，獨不為身後名邪？」答曰：「使我有身後名，不如即時一杯酒！」

為了虛無縹緲的身後美名，犧牲眼前實實在在的幸福，這種人生愚蠢而又虛偽。張翰的選擇沒有任何外在目的，就是能讓自己過得稱心適意，率性而行，稱情而動，便是他渴求的存在方式。

如今，我們早已忘記了人自身就是目的，習慣把自己作為實現某一目的的手段，所以從來沒有奢望要過得「稱心適意」，從來沒有品嘗過真正的人生樂趣，難怪大家的心田都是那樣枯澀乾燥，所以大家都喊「活得很累」，因為我們從來沒有為自己活過。回頭看看我們先人活得這樣輕鬆瀟灑，真叫人嫉妒。

祖財阮屐

祖士少好財，阮遙集好屐，並恆自經營。同是一累，而未判其得失。人有詣祖，見料視財物，客至，屏當未盡，餘兩小簏著背後，傾身障之，意未能平。或有詣阮，見自吹火蠟屐，因歎曰：「未知一生當著幾量屐？」神色閑暢。於是勝負始分。

——《世說新語．雅量》

莊子認為不依賴於外物才有自由，逍遙遊的前提就是無待——不依賴於外，有待就不可能實現逍遙遊。然而人的生存離不開外物，生活中哪少得了柴米油鹽？獲取和積累錢財是生存的必要手段。可是，久而久之生存手段卻成了生存目的，人們獲取和攢聚錢財原本為了生存，逐漸蛻變為生存就是為了獲取和攢聚錢財，人由物的主人淪為物的奴隸，古人把這叫作「累於物」或「役於物」。

東晉的兩位名士名臣中，祖士少愛錢財，阮遙集愛木屐，二人對自己的嗜好之物都苦心經營。表面上看，他們的嗜好都成了他們生活的累贅，人們一時辨不出二人的高下優劣。一次有人到祖士少家，恰好遇上他正在清點財物，客人進門他還沒有收拾停當，剩下兩個竹箱子放在背後，他連忙側過身子去擋住它們，還牽腸掛肚地放心不下，那模樣真尷尬可笑極了。另一位老兄到阮遙集家串門，見他用火給木屐塗蠟，一邊塗蠟一邊感歎地說：「不知道我這一輩子能穿幾雙木屐呵！」那神態別提有多安閒有多舒暢。於是，兩人精神境界的高下立見分曉。順便說一下，古人把屐履之類的東西稱為「量」，我們今天把鞋子稱「雙」，屐就是底下有齒的木鞋。

祖士少對錢財之愛表現為一種貪婪的佔有欲，偷偷摸摸地查點財物的模樣活像一個守財奴，看見客人還側身擋住來不及收拾的財物，自己的東西不願與人分享，甚至看也不讓別人看見，顯得那般猥瑣、狹隘、自私。除了佔有外別無人生樂趣，他生命的存在已經降到了物的層次。

阮遙集的情況則大不相同。他親自吹火熔蠟塗抹木屐，是因為他覺得一生穿不了幾量屐，酷愛木屐是因為熱愛生命，深於情卻不為情所困，嗜於物但不為物所累，為人處世完全不沾不滯，顯出主人心靈的曠達、瀟灑和超然。他之愛物不是把自己降到物的水平，而是把自己精神提升到更高的存在，對木屐的把玩其實是對生命的審美。

祖士少和阮遙集雖然都有待於物，但阮只是「物物」，而祖則「物於物」。

智且達

蘇峻亂，諸庾逃散。庾冰時為吳郡，單身奔亡。民吏皆去，唯郡卒獨以小船載冰出錢塘口，籧篨覆之。時峻賞募覓冰，屬所在搜檢甚急。卒捨船市渚，因飲酒醉，還，舞棹向船曰：「何處覓庾吳郡，此中便是！」冰大惶怖，然不敢動。監司見船小裝狹，謂卒狂醉，都不復疑。自送過淛江，寄山陰魏家，得免。後事平，冰欲報卒，適其所願。卒曰：「自出廝下，不願名器。少苦執鞭，恆患不得快飲酒，使其酒足餘年，畢矣。無所復須。」冰為起大舍，市奴婢，使門內有百斛酒，終其身。時謂此卒非唯有智，且亦達生。

——《世說新語．任誕》

這篇小品寫的是一次「美麗」的誤讀，一次「溫暖」的移情。

話說晉成帝咸和二年（三二七），歷陽內史蘇峻糾集鎮西將軍祖約，以討伐庾亮為名起兵進攻京城，次年攻破京城建康，執掌朝政。事件的起因是：蘇峻因平定王敦叛亂居功自傲，加速擴張勢力擁兵自重，越來越不受朝廷節制。當時執政庾亮幾次徵詔蘇峻，並頒佈優撫詔徵蘇峻為大司農，加散騎常侍，位特進，令其弟蘇逸代他領兵。蘇峻認為這是以升官的方式剝奪他的兵權，受到幕僚慫恿決心聯合祖約起兵反叛。開始，叛軍進展極其順利，蘇峻在建康大敗庾亮統領的朝廷軍隊，庾亮率諸兄弟潰散南逃。

庾亮大弟庾冰時為吳郡內史，郡治在今天的蘇州市，他不得不隻身倉皇奔逃。郡內百姓和身邊屬下全都逃走了，無奈之下庾冰只得喚郡府中一個聽差小卒，讓他一人用小船把自己送出錢塘江口。小船頂上沒有遮蓋，只好用江浙叫「籧篨（音同渠除）」的蘆葦粗席掩著庾冰。蘇峻得知庾冰大致方位後，重金懸賞手下捉拿他，叛軍四處盤查得非常嚴。小卒還沒清醒地意識到處境有多危險，居然丟下庾冰一人，自己到小洲上買東西，直到喝得酩酊大醉才搖搖晃晃地回來，還揮舞船槳指著小船說：「到哪裡去找庾大人，船裡面就是！」蘆席下的庾冰聽後大為恐慌，但又一動也不敢動。那些檢查關卡的叛軍士兵，見那麼狹窄的小船，哪能裝下一個大人，只當是小卒喝多了發酒瘋，誰都沒懷疑船中真的有人。渡過浙江之後，庾冰寄居在山陰的一個魏姓人家，最終躲過了這番滅頂之災。等平定蘇峻叛亂後不久，庾冰想報答小卒的救命之恩，讓小卒儘管提出自己最大的願望，自己要盡一切可能來滿足他。小卒回稟道：「小人出身低賤，沒想過要做官揚名，從小就苦於聽別人使喚，一直遺憾不能痛痛快快地喝酒。假如讓我後半生能把酒喝個夠，這一生也算是沒有白活，再也沒有其他什麼需求了。」庾冰便為他蓋了一棟大宅院，還為他買幾個奴婢，為他家中貯備了上百斛美酒，小卒實現了自己「酒足餘年」的夙願，快快活活地了此一生。時人都認為這個小卒不僅很有智謀，而且也通達人生的真諦。

魯迅先生將《世說新語》稱為志人小說，這篇小品的確像一篇微型小說。首先，它的情節曲折完整。「蘇峻亂，諸庾逃散」為故事緣起，庾冰「單身奔亡，民吏皆去」為故事高潮做鋪墊，「唯郡卒」三字突出郡卒在救庾冰脫險中的重要作用。「小船載冰」和「籧篨覆之」，寫盡了庾冰出逃的倉皇之狀；「峻賞募覓冰，屬所在搜檢甚急」，可見當時形勢的險惡。小卒醉後胡言「何處覓庾吳郡，此中便是」，一下子把故事推向了高潮，讀者的心也快提到喉嚨了，當事人庾冰更是魂飛魄散，正在這命懸一線的當口，大家都以為凶多吉少，卻不料峰迴路轉，檢查關卡的叛卒「都不復疑」。故事的情節險象環生，文章的章法跌宕起伏。像中國古代大多數小說一樣，故事最後有一個大團圓的美滿結局。小品結尾以「非唯有智，且亦達生」點題，起到了片言居要而又警策醒目的作用。其次，文章善於製造緊張氛圍。如寫庾冰「單身奔亡」，寫他在小船上「籧篨覆之」，又如寫郡卒醉後胡言，讀這篇小品好像看恐怖電影一樣大氣也不敢出。最後，這篇小品對主人公「郡卒」形象的刻畫也十分生動。如寫郡卒嗜酒如命的癖好，即使在那樣緊張的情況下，他在中途仍然要「飲酒醉還」，「舞棹向船曰」以動作寫醉態十分傳神，這也為下文「使其酒足餘年畢矣」留下了伏筆。

最後兩句「時謂此卒非唯有智，且亦達生」，既是點題，也是誤讀，更是移情。當時的人認為「此卒有智」，這一判斷似乎大可商榷。當「吏民皆去」時此卒不去，可以說他忠於職守，但看不出他多有智謀。「以小船載冰出錢塘口」，而且以「籧篨覆之」，後來正是由於「監司見船小裝狹」才救了庾冰一命，這並不是此卒因為膽大心細有意為之，很可能是倉促之中只能找到小船和籧篨，事後的結局是歪打正著，活該庾冰福大命大。途中醉酒後的胡言亂語，更活脫脫一條莽漢醉鬼的形象。至於他冒著生命危險護送庾冰，看不出是在進行人生的賭博和投資，為了日後庾冰的「湧泉之報」，他好像根本沒有想到庾冰報恩，更沒有向庾冰索要「高價」。這一系列行為只能說他「有膽」，還看不出是他「有智」。此卒一次冒險而終生享福，是特殊時刻一連串的機緣湊巧，絕非他思而後動的理智設計。

如果說「此卒有智」是魏晉士人對郡卒的誤讀，那麼「且亦達生」則純屬移情。不同的時代，不同的階層，各有自己完全不同的幸福憧憬。二十世紀初期，中國人對共產主義生活的描繪是「樓上樓下，電燈電話」；從記事起一直到「文化大革命」結束，我覺得最大的幸福就是香噴噴白米飯吃到肚兒圓；現在農村那些大齡男性青年，他們最大的幸福恐怕是找到老婆；護送庾冰的郡卒是一個酒徒，「酒足餘年」就是他人生的最高理想，也是他人生的最大幸福。在他看來，官職爵祿不就是為了能痛快飲酒嗎？自己要是能痛快飲酒，那還要官職爵祿有什麼用呢？這位郡卒「不願名器」，並不是他要擺脫高官厚祿之累，去實現「無官一身輕」的自在逍遙，是他從沒有嘗過「權力的滋味」，他哪裡知道有了「名器」還愁沒有美酒？魏晉那些「平流進取，坐致公卿」的貴族，「名器」對他們來說比「衣來伸手」還要簡單，所以他們把「不願名器」視為通達，把「酒足餘年」看成瀟灑。這樣，他們「以君子之心度小人之腹」，郡卒就成了他們實現人生理想的楷模。另外，魏晉之際儒家名教成了人們唾棄和嘲諷的對象，名士酗酒、裸體、放縱，不過是「非湯武而薄周孔」的「行為藝術」。他們的人生理想不再是立德立功立言，適性任情才是他們渴望的生活方式，於是，《世說新語》出現了許多對酒鬼的禮贊：「張季鷹縱任不拘，時人號為『江東步兵』。或謂之曰：『卿乃可縱適一時，獨不為身後名邪？』答曰：『使我有身後名，不如即時一杯酒！』」「畢茂世云：『一手持蟹螯，一手持酒杯，拍浮酒池中，便足了一生。』」不僅張季鷹和畢茂世的人生理想與郡卒極其相近，連偉大詩人陶淵明臨死前也說：「但恨在世時，飲酒不得足。」郡卒不也說「恆患不得快飲酒」嗎？郡卒和陶淵明的人生遺憾何其相似！不過，這種相近或相似都是表面的，郡卒希望「酒足餘年」只滿足自己的口腹之欲，名士則是通過轉換一種生活方式，來實現自己更本真更「自然」的精神追求。這恰如山村中的農舍與大觀園中的「稻香村」，形相近而實相遠。從前很多鄉下農民天天吃紅苕和野菜，當下不少富豪也開著名車跑到郊外去吃農家野菜，前者是不得不以野菜填飽肚子，後者是吃點野菜換換口味，要是因此認為農民全是美食家，那可真要讓人笑掉大牙。

魏晉士人讚賞博大的胸襟、寬宏的氣量、豁達的氣度和高雅的韻致，《世說新語》還專設〈雅量〉一門。大家公認唯有「風流宰相」謝安眾美兼備，既有「雅人深致」，又有寬宏氣量，書中用了大量筆墨描寫謝安的「雅量」。

所謂「雅量」，除了上面四個本質性規定以外，還應包括如下特徵：面臨突然變故時處變不驚，遭遇重大險境時臨危不亂，任何時候都顯得包容、寬裕、鎮定、平和。

我們通過一篇小品來看看「雅量」的本質特徵。《世說新語．雅量》篇載：「桓公伏甲設饌，廣延朝士，因此欲誅謝安、王坦之。王甚遽，問謝曰：『當作何計？』謝神意不變，謂文度曰：『晉阼存亡，在此一行。』相與俱前。王之恐狀，轉見於色。謝之寬容，愈表於貌。望階趨席，方作洛生詠，諷『浩浩洪流』。桓憚其曠遠，乃趣解兵。王、謝舊齊名，於此始判優劣。」桓溫設的「鴻門宴」上，王坦之的「恐狀，轉見於色」，謝安的「寬容，愈表於貌」，王、謝兩人的神態形成鮮明對比。謝安「作洛生詠」的優雅，「諷『浩浩洪流』」的氣概，「其量足以鎮安朝野」。只想著個人的安危，王坦之怎麼不心懷恐懼？心繫「晉阼存亡」，謝安才如此坦然。死生尚且無變於己，得失更不足以動其心，這樣才會有從容的氣度和宏大的氣量。可見，雅量是一種氣質個性，更是一種精神境界。

◆ ◆ ◆

器度

郭林宗至汝南，造袁奉高，車不停軌，鸞不輟軛；詣黃叔度，乃彌日信宿。人問其故，林宗曰：「叔度汪汪如萬頃之陂，澄之不清，擾之不濁，其器深廣，難測量也。」

——《世說新語．德行》

魯迅先生在〈憶劉半農君〉中將陳獨秀、胡適和劉半農三人做過一次有趣的比較，他說假如將韜略比作一間武器倉庫，陳獨秀在武庫外豎一面大旗，旗上寫道「內皆武器，來者小心」，但庫房卻是大門洞開，裡面有幾支槍幾把刀一目瞭然，別人根本用不著提防；胡適的庫房門是緊閉著的，門上還貼了一張紙條說「內無武器，請勿疑慮」，使見者難知虛實；劉半農則讓人不覺得他有「武庫」，他就像一條清澈見底的小溪，一眼就能見出他的深淺來。陳、胡叫人佩服，而半農則讓人親近。

這則小品中袁奉高和黃叔度的為人也是截然不同：一個清淺，一個深廣。

郭林宗即東漢末年享譽士林的郭泰，博通經典，妙善言談，名臣李元禮曾說「吾見士多矣，無如林宗者也」。郭死後為他寫碑銘的著名作家蔡邕說：「吾為人作銘，未嘗不有慚容，唯為郭有道碑頌無愧耳。」（上皆劉注引《續漢書》）郭林宗先後拜訪的袁奉高（名閬）和黃叔度（名憲），他們二人既是同鄉，又同為當世名士。郭林宗拜訪袁奉高時，車子還沒有在路邊停穩，馬嚼子上掛的鸞鈴還在撞軛作響，他就起身告辭了主人。他到黃叔度家拜訪的時候，卻在黃家裡一連住了兩日兩夜。是郭與袁話不投機，還是與黃更加投緣？文章先有意製造懸念，用「人問其故」四字賣關子。

我們來聽聽郭林宗的解釋：「黃叔度的為人就像那汪洋浩瀚的萬頃湖水，澄也澄不清，攪也攪不濁，他的胸襟器度淵深博大，實在難以測量呵！」原來是黃叔度的器度寬宏，只有與他長期接觸才能粗識深淺。那麼袁奉高的為人呢？文章又讓讀者自己去推測。從郭林宗拜訪他時間的倉促短暫，大致能猜出只有兩種可能：要麼是郭對袁印象不好，要麼是袁氏了無機心。郭林宗在另外場合對袁氏多有好評，這就排除了第一種可能性，袁氏為人沒有什麼城府，可從郭林宗對他的評價得到印證：「奉高之器，譬諸氿濫，雖清易挹也。」（劉注引《泰別傳》）郭林宗到底是喜歡城府深的黃叔度，還是喜歡城府淺的袁奉高呢？從與黃、袁相處的久暫來看，他似乎更喜歡黃叔度，從他在別處推崇袁氏的言論看，他也同樣敬重和喜歡袁奉高。

就這篇文章本身而論，作者是在讚美黃叔度「其器深廣」，胸襟「汪汪如萬頃之陂」，這種人才是國家的宏材偉器。文中雖說到「澄之不清，擾之不濁」，但「清」與「濁」並非關注的重心。「量」隸屬才能，「清」歸於德性。曹操不是公開「求」那些「盜嫂受金」的才智之士嗎？《世說新語》專設〈雅量〉門，魏晉士人似乎將「量」置於「清」之上——器量狹小雖清何益？器量深廣雖濁何妨？

就今天的價值觀判斷，「量」與「清」未可軒輕。心地透明的人能給人以信任感，與之相處覺得可靠而又親切，但又往往失之淺露幼稚；城府深沉的人處事穩重老練，而且容易成就大業，但這種人用理智把自己裹得嚴嚴實實，人家對他們莫測高深，因而自然也就對他們敬而遠之，只覺其可畏而不覺其可愛。黃叔度和袁奉高代表了兩種不同的性格類型，真可謂尺有所短而寸有所長，他們有差異但無優劣。東漢末年士族已經出現人性的自覺，士人的個性日益鮮明，情感也日益豐富，本文正好透露了這一時代信息。

新亭對泣

過江諸人，每至美日，輒相邀新亭，藉卉飲宴。周侯中坐而歎曰：「風景不殊，正自有山河之異！」皆相視流淚。唯王丞相愀然變色曰：「當共戮力王室，克復神州，何至作楚囚相對？」

——《世說新語·言語》

西晉末年，西北遊牧民族趁晉朝八王之亂，陸續進入中原建立非漢族政權，中原士大夫相率南渡長江避難，琅邪王司馬睿這時過江在建業（今天南京）建立東晉王朝。「過江諸人」就是指這些東晉王朝中的南渡士族，也就是史家所謂「南渡衣冠」。「新亭」即今天南京市南邊的勞勞亭，東晉初，從北方南渡的名士常於風清日麗的時候在此聚會。

本文就是描寫在一次聚會上，王導與周顗諸人面對同一風景各自不同的情感反應。

周顗環顧四周美麗的風物，溶溶的春光，大有「國破山河在，城春草木深」（杜甫〈春望〉）之慨，淒涼地感歎道：「風景不殊，正自有山河之異！」春天風景倒是沒有什麼異樣，只是家國山河完全不同，不久前還是在黃河邊的洛陽賞春，現在卻跑到了長江邊的建業聚會。一句話就流露了周顗心中隱藏的創痛，表現了這位風流自賞士人的感傷多情。座中名士聽了也都相對噓唏，由此可見朝廷上下彌漫著悲觀淒切的氣氛。東晉以前，長江流域的文化經濟落後於中原，漢族士人南渡都屬於萬般無奈，很多士人過江時潸然淚下，《世說新語．言語》載：「衛洗馬（玠）初欲渡江，形神慘悴，語左右云：『見此芒芒，不覺百端交集。苟未免有情，亦復誰能遣此！』」從發達的地區跑到落後地方，誰沒有衛玠這種憂愁呢？

王導是當時國家的中流砥柱，也是當時名士心目中的主心骨。《晉書》本傳載：「桓彝初過江，見朝廷微弱，謂周顗曰：『我以中州多故，來此欲求全活，而寡弱如此，將何以濟？』憂懼不樂。往見導，極談世事，還，謂顗曰：『向見管夷吾，無復憂矣。』」管夷吾即有「春秋第一相」美譽的管仲，他輔佐齊桓公稱霸諸侯。桓彝將王導視為當世的管仲，可見王導在當時士大夫心中的分量。王導這時要是跟著周顗一塊以淚洗面，那整個國家更會人心惶惶。聽了周顗的感慨，看到大家的悲傷，王導馬上把臉一沉，厲聲厲色地對大家說：「當共戮力王室，克復神州，何至作楚囚相對？」在這國運艱難的時刻，應當齊心合力報效剛剛建立的朝廷，鼓起收復中原失地的勇氣，怎麼能像囚徒似的相對垂淚一籌莫展呢？「楚囚」本指春秋時被俘到晉國的楚國人鍾儀，後用來泛指被囚禁的人，這裡比喻處境窘迫又無計可施的東晉士族。只用「愀然變色」四字寫其神態，只用短短三句對話寫其內心，一個老辣政治家的形象便躍然紙上——遇事不濫用感情，處世則沉穩剛毅。

作者以對比的手法刻畫人物，把不同的性格和形象襯托得格外鮮明，的確是文章高手。

鎮定自若

謝太傅盤桓東山時，與孫興公諸人泛海戲。風起浪湧，孫、王諸人色並遽，便唱使還。太傅神情方王，吟嘯不言。舟人以公貌閑意說，猶去不止。既風轉急，浪猛，諸人皆喧動不坐。公徐云：「如此，將無歸？」眾人即承響而回。於是審其量，足以鎮安朝野。

——《世說新語．雅量》

謝安是一位讓無數人傾倒的政治家，既風流儒雅又穩健老練，既有瀟灑迷人的個性又有令人驚歎的功業，是東晉中期政壇上的中流砥柱。他在朝主政時，「強敵寇境，邊書續至，梁、益不守，樊、鄧陷沒，安每鎮以和靖，禦以長策」。其實，他不僅能在棘手的軍國大事上「鎮以和靖」，即使平時遊賞時同樣也能鎮定自持。

本文通過一次泛海遊玩活動，運用行動和語言，通過烘托和點染，生動地描寫了謝安作為一名政治家沉著鎮定的氣質、處變不驚的膽量和凝聚群雄的大家風度。

與謝安一起泛海的是當時文藝、學術、宗教界名流，「孫興公諸人」包括書法家王羲之、文學家孫綽、玄學家許詢、高僧支道林等。要是在一個風和日麗的日子，縱一葉扁舟於藍色的大海，或談玄論道，或品詩論文，或扣舷長嘯，的確有說不盡的風雅。可是，天公偏不與這群名流雅士作美，他們剛剛船入海中就「風起雲湧」，小舟在咆哮的海面上左顛右簸，孫綽、王羲之等人臉色陡變，一齊高叫趕快掉轉船。文中的「色」指神色或臉色，「遽」指驚慌的樣子。作者先寫足天氣的風雲突變，以及「孫、王諸人」在突變中的慌亂，再托出謝安此刻的神態反應，「太傅神情方王，吟嘯不言」。「王」通「旺」字，「方王」句是說謝安正在興頭上，在洪波湧起的海濤中悠然吟嘯不語，神態是那樣陶醉、專注。平時談笑風生而此時亂作一團的「諸公」都把眼光投向了謝太傅，只見他「貌閑意說（通『悅』），猶去不止」。在波浪掀天的大海他勝似閒庭信步，豈止沒有回頭的意思，還讓小舟不停地向海中划去。

前面只是天剛變臉時的一幕，更嚴峻的考驗還在後頭。「既而風轉急，浪猛。」眼看有葬身海底的危險，「諸人」有點魂不附體，這時他們「皆喧動不坐」——命都快要保不住了，還坐得安穩麼？

謝安自然也意識到了處境的危險，他不可能拿性命開玩笑，如果這時還要讓船「猶去不止」，那就不是沉著而是莽撞了——作者比我們更善於把握這個「度」。不過，即使意識到了處境的險惡，他還是那樣從容冷靜：「公徐云：『如此，將無歸？』」「將無」是魏晉人的口語，表示委婉商量的語氣。他用徐緩的語調對大家說：「現在這種情況，我看還是回去吧？」謝安此時成了「諸人」的核心和依靠，一聽到他說「將無歸」，「眾人」好像死裡逃生似的長吁了一口氣，立即「承響而回」。

文章最後兩句是畫龍點睛之筆：「於是審其量，足以鎮安朝野。」一個在生死關頭猶能從容不迫的人，一個在風急浪湧的海面猶能鎮定自若的人，在未來政治漩渦之中，在強敵壓境的危急時刻，一定能成為國家穩定的磐石，成為朝野仰賴的重心。

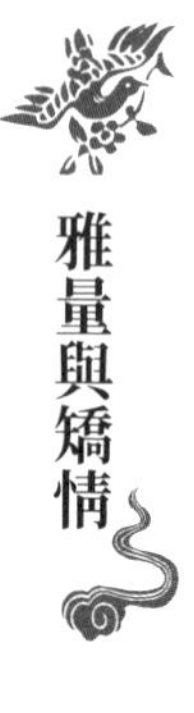

雅量與矯情

謝公與人圍棋，俄而謝玄淮上信至，看書竟，默然無言，徐向局。客問淮上利害，答曰：「小兒輩大破賊。」意色舉止，不異於常。

——《世說新語．雅量》

謝安四十多歲才出山為官，不過，他還棲遲衡門高臥東山時就有「公輔之望」，世家大族都焦急地期待他出仕，社會上早就流傳著「安石不肯出，將如蒼生何」的美談。果然，謝安不負眾望，出仕後軍政上都有不凡的建樹。

東晉太元八年（三八三），前秦苻堅總兵百萬南下入侵，晉前方「諸將敗退相繼」。敵軍次於淮淝，京城建康一片震恐，朝廷急忙加謝安征討大都督，國家存亡全繫於一人。面對虎視眈眈的壓境強敵，謝安夷然無半點恐懼之色，還召集親朋觀看自己與侄謝玄下棋。他的棋藝本來劣於侄子，但此時謝玄由於憂心國事卻敗在叔父手下。一局剛罷，謝安即以謝玄為前鋒迎戰苻堅。

這則小品是說前方鏖戰方酣之際，總指揮謝安在京城下圍棋，「俄而謝玄淮上信至」。謝安「看書竟，默然無言，徐向局」。古人所說的「信」是指送信人，「書」才是指現在所說的「信」，「徐向局」就是慢慢轉向棋局。這幾句刻畫謝安沉著的個性可謂力透紙背。在軍情如火的當兒還有心思與人圍棋，已顯出他的從容不迫，淮上大軍前鋒送來了軍情報告，看後竟然「默然無言」，照樣接著與對手下棋，可見他的沉著冷靜。旁邊觀棋的看客按捺不住問「淮上利害」，他只是輕描淡寫地說「小兒輩大破賊」，似乎這是一次不足掛齒的小戰役，勝敗都無關大局。你看他「意色舉止，不異於常」，敵寇方張之時他毫無懼色，強敵潰敗之後又全無喜容，時時都不失鎮定自若的大將風度，難怪時人都那麼仰慕其「高量」了。

謝安的沉著不僅僅來於他的氣質個性，還來於他對敵我形勢的清醒認識，戰前不為強敵的囂張氣焰所嚇倒，戰時又進行周密安排和巧妙佈陣，戰後勝利已在預料之中，所以戰前慎重卻不驚恐，戰後得意卻不忘形。

這次戰爭決定著國家存亡，謝安何曾不知道它的重要性呢？勝利結局肯定給他帶來了無窮的快慰和欣喜，這是他作為政治家和軍事家成功的頂峰，「淝水之戰」至今還是以弱勝強的輝煌戰例。《晉書．謝安傳》載，棋局剛終，謝安「還內，過戶限，心喜甚，不覺屐齒之折，其矯情鎮物如此」。這幾句話寫出了他對勝利的本能反應。他當著眾人的面為什麼不讓喜悅形諸臉色，不讓高興訴諸語言呢？一個政治家必須用理智克制自己的情感，讓自己的言行都在理性的規約之下，不使自己成為情感衝動的奴隸，否則，憂則大哭，喜則大笑，怎麼能在關鍵時刻「鎮安朝野」呢？

史家對謝安「矯情鎮物」頗有微詞，古今政治家有幾個不「矯情」的呢？有些政客還無情可「矯」，有些政客還是作秀高手，有些政客更是善於偽裝的衣冠禽獸。相比之下，謝安要算是智高情重的傑出政治家。

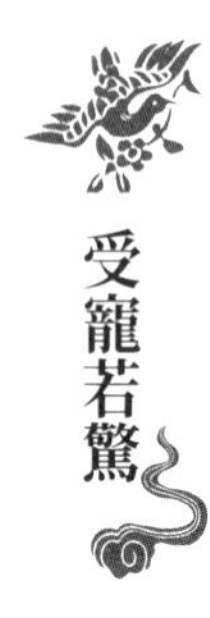

受寵若驚

孝武在西堂會，伏滔預坐。還，下車呼其兒，語之曰：「百人高會，臨坐未得他語，先問：『伏滔何在？在此不？』此故未易得。為人作父如此，何如？」

——**《世說新語．寵禮》**

如果你沒有見過受寵若驚的情景，就來細讀這篇小品；如果你不能體會受寵若驚的心境，也來細讀這篇小品。

文中的伏滔（約三一七～三九六）字玄度，生卒年不詳，主要活動於晉元帝建武初年至孝武帝太元末年。他從小就以才學聞名，州裡舉秀才和辟別駕都不就，後出任大司馬桓溫參軍。桓將軍對他十分賞識，每次宴集都讓他陪同，後來還因在桓溫平壽陽中有功而封侯。桓溫死後伏滔又深得孝武帝司馬曜的器重，朝廷重大集會還是少不了他。

一次孝武帝在宮殿西廂大會群臣，伏滔也在應詔之列。剛一散會，伏滔便匆匆駕車回家，剛一到家，便急急忙忙跳下車來，急切地把兒子叫到身邊對他說：「今天西堂百人的重臣大會上，皇上才坐下什麼話都未說，一開口就問身邊侍臣說：『伏滔在哪兒？他來了沒有？』能被君主如此寵愛，這實在是太難得了！做父親能做到這個份上，怎麼樣？」

伏滔被皇帝眷顧後的神情意態，只用寥寥五十多字的短文，便勾畫得如聞其聲，如見其人。「還，下車呼其兒」，兩個短句寫了伏滔集會後做的三件事——急忙回家，急忙下車，急忙呼兒，表現了伏滔按捺不住的喜悅；「百人高會」是他向兒子渲染集會的盛況，以場面的盛大和隆重，凸顯自己受寵的隆恩；「先問：『伏滔何在？在此不？』」轉述皇帝集會時的問話，為的是表明自己在皇帝心目中的地位何等重要；「此故未易得」五字，則表現他自己對皇帝恩寵是何等看重；「為人作父如此，何如？」更是在兒子面前炫耀自己受寵後的得意。從這段談話中，不難想像他在兒子面前是如何繪聲繪色，如何手舞足蹈，也不難想像聽到皇帝問到自己時，他內心是如何激動狂喜；更不難想像他回家路上，想與家人分享受寵喜訊是如何急不可耐！

作者並沒有直接寫伏滔如何受寵若驚，也沒有直接描寫他受寵後的心境，而是通過他匆匆回家的細節，通過他對小兒的言談，來表現人物的個性與心理，來讓讀者想像人物的口吻和神態。作者更沒有站出來直接進行褒貶，只是描述人物的行為和語言，讀者自然就會心生好惡。只用短短幾行文字，人物就刻畫得聲情並茂，作者完全不動聲色，文章卻力透紙背。

文章中伏滔在小兒面前的模樣，即使不是小人得志，也多少有點小器易盈，相信誰見了都會覺得他噁心。不就是被皇帝隨口問了幾句嗎？何至如此得意忘形？「才學」是那樣高深，為人又是這樣卑微，反差之大使人跌破眼鏡。〈正淮〉上下篇對天下大勢的審視，對國家治理得失的剖析，表現了國士的胸襟和見識，而這則小品中受寵若驚的樣子，又活脫脫地流露出一副妾婦心態——得寵便驕，失寵則怨。

不過，綜觀伏滔個人的一生，他絕不是屈節求榮的小人；縱觀中國古今的書生，像伏滔這樣的讀書人比比皆是。即使笑傲王侯的偉大詩人李白，有時也以與侯王交往為榮：「昔在長安醉花柳，五侯七貴同杯酒。氣岸遙淩豪士前，風流肯落他人後？夫子紅顏我少年，章台走馬著金鞭。文章獻納麒麟殿，歌舞淹留玳瑁筵。」（〈流夜郎贈辛判官〉）接到皇帝詔書後他比伏滔更加得意忘形：「仰天大笑出門去，我輩豈是蓬蒿人。」（〈南陵別兒童入京〉）哪怕是另一位博大深沉的詩人杜甫，照樣把皇帝的賞識當作莫大的榮耀：「憶獻三賦蓬萊宮，自怪一日聲輝赫。集賢學士如堵牆，觀我落筆中書堂。往時文采動人主，今日飢寒趨路旁。」（〈莫相疑行〉）三大禮賦被唐玄宗欣賞這件事，杜甫在詩中不知自吹了多少遍，他在老來寫的詩中還忘不了再自誇一番：「曳裾置醴地，奏賦入明光。天子廢食召，群公會軒裳。」（〈壯遊〉）

雖說儒家高揚「足乎己，無待於外之謂德」（韓愈〈原道〉），道家強調「舉世譽之而不加勸，舉世非之而不加沮」（《莊子．逍遙遊》），這些主張當然都非常之好，但它們的調子又都唱得非常之高，完全「無待於外」的只有「神人」，希望得到別人肯定讚譽屬人之常情，更別說希望得到皇帝讚譽了。也許那些反社會和反皇權的人例外，他們把社會的肯定和皇帝的褒獎視為恥辱。

李白得到皇帝的詔書就仰天大笑，後人一直把這當作笑談或美談，伏滔受寵於皇帝而欣喜若狂，為什麼人們反而覺得俗不可耐呢？李白的得意忘形中有幾分坦蕩和率真，伏滔在兒子面前的驕矜之色未免失態。李白俗得如此坦然，所以人們感覺他不俗，伏滔當眾藏藏掖掖，在兒子面前又自命不凡，所以他「一說便俗」。

第七章 清談

清談之於魏晉恰如詩歌之於唐朝，為一代精英興趣之所在，也為一代名士才智之所鍾。

春秋戰國而後，魏晉玄學是中國古代又一座思想高峰。雖然在思想的廣度上不如春秋戰國，但在思辨的純粹和深度上卻有過前人。就儒道兩家而言，原儒對於形而上的問題一向採取低調回避的態度：「子貢曰：『夫子之文章，可得而聞，夫子之言性與天道，不可得而聞也。』」（《論語．公治長》）對現實政治、倫理、禮教等問題的過分熱情，使他們對「性」與「天道」——人與宇宙的終極依據，缺乏鉤深致遠的純學術旨趣。道家創始人老、莊雖然提出了「有無」問題，但從《老子》第四十二章「道生一，一生二，二生三，三生萬物」來看，道家之「有無」更多還是指宇宙生成論，比較成熟的存在本體論則形成於魏晉，正如王弼所說的那樣，至魏晉玄學才「示物於極者也」（王弼《論語釋疑》）。魏晉的有無之辨、言意之爭、聲無哀樂等，論及的都是極端抽象玄遠的哲理，這一歷史時期，既出現了王弼、嵇康這樣的思想大家，也湧現了一大批清談名流。

清談是魏晉名士精神生活的主要形式，名士對清談樂此不疲，《世說新語．文學》篇載，大名士衛玠還因「清談」而死。「衛玠始度江，見王大將軍。因夜坐，大將軍命謝幼輿。玠見謝，甚說之，都不復顧王，遂達旦微言。王永夕不得豫。玠體素羸，恆為母所禁。爾夕忽極，於此病篤，遂不起。」

名士經虛涉曠的思力，瞬間悟道的直覺，一語破的的辯才，敏捷機智的應對，在清談中表現得淋漓盡致。

◆　◆　◆

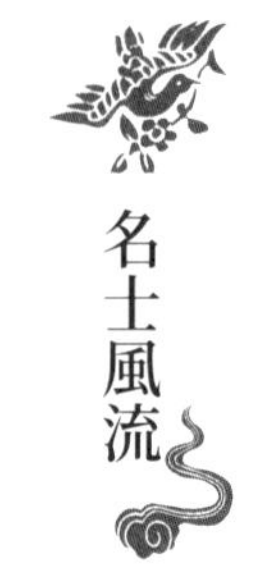

名士風流

諸名士共至洛水戲。還，樂令問王夷甫曰：「今日戲樂乎？」王曰：「裴僕射善談名理，混混有雅致；張茂先論《史》《漢》，靡靡可聽；我與王安豐說延陵、子房，亦超超玄著。」

——《世說新語·言語》

這則小品通過名士在洛水遊樂，生動地展現了魏晉士族精神生活的一個側影，印證了顧炎武《日知錄》中的名言——「名士風流，盛於洛下」。

參加這次洛水戲樂的「名士」，包括王衍、王戎、樂廣、裴頠、張華，他們全是西晉的社會名流和政壇的顯要，其中每個人都享高位，有盛名，善清談。這些名士處處都要講究派頭與品位，談話要風趣優雅，思維要敏捷活躍，精神要超脫玄遠，哪怕是娛樂遊玩也不能稍涉鄙俗。

洛水就是流經當時京城洛陽的洛河。為了品味這篇小品的神韻，我們還得依次介紹一下文中的出場人物。樂廣是著名的玄學家和學者，歷官中書侍郎、太子中庶子、河南尹、尚書令等職，人稱「樂令」。史家說樂廣為政無為而治，在任時見不出什麼政績，離職後人們才懷念他的遺愛。他最為人稱道的是善清談，「每以約言析理，以厭人之心」。《晉書》本傳說「廣與王衍俱宅心事外，名重於時。故天下言風流者，謂王、樂為稱首焉」，但王衍謙稱自己不如樂廣，「我與樂令談，未嘗不覺我言為煩」。文中的王夷甫即名聲更盛的王衍，衍居高位而善玄言，為西晉玄學清談的代表人物。這位老兄外表清澈俊朗，風姿安詳沖雅，思緒敏捷嚴密，又加之辯才無礙，他從兄竹林七賢之一的王戎認為，王衍在當世無與其匹。在思想上王衍能包容異己，他本人雖然屬玄學中的貴無派，另一名士裴頠是崇有派代表，還常與他辯論交鋒，但這從來沒有影響王衍對裴頠才華的推崇和欣賞。他的才華、風韻和神情，使他為士林所欽慕和讚賞，有人說「夷甫處眾中，如珠玉在瓦石間」。常與樂廣、王衍一塊清談的張華，是西晉著名藏書家、博物學家、文學家，其詩因「兒女情多，風雲氣少」（南朝鍾嶸《詩品．卷中》）為人所譏，但他學問的「博物洽聞，世無與比」（《晉書》本傳），有《博物志》和明人輯本《張司空集》傳世。王安豐指王戎，以平吳功封安豐侯。小品中談及的延陵、子房分別指吳國貴族季札和劉邦謀士張良。

王衍與樂廣集會遊樂的主要內容就是清談，也只有清談才呈現出魏晉風度的魅力與光彩。洛水的這次遊樂讓大家都無比開心，清談時裴頠辨名析理深入毫芒，滔滔不絕而又縝密透闢；張華論《史記》、《漢書》的異同優劣，也是口若懸河娓娓動聽；王衍與從兄王戎聊季札、張良，發言吐詞同樣玄遠超妙。從這篇小品可以看到：名士「今日之戲樂乎」之所「樂」，無關貪錢也不涉獵豔，純粹是一種智力的交鋒和精神的愉悅；名士之所「戲」就是清談，清談的話題相當廣泛，包括玄學但不全是玄學。由於大家常言「玄學清談」，這使得人們也常將玄學與清談「混為一談」。其實，玄學是魏晉名士所探究的一種學術思想，清談則是魏晉名士熱中的精神生活方式。一方面，清談雖然談及玄學，但又不僅只談「玄」，玄學既非清談的唯一話題，更非清談的主要宗旨；另一方面，玄學固然可以在清談中展開，但只有在論文論著中才能深入。

參加「洛水戲」的成員，既是哲學家、清談家、博物學家、學者，也是太尉、僕射、尚書令，他們都是社會名士兼國家重臣，因而不僅影響一代士風，更左右著國家命運。可他們以政事為累贅，以親政為鄙俗，把那些煩瑣的公務交給下僚，把使槍弄刀的戰事交給武夫，自己只在理念世界中抽象，只在想像世界中遨遊，只在精神世界裡棲息，遠望像一群不食人間煙火的神仙。

可惜，他們的風雅與虛浮相隨相伴，發展了談話的藝術和思辨的技巧，卻喪失了國土，弄丟了政權。王衍生前享有盛名，身後遭人唾罵，有人指責他誤盡天下蒼生，其實，他最後也「誤了卿卿性命」——開始以風雅自命，結果卻大煞風景。

不過，王衍個人的悲劇，並非玄學清談本身的悲劇。王衍的錯誤全在於，他以國家宰輔的身分，扮演清談領袖的角色，就像扮老生的演員跑上臺去演花旦一樣，演得越賣勁就顯得越可笑。

「旨不至」

客問樂令「旨不至」者，樂亦不復剖析文句，直以麈尾柄确几曰：「至不？」客曰：「至。」樂因又舉麈尾曰：「若至者，那得去？」於是客乃悟服。樂辭約而旨達，皆此類。

——《世說新語．文學》

文中的「樂令」就是樂廣，他在西晉曾官至尚書令。《晉書．樂廣傳》中有關他生平行止的記載，除了微妙玄奧的清談，便是不值一談的瑣事。一生沒幹過一件能拿得上檯面的政事，生前身後卻贏得了士庶的好評，史書稱他不管在哪個地方，在職時好像沒有什麼功績，去職後卻被人們深切懷念。看來，做人倒很擅長，做事卻非所長。

當然，他最擅長的拿手戲還是清談。《世說新語．文學》篇載，衛瓘任尚書令的時候，一次偶然看見樂廣與洛陽名士談論義理，他十分驚奇地感歎道：自從何晏、王弼、嵇康等人死後，我一直擔心精微的玄言將會消亡，沒想到今天又能在這裡聽到它！於是，他便讓子弟們登門拜訪樂廣，並把樂廣譽為「人之水鏡也，見之若披雲霧睹青天」。把他稱為人群中的一面鏡子，看見他就像撥開雲霧見青天一樣，這種讚美簡直把樂廣神化了。史稱衛瓘為人「明識清允」，見識高明而又處事允當，不僅文才武略一直為後人欽仰，他同時還是著名的書法家，書法行家說衛字「筆力驚絕」。以他一人之下萬人之上的地位，以他的明斷卓識和蓋世才華，衛瓘斷不至於像今天那些糊塗蛋隨隨便便就成了別人的

「粉絲」，樂廣要是沒有過人之處，他怎麼可能如此推崇樂廣呢？

對樂廣推崇備至的還不只衛瓘一人。王衍與樂廣在西晉同為清談領袖，「天下言風流者，謂王、樂為稱首」。可王衍人前人後總謙稱自愧不如，《世說新語．賞譽》篇載：「王夷甫自歎：『我與樂令談，未嘗不覺我言為煩。』」《晉書．王衍傳》說衍「風姿詳雅」，像他這樣的清談領袖還能當眾放低身段，承認與樂廣一起談玄時，總覺得自己像是在說廢話，我們能想像樂廣清談是何等簡潔機敏。王衍這裡其實涉及魏晉清談的兩種風格：簡約與豐贍。簡約者辭約而旨遠，豐贍者雄辯而辭麗。樂廣與王衍就分屬兩種不同的談風。《晉陽秋》也有類似的記載，「樂廣善以約言厭人心」，他清談時善於以簡約的語言，讓人們獲得一種精神享受，對於他所不知道的議題則「默如也」。

這則小品就是「樂廣善以約言厭人心」的生動表現。

一天，客人問樂廣「旨不至」是什麼意思，樂廣沒有冗長瑣碎地分析文辭字句，如什麼叫「旨」，什麼算「至」，為什麼「旨不至」，如此等等，只用麈尾敲擊了一下几案說：「至不？」用現在白話來說就是「到了嗎」？「至」字面上就是「到」的意思。客人眼見麈尾敲到了桌子，自然就爽快地回答說「至」——「到了」。樂廣於是又從几案上舉起麈尾說：「若『至』者，那得去？」如果到了止境還怎麼向前發展呢？這下客人才領悟了「旨不至」，對樂廣也佩服得五體投地。樂廣平時談話也像這樣「辭約而旨達」。

「旨不至」三字，不難認卻很難懂。這三字來於《莊子．天下》篇：「指不至，至不絕。」這兩句並非莊子自己的話，是他作為謬論來複述惠施的論點。「指不至」的內涵迄無定論，「指」或理解為「指認」，或理解為「指稱」，我傾向於後一種理解。作為對事物的指稱，「指」就是「旨」——事物的概念，「指不至」也就是「旨不至」。它的意思是說任何一個事物的名稱或概念，都只能不斷窮盡而又永遠不能窮盡該事物的本質，「不能窮盡」就是「旨不至」，「不斷窮盡」就是「至不絕」。

《列子．仲尼》篇中公孫龍弟子也說「有指不至，有物不窮」，意思與「指不至，至不絕」相近。這兩句是探討「名」與「實」的關係，也是現代結構主義所謂「能指」與「所指」的關係，即一個事物的概念與它所指事物的關係。對邏輯思辨有興趣的朋友，不妨進一步讀讀《公孫龍子》中的〈指物論〉，弄明白「物莫非指而指非指」這種繞口令似的邏輯命題。

樂廣可不像我那麼笨，繞來繞去地用語言解釋語言，他將極其抽象的邏輯命題，化為極其形象的行為動作。把麈尾敲擊一下桌面，是「至」還是「不至」呢？它既「至」而又不全「至」——如果完全「不至」，怎麼可能敲到桌面？如果完全已「至」，又怎麼再向前發展？

樂廣雖不是禪宗大德高僧，他談風卻酷似禪宗大德高僧。如《雲門文偃禪師語錄》中有一段師徒的對話：人問「如何是佛法大意」？師答「春來草自青」。表面上看，這一問一答真叫人摸不著頭腦，但這是文偃對「佛法」最有詩意的闡釋。樂廣「直以麈尾柄确几」的神態真瀟灑極了，說者既以物釋理，聽者能觀物而會理，前者不時暗藏機鋒，聽者時時須有慧心，這是智者之間智慧的碰撞，是他們之間心靈的溝通，也是我們讀者的精神盛宴。

輕輕一個動作，簡短的兩句話，當年樂廣就讓客人「悟服」，今天我卻像是在課堂上讀教案，連自己也覺得「我言為煩」，讀者怕是更要喊「煩」了。

詠矚自若

羊綏第二子孚，少有雋才，與謝益壽相好，嘗早往謝許，未食。俄而王齊、王睹來。既先不相識，王向席有不悅色，欲使羊去。羊了不眄，唯腳委几上，詠矚自若。謝與王敘寒溫數語畢，還與羊談賞，王方悟其奇，乃合共語。須臾食下，二王都不得餐，唯屬羊不暇。羊不大應對之，而盛進食，食畢便退。遂苦相留，羊義不住，直云：「向者不得從命，中國尚虛。」二王是孝伯兩弟。

——《世説新語．雅量》

也許是長期看教科書的結果，我們總以為魏晉士族多是些紈袴子弟，能拿出來炫耀的只有門第，能夠鎮得住人的只有爵位，他們本人都是一些不辨菽麥不知春秋的笨伯。其實，魏晉士族固然看重門第，但更傾倒個人的氣質、風度和才情，對那些辭藻新奇的文才、析理精湛的辯才、老練冷靜的幹才、氣宇恢宏的大才，和那些風流倜儻的美男子，不論出身貴賤和地位高低，士族子弟對他們都會由衷地景仰和欣羨，願意屈尊甚至俯就與他們交往。東晉支道林和許詢，一為僧人，一為隱士，憑他們的才氣結交天子，友於王侯。古人還不像今人這樣俗不可耐，只懂得對官和錢磕頭。

這則小品中的主人公羊孚，他父親羊綏只是個中書侍郎，羊孚本人也只是個太尉參軍，出身既不高貴，權勢也不顯赫，他以自己的雋（俊）才「與謝益壽相好」。益壽是謝混的小字。謝混何許人也？謝安之孫，當朝駙馬。一天，羊孚早飯未吃便來到謝家，不久王熙、王爽也來了。二王與羊孚「既不相識，王向席有不悅色，欲使羊去」。二王這兩小子怎敢如此無禮，無端要趕走謝混家的客人？原來他們兄弟二人是定皇后的弟弟，炙手可熱的皇親國戚，王熙又尚鄱陽公主，也是當朝駙馬爺。羊孚何曾不明白二王有逐客之意，但對趾高氣揚的二王兄弟他偏不買帳，「羊了不眄，唯腳委几上，詠矚自若」。「了不眄」符合魯迅先生所謂最高的輕蔑——「連眼珠也不轉過去看他一眼」。

「了不」意思是「一點也不」，「眄」即斜著眼看的樣子。見二王這般不友善，他索性放肆地把腳放在茶几上，還旁若無人地獨個兒「詠矚」起來。主人謝混對他的態度更有意思，並沒有因為羊孚地位不高而有絲毫怠慢，反而對他禮敬有加，「謝與王敘寒溫數語畢，還與羊談賞」。對二王的到來，謝混只是禮節性地寒暄了「數語」，便馬上轉過來「與羊談賞」。「談賞」就是我們常說的「清談」。聽到羊孚談吐後二「王方悟其奇，乃合共語」。可見，二王雖然傲慢自負，但不是唯官是敬的勢利鬼，一旦發現羊孚是個奇才，便收起國舅和駙馬的臭架子與羊「共語」。到進餐的時候，「二王都不得餐，唯屬羊不暇」。二王由剛進門時對羊公然的蔑視，到現在對羊由衷的敬佩，表明這些貴族子弟愛智重才，非常傲氣但並不俗氣。

現在輪到羊孚拿架子了，「羊不大應對之，而盛進食，食畢便退」。開始是二王不願與羊應付，現在是「羊不大應對之」。見羊孚放下碗就要走人，二王苦相挽留，羊孚臨走回敬二王說：「剛才你們想趕我走，我不從命，是因為肚子空著，現在肚子飽了，想留我也沒門。」「中國尚虛」指肚子空著。魏晉人以腹心比中國，以四肢比四夷。「中國尚虛」照應前文的「未食」。

在魏晉，只要你真的才高八斗，只要你的確身懷絕技，哪怕出身蓬門華戶，哪怕是一介布衣，你照樣會在皇宮受到禮遇，你照樣可以「一醉累月輕王侯」（李白〈憶舊遊寄譙郡元參軍〉）。不像今天，無官的天才還要給當官的蠢才賠笑臉。

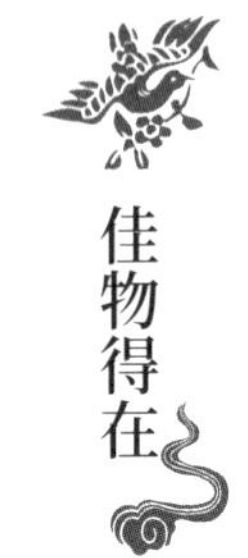

佳物得在

庾法暢造庾太尉，握麈尾至佳。公曰：「此至佳，那得在？」法暢曰：「廉者不求，貪者不與，故得在耳。」

——《世說新語．言語》

這篇小品不是直接寫清談，而是寫名士清談時的飾物——麈尾。俗話說，高枝先折，大木先伐，甘泉先竭。美人很容易惹禍，佳物也容易招災，因為美人總免不了有大批追求者，佳物也會讓人垂涎三尺。康德老先生說審美是一種超功利的靜觀，可現實中人們對美卻不像他說的那般超然——每個人都想把美人和佳物據為己有，正因為愛她（它）才想要她（它），所以，家有美人難免招蜂惹蝶，家藏佳物常常引來梁上君子，好東西引來許多乞求者更是人之常情。

《世說新語．德行》載，王恭一塊漂亮的坐簟很快就換了主人。「王恭從會稽還，王大看之。見其坐六尺簟，因語恭：『卿東來，故應有此物，可以一領及我。』恭無言。大去後，即舉所坐者送之。既無餘席，便坐薦上。後大聞之甚驚，曰：『吾本謂卿多，故求耳。』對曰：『丈人不悉恭，恭作人無長物。』」王大、王恭都是當時有頭有臉的人物，前者「有名當世」，後者為「風流標望」，這等人物尚且向人公開討一塊六尺坐簟，那些手頭真的別無「長物」的百姓更可想而知了。

我們再來看看本文中「佳物」的下場。

現代讀者肯定不識麈尾，它是魏晉名士清談時手執的一種拂子。麈是一種似鹿而大的動物，麈尾便是用麈的尾巴製成。庾法暢其人不詳，余嘉錫先生認為當是「康法暢」之誤。南梁釋慧皎《高僧傳》卷四載康法暢「亦有才思，善為往復，著《人物始義論》等。暢常執麈尾行。每值名賓，輒清談盡日。庾元規謂暢曰：『此麈尾何以常在？』」庾公即東晉名臣庾亮。

文中庾法暢手中那支「至佳」的麈尾看來是「在劫難逃」了。坐簟畢竟與臀部相關，與日常實用糾纏得太緊，外形再美也難於免俗，而麈尾則是魏晉名士高雅飄逸的象徵，清談者身著寬袖長袍，手揮麈尾，口吐玄言，在人們心目中它一直與高遠玄妙連在一起。一枝妙不可言的麈尾自然是名士夢寐以求的寶貝，而庾法暢一直握在手中，居然沒有被王大之流要去，無怪乎庾太尉見此感到十分驚奇了：「此至佳，那得在？」「至佳」的意思是「好得不得了」。這麼好的麈尾怎麼在手中保得住呢？

庾法暢的回答真是妙極了：「廉者不求，貪者不與，故得在耳。」譯成現在的白話意思是說：廉潔的人對它不貪求，貪求它的人我不給予，因而得以一直在我手中。「至佳」的麈尾誰個都愛，但「廉者不求」，所以不會得罪廉者；求者必貪，貪者得罪了也不足惜。庾法暢在《人物始義論》中自稱「悟銳有神，才辭通辯」，看來他的確悟性敏捷，不然，這位出世高僧怎會如此通達世中人情？

這則小品記言簡約雋永，讀來回味無窮。

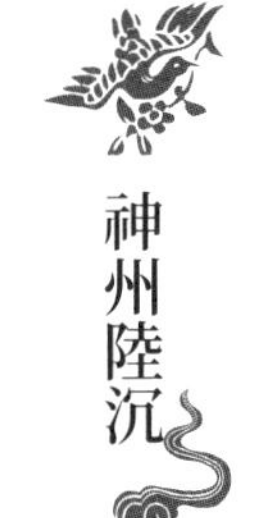

神州陸沉

桓公入洛，過淮泗，踐北境，與諸僚屬登平乘樓，眺矚中原，慨然曰：「遂使神州陸沉，百年丘墟，王夷甫諸人不得不任其責！」袁虎率爾對曰：「運自有廢興，豈必諸人之過？」桓公懍然作色，顧謂四坐曰：「諸君頗聞劉景升不？有大牛重千斤，啖芻豆十倍於常牛，負重致遠，曾不若一羸牸。魏武入荊州，烹以饗士卒，於時莫不稱快。」意以況袁。四座既駭，袁亦失色。

——《世說新語・輕詆》

「永嘉之亂」渡江南逃，一直是東晉士人心中的巨痛，人們一提到「山陵夷毀」便淚流滿面，《世說新語．語言》稱，「衛洗馬初欲渡江，形神慘悴」，「寄人國士」連晉元帝也心有不安。每個人都在痛定思痛，追究「山河殘破，社稷焚滅」的原因。有些人認為禍根在於清談，名士練就了嘴上的功夫，卻丟掉了濟世的能力，玄言終日更致使綱紀毀壞，在士林扇起浮華怠惰之風。他們罵正始「何王之罪，深於桀紂」，又把「洛陽之陷」歸咎於王衍談玄，羊祜所謂「亂天下者，必此子也」（《世說新語．識鑑》），不可能是羊祜的事先預判，倒更像他人的事後聰明。而在另一部分人心中，西晉覆滅與清談毫無關係，「正始之音」簡直美如天樂，王衍一直是他們的精神偶像。東晉君臣大多都「託意玄珠」，王導、謝安等人是朝廷宰輔，同時也是清談領袖，《世說新語．文學》載：「王丞相過江左，止道聲無哀樂、養生、言盡意，三理而已。然宛轉關生，無所不入。」流風所及，老成持重的郗鑒也經不住誘惑，跟著名士一道說空談玄，而且還自我感覺良好：「郗太尉晚節好談，既雅非所經，而甚矜之。」（《世說新語．規箴》）

那些立志收復中原的名將，如陶侃、桓溫、庾翼等人，大多都瞧不起那些只會耍嘴皮子的名士，認為誤國害人是名士唯一的本事。我們來聽聽桓溫的高見——

晉穆帝永和十二年（三五六）桓溫率師北伐，在伊水大敗羌族首領姚襄，終於收復了故都洛陽。渡過淮河、泗水，達到北部地區以後，和眾僚登上大船船樓，桓溫眺望中原無限感慨地說：「最終使得神州陸沉，百年來首善之區洛陽變成荒丘廢墟，王夷甫這些清談誤國的傢伙罪責難逃！」他的參軍袁虎不假思索地反駁說：「國運本來就有興衰廢立，怎麼一定就是這些人的過錯呢？」桓溫聽後臉色馬上陰沉下來，嚴肅地對四座的人說：「各位大概都聽說過劉景升的一些事情吧？他有一頭大牛重達千斤，吃起草料來是常牛的十倍，載重遠行卻不如一頭瘦弱的母牛。魏武帝曹操討平荊州時，把牠宰了犒勞將士，當時無人不拍手稱快。」這話的意思是用大牛來比袁虎，在座的人都很驚駭，袁虎更嚇得臉色大變。

原文中的「神州」即中國，此處指中原地區。「陸沉」字面上的意思是無水而沉，此處指中原地區淪陷。王夷甫即西晉重臣和名士王衍，他出身於魏晉高門琅邪王氏，竹林七賢王戎的從弟。王衍天生一副好皮囊，神情清明秀朗，風姿文雅安詳，短小醜陋的王戎和他走在一起很有喜劇效果。小時候去看望山濤，山濤看著他遠遠離去的背影感歎道：「不知是哪位有福婦人，生出如此漂亮的兒子！」由於他思維縝密敏捷，談吐又從容機智，談玄時手中白玉柄麈尾與手臂一樣潤潔，加之一心企求玄遠高逸的境界，口中從不說一個「錢」字，王衍看去酷似一塵不染的神仙。王戎情不自禁地讚歎道：「太尉（王衍官銜）神姿高徹，如瑤林瓊樹，自然是風塵外物。」（《世說新語．賞譽》）他的從弟王敦南渡多年還常稱讚王衍說：「處眾人中，似珠玉在瓦石間。」（《世說新語．容止》）東晉大畫家顧愷之在王衍畫像贊辭中說，他品格如青山聳峙，壁立千仞。

可史家對他蓋棺論定時，對他個人品格和政治才能評價很低。他身居顯要而一無所為，只一心為自己和家庭利益狡兔三窟，直到成為匈奴首領石勒的俘虜，他還把自己的責任推得一乾二淨，為了苟且偷生還力勸石勒稱帝，石勒對他厭惡鄙視至極後才送他歸西。人之將死其言也善，王衍死前才有點後悔：「嗚呼！吾曹雖不如古人，向若不祖尚浮虛，戮力以匡天下，猶可不至今日。」（《晉書》）

在東晉的名將和名臣中，庾翼對王衍的評價最為中肯：「王夷甫，先朝風流士也，然吾薄其立名非真，而始終莫取。若以道非虞夏，自當超然獨往，而不能謀始，大合聲譽，極致名位，正當抑揚名教，以靜亂源。而乃高談《莊》、《老》，說空終日，雖云談道，實長華競。及其末年，人望猶存，思安懼亂，寄命推務。而甫自申述，徇小好名，既身囚胡虜，棄言非所。」（〈致殷浩書〉）庾翼說王衍雖是前朝風流人物，但我從來就鄙薄他追逐虛名的行為。假如覺得當代不是堯舜盛世，那就一開始應該超然物外不問世事，然而王衍卻謀取權力熱中名望；既然名位顯赫就應該有所擔當，努力光大名教，全心致力於社會安定，而此時的王衍高談老莊，談玄終日，最終自己身囚胡虜，國家四分五裂。

可見，「遂使神州陸沉，百年丘墟，王夷甫諸人不得不任其責！」絕非桓溫一人的私言，而是許多人的共識。王衍其時身居宰輔之職，山河破碎他負有不可推卸的責任。

不過，別將王衍誤國與清談誤國混為一談。作為朝廷宰輔，王衍的職責理當盡心理政，而他為了虛名終日談玄，只能指責王衍個人沒有盡職，不能泛指所有清談誤事。我和桓溫、庾翼一樣討厭王衍，但我同時又高度肯定清談。清談作為民族精英的一種精神生活形式，豐富了士人的精神生活，拓展了民族的精神向度，提高了民族的抽象思維能力。以王弼、嵇康為代表的玄學家們經虛涉曠，使哲學思辨達到了空前未有的深度，所以後人將「魏晉玄學」作為魏晉文化創造的標誌。

桓溫、庾翼只是貶斥王衍的為人與為政，王右軍、謝太傅則討論清談與興亡——

王右軍與謝太傅共登冶城。謝悠然遠想，有高世之志。王謂謝曰：「夏禹勤王，手足胼胝；文王

旰食，日不暇給。今四郊多壘，宜人人自效，而虛談廢務，浮文妨要，恐非當今所宜。」謝答曰：「秦任商鞅，二世而亡，豈清言致患邪？」（《世說新語．言語》）

王衍、王導都酷嗜清談，他們的侄子王羲之反對清談，伯侄所處環境並無多大改變，興趣的轉移可能是各人氣質不同，更與王謝談話的特定語境有關。謝安多次拒絕朝廷徵召，決意要高臥東山，王羲之則力勸謝安為國效命，所以王羲之厭惡虛談而崇尚實幹，謝安則認為清談與興亡毫不相干。

西晉亡後人們歸結為「清談誤國」，趙宋亡後人們又痛罵「理學誤國」。清人嘲笑宋儒把人教成了「弱人」、「病人」、「廢人」，如顏元（號習齋）曾憤激地說：「宋元來儒者卻習成婦女態，甚可羞。『無事袖手談心性，臨危一死報君王』，即為上品。」（《習齋四存編．存學編》）

列夫．托爾斯泰有句名言：「幸福的家庭都是相似的，不幸的家庭各有各的不幸。」國家情況更為複雜，興盛的原因固然不同，滅亡的原因尤其有別，只從某種文化生活或藝術嗜好來找某朝興亡的原因，可能掩蓋了各朝各代興亡的深層動因。如果魏晉是「清談誤國」，宋代是「理學誤國」，那麼，是否可以說漢代是「辭賦誤國」，唐代是「詩歌誤國」，明清是「小說誤國」呢？

第八章 雋語

魏晉名士的清談，不僅追求義理的「新異」，也很重視詞藻的「新奇」，而且還講究語調的「頓挫」。在〈世說新語序〉中，晚明王思任稱道該書的語言說：「本一俗語，經之即文；本一淺語，經之即蓄；本一嫩語，經之即辣。蓋其牙室利靈，筆顛老秀，得晉人之意於言前，而因得晉人之言於舌外。」

讀《世說新語》，如行山陰道上，名言雋語讓人應接不暇。通過對小品文的細讀，但願讀者能嘗鼎一臠而口齒留香……

◆ ◆ ◆

小時了了

孔文舉年十歲，隨父到洛。時李元禮有盛名，為司隸校尉。詣門者皆雋才清稱及中表親戚乃通。文舉至門，謂吏曰：「我是李府君親。」既通，前坐。元禮問曰：「君與僕有何親？」對曰：「昔先君仲尼與君先人伯陽有師資之尊，是僕與君奕世為通好也。」元禮及賓客莫不奇之。太中大夫陳韙後至，人以其語語之，韙曰：「小時了了，大未必佳。」文舉曰：「想君小時，必當了了。」韙大踧踖。

——《世説新語・言語》

「三歲知老」是古人的經驗之談。孔融小時出語敏捷機智，老來文章照樣嬉笑怒罵，語有鋒稜。先說一件他晚年與曹操書信往還的趣事。曹操在官渡之戰打敗袁紹後，將袁紹兒媳甄氏賜給兒子曹丕，孔融一得知此事便馬上給曹操寫信：「武王伐紂，以妲己賜周公。」曹操一時沒有悟出他語中帶刺，連忙問他典出何處，孔融回答說：「以今度之，想其當然耳。」（《三國志》裴松之注引《魏氏春秋》）輕蔑憤激之情出之以調侃嘲戲之語，一世之雄曹操當時肯定也被弄得「大踧踖（音同促即）」。

這則小品通過李膺、陳韙、孔融三人的對話，來表現孔融小時的聰明才智。

文章先說「李元禮（膺）有盛名」，現在的官兒又是「司隸校尉」，一般人別想和他套近乎，與他交往的要麼是有清雅聲譽的「雋才」，要麼是他的中表親戚，不是親戚、名人、才俊，你連他家的門也別想進。古稱父親姊妹的兒子為外兄弟，母親兄弟姊妹的兒子為內兄弟，外為表，內為中，這兩類親戚合稱「中表兄弟」。

世人常說「侯門一入深如海」（崔郊〈贈婢〉），李膺家甚至連門都不得其入，看看孔融這個十歲的小子如何進得了這扇侯門。他徑至李膺門前對守門小吏說：「我是李府君親。」斬絕的口氣和大模大樣的神態，使得善於察言觀色的黠吏不敢擋駕。闖過了守門吏這一關，前面還有更嚴峻的挑戰。是不是「李府君親」可以蒙過守門人，難道還能蒙得過李府君本人？果不其然，一見到這個乳臭未乾的小子，李膺就斷然否定自己與他有任何親戚關係：「君與僕有何親？」由於孔融是孔子第二十四世孫子，他馬上回答說：「我祖上仲尼曾向您祖上伯陽拜師求教，我們兩家累世是通家之好呵。」春秋時老子姓李，名耳，字「伯陽」，傳說孔子曾向老子請教過有關「禮」的知識，這樣老子與孔子便有師生關係，漢魏一直稱師友為「通家」。聽到孔融這一回答，李膺和眾賓客驚奇得無言以對。

文章最精彩的部分還是孔融與陳韙的反脣相譏。聽大家都在誇獎孔融聰明，後到的陳韙不以為然地說：「小時候了了，成人後未必佳。」「了了」形容人的聰明伶俐。孔融立即迎上去說：「想您小時，必定了了。」孔融利用陳韙的荒謬邏輯，給了陳韙一個不大不小的難堪。陳由孔融的現在謬測孔融的將來，孔融則由陳的現在推斷陳的過去。孔融「大未必佳」是想當然，而陳「大未必佳」是已成事實。文中的「踧踖」是指一種局促不安的樣子，聽到孔融這樣的譏諷，陳韙要不「大踧踖」才怪哩。

與門吏、李膺的對話，讓人看到了孔融小時的機智膽量；與陳韙的交鋒，讓我們領略了什麼是「脣槍舌劍」。

八面玲瓏

晉武帝每餉山濤恆少。謝太傅以問子弟，車騎答曰：「當由欲者不多，而使與者忘少。」

——《世說新語・言語》

山濤（字巨源）為曹魏時「竹林七賢」之一，嵇康〈與山巨源絕交書〉中把他罵得狗血淋頭。因與司馬懿有親戚之舊，在司馬氏與曹氏爭權的過程中，他或明或暗地站在司馬氏一邊。晉武帝司馬炎篡魏稱帝後，山濤歷任吏部尚書等顯職。他在魏晉之際享有盛譽，當時大名士王戎把他譽為「璞玉渾金」。史稱他居官清廉儉樸，死後只有「舊第屋十間」。

晉武帝一方面給他封以高官，一方面又僅賜以薄祿，封官之高與賞賜之薄形成極大的反差。「天意從來高難問」（張元幹〈賀新郎・送胡邦衡待制赴新州〉），這引起晉朝官員們的濃厚興趣，大家紛紛猜測個中原因。一天，東晉一代重臣謝安（死後贈太傅）就此事「以問子弟」：何以「晉武帝每餉山濤恆少」？「餉」就是贈予或賞賜。對謝安這個問題有多種可能的答案——

或者是由於晉武帝為人慳吝，封高官不過下道詔書，「打個白條」，好讓山濤去搜刮百姓以自肥，而自己則不必破費財物，賞厚禮卻不得不自掏腰包。

或者是晉武帝老謀深算，在各大臣之間玩弄權力平衡，使居高官者得薄賞，處卑職者享重賜，讓朝中所有大臣都歡天喜地地為他效忠賣命。

或者是山濤任職期間政績不佳，尸位素餐，身居高位而不辦大事，「餉山濤恆少」是晉武帝對他的一種委婉批評，是年輕皇帝對這位元老重臣虛與敷衍。

但是，以上三種答案都會給回答者帶來麻煩，要麼犯當朝皇帝祖宗之諱，要麼刺傷前朝重臣，那麼，怎樣解釋「晉武帝每餉山濤恆少」這一事實，既能歌頌皇恩又能抬高重臣呢？

謝安眾多子弟都無言以對。

謝安侄子謝玄當時在座。謝玄在淝水之戰中功勳卓著，死後追贈車騎將軍。他生前以「善微言」著稱於世，此處所謂「善微言」是指清談時言辭敏捷，辨名析理語言精深微妙，通俗地講就是很會說話。果然名不虛傳，只有謝玄回答得最為得體：「當由欲者不多，而使與者忘少。」這句話的意思是說，大概是山濤的欲望本就不多，使晉武帝並不覺得賞賜很少。

這一回答既恭維了山濤為人恬淡寡欲，為官廉潔不貪，又美化了晉武帝的寬宏仁厚，成人之美，一語頌揚了兩人。你見過這麼會說話的人嗎？這就是我們常說的八面玲瓏，「快刀切豆腐——兩面光」，一句話能照顧到方方面面。

如此會說話的人在官場上一定左右逢源，不僅他叔叔謝安器重他，當朝皇帝倚重他，假如他生活在西晉初年，晉武帝也同樣會重用他，山濤更會極力舉薦他。假如他生活在今天，不是商場上左右逢源的老總，就肯定是政界平步青雲的顯要。

官場上必須圓融老到，升官與降職，走運或倒楣，可能就是「一句話的事」；商場上必須說話周到，巧舌可能讓你財源滾滾，笨嘴可能讓你血本無歸。在這樣的社會環境中，不八面玲瓏行嗎？

巧舌如簧

晉武帝始登阼，探策得「一」。王者世數，繫此多少。帝既不說，群臣失色，莫能有言者。侍中裴楷進曰：「臣聞天得『一』以清，地得『一』以寧，侯王得『一』以為天下貞。」帝說，群臣嘆服。

——《世說新語．言語》

這則小品沒有通常所說的「思想內容」，只是表現了魏晉名士那種奉承逢迎的本領，那種隨機應變的能力，那種伶俐輕巧的口才。他們能把圓的說成方，將曲的描繪成直，在任何場合都不會出現僵局，在任何時候都能討得主子的歡心。

文中的「阼」是大堂前東面的臺階，登阼指皇帝登基。晉武帝司馬炎是晉朝的開國皇帝，登基那天抽籤只抽到一個「一」字，按當時說法，「王者世數，繫此多少」，他司馬氏能做多少世代皇帝就看這次抽籤的數目，而他抽到的只是一個不吉利的「一」，這豈不是說晉朝司馬氏的天下要一世而亡嗎？一下子所有人都被驚呆，全場的氣氛完全凝固，「帝既不說（悅），群臣失色，莫能有言者」。

如何才能讓皇帝龍顏大悅？如何才能消除大家心頭的狐疑？

問題的關鍵是怎樣解釋這個「一」字。把「一」說成只做一世皇帝既然沒有任何根據，把「一」說成司馬氏將在皇位上一直坐下去不也同樣可行嗎？我們來聽聽裴楷是怎麼打破僵局的：「臣聞天得『一』以清，地得『一』以寧，侯王得『一』以為天下貞。」這幾句譯成白話是說：我聽說天得到「一」

便清明，地得到「一」便安寧，侯王得到「一」便做天下的首領。「貞」通「正」，清代學者在此處將它釋為首領。只輕輕幾句話，就把凶兆說成了吉祥，把噩耗轉成了佳音，這種本領豈止讓晉朝「群臣嘆服」，就是今天的讀者也不得不五體投地。

裴楷這幾句來於《老子》三十九章：「昔之得『一』者：天得一以清，地得一以寧，神得一以靈，谷得一以盈，萬物得一以生，侯王得一以為天下貞。」他將老子原文中的「一」等同於晉武帝抽籤所得的「一」，老子所謂「得一」是指得道，晉武帝所抽得的「一」只是個數量詞，裴楷何曾不明白此「一」非彼「一」，他更明白只有混淆和挪移才能讓皇帝回嗔作喜。

裴楷字叔則，官至中書令，是西晉開國的一代名臣，為政寬宏清通，為人更與物無忤，每次朝廷發生內訌他都能化險為夷。他還是西晉一代名士，以善談《老子》和《周易》名世，更以氣質風度顛倒眾生。

《世說新語．容止》篇載：「裴令公有俊容儀，脫冠冕，粗服亂頭皆好，時人以為『玉人』。見者曰：『見裴叔則，如玉山上行，光映照人。』」

像裴楷這樣的「玉人」也要憑自己如簧巧舌才能生存，那些地位低下和人格卑污的人，更要憑自己的荃才小慧在主子面前諂媚邀寵。

《世說新語．言語》中另一則小品，同樣也表現了士人的乖巧卑微。「桓玄既篡位，後御床微陷，群臣失色。侍中殷仲文進曰：『當由聖德淵重，厚地所以不能載。』時人善之。」拍馬真是拍到家了，時人居然還讚賞殷仲文拍馬的水平，當時的社會氛圍真叫人無語。

胖與瘦

庾公造周伯仁，伯仁曰：「君何所欣說而忽肥？」庾曰：「君復何所憂慘而忽瘦？」伯仁曰：「吾無所憂，直是清虛日來，滓穢日去耳。」

——《世說新語・言語》

這則小品記錄了兩位顯貴名士的一次閒談。庾公就是東晉當朝國舅庾亮，官拜司徒、錄尚書事、開府儀同三司。此公情文兼勝而又儀態優雅，《晉書》本傳稱「亮美姿容，善談論，性好莊老，風格峻整，動由禮節……風情都雅」，他死後何充十分惋惜地說：「埋玉樹於土中，使人情何能已。」與庾亮對話的是享有重名的周顗，他風神的秀朗和談吐的敏捷，在時輩眼中酷似西晉樂廣。

他們兩人這次談的不是深奧的玄學，不是高雅的藝術，不是美麗的山水，也不是嚴肅的政治，而是談彼此的胖瘦。庾亮一天去拜訪周顗，周顗一見庾亮就半是調侃半是關心地問：「君何所欣說而忽肥？」「欣說」即欣悅。這句話用今天的口語就是說：「老兄，您這段時間遇上了什麼喜事，忽然變得這麼富態？」善於戲謔的庾亮也馬上反脣相譏：「老弟，您這段日子遇上了什麼傷心事，突然變得這麼瘦——風都快能吹起來了？」

庾亮不回答「何以忽肥」的難題，反而逼著周顗交代他「何以忽瘦」的變化。不管周顗是承認自己「忽瘦」的事實，還是囉唆地解釋何以「忽瘦」的原因，這場寒暄都將沉悶無聊，了無趣味。

周顗談鋒機智果然名不虛傳，庾亮的話音剛落，他馬上就回答說：「吾無所憂，直是清虛日來，滓穢日去耳。」周顗口綻蓮花，話題立即峰迴路轉，身體胖瘦的閒談在他的口中也不落半點塵俗，平庸無奇的聊天在他那裡也變得玄妙新奇。「吾無所憂」回答庾亮問話的上半句——「何所憂慘」，「直是清虛日來，滓穢日去耳」回答庾亮問話的下半句——「忽瘦」。你不是問我因何消瘦嗎？既不關病酒也無關憂愁，只是由於我身心日漸清淨、空明和澄澈，身心的渣滓、污穢、掛慮日漸消除。他於俗中覓雅，於凡處見奇，肥瘦這個本屬生理學的問題，突然轉換成了一個心靈超越的哲學問題。一方面解釋了自己「何以忽瘦」的原因——是因為「清虛日來」，另一方面又暗示了對方「何以忽肥」的秘密——他心中的滓穢未去，所以才使自己身體肥胖不堪。回答自己「忽瘦」是明言，回擊對方「忽肥」是影射，明提暗諷，一箭雙雕。

劉孝標注引鄧粲《晉紀》說，周顗不僅「儀容弘偉」，還「善於俯仰應答」，其「精神足以蔭映數人」。我們再來領略一下周顗「俯仰應答」的風采——

周僕射雍容好儀形，詣王公，初下車，隱數人，王公含笑看之。既坐，傲然嘯詠。王公曰：「卿欲希嵇、阮邪？」答曰：「何敢近舍明公，遠希嵇、阮！」（《世說新語．言語》）

周顗既儀表偉岸又舉止優雅，一下車就被眾人攙扶擁簇，一落座就「傲然嘯詠」，那神情氣韻籠蓋了在場賓客。丞相王導笑著對他說：「卿欲希嵇、阮邪？」王導的問話語義多歧：可以理解為對周顗這種風度的欣賞——「你真酷似當年的嵇、阮」，也可以理解為對他這種做派的暗諷——「你還想模仿嵇、阮嗎」？嵇、阮是兩晉名士的偶像，《世說新語．言語》載：「王丞相過江左，止道聲無哀樂、養生、言盡意，三理而已。然宛轉關生，無所不入。」「三理」中前兩理來於嵇康，可見，王導本人同樣「欲希嵇、阮」。不管是對王導問話作正面還是負面理解，表面上都是在恭維周顗。周顗應如何回答丞相呢？要是否認自己「欲希嵇、阮」，那麼，一是他明顯在當眾撒謊——名士誰不「欲希嵇、阮」呢？二是他當面否認丞相的問話，那就等於說丞相無識人之明，肯定把談話的氛圍弄得很僵。要是周顗承認自己是「欲希嵇、阮」，那麼，一是顯得他十分狂妄，「欲希嵇、阮」只能做不能說的，誰敢公開說自己想做當世的「嵇、阮」？二是冷落和輕視了丞相，這無異於說眼下沒有學習的榜樣，所以才去仿效前朝的楷模。對丞相之問，否認既不可，承認又不能，如何是好呢？且看周顗怎樣應對：「何敢近舍明公，遠希嵇、阮！」大意是說：我哪敢捨棄眼前的明公，去效仿遙遠的嵇、阮呢？這一回答真是妙不可言：一是接過了丞相「欲希嵇、阮邪」的話頭，又用不著正面否認或承認；二是「何敢近舍明公」這兩句話，好像是朋友之間當面開的玩笑，又好像是在稱讚王導是嵇、阮的當代傳人，誰能分清他是在開玩笑還是在說真的？二者都在似有若無之間，丞相受到了奉承，自己又沒有失身分；三是周自己有意放低身段，他從下車到落座都是大家注目的中心，此時低調表明他不願反客為主，更不願搶了丞相的風頭，無論是清談還是在政壇，周顗都能恰到好處地把握分寸。這是周顗聽到丞相問話後，脫口而出的「俯仰應對」，倉促之間能把話說得如此幽默圓潤，如此周全得體，他言談應對的敏捷機鋒真讓人拍案叫絕。

可惜，我們無緣親自參與魏晉士人意趣橫生的清談，只能從《世說新語》書本上「聆聽」精英們機智的對答，雅致的詼諧，風趣的調笑……

松柏之質與蒲柳之姿

顧悅與簡文同年，而髮早白。簡文曰：「卿何以先白？」對曰：「蒲柳之姿，望秋而落；松柏之質，經霜彌茂。」

——《世說新語·言語》

顧悅一名悅之，官至尚書左臣，是東晉大畫家顧愷之之父。愷之的人物畫妙絕千古，文章辭賦同樣粲然可觀。他曾寫過一篇〈箏賦〉，還感覺良好地對友人說，其賦之比嵇康〈琴賦〉，「不賞者作後出相遺，深識者亦以高奇見貴。」（《世說新語·文學》）顧愷之對其文其畫都很自負，當然也有自負的本錢，世傳愷之有三絕——才絕、畫絕、痴絕（《晉書》本傳），顧愷之本意可能還要加上「文絕」。顧悅雖沒有其子那樣的蓋世之才，但也絕非庸俗的等閒之輩。顧愷之因為長期沉潛於藝術，經常被同輩調侃捉弄，有時痴得又可笑又可愛；顧悅則在交際場合左右逢源，言談應對八面玲瓏——父子都有其過人之處。文中的另一位主角晉簡文帝司馬昱，在位兩年（三七一～三七二）便病逝。

且看顧悅與簡文帝的一次對話。

晉簡文帝正好與顧悅同歲，史書稱簡文帝既有風度儀表，又善於修飾保養，而顧悅一方面在仕途上幾經顛簸，另一方面又不自雕飾，所以人到中年，簡文帝仍然髮無二毛，顧悅則已鬢髮斑白。一直在深宮養尊處優的皇帝大惑不解地問顧悅說：「卿何以先白？」用現在的白話來說就是：你既然與我同年而生，頭髮怎麼會先我而白呢？要是讓顧悅那位痴兒子愷之來回答，他一定要一五一十地稟報皇帝：自己的工作比陛下辛苦，自己的生活沒有陛下清閒，自己的餐桌上沒有陛下豐盛，因而自己的頭髮自然就比陛下早白等等，肯定有汙聖聽、觸怒龍顏。

狡黠的顧悅回答得真是乖巧到了家：「蒲柳之姿，望秋而落；松柏之質，經霜猶茂。」以入秋便凋謝的蒲柳（水楊）比喻自己衰弱的體質，以四季常青的松柏比喻皇帝的龍體，新穎、生動而又貼切，這種奉承拍馬可謂別出心裁。

隨口而答的語言竟然如此典雅優美，對偶竟然如此整飭精工，音調竟然如此鏗鏘悅耳，可見顧悅思維之敏捷，口齒之伶俐，不僅使當場的簡文帝聽了「稱善久之」，誰聽了都由衷折服。

南人與北人

褚季野語孫安國云：「北人學問，淵綜廣博。」孫答曰：「南人學問，清通簡要。」支道林聞之，曰：「聖賢固所忘言，自中人以還，北人看書，如顯處視月；南人學問，如牖中窺日。」

——《世說新語．文學》

中國自古以來素稱「地大物博」，現在看來，說自己「物博」實屬「窮人誇富」，說中國「地大」倒是名副其實。所謂「地大」並不僅僅具有地理學的意義，還隱含著東西南北不同的民俗與民情、不同的心理與性格——如北方人的粗獷，南方人的文雅；北方人的豪爽，南方人的細膩；關東大漢自不同於紹興師爺，塞北姑娘也有別於江南妹子。文學風格上的差異也非常明顯，中古時期北朝民歌質樸雄豪，南朝民歌輕盈婉轉。「天蒼蒼，野茫茫，風吹草低見牛羊。」南朝民歌哪來如此恢宏大氣？「低頭弄蓮子，蓮子青如水。置蓮懷袖中，蓮心徹底紅」，北朝民歌又何曾有這般溫婉清麗？

那麼，在學問上南北有什麼區別呢？往大處說，容易流於空泛而不著邊際；往小處說，又可能「一葉障目，不見泰山」——要準確地說出南北學問的差異還真非易事，要說得形象更是「難於上青天」，要做到既能準確概括又能形象生動，那不是「神仙」就是「上帝」了。

東漢以後文人就喜歡神侃南人與北人的異同，就個人狹窄的閱讀範圍所及，最為正統權威的評論要數《隋書．文學傳序》：「彼此好尚，互有異同：江左宮商發越，貴於清綺；河朔詞義貞剛，重乎氣質。」

最為生動有趣的要數《世說新語．文學》中的這一條。

在這則生動有趣的清談中，褚、孫二人是東晉名士，支道林則屬東晉高僧。褚季野深得謝安器重，謝常稱「褚季野雖不言，而四時之氣亦備」。褚所說的「北人學問，淵綜廣博」，以四個字高度概括北人學問的特點，其人其言都有「簡貴之風」。孫氏隨口應答的「南人學問，清通簡要」，對南人學問特點的歸納也同樣準確凝練。

不過，褚、孫二人的評論雖說簡練但稍嫌籠統，準確卻失之抽象，只有支道林的評論才讓人拍案叫絕：「北人看書，如顯處視月；南人學問，如牖中窺日。」這位高僧用最常見的生活現象，把南北學人高深枯燥而又難以捉摸的學問特點，說得一清二楚而又趣味橫生。「顯處視月」形容北人學問博而不精，其優點是眼界開闊，其不足是所見模糊；「牖中窺日」是指南人學問精而不博，見深識遠是其所長，視野太窄是其所短——北人學問廣博，南人學問精深。

難怪人稱支道林吐辭「才藻新奇，花爛映發」了，果然名不虛傳！把那麼複雜的問題講得那麼明白，把那麼抽象的問題說得那麼有趣，支道林真是「神」了！我雖無才，但還識趣，自看過高僧這寥寥十六字的評論後，我從此就不敢胡謅南人與北人的異同，「眼前有景道不得，崔顥題詩在上頭」（元辛文房《唐才子傳》）。

善人與惡人

殷中軍問：「自然無心於稟受，何以正善人少，惡人多？」諸人莫有言者。劉尹答曰：「譬如寫水著地，正自縱橫流漫，略無正方圓者。」一時絕歎，以為名通。

——《世說新語．文學》

殷中軍就是東晉清談名家殷浩，劉尹就是辯才無礙的劉惔，因他曾官至丹陽尹常被稱為劉尹。「略無」和「正自」是當時的口語，分別是「全無」和「只是」的意思。殷浩遇上了劉惔可以說是「棋逢對手」，他們時常在一起相互戲謔調侃，在舌戰中逞雄辯、鬥機鋒。

「性本善」還是「性本惡」這個問題，在歷代文人學者中打了幾千年官司。有的認為人性本善，有的宣稱人性本惡，誰也不能說服誰。「性善」或「性惡」隱含著另一個同樣複雜的問題：萬物的存在形態是自然而然的，還是受其他意志支配的？素有辯才之稱的殷浩又向朋友挑起了這個難題：宇宙的萬事萬物的發展變化都是自然而然，無心接受其他外力的影響，為什麼正直的善人少，奸邪的惡人多？大家一時都被問傻了眼，沒有一個能對得上來。劉惔應聲回答說：「譬如瀉水著地，只是縱橫四處流淌，絕對沒有正方形或正圓形的。」人之生於世也像水之瀉於地，難得形成正而且直的人。在座的人聽他這麼一說無不稱歎，都認為這是至理名言。

不過，這句「名言」未必道出了「至理」，語言的俏皮未必能保證內容的正確。水是一種自然存在物，人則首先是一種「社會動物」，因而，水瀉於地不同於人生於世，水瀉於地沒有正方形或正圓形，是自然屬性決定的，世上的善人少惡人多，根源在於人生活的時代風氣與社會環境。不僅社會環境和教育造就了善人或惡人，而且善惡本身也只有放在特定的社會中才能做出評價，在這個社會環境中的善，可能是另一個社會中的惡，這個人眼中的善人，可能是另一個人眼中的惡人。抽象地談論性善性惡，既不會被證實也不會被證偽，既沒有社會意義也沒有理論價值。這些容易被現代人接受的道理，一千多年前的古人也許很難理解。

東晉名士的清談只關注才辯的縱橫，不太在乎道理的對錯。有一次裴遐與郭象論難，「聞其言者，知與不知，無不嘆服」。另一次支道林與許詢論辯，觀者「但共嗟詠二家之美，不辯其理之所在」——人們愛美勝過愛真。這則小品中，人們「一時絕歎」的比喻，也是讚賞才辯的敏捷和語言的微妙。

後來詩人鮑照〈擬行路難〉中說：「寫（瀉）水至平地，各自東西南北流；人生亦有命，安能行歎復坐愁？」這個比喻可能受到劉惔的影響，但比劉惔的比喻更加貼切。

對景物細膩微妙的審美感受，對人物準確精微的品藻鑑賞，就是我們這裡所說的「妙賞」。除〈識鑑〉、〈賞譽〉、〈品藻〉等專門寫「妙賞」外，《世說新語》許多章節都記述了名士之間的「妙賞」。離開了名士的「妙賞」，「魏晉風度」就殘缺不全；而離開了名士情感的豐富和直覺的敏銳，「妙賞」就完全不可能產生。

這一章前幾篇小品是品人：喬玄識曹操於寒微之際，「亂世之英雄，治世之奸賊」已成歷史名言；王濟贊其叔於未顯之時，「山濤以下，魏舒以上」已是對王湛的定論；郭奕對羊祜一見傾心，覺得人才是世間最美的「風景」；「非以長勝人，處長亦勝人」，王濛對殷浩的品評意味雋永。後兩篇小品是品物，魏晉名士向內發現了自我，才能向外發現自然。王子猷痴情於竹，王子敬暢懷於山川，不只是寄情於審美對象，而且忘情於審美對象。行於山陰道上，嘯詠於庭竹之前，自然是精妙的審美鑑賞，又何嘗不是詩意的人生？

◆ ◆ ◆

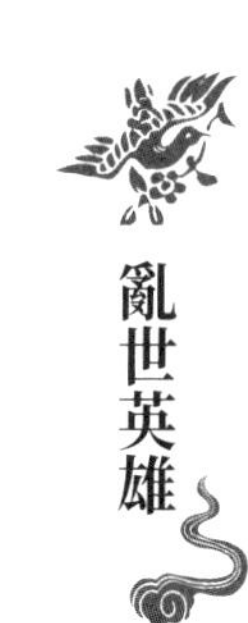

亂世英雄

曹公少時見喬玄，玄謂曰：「天下方亂，群雄虎爭，撥而理之，非君乎？然君實亂世之英雄，治世之奸賊。恨吾老矣，不見君富貴，當以子孫相累。」

——《世說新語．識鑑》

東漢末年，主荒政謬，國家的命運操縱於閹寺，一般士大夫羞與他們為伍，於是出現了「匹夫抗憤，處士橫議」（《後漢書．黨錮列傳序》）的局面。「清議」是當時士人干政的主要手段，原先的人物品藻也因此具有新的社會意義，雖然難免士人之間的相互標榜，但對腐敗的政治具有激濁揚清的作用：政府對官員的升降不得不顧忌「清議」的壓力，多少要聽聽社會清流的權威意見。人物品藻左右著一個人的政治前途，有名者步青雲，無聞者委溝壑。一些未得到社會承認的士子盼望獲得品藻名流的正面評價。曹操在得勢之前就曾請許劭、喬玄品題。本文就是喬玄品評曹操的記載。

喬玄是漢末著名政治家，史稱他「嚴明有才略」，以「長於知人」（《世說新語》劉注引《續漢書》）著稱於世。且看喬玄如何評價曹操——

首先他認為曹操有能力承擔撥亂反正這一巨大的歷史使命：「天下方亂，群雄虎爭，撥而理之，非君乎？」董卓之亂使國家四分五裂，連年戰火使生靈塗炭，國家必須統一，百姓渴望和平，民族要求強盛，而這一歷史的要求此時只有通過曹操才能實現，曹操是未來整頓乾坤的人物，喬玄這幾句話賦予曹操以使命感和歷史感。

接下來，喬玄的話又來了一個大轉彎：「然君實亂世之英雄，治世之奸賊。」「然」是古漢語中常用的轉折連詞，其意義相當於今天的「然而」、「可是」等。稱曹操是「治世之奸賊」，是說曹操有才而無德。亂世四海無主，群雄混戰，曹操的才能足以力挫群雄統一全國；治世則天下共尊一國之君，曹操的德性又不甘久居人下，最後將成為攪得四海沸騰、君無寧日的亂臣賊子。

按儒家的價值觀念來衡量，喬玄對曹操似褒而實貶。儒家把「德」置於至高無上的地位，說曹操無德等於完全否定了他。但是，漢魏之際人們的價值觀念發生了深刻的變化，由傳統的重德輕才變為重才輕德，荀粲甚至公然說「婦人德不足稱，當以色為主。」（《世說新語．惑溺》）。曹操本人在幾次求賢令中，也公開求聘「不仁不孝」的才智之士。因為動亂的時局呼喚力挽狂瀾的英雄，歷史所急需且舉世所仰望的，不是仁孝謙恭卻百無一能的君子，而是橫刀立馬平定天下的豪傑。漢末才俊之士蜂起，大家都想問鼎天下，人人都以英雄自居，王粲還專門為此寫了一部《漢末英雄記》。此時還出現了討論英雄特性和識別英雄方法的理論著作，劉劭在《人物志．英雄》篇中說：「夫草之精秀者為英，獸之特群者為雄，故人之文武茂異，取名於此。是故聰明秀出謂之英，膽力過人謂之雄。」

喬玄稱曹操是「亂世之英雄」，當時正處於亂世，這不就是說曹操是當世英雄嗎？當時根本不是什麼治世，說曹操是「治世之奸賊」，等於什麼也沒有說。如此說來，喬玄這次對曹操的品題是寓褒於貶。

《三國志．武帝紀》注引《魏書》說，曹操聽到喬玄的品題後大喜，顯然他不在乎僵硬空洞的道德批評，而看重能扭轉乾坤的超人才智，他堅信自己能挽狂瀾於既倒。假如我們不將歷史道德化的話，曹操的確是一位推動歷史前進的英雄。雄才大略和文治武功，在三國時代無與倫比。另外，曹操不僅有才，而且有趣。

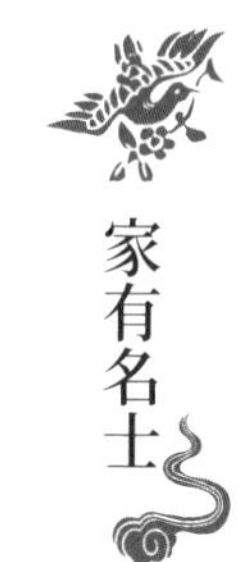

家有名士

王汝南既除所生服，遂停墓所。兄子濟每來拜墓，略不過叔，叔亦不候。濟脫時過，止寒溫而已。後聊試問近事，答對甚有音辭，出濟意外，濟極惋愕，仍與語，轉造清微。濟先略無子侄之敬，既聞其言，不覺懍然，心形俱肅。遂留共語，彌日累夜。濟雖儁爽，自視缺然，乃喟然歎曰：「家有名士，三十年而不知！」

濟去，叔送至門。濟從騎有一馬，絕難乘，少能騎者。濟聊問叔：「好騎乘不？」曰：「亦好爾。」濟又使騎難乘馬，叔姿形既妙，回策如縈，名騎無以過之。濟益歎其難測，非復一事。

既還，渾問濟：「何以暫行累日？」濟曰：「始得一叔。」渾問其故，濟具歎述如此。渾曰：「何

如我？」濟曰：「濟以上人。」武帝每見濟，輒以湛調之曰：「卿家痴叔死未？」濟常無以答。既而得叔，後武帝又問如前，濟曰：「臣叔不痴。」稱其實美。帝曰：「誰比？」濟曰：「山濤以下，魏舒以上。」於是顯名。年二十八，始宦。

——《世說新語．賞譽》

自東漢末王澤及其子王昶以下，山西太原王氏久居顯貴膏腴之地，整個六朝人物挺秀，冠冕相望，正如古代一副門聯所說的那樣：「詩書傳家久，衣冠繼世長。」

這則小品中的王汝南即王湛，魏司空王昶之子，晉司徒王渾之弟，仕晉歷官太子洗馬、尚書郎、太子中庶子、汝南內史等職。其人身長七尺八寸，龍顙大鼻，器量恢宏，史稱「有公輔之望」。由於為人沖淡簡素，他年輕時志在隱遁，在人前常沉默寡言，母親逝世後便結廬墓旁，不願與世人應酬交往，連他的「兄弟宗族皆以為痴」（《晉書》本傳）。

他兄長渾有一個兒子叫王濟，風姿俊爽而又勇力過人，既會盤馬彎弓，又善談玄論《易》。有顯赫的官二代背景，加上出眾的才情，王濟自然是「氣蓋一世」，根本沒有把那位「痴叔」王湛放在眼裡。他每次來祭掃祖母墳墓時，從不去拜望在墓旁守孝的叔叔，王湛也不等候這位不可一世的侄兒，即便偶爾過去問候一下，也不過隨便寒暄敷衍幾句。文章開始極意寫王濟對叔父的無禮輕慢，為後文埋下伏筆。

後來有一次王濟試探問了叔叔一些時事，沒有想到王湛回答得極有文采，大出王濟的意料之外，濟一時驚愕不已。於是和他討論一些抽象深奧的話題，清談漸漸進入精微玄妙的境地。原先王濟也以為王湛很痴，在這位「痴叔」面前沒有半點子侄的恭敬，聽了王湛這番清言妙論，才對叔叔陡生敬畏之心，不知不覺從內心到儀表都肅然恭敬。於是便留在廬中清談，叔侄竟日累夜一連談了幾天。王濟雖然才識風度高邁不群，面對叔叔卻感到自愧不如，由衷地喟然長歎道：「家中藏有一代名流，竟然三十年來沒有被發現！」

王濟離去，叔叔送至門口，王濟的隨從有一匹極難駕馭的烈馬，很少人敢去騎它。王濟隨意問王湛說：「叔叔喜歡騎馬不？」王湛也隨口應說「還喜歡吧」。王濟使人牽來烈馬讓叔叔試騎，只見叔叔縱身上馬，「姿形既妙，回策如縈」。作者用優美的語言形容王湛騎姿的漂亮瀟灑，策馬揮鞭的嫻熟自如，馬鞭在他手中像回環縈繞的帶子一樣美麗，就是當世騎手名家也很難超過他。王濟本人也是騎馭的行家裡手，可比起叔叔來真是小巫見大巫。叔叔清談的才識既讓他驚訝，現在叔叔的騎術又讓他折服，王湛過人之才絕非一技，王濟越來越感到叔叔深不可測。

回到家中王濟欣喜地對父親說：「我剛剛尋得了一位叔叔！」王渾問叔叔比自己如何？王濟委婉地對父親說：「是我王濟以上的人物。」父問「何如我」，子答「濟以上人」，豈敢當面說叔叔遠勝父親，只能說叔叔遠勝自己。言下之意，父不如己，己不如叔。

晉武帝每次見到王濟，總要拿他叔叔來調侃一番：「你家那個傻叔死了沒？」王濟次次都被問得羞愧難言，既「得一叔」之後，皇帝又拿他叔叔說事，這次王濟很有底氣地稟報武帝說：「臣叔不痴。」

並向皇帝讚歎叔叔的過人才德，晉武帝因而問他說：「他能和誰相比？」王濟自豪地回答說：「山濤以下，魏舒以上。」山濤、魏舒何許人也？山濤是晉朝開國元勳，位至太子少傅、司徒，山濤死後魏舒領司徒，二人在西晉德高望重，都是一人之下、萬人之上的人物。王濟在皇帝面前稱叔叔才智在「魏舒以上」，可見侄子現在對叔父如何高山仰止！作者為了烘托主角，用筆層層鋪墊。

《周易．繫辭下》提出過一條識人標準：「吉人之辭寡，躁人之辭多。」我們常把嘰嘰喳喳當作思維敏捷，將深藏不露視為反應遲鈍，因此，我們不是把野雞錯當鳳凰，就是把珠玉誤作瓦礫。在今天這個快節奏的社會裡，開朗外向的人容易脫穎而出，他們的優點容易被人看到，深藏不露的內向性格常常吃虧，人們有時甚至把內向說成精神障礙。其實，性格的外向和內向各有所長，也各有所短：外向者敏於應對，內向者長於深思；外向者容易流於輕浮，內向者容易失之拘謹。俗話說「金子總要發光」，事實上很多「金子」終生埋沒。要不是王濟偶然與叔叔交談，王湛可能一直「痴」到逝世。「世有伯樂，然後有千里馬。千里馬常有，而伯樂不常有」（韓愈〈雜說四首〉），韓愈的名言對古今都有警醒意義。當然，有才能的人也不能長期「衣錦夜行」（《漢書．項籍傳》），今天這個時代如此浮躁，沒有多少人有閒心思來當伯樂，一定要學會推銷自我，像王湛那樣「不與世交」，你也許一輩子就沒有機會。要知道，王湛最後能夠衝出來是由於他是官二代，晉武帝不是一直念叨王濟這個「傻叔」嗎？

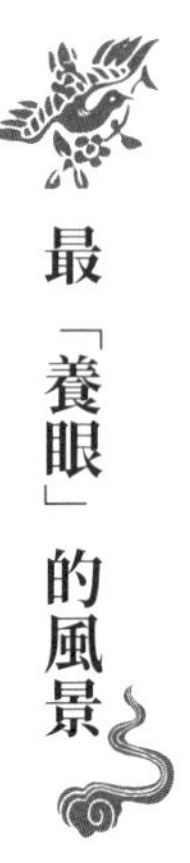

最「養眼」的風景

羊公還洛，郭弈為野王令。羊至界，遣人要之。郭便自往。既見，歎曰：「羊叔子何必減郭太業！」復往羊許，小悉還，又歎曰：「羊叔子去人遠矣！」羊既去，郭送之彌日，一舉數百里，遂以出境免官。復歎曰：「羊叔子何必減顏子！」

——《世說新語．賞譽》

有些人聽起來名聲震耳，一交談就叫人興味索然；有些人暫時雖默默無聞，一見面就讓人彼此傾心。前一種人浪得虛名，一經接觸就知道他「不過如此」，後一種人深藏不露，瞭解越多就越對他佩服得五體投地——這則小品中令郭奕三見三歎的羊祜，無疑就屬後一種人。

先來交代一下郭奕（字太業）。郭生於太原曲陽（今山西省太原市）的「累世舊族」，三國時大名鼎鼎魏將郭淮之侄。史稱奕「少有重名」，仕晉歷任雍州刺史、鷹揚將軍、尚書等職，當世很多朝臣都出其門下，生前山濤稱讚他「高簡有雅量」，死後朝廷賜謚曰「簡」，詔令中稱「奕忠毅清直，立德不渝」。

再來看看羊祜（字叔子）。羊祜是泰山平陽（今山東新泰）人，出身於漢魏時期的名門望族，祖父羊續漢末任南陽太守，父親羊衜則在曹魏時期任上黨太守，母親是漢末名儒蔡邕的女兒，姊姊羊徽瑜是司馬師繼室，史稱「景獻皇后」。他小時就為長輩所看重，認為將來「必建大功於天下」，後成為一代著名的戰略家、政治家、軍事家，曹魏時期歷任中書侍郎、秘書監、從事中郎等職，仕晉歷任尚書左僕射、車騎將軍、鎮南將軍，死後追贈「太傅」。晚年都督荊州諸軍事期間，積極發展當地的經濟，注重與民休養生息，一方面與吳國修好，一方面「繕甲訓卒，廣為戎備」，暗中為攻打吳國做準備，滅吳之日滿朝文武歡聚慶賀的時候，晉武帝捧杯流淚說：「此羊太傅之功也！」他許多利民措施讓百姓受惠，死後襄陽為他修了羊公碑，後來又稱為「墮淚碑」，唐代詩人孟浩然〈與諸子登峴山〉讚頌說：「羊公碑尚在，讀罷淚沾襟。」陸游〈水調歌頭．多景樓〉更稱「叔子獨千載，名與漢江流」。

這則小品寫郭奕與羊祜三次會面，通過郭奕之口來表現羊祜的才能與人品。作者的手法特別高明，要塑造的主角一直沒有「出場」，全由第三者的讚歎來表現他的形象。古人把這種寫法叫作「背面傅粉」。

郭奕做野王（今河南省沁陽市）令時，有一次羊祜回到洛陽，正好要途經野王縣。等羊一到野王縣界，郭奕便派人把他留下，郭本人隨後前往迎接。「要」此處是攔截、遮留的意思。兩人一見面，郭奕就忍不住脫口讚歎道：「這羊叔子哪裡不如我郭太業！」史稱羊祜博學多才，又長於論辯，身長七尺三寸，風姿俊朗。郭可能是被羊的風采和談吐迷住了，剛見面就對羊交口稱讚。接著郭又前往羊的住處拜訪，對羊祜的才情、氣度、志向和眼界有了更深的瞭解，沒過多久回來又讚歎道：「羊叔子可不是一般的常人，比我郭太業強多了！」等羊祜要離開野王縣時，郭奕對他已經依依不捨了，送了他一整天還捨不得回來，一下子送到幾百里開外，還因為擅自離開自己的轄境而被免官。羊祜一生不願「委質事人」，立身剛正廉潔，自奉清儉樸素，祿俸所資不是贍給親族，就是賞給了軍士，他死後家無餘財。羊祜安貧樂道和篤重樸實的儒者風範，可能給郭太業留下了深刻的印象，郭一回到家就讚歎道：「羊叔子哪裡不如顏淵！」漢以後祭孔時一直以顏淵配享孔子，顏後世尊為「復聖」，郭奕把羊祜稱為當世的顏淵，他對羊的推崇真可謂無以復加了。

郭奕三次見羊祜的三次讚歎，對羊祜的評價一次比一次高，羊祜在我們心目中的形象固然越來越高大，郭奕本人給人的印象也越來越好。他們相識的時候，羊祜還沒有任何政績，自然也沒有什麼政聲，郭僅僅三次見面就能識其胸中丘壑，一方面說明羊祜的確胸羅萬象，另一方面也表明郭奕有知人之明。郭奕的確是一位智者，只有英雄才能識英雄。

認識別人要智慧，讚美別人要雅量。心胸狹窄的人發現別人超過自己，很快會心生妒忌，甚至可能去貶低他人來抬高自己。郭奕第一次見到羊祜時，只說「這羊叔子哪裡不如我郭太業」，還覺得他們二人可能旗鼓相當，第二次見面後他就承認「羊叔子比我郭太業強多了」。像郭奕這樣的名士，公開承認己不如人，這需要一種坦蕩的襟懷，需要一種面對真相的勇氣，也需要一種對自己的自信。郭奕是一位智者，同時也是一位君子。

人是萬物的靈長，是上帝最美的造化，我們常常旅遊世界各地去看風景，卻對自己身邊「人」這道最美的風景視而不見。如果學會了認識人，欣賞人，讚美人，你的同學、同事、同鄉、朋友、師長、親人，可能都是「養眼」的風景，他們不僅能讓你身心愉悅，還能讓你靈魂淨化，讓你增才廣智。俗話說「小人眼中無聖人」，不要總是盯著別人臉上的黑痣，要像郭奕那樣發現別人出群的才華，發現別人高尚的品德，發現別人迷人的個性，你越能發現別人的長處，別人就對你越有「好處」。

處長亦勝人

王仲祖稱殷淵源：「非以長勝人，處長亦勝人。」

——《世說新語．賞譽》

這兩句話聽起來像是繞口令，可細想後便發現它意味雋永。

王仲祖即東晉名士王濛，殷淵源即東晉名臣殷浩。王濛被士林奉為風雅典範，而殷浩的出處更被視為決定東晉興亡。

殷浩生前人們對他好評如潮。《世說新語．識鑑》載：「王仲祖、謝仁祖、劉真長俱至丹陽墓所省殷揚州，殊有確然之志。既反，王、謝相謂曰：『淵源不起，當如蒼生何？』深為憂歎。」這段話的意思是說，有一天，王濛、謝尚、劉惔三人一起去看望殷浩，殷當時隱居在丹陽他祖先的墓所。他們交談中發現殷隱居的意志十分堅定。回來後，王與謝相互議論說：「殷淵源要是不肯出仕，天下蒼生可怎麼辦呵！」他們說著說著都深深歎了口氣。稱「殷揚州」是因殷曾任揚州刺史。把天下興亡寄於殷浩一身，可見名士是如何推崇殷浩了。《世說新語．企羡》中另一則小品，也讓我們看到時人是如何仰慕殷浩：「王司州先為庾公記室參軍，後取殷浩為長史。始到，庾公欲遣王使下都。王自啟求住曰：『下官希見盛德，淵源始至，猶貪與少日周旋。』」庾亮先聘王修齡做記室參軍，後來又錄用殷浩為長史。殷浩剛一到任，庾公就派遣王出使京都。王親自啟稟請求庾亮說：「下官很少見到盛德賢人，很遺憾殷淵源一到我就要離開，自己還貪戀與他親近幾日。」

殷浩死後其故舊顧悅之稱道說：「殷浩識理淹長，風流雅勝，聲蓋當時。」史家也說「殷浩清徽雅量，眾議攸歸」。這類評語在《世說新語》中隨處可見，「識理淹長」的清談家固然很多，有「清徽雅量」的名士也不少，這一切並非殷浩所獨擅，何況殷浩的門第在東晉也算不上高貴，是什麼原因使殷浩有如此大的魅力呢？

王濛間接地提出了另一種解釋：「殷淵源非以長勝人，處長亦勝人。」殷浩非但以自己的長處勝過別人，他對待自己長處的態度也勝過別人。

不管殷浩是不是具備這個優點，「以長勝人，處長亦勝人」，這兩句話不僅說得俏皮，而且充滿了人生的智慧。

俗話說「尺有所短，寸有所長」，誰沒有自己的一點點長處呀？數學不好的人可能會寫作文，不會寫作文的人可能會講話，不會寫又不會講的人可能會跑步。

人人都會有自己的「長處」，但不是人人都會「處長」。別看「長處」與「處長」只是字面顛倒，它們對每個人來說可是大有文章。

西方哲人說「認識你自己」，東方智者說「自知者明」，可悲的是人好像很難認識自己，我們往往只看到別人臉黑，卻不願承認自己長得也像烏鴉；我們總不滿足於自己的地位和財富，卻很少人不滿意自己的才華，所以我們對別人總含譏帶諷，對處境總牢騷滿腹，老是覺得自己生不逢時，覺得自己懷才不遇。

在我們社會裡，能「以長勝人」的比比皆是，能「處長亦勝人」則十分罕見。舞文弄墨的文人譏諷將軍是赳赳武夫，馳騁疆場的將軍嘲笑文人為膽怯懦夫。有財的瞧不起有才的，有才的又瞧不起有力的——大家喜歡以己之長輕人之短。小時候我們村裡有一個莊稼把式，種田的十八般手藝無一不精。鄰居一個兄弟田裡活兒樣樣都笨，年年都「種豆南山下」，年年都是「草盛豆苗稀」。那個莊稼把式從心裡蔑視這位鄰居，還常常拿他種的水稻和棉花開涮。粉碎「四人幫」後恢復高考，這位不會種田的兄弟就考入名校，接著被哈佛大學錄取攻讀博士，現在是美國一名牌大學教授，而嘲笑他的那個莊稼把式還在我們村裡種莊稼。

如今家庭和學校教育中，家長和老師比較注重培養小孩的「長處」，而相對忽略了教育小孩「處長」的態度。許多人稍有一技之長，或者還僅是一知半解，馬上就覺得老子天下第一。一個小城市的足球前鋒，剛剛小有名氣便忘乎所以，看看他那不可一世的神態，好像他不是在踢足球而是在踢地球，在隊友面前慣於頤指氣使，最後因沒有團隊精神而被開除出隊。

「處長」大體上包括兩個方面：一方面是如何正確認識自己的長處和短處。這一點非常重要，它涉及自己求學和職業選擇，無論求學還是擇業，除了要知道自己「喜歡」幹什麼，還要明白「能夠」幹什麼，而且還得瞭解社會將「需要」什麼，然後再在自己的興趣、能力和需要之間找到契合點。這三者之中，「能夠幹什麼」就是自己的長處。不能識其所長就不能用其所長，對人對己都是如此。另一方面是如何表現自己的長處，如何發揮自己的長處。平時大家常說「金子總是要發光的」，可埋在地下的金子發光誰也看不到，雖然千百年後也許有一天金子被挖掘出來，可是，且不說等千年以後，即使是等幾十年以後，人生也很難閃閃發光了。金子過一萬年還是金子，志士過幾十年就成了老朽，所以杜甫急不可耐地說「自謂頗挺出，立登要路津」（杜甫〈奉贈韋左丞丈二十二韻〉）。因此，是金子就要擺在顯眼的地方，讓人們能看到閃閃金光；有長處就要表現出來，讓別人能發現你的長處，使你的長處能服務於社會，使你自己能成就壯麗的人生。那麼如何表現自己的長處呢？這可是一門奧妙無窮的學問，既要把自己的長處「表現出來」，又不能讓人家覺得你喜歡「表現自己」，這真是做人的「高難度動作」。在一個商品充斥、物產豐饒的時代，好產品配上好廣告，它才能成為暢銷商品，同樣，在一個教育普及人才輩出的時代，我們都要學會如何「推銷自我」，向別人展示自己的才能，讓別人瞭解自己的長處，這樣才能找到理想的職位，才能真正實現自我。要充分展示自己的長處，又不能顯得鋒芒畢露，怎樣拿捏二者之間的度，是我們一生的功課。要如何發揮自己的長處呢？《論語．先進》篇載，孔夫子有一天對他的學生說：「居則曰：『不吾知也。』如或知爾，則何以哉？」孔子對身邊的幾個學生說，你們平日常說「人家不瞭解我呀」，假若人家瞭解你們，並且準備重用你們，你們打算怎麼幹呢？向人家展示自己的長處，讓人家瞭解自己的長處是第一步，當別人給你提供了舞臺，如何發揮自己的長處是第二步，這也是小品文中「處長」的應有之義。

《晉陽秋》說「浩善以通和接物」，殷浩待人接物通達而又謙和，用今天的話來說，就是從來不在人們面前「耍大牌」，有「長處」但不以自己的「長處」驕人，所以王濛說他「處長亦勝人」。還沒有出仕就已在社會上聲名鵲起，「咸謂教義由其興替，社稷俟以安危」（《晉書》本傳），可以說他善於展示自己的「長處」。可是，史家又說他「及其入處國鈞，未有嘉謀善政，出總戎律，唯聞蹙國喪師」

（同上），等他身居要津以後，治國拿不出良方，帶兵又老吃敗仗，這樣說來殷浩還不善於揚長避短。僅會「以長勝人」，還只是成功的一半；懂得「處長亦勝人」，才會有輝煌的人生。

何可一日無此君？

王子猷嘗暫寄人空宅住，便令種竹。或問：「暫住何煩爾？」王嘯詠良久，直指竹曰：「何可一日無此君？」

——《世說新語·任誕》

竹子在先秦人眼中就十分高潔，《莊子·秋水》篇說神鳥鳳凰，非梧桐不棲，非竹實不食，這就好比今天富人只吃橄欖油，而窮人則吃地溝油一樣。三國竹林七賢以後，竹子又積澱了某種蕭疏超曠的文化內涵。古代文人對樹木花草各有所愛，如孔子稱道松柏堅貞耐寒，屈原讚頌橘樹「獨立不遷」，陶淵明喜歡「採菊東籬」，後來有人嚮往牡丹的富貴，也有人傾心梅花的高潔，這則小品文中的主人公王子猷獨愛竹。中國最早最有名的竹痴，無疑非東晉這位大名士莫屬，其次才數得上宋代名畫家文同，及清代那位名畫家鄭板橋。

前人對樹木花草的讚美，往往是從道德倫理的角度「比德」，就是在這些植物身上發現了類似人類的某些可貴品德。或者反過來說，就是希望人們具有卻又少有的美好品德，恰好在一些植物身上找到了。如孔子所謂「歲寒，然後知松柏之後凋也」，屈原〈橘頌〉所謂「後皇嘉樹」、「秉德無私」。人們把松、竹、梅稱為「歲寒三友」，也是著眼於它們共有的貞堅品格。直到白居易〈養竹記〉還是歌頌竹子的「品節操守」：「竹似賢，何哉？竹本固，固以樹德，君子見其本，則思善建不拔者。竹性直，直以立身，君子見其性，則思中立不倚者。竹心空，空以體道，君子見其心，則思應用虛受者。竹節貞，貞以立志，君子見其節，則思砥礪名行夷險一致者。夫如是，故君子人多樹之為庭實焉。」只因稟有「君子」的「本」、「性」、「心」、「節」，君子這才會在庭院中栽種竹子。文學史上詠竹詩文多不勝數，如唐代詩人張九齡〈和黃門盧侍御詠竹〉的「高節人相重，虛心世所知」，又如宋代徐庭筠〈詠竹〉的「未出土時先有節，便凌雲去也無心」等等，這些詠竹名句多是讚賞竹子的「高節」和「虛心」。

王子猷痴情於竹子，自然也有對竹子氣節品格的傾慕，但更有對竹子的一種審美陶醉。謳歌竹子品性節操，對竹子更多的還是「敬」，對竹子本身的審美陶醉，才會對竹子產生由衷的「愛」。只是「敬」可能「敬而遠之」，有了「愛」才須臾分離不得。

這不，王子猷暫時借住在別人的空宅院裡，馬上便命人種上竹子。文中「寄」表明院子非他所有，

「暫」表明他不會住很長時間，「便」寫出了王子猷種竹的急切心情。這兩句話無一字虛設，用現在文學術語來說，就是用詞簡潔而又傳神。王子猷的做法讓人大惑不解：「不過在這裡短期暫住，何必多此一舉呢？」的確，且不說種竹子麻煩費錢，種上竹子又觀賞不了幾天，這麼幾天少了竹子，難道還活不下去？再說花那麼多精力物力種上竹子，最後還不是留給了房子的主人？

王子猷可不這麼想，你看他在剛種的竹子邊「嘯詠良久」。這裡順便要解釋一下「嘯詠」，它又稱「長嘯」、「吟嘯」或「嘯歌」。嘯的方法是氣激於舌端，發口而音清，動脣便成曲。嘯在六朝人看來是一種放曠、自得、沉醉的神態，六朝名士通常都善嘯，他們認為在「華林修竹之下」最宜嘯詠。王子猷在竹子旁邊嘯詠很長時間，說明他完全被新栽的修竹所陶醉。他指著竹子對旁人說：「何可一日無此君！」哪能一天都見不著這位老兄呢？他指著竹子不說「此竹」而說「此君」，這句話顯露了王子猷的幽默，更包含著王子猷的痴情，竹子不只是他的審美對象，更像是他的友人甚至情人，所以與竹子難捨難分。《世說新語》中還有一則王子猷「竹痴」的描寫：

王子猷嘗行過吳中，見一士大夫家極有好竹。主已知子猷當往，乃灑掃施設，在聽事坐相待。王肩輿徑造竹下，諷嘯良久。主已失望，猶冀還當通。遂直欲出門。主人大不堪，便令左右閉門，不聽出。王更以此賞主人，乃留坐，盡歡而去。（《世說新語．簡傲》）

借住人家宅院馬上要種竹，外出路過人家門口也進門賞竹，竹子儼然是他最親密的伴侶，成了他精神生活的一部分。吳中一家有「好竹」的士大夫聽說他要路過此地，便斷定「子猷當往」，可見他愛竹早已聞名遐邇。知道王子猷這位貴人要來，主人還特地為他灑掃庭除準備酒食，一直待在客廳裡迎接大駕。可王子猷乘坐肩輿徑直來到竹林下「嘯詠良久」，賞完了竹林便掉頭走人，根本沒有想到與主人打招呼——他是特來賞竹，而非專來應酬，只管在竹下嘯詠，何須與主人寒暄？

這則小品文通過王子猷對主人的冷漠來突出他對竹子的熱情，子猷愛竹擺脫了世俗的客套，也不關乎人際的利害，更不在於功利的佔有。他在竹下「嘯詠良久」的神態，表明他和竹已經物我兩忘，融為一體，達到了「我見青山多嫵媚，料青山見我應如是」（辛棄疾〈賀新郎〉）的境界。誰又能分清是子猷如竹，還是竹像子猷？他竹下嘯詠是審美鑑賞，又何嘗不是詩意人生？

唐代賈島在詠〈竹〉（此詩又見《羅隱集》）詩中說：「籬外清陰接藥欄，曉風交戛碧琅玕。子猷沒後知音少，粉節霜筠漫歲寒。」賈島說得未免過於絕對，竹子在子猷之後並不缺知音，只是知竹不如子猷那樣深，愛竹不如子猷那樣痴而已。清代畫家鄭板橋稱「板橋專畫蘭竹，五十餘年，不畫他物」，還寫了許多詠竹詩和詠竹聯，聯如：「咬定幾句有用書，可忘飲食；養成數竿新出竹，直似兒孫。」詩如：「一節復一節，千枝攢萬葉；我自不開花，免撩蜂與蝶。」從其詩、聯、畫來看，鄭氏愛竹還稍著痕跡，遠比不上子猷與竹那般飄逸清空。真正理解子猷與竹關係的還是蘇軾，他在〈於潛僧綠筠軒〉一詩中說：「可使食無肉，不可居無竹。無肉令人瘦，無竹令人俗。人瘦尚可肥，士俗不可醫。旁人笑此言，似高還似痴。若對此君仍大嚼，世間那有揚州鶴。」以「高」、「痴」來形容子猷愛竹，誰說王子猷沒有知音呢？

發現自我與發現自然

王子敬云：「從山陰道上行，山川自相映發，使人應接不暇。若秋冬之際，尤難為懷。」

——《世說新語．言語》

因王綱解紐而帶來人的自覺，魏晉士人向內發現了自我，向外發現了自然——對自然的發現以對人的發現為其前提。《世說新語》中有大量的小品記載人們對自我和他人的欣賞，人作為審美對象而被讚美，被羨慕，被欽仰，如：「嵇康身長七尺八寸，風姿特秀，見者歎曰：『蕭蕭肅肅，爽朗清舉。』或云：『肅肅如松下風，高而徐引。』山公云：『嵇叔夜為人也，巖巖如孤松之獨立；其醉也，傀俄若玉山之將崩。』」（《世說新語．容止》）只要有英俊的外表，有瀟灑的風度，有超群的智慧，就不愁沒有成堆的粉絲。外在的容貌和內在的氣質，是人們追逐和鑑賞的熱點，外在的自然也不僅僅具有實用性，它同時還是人們怡神悅性的對象和安息精神的場所，士人對自然美具有一種細膩精微的感受力。一條小溪，一泓清泉，一竿翠竹，一棵蒼松，都會使他們流連忘返，樂而忘歸。一位哲人曾說過，你的對象就是你本質力量的體現，你的對象就是你本身。音樂不可能成為牛的對象，深奧艱澀的哲學不可能成為輕浮淺薄者的對象，所以才有了「對牛彈琴」的成語。你的對象就是你自己人格與力量的對象化，說通俗一點，你能欣賞什麼樣的藝術，你喜歡什麼樣的音樂，你欣賞什麼樣的美景，你就是什麼樣的人——對象是測量你自身的尺度。

文中的王子敬名獻之，晉代著名書法家，書聖王羲之之子。山陰在會稽山之北，屬今浙江省紹興市。「山川自相映發」的意思是說，山川景物交相輝映。這位書法家和藝術家能為自然美景怦然心動，山川美景能使他陶然心醉，正表明他精神世界的豐富細膩，對無情之物也能一往情深，難怪他的書法是那般瀟灑飄逸、形神超越了。

不只王獻之如此，魏晉士人大多如此，他們對自然美都非常敏感。王獻之父親王羲之遭讒遠離政壇後，在山陰的山水田園中消磨時光，有一次散步歸來對身旁的人說，我可能會在山水中樂死！可見，山水之勝給予他多大的審美享受。在山川之美面前，魏晉士人覺得「非唯使人情開滌，亦覺日月清朗」（《世說新語．言語》），連皇帝也覺得山水動物十分可親，「簡文入華林園，顧謂左右曰：『會心處不必在遠，翳然林水，便自有濠、濮間想也，覺鳥獸禽魚自來親人』」（《世說新語．言語》）。已不是因山水明道，而是覺得山水可人，此時此刻人與山水相互內在，「我見青山多嫵媚，料青山見我應如是」（辛棄疾〈賀新郎〉）。

我們今天常說的成語「應接不暇」，就是來於這則小品文。朋友，你在山水中有過「應接不暇」的體驗嗎？

第十章 深情

通常情況下，情與智好像水火不容——情濃則智弱，多智便寡情。魏晉名士卻既長於思又深於情，王弼還為情理兼勝進行哲學辯護：「聖人茂於人者神明也，同於人者五情也。神明茂，故能體沖和以通無；五情同，故不能無哀樂以應物。」（何劭〈王弼傳〉）

因為有了邏輯理性，人才不同於動物；假如只有邏輯理性，人就可能等同於機器——今天大型電腦在邏輯推理上甚至超過了人。過度理性不僅讓人成為冷冰冰的動物，而且讓人的生命力竭盡乾枯；唯有深情才能使我們體驗到人生的大喜與大悲，才能使我們走進存在的深度，才能使我們感受到生命的卑微與崇高，領略人生的醜惡與壯麗。當王伯輿登上江蘇茅山，悲痛欲絕地哭喊「琅邪王伯輿，終當為情死」，當「桓子野每聞清歌，輒喚『奈何』」（《世說新語．任誕》），魏晉名士可以自豪地說：我們開心地笑過，我們悲傷地哭過，我們真誠地愛過，我們本真地活過……

年在桑榆

謝太傅語王右軍曰：「中年傷於哀樂，與親友別，輒作數日惡。」王曰：「年在桑榆，自然至此，正賴絲竹陶寫。恆恐兒輩覺損欣樂之趣。」

——《世說新語．言語》

王、謝兩家是東晉最顯赫的士族，是東晉前中期政治經濟的主宰者和壟斷者。謝安的胸襟氣量一向為人稱道，時人認為他「足以鎮安朝野」。在淝水之戰前後，他那副鎮定自若的神情，使人覺得天塌下來有他來頂，人世間任何變故都難以擾亂他內心的寧靜。

可是，這則小品中的謝安像完全換了一個人似的，原來他是那樣多情，也是那樣容易動情。與朋友聚散別離是人生常態，這種事情也使他一連幾天悶悶不樂，以至要跑到朋友那兒尋求安慰。文中的謝安酷似多愁善感的書生，完全沒有自我調控的能力。

有一天，謝安對書聖王羲之說：「中年傷於哀樂，與親友別，輒作數日惡。」「哀樂」本來包括悲哀與快樂，但這裡它是偏義複詞，側重於指人悲哀的情緒。「人到中年」是生命的重要關口，剛剛告別青春的激情歲月，已經能夠望見人生的夕陽晚景，「人生苦短」的感受特別深切，對親友的生離死別分外敏感。青年時期可以少不更事，老來以後可以萬事由天，而中年是社會的中堅，肩負著家國成敗興衰的重任，所以這個年齡的人精神特別緊張，心情也特別容易煩躁，更要命的是中年人在外面還要裝出一副輕鬆坦然的模樣，人們更多地看到他們的成熟老練，很少去觸摸和體會他們的脆弱柔情。「男兒有淚不輕彈」，大家平時只看得到男兒的笑臉，「欄杆拍遍，無人會、登臨意」（辛棄疾〈水龍吟．登建康賞心亭〉，下同）是中年男人特有的孤獨，「倩何人喚取，紅巾翠袖，搵英雄淚」是中年男人特有的渴求。謝安「與親友別，輒作數日惡」的心情可能還不便於對太太傾訴，幸喜他有王羲之這麼個好朋友。他們有相近的家族背景，有相近的文化修養，有相近的社會地位，當然也有相近的負擔煩惱，因而他們對彼此的哀樂能莫逆於心。

在謝安的朋友圈子裡，王羲之算得上難得的諍友，他多次提醒謝安「虛談廢務，浮文妨要」，但這次對謝安傾吐的苦惱深有同感：「年在桑榆，自然至此，正賴絲竹陶寫。恆恐兒輩覺損欣樂之趣。」「桑榆」指日落時餘光斜照在桑榆樹梢，常用來比喻人的晚年。這裡要稍加說明的是，王羲之「桑榆之年」在今天只能算中年，他本人還不到六十歲就病逝，與謝安對話的時候大概五十左右的光景。年近桑榆自然容易感傷，王羲之只好靠音樂來排遣苦悶，宣洩憂愁，而且還老是怕兒輩們少不懂事，破壞了自己陶醉於音樂的「欣樂之趣」。兒輩們大多「少年不識愁滋味」（辛棄疾〈醜奴兒．書博山道中壁〉），哪能理解父輩們「傷於哀樂」的苦衷？

在重要的政治場合，謝太傅鎮定自持，王右軍現實清醒，可他們在私生活中又是如此兒女情長，到底哪一個謝安、王羲之更為真實呢？其實，二者綜合起來才是他們的「真面目」。

魏晉士人既達於智也深於情，王、謝二人正是精神貴族情理並茂的人格標杆。

木猶如此

桓公北征經金城，見前為琅邪時種柳，皆已十圍，慨然曰：「木猶如此，人何以堪！」攀枝執條，泫然流淚。

——《世說新語．言語》

孔子說：「朝聞道，夕死可矣。」在孔老夫子看來，生命的意義就在於悟道和得道，要是早晨能夠悟道得道，晚上死了也毫無遺憾。可到了魏晉，儒家的「道」成了人們懷疑甚至嘲諷的對象，嵇康公開宣稱自己「非湯武而薄周孔」，坦言「老子、莊周吾之師也」（〈與山巨源絕交書〉），並以「六經為蕪穢」，以「仁義為臭腐」（〈難自然好學論〉）。儒家的仕、義、道、德通通都不值一文大錢，它們甚至是個人生命的桎梏。思想的權威一旦動搖，精神的鎖鏈一旦解開，人們的思維便日趨活躍，情感也日益細膩豐富，我們不再是作為一種倫理的存在，人成了不可重複的特殊個體。既然孔孟之「道」不值得追求，個人的生活就格外值得珍視，我們的生命更值得留戀，所以人們對自己的生老病死特別牽掛，「死生亦大矣，豈不痛哉」（〈蘭亭集序〉）！王羲之這句名言喊出了魏晉名士的心聲。

這則小品中桓溫的感歎，便是對王羲之名言的呼應。

文中的「桓公」就是東晉權臣桓溫，他總權戎之權，居形勝之地，很長一段時間專擅朝政，是東晉中期政壇上呼風喚雨的人物，隨便舉手投足都能叫江左地動山搖。他曾經放出「豪言壯語」說，此生縱不能「流芳後世」，也一定要讓它「遺臭萬載」（《世說新語．尤悔》）。一生志在收復中原，為此前後三次統兵北伐。文中這次「北伐」指太和四年（三六九）伐前燕，與桓溫做琅邪內史時間相距約三十年。金城在今江蘇句容縣北，當時屬丹陽郡江乘縣北，地當京口（今江蘇鎮江）與丹陽（今江蘇南京）要衝。琅邪故址在今山東臨沂，東晉時其地久已淪陷於異族，成帝在丹陽江乘縣僑置南琅邪。桓溫咸康七年（三四一）為琅邪內史時出鎮金城。「十圍」中的「圍」是計量圓周的約略單位，即兩手拇指和食指合攏起來的長度，也指兩臂合抱的長度。十圍柳樹直徑大約三尺，徑長三尺而不朽的柳樹極為少見，「皆已十圍」是約略或誇張的說法。

桓溫原本一赳赳武夫，《晉書》本傳稱溫「眼如紫石稜，鬚作蝟毛磔」。東晉士族一向輕視武人，桓溫求王坦之的女兒為媳，還被其父王述罵作「老兵」。真沒想到，連這樣雄豪的「老兵」對自己的生命也如此依戀。當他北征前燕途經金城，看到自己三十年前手種的柳樹已大到十圍時，不禁感慨萬端地歎息道：「木猶如此，人何以堪！」邊說邊拉柳樹枝條，眼淚不由奪眶而出。柳樹已由當年細枝柔條變成現在的老枝拳曲，「十圍」參天，種柳人更由青春年少變成白髮皤然，世上一切生靈都逃不脫老朽的宿命。桓溫從昔日手種柳樹的變化，看到了自己的影子和未來。「木猶如此，人何以堪」八字之中，既有大業未成而英雄遲暮的感傷，更有歲月不居而人生易老的喟歎，它不僅展露了桓溫精神世界的豐富，也反映了他對生命的執著與留戀。

「木猶如此，人何以堪」成了後世的成語名言，庾信〈枯樹賦〉就以此為典：「昔年種柳，依依漢南。今看搖落，悽愴江潭。樹猶如此，人何以堪。」桓溫這句名言之所以能夠打動一代一代的讀者，是由於它在對歲月匆匆的無奈與感傷中，表現了對自己一生的珍惜與回味。

只是「木猶如此，人何以堪」稍嫌沉重，陸游老來的喟歎更加迷人：「白髮無情侵老境，青燈有味似兒時。」（〈秋夜讀書每以二鼓盡為節〉）年輕時喜歡展望未來，老來後樂於回想往昔，撫摸滿臉的皺紋，翻翻過去的照片，真是「別有一番滋味在心頭」。青春的生命恰似朝霞滿天，我們一定要拚盡全力讓它光彩奪目，這樣，老去的日子就會像陳年老窖，讓你的一生回味無窮。

一往有深情

桓子野每聞清歌，輒喚「奈何」！謝公聞之曰：「子野可謂一往有深情。」

——《世說新語・任誕》

桓子野（子野是桓伊小字）兼具軍事幹才和音樂天才，《晉書》本傳說「伊有武幹」，在決定東晉命運的幾次大戰中屢建奇勳，並以軍功拜將封侯。他在戰場上運籌帷幄決勝千里，在清談時又出言機敏常屈座人，特別是對音樂有極高的天賦，史書稱他「善音樂，盡一時之妙，為江左第一」。他是東晉的笛子演奏家，是音樂史上有名的「笛聖」。《續晉陽秋》載，袁山松也有很高的音樂造詣，將北人〈行路難曲〉歌詞進行潤色，又對原有的曲調進行加工，每當酒酣耳熱便歌此曲，聽者莫不痛哭流涕。起初，謝安外甥羊曇善唱樂，桓子野善挽歌，袁山松喜歌〈行路難〉，時人把它們並稱「三絕」。

子野有勇有謀有情有趣，是東晉士人中一位難得的奇男子。這篇小品說桓子野每次聽到清歌，就要喊「奈何」、「奈何」！謝安知道後感歎道：「子野可算得一往情深！」

這裡還得先掉書袋，解釋一下什麼是「清歌」。「清歌」通常指清亮的歌聲，如晉葛洪《抱朴子．知止》：「輕體柔聲，清歌妙舞。」古人在詩文中經常說「清歌繞梁」。有時也指無樂器伴奏的歌唱，古代詩文中經常說「詠詩清歌」。當代個別學者認為該文中的「清歌」即挽歌，這種解釋有點牽強附會，在訓詁上和文獻中都難找到證據，就個人有限的閱讀範圍看，迄今還沒有發現誰說過「清歌」即「挽歌」。為什麼會出現這種解釋呢？這可能是對古代文獻的誤讀。東晉學者葛洪說南方人哭喪模仿北方人的哭法，《藝文類聚》收《笑林》這樣一則佚文：「有人弔喪……因齎大豆一斛相與。孝子哭喚『奈何』，以為問豆，答曰：『可作飯。』孝子哭復喚『窮已』，曰：『適得便窮，自當更送一斛。』」唐長孺先生懷疑孝子哭喪喚「奈何」、喚「窮」，是洛陽及其近郊的一種哭法。《世說新語．任誕》篇載，母親下葬時阮籍也「直言『窮矣』」。其實，「奈何」是常用的感歎詞，不只古代北方哭喪時喚「奈何」，各地人遇上悲喜之事都喚「奈何」，意思是「無可如何」、「無可奈何」、「怎麼辦呵」等。另外，《古今樂錄》說「奈何，曲調之遺音」，一人唱眾人和以「奈何」。

由於桓子野本人是一位傑出的音樂家，他每次聽到清歌時便喚「奈何」，是因為歌聲深深地打動了他。「清歌」並不限於哪一類的歌，無論是歡歌還是悲歌抑或挽歌，只要它們清亮悠揚都能撥動他的心扉，使他不由自主地喊「奈何」、「奈何」！當然，魏晉名士一般都喜歡唱悲歌和聽悲歌，嵇康在〈琴賦〉中說：「稱其材幹，則以危苦為上；賦其聲音，則以悲哀為主；美其感化，則以垂涕為貴。」正如錢鍾書先生所說的那樣，當時「奏樂以生悲為善音，聽樂以能悲為知音」（《管錐編》），而最大的悲哀莫過於生死之痛，正如王羲之〈蘭亭集序〉所說的那樣，「死生亦大矣，豈不痛哉」！魏晉士人個體的覺醒，使他們對生死特別敏感，名士往往通過對死的哀傷，來表現對生的執著與依戀。袁山松是與桓子野同時的另一音樂家，他出遊「每好左右作挽歌」。

當然，魏晉名士不獨對生死敏感，他們對自然景物、人世滄桑同樣會觸景生情，引發他們對人生意義的探尋，對生命短暫的感傷——

王子敬云：「從山陰道上行，山川自相映發，使人應接不暇。若秋冬之際，尤難為懷。」（《世說新語．言語》）

桓公北征經金城，見前為琅邪時種柳，皆已十圍，慨然曰：「木猶如此，人何以堪！」攀枝執條，泫然流淚。（《世說新語．言語》）

王戎喪兒王萬子，山簡往省之，王悲不自勝。簡曰：「孩抱中物，何至於此！」王曰：「聖人忘情，最下不及情。情之所鍾，正在我輩。」簡服其言，更為之慟。（《世說新語．傷逝》）

「子野可謂一往有深情」正是王戎「情之所鍾，正在我輩」的迴響，他聽到清歌「輒喚奈何」，正表明他的情感極為豐富，也表明他對音樂的感受敏銳細膩。「魏晉風度」的本質特徵就是智慧兼深情，桓子野為人足智而又多情，他堪稱「魏晉風度」的理想標本。

「子野可謂一往有深情」逐漸由特指變為泛指，由「一往有深情」凝縮為「一往情深」，而「一往情深」至今仍是使用頻率極高的成語，子野參與了我們民族情感本體的建構。

子敬首過

王子敬病篤，道家上章，應首過，問子敬：「由來有何異同得失？」子敬云：「不覺有餘事，惟憶與郗家離婚。」

——《世說新語．德行》

王子敬即東晉大書法家王獻之，書聖王羲之第七子，書法史上被譽為「小聖」，與其父並稱「二王」。《晉書》本傳稱他「高邁不羈，雖閒居終日，容止不怠，風流為一時之冠」。門第、才華、氣質、風度、財富，一個男人希望擁有的王獻之樣樣都有——除了他的愛情和婚姻生活以外。

這樣近乎完美的男人怎麼可能沒有美滿的婚姻呢？

王獻之前妻是比自己略長一歲的表姊郗道茂，他們從小就青梅竹馬，婚後這對小夫妻也十分恩愛。後尚簡文帝女兒新安公主司馬道福，當上了世人豔羨不已的當朝駙馬。不過，王獻之本人好像沒有人們猜想的那樣得意，事實上第二次婚姻使他飽受精神的折磨和靈魂的拷問。他與前妻仳離的原因已不可知，只能從正史和野史記載中尋找一點蛛絲馬跡。新安公主的第一任丈夫是桓濟，他與兄桓熙參與了殺害叔父桓沖的陰謀，事敗後被流放長沙，孝武帝廢除了他這位駙馬。到底是王獻之休妻在先，還是公主寡居在前？公主寡居的時間可以確考，子敬休妻的時間史無明文。遺棄恩愛的前妻而改尚獨居的公主，到底是他出於世俗的仕途考慮，還是迫於政壇的強大壓力？

古代上層社會的婚姻，原本就是一種政治聯姻或權力嫁接的附屬品，個人的戀情必須服從於權力的爭奪。不過，王獻之畢竟不是冷酷的政客，一方面他是朝廷的中書令，另一方面他又是感情豐富修養深厚的藝術家，離不開權勢的尊榮，同樣離不了愛情的溫暖。那位嬌貴的新安公主可以滿足前者，而甜蜜的愛情只能從前妻郗道茂那兒得到。不管是出於何種不得已的苦衷，一個男人休掉自己心愛的妻子，他對前妻必定會終身愧悔和隱痛。大家最熟悉的例子可能就是陸游，他的前妻唐婉沒有討得婆婆的歡心，陸游只得忍痛與愛妻分手，那首〈釵頭鳳〉打動了一代又一代讀者。詩人直到八十多歲入士之前還在寫詩表達對唐婉的愧疚和思念，一遍又一遍地說「喚回四十三年夢，燈暗無人說斷腸」（〈余年二十時嘗作菊枕詩頗傳於人今秋偶復采菊縫枕囊悽然有感二首〉其二），「林亭感舊空回首，泉路憑誰說斷腸」、「年來妄念消除盡，回向蒲龕一炷香」（〈禹跡寺南有沈氏小園四十年前嘗題小闋壁間偶復一到而園已易主刻小闋于石讀之悵然〉）。遺棄前妻同樣是王獻之一生的巨痛，我們來看看他與前妻的短札：

雖奉對積年，可以為盡日之歡。常苦不盡觸類之暢。方欲與姊極當年之匹，以之偕老，豈謂乖別至此！諸懷悵塞實深，當復何由日夕見姊耶？俯仰悲咽，實無已已，惟當絕氣耳！

這封短札向前妻暗示了自己與新安公主婚後生活不和諧的苦悶，並表達了自己對她的思念與懺悔。本願與郗氏「偕老」，卻又不得不和她「乖別」，違心地將自己的愛妻休棄，這給王獻之造成難以平復的精神創傷，每當念及前妻就「俯仰悲咽」，這種痛苦「惟當絕氣」才能「已已」。

這則小品便是「絕氣」之前，王獻之以自己將斷的氣息來傾訴自己無盡的懺悔。文中的「道家」指信奉五斗米道的人，大概相當於後世所說的「道士」，史載王羲之和王獻之父子都篤信五斗米道。「上章」是道家去病消災之法，依陰陽五行推測人的壽命吉凶，寫成表章後燒香陳讀上奏天曹，祈求天曹為人除厄去禍。道士上章的時候病人必須首過，也就是懺悔從七歲有意識以後自己所犯過的錯誤和罪行。此處的「由來」指七歲以來。道士問王獻之七歲以來有哪些過失，他回答說只想起和郗家女離婚這件事，此外自己沒有發覺有其他過失。可見，「與郗家離婚」是他一生最大的虧心事，臨死他還覺得自己有愧前妻。

離婚讓王獻之十分痛苦，對郗氏更加不幸。郗道茂嫁給王家不到一年，她父親郗曇便病逝，沒過多久女兒夭折，接下來又被丈夫休棄，轉眼之間，她從萬人羨慕的貴婦變為孤苦伶仃的棄婦。被休後的郗道茂無人可靠，無家可歸，據說後來在叔父家中度過餘生。

郗道茂這一切是誰造成的呢？王獻之能無愧嗎？

第十一章 血性

魏晉名士的文采風流固然令人無限神往，武夫或士人的雄邁豪情同樣讓人肅然起敬，如劉琨之枕戈待旦，祖逖之擊楫中流，王敦之揚槌擊鼓，王述之「何為復讓」，庾翼之「辭情慷慨」，生動地表現了一代男兒的雄強豪邁。《世說新語》中描寫了面如敷粉的何晏，不勝羅綺的衛玠，同時也記述了「鬢如反蝟皮，眉如紫石稜」的桓溫，還有「兇強俠氣」的周處，書中大量的篇幅給了清談名流，這些刻畫武人的小品彌足珍貴，寥寥幾筆就為我們勾勒出一群有血有肉有稜有角的血性男兒，讓我們能一睹「另一種」魏晉風度——

◆

◆

◆

王敦擊鼓

王大將軍年少時，舊有田舍名，語音亦楚。武帝喚時賢共言伎藝事，人皆多有所知，唯王都無所關，意色殊惡，自言「知打鼓吹」。帝令取鼓與之。於坐振袖而起，揚槌奮擊，音節諧捷，神氣豪上，旁若無人。舉坐歎其雄爽。

——《世說新語．豪爽》

王大將軍即王導從兄王敦，他從小的長相就非常兇狠，時人見他後便評論道：「蜂目已露，但豺聲未振。」（《晉書》本傳）古人常以「蜂目豺聲」形容兇惡殘忍的神態性情。成人後的王敦絕非莽撞武夫，史書稱他「口不言財利」，性尚簡略而識有鑑裁，經略指麾能決勝千里之外，很早就為族兄王戎所驚異和賞識。即使後來手控重兵「滔天作逆」，《晉書》史臣仍然讚歎道：「王敦歷官中朝，威名夙著，作牧淮海，望實逾隆……弼成王度，光佐中興，卜世延百二之期，論都創三分之業，此功固不細也。」

這則小品通過擊鼓的細節，為我們勾勒了王敦強悍豪邁的雄風。文章前面三句交代王敦的音容笑貌：「舊有田舍名，語音亦楚」——操一口土裡土氣的南蠻鄉音，模樣更像個呆頭呆腦的鄉巴佬。這副模樣夾在一群風雅的名士中間，使他看起來要多滑稽就有多滑稽。王敦並非楚人，為什麼說他「語音亦楚」呢？原來西晉全盛之時，京城洛陽士大夫鄙視外郡人，把外地人的鄉音統稱為「楚音」。

接下來的場面更讓他難堪：晉武帝司馬炎召集當世賢達一起談論歌舞藝術，每個名士都侃侃而談，大家對藝術似乎無所不知，無所不會，舉止都很優雅，談吐更是從容，唯獨王敦「都無所關」——他對人們談論的藝術都沒有涉獵過，不只看上去像個粗人，他的藝術修養也很粗鄙。作者用「意色殊惡」寫盡了他的尷尬，「殊惡」是說他的臉色特別難看。像王敦這麼要強的人，怎能忍受這種被人嘲笑和蔑視的氛圍？一股倔強之氣鼓動著他自告奮勇地說：「知打鼓吹。」武帝馬上令人拿鼓給他，在這種場合要為名士擊鼓，大家都等著看他的笑話：意在逞強，可能出醜。

沒想到等鼓一送來，憋了一肚子悶氣的王敦馬上「於坐振袖而起，揚槌奮擊」。你看他那「振袖而起」的激情，那振臂「揚槌」的強勁，那「神氣豪上」的氣概，那「旁若無人」的自得，再聽他那「奮擊」而出的雷鳴鼓聲，那「音節諧捷」的隆隆音響，讓那些手無縛雞之力的文人雅士驚呆了，他們由衷地「舉坐歎其雄爽」。轉眼之間，王敦由一個被人鄙視的粗人，變成了一個被人仰視的豪傑，由一個被冷落一邊的莽漢，變成了人們所注目的焦點。整個皇宮都響徹了他「奮擊」的鼓點，整個會場他成了主宰的中心。

文章抑揚頓挫的行文手法，跌宕起伏的篇章結構，簡潔峭峻的刻畫藝術，只用寥寥八、九十字，就把這位雄豪的壯士描寫得栩栩如生，把那些文弱書生反襯得像小白臉。我們不得不讚歎王敦男子漢的豪氣，更不得不佩服作者高明的寫作技巧。

壯懷激烈

王處仲每酒後，輒詠「老驥伏櫪，志在千里，烈士暮年，壯心不已」。以如意打唾壺，壺口盡缺。

——《世說新語．豪爽》

王敦人稱「王大將軍」，字處仲，小字阿黑，是東晉輔佐中興的開國元勳，也是恃勢驕陵、圖謀篡逆的叛將。他這種有稜有角、有膽有識的梟雄，爺高興時可以讓天下安，爺不高興時可以叫天下亂。你可能不敬重他，但你不可能不畏懼他；你也可能仇視他，但你絕不可能藐視他。

史書說他從小凶頑剛暴，不僅胸有大志，而且識多遠謀，更加之為人冷酷。《世說新語．汰侈》篇載，石崇每次宴請賓客時都要豪飲，每次豪飲都讓美人斟酒勸客，哪次客人要是沒有一飲而盡，就令僕人輪流殺掉勸酒的美人。王導和王敦一起拜訪石崇，王導向來不善飲酒，怕美人喪命便勉力強飲，一直喝到酩酊大醉。輪到王敦時他故意不飲以看熱鬧，石崇家連殺了三個勸酒美人，他仍然「顏色如故，尚不肯飲」。王導事後責怪他，王敦若無其事地說：「他殺自家人，干你何事！」王敦之冷血殘忍可見一斑。

不過，人是世間最複雜多面的動物，《世說新語》稱「王處仲世許高尚之目」，即世人給王敦「高尚」的品評，另一方面王大將軍也「自目高朗疏率，學通《左氏》」（《世說新語．豪爽》），就是說將軍的自我感覺也非常好，給自己的評價是「高尚、爽朗、疏放、率真，學問上還精通《春秋左氏傳》」。

品性是否高尚不必較真，學問是否淵博也無從考論，但他與曹操「一見傾心」肯定不會有假。這則三十多字的小品，細膩生動地揭示了他的胸襟、志向與豪情。

王敦每至酒酣耳熱，血氣奔湧，總要誦詠曹操〈步出夏門行．龜雖壽〉一詩中的名句：「老驥伏櫪，志在千里，烈士暮年，壯心不已。」曹公其人雄豪霸氣，自然使王敦心存仰慕，其詩同樣沉雄駿爽，更能激起他的萬丈雄心。曹操有「周公吐哺，天下歸心」併吞天下之志，王敦也有「手控強兵，問鼎天下之心」，他們的目標都「志在千里」，他們的為人都「壯心不已」，歷代詩人中大概只有曹操與他最能「心心相印」。文後這一細節尤其傳神：「以如意打唾壺，壺口盡缺。」如意是古代一種日用器物，柄端製成手指的形狀，用來搔癢可如人意，因而被稱為「如意」。用骨、角、玉、鐵、銅、竹或木製成，長短古今不同，或三尺或一、二尺，近似於今天搔癢的「不求人」。唾壺就是今天說的痰盂。《世說新語》有一注家說王敦是「以如意打玉唾壺」，《晉書．王敦傳》說「以如意打唾壺為節」，可見，王敦是邊高歌曹操「老驥伏櫪」詩句，邊用如意打玉唾壺為節拍，歌詠之聲與敲擊節拍一起有一種金聲玉振的共鳴，直到唾壺口全都被敲成一個個缺口。即使當年沒有錄影和錄音，千載之後我們仍能想見王敦那虎虎生氣，能夠感受他那勃勃的雄心。

俗話說「自古英雄惜英雄」，東晉另一位「久有異志」的梟雄桓溫對王敦滿懷敬意，《世說新語．賞譽》篇說：「桓溫行經王敦墓邊過，望之云：『可兒！可兒！』」「可兒」是當時口語，意即「能幹人」或「可意人」，與今天的「好角色」相近。暫且撇下忠君這一道德評價，王敦算得上敢作敢當的「可兒」，有勇有謀的大丈夫，他邊歌「志在千里」邊打唾壺的情景真叫人神往！

正氣與霸氣

王大將軍始欲下都，處分樹置，先遣參軍告朝廷，諷旨時賢。祖車騎尚未鎮壽春，瞋目厲聲語使人曰：「卿語阿黑，何敢不遜！催攝面去，須臾不爾，我將三千兵槊腳令上。」王聞之而止。

——《世說新語・豪爽》

很少人不知道「聞雞起舞」這個成語，但很少人知道「聞雞起舞」的祖逖。這則小品中的主角「祖車騎」即祖逖。作者用簡潔的筆法刻畫了東晉政壇上這位傳奇人物：寫他面對邪惡的凜然正氣，寫他面對強手的強悍霸氣。

不熟悉當時的政治環境和祖逖的個性人品，就很難讀懂這則小品。

「王大將軍」就是那位重兵在握的王敦。東晉經濟和軍事的重心在荊、揚二州，此時王敦晉職鎮東大將軍、開府儀同三司，加都督江、揚、荊、湘、交、廣六州諸軍事，於是便露出「蜂目豺聲」的虎狼本性，已經不滿足於「專擅朝政」，正在加速實現「問鼎」野心，希望自己馬上從稱「臣」變為稱「朕」。「始欲下都」是指王敦想從武昌來建康，都城在武昌的下游。來都城的目的是要「處分樹置」，也就是要對政府各人事部門進行重新安排設置。「處分樹置」四字表明臣強君弱的處境，他一人似乎可以擺平朝政，不只是「目中無人」，簡直就是「目中無君」。先派遣軍府中的佐僚參軍告之朝廷，順便也向都城賢達委婉傳達自己的旨意。雖然暫時還沒有廢君自立，但要一人進退百官、主宰

朝廷。

祖逖當時尚未鎮守壽春，人正好還待在京城。見王敦如此猖狂放肆，他馬上瞪眼嚴厲警告王敦使者說：「你趕快去告訴阿黑，怎敢來這裡撒野無禮！叫他馬上收起臉乖乖回去，別來朝廷張牙舞爪。要是稍有耽擱，我要率三千兵甲用長矛戳他的腳，讓他滾回武昌。」他直呼王敦小名「阿黑」以示輕蔑。「攝面」就是收起或裹起臉面，「給我放老實點」的意思。「上」與前文「下都」相對，指溯江而上回到武昌。這段話無異於警告王敦：有我祖逖在，看誰敢胡來！

沒有想到，開始不可一世的王敦竟然「聞之而止」；更沒想到，王敦不害怕皇帝卻畏懼祖逖！

祖逖何許人也？史稱他從小就「輕財好俠，慷慨有節尚」，年輕時邀好友劉琨「聞雞起舞」練劍，國家大亂後「常懷振復之志」。他率領軍隊過江北伐中原，中流擊楫對大江發誓說：「祖逖不能清中原而復濟者，有如大江！」（《晉書》本傳）見將軍「辭色壯烈」，士卒無不慷慨激昂。他不只是豪爽英武，處事「又多權略」，可惜天不假年，五十六歲便病死於戰場，沒有完成恢復中原的大業。

《世說新語．賞譽》篇載：「劉琨稱祖車騎為朗詣，曰：『少為王敦所歎。』」他的摯友劉琨稱讚他開朗豪放，很小便為王敦所讚歎不已。可見，梟雄王敦對祖逖的霸氣、膽識和才華敬畏三分。《晉書．祖逖傳》說「王敦久懷逆亂，畏逖不敢發」，等他死後「始得肆意焉」。

小品中祖逖這幾句威嚴的斥責警告，避免了國家動亂和生靈塗炭，也讓我們見識了什麼是民族的「血性男兒」，什麼是英雄的「浩然正氣」，什麼是國家的「中流砥柱」。

何必謙讓？

王述轉尚書令，事行便拜。文度曰：「故應讓杜、許。」藍田云：「汝謂我堪此不？」文度曰：「何為不堪，但克讓自是美事，恐不可闕。」藍田慨然曰：「既云堪，何為復讓？人言汝勝我，定不如我。」

——《世說新語．方正》

中國向來稱為「禮儀之邦」。在建構、塑造、規範國人的文化—心理結構中，「禮」作為一種文化模式起著極其重要的作用，它使人自身的自然不斷人化，使人的行為舉止合乎社會要求。假如沒有一定的禮節，全社會就會像火車沒有鐵軌，人的一言一行完全出於生理的衝動，社會勢必由於混亂衝突而解體。總之，是「禮」使社會機器能正常運轉，使人越來越成為「人」。

但是，又正是「禮」使人日益成為「非人」，使自我日益成為「非我」。人類制定出許多禮節來，其本意是要它們為人類服務，使人類不斷遠離獸性而完善人性，然而，隨著歷史的發展和社會的進化，「禮」有時成了人自身的桎梏，人成了繁文縟節禮教的犧牲品。人必須扭曲自己以合乎禮節，高興了不敢開懷大笑，悲痛時不能號啕大哭，於是，人日益僵化、貧乏、枯萎、虛偽……

魏晉人的覺醒本質上就是對禮教的反叛，從虛偽的名教世俗中返回到生命的本真。王述就是一位嫉惡虛偽任性而行的可愛人物。王述字懷祖，襲爵藍田侯，人稱「王藍田」。晉簡文帝常說王述「以真率勝人」。當時的權臣王導每次講話，左右的人總要肉麻地吹捧一番。王述見此十分討厭地說：「人非堯舜，何得每事盡善！」

此文是王述升官後與兒子王坦之的一則對話。

王述每次接受朝廷的委任都不虛情假意地推讓，假如推辭就真不想或真不能任職。這次升任尚書令，任命一下來他便就職，絕不像其他世故同僚那樣，假惺惺地再三「固辭」，內心明明想高升想得發瘋，表面上卻裝出一副恬退淡泊的模樣。他那位字文度名坦之的兒子，反而比父親世故得多，認為就職前應該謙讓一番，無論如何要做做樣子給人家看。王述問兒子說：「你是認為我不能勝任此職？」兒子回答說：「爸爸怎麼會不勝任呢？但克己謙讓總是一種美德，這一套程序是少不得的。不妨表面上推讓給杜、許二人。」可見，禮的力量多麼強大，它把人一層層地包裹起來，使人像模子裡鑄出來的標準產品。大家操同一種腔調，說同一種套話，持同一種態度，人們都像機械那樣應世觀物，最後彼此都成了被禮教塑造出來的木偶。

王述對兒子這般圓滑大為惱火，「既云堪，何為復讓？」——既然覺得我能夠勝任，又何必還要去謙讓呢？他甚至毫不隱諱地表達了自己對兒子世故的鄙夷：「人言汝勝我，定不如我。」

「既云堪，何為復讓？」王述的回答真擲地有聲，可惜，像他這樣方正剛強又豪爽坦蕩的血性男兒，今天的神州大地上實在太少了！

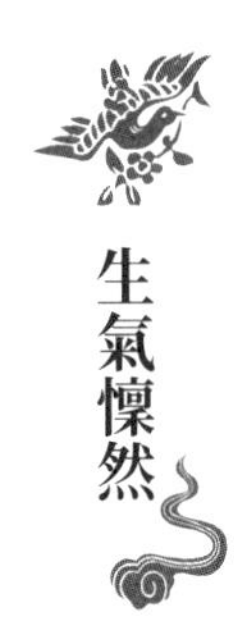

生氣懍然

庾道季云：「廉頗、藺相如，懍懍恆如有生氣；曹蜍、李志雖見在，厭厭如九泉下人。人皆如此，便可結繩而治，但恐狐狸貒貉啖盡。」

——《世說新語．品藻》

有的人在一個寢室同窗四載，一分手後就記不起他的模樣；有的人哪怕只有一面之緣，一輩子也忘不了他的音容笑貌。個中緣由是前者既無生氣又無個性，後者則個性鮮明又生龍活虎。

就給人們留下的鮮明印象而言，不僅熟人常常不如生人，而且還可能活人不如死人。晉朝庾龢就曾毫不客氣地批評自己的兩位同輩說：廉頗、藺相如雖然是作古一千多年的死人，但他們懍然剛烈的形象好像至今還活著；曹蜍、李志現在雖然還活著，但他們了無生氣的模樣活像九泉之下的死人。要是人人都像他們這個樣子，我們可以退回到結繩而治的遠古時代，完全用不著語言文字和聰明才智，不過，大家恐怕被狐狸、貒（音同湍，野豬）、貉（音同何，即貍）等各種野獸吃個精光。

讓庾龢讚不絕口的廉頗和藺相如，在戰國後期，一為趙國的名將，一為趙國的名臣。廉頗幾乎是一位常勝將軍，他率軍討伐齊國大獲全勝，長平之戰前期成功抵禦了強大的秦軍，長平之戰後粉碎了燕國的入侵，並打得燕國割讓五城求和，這一連串勝仗不僅使他成為趙國的中流砥柱，也使他與白起、王翦、李牧並稱為「戰國四大名將」。藺相如更是既足智多謀又虛懷若谷，「完璧歸趙」、「負荊請罪」等成語至今仍有極強的生命力。他和廉頗在歷史舞臺上的英姿至今仍讓人熱血沸騰，他們的英氣至今仍舊虎虎生風。與庾龢同時的曹蜍、李志，如今幾乎沒有人記得他們的名字，要不是庾龢鄙夷地提到他們，恐怕誰也沒有興趣去考查他們的身世。曹茂之字永世，小字「蜍」，彭城（今江蘇徐州）人，生卒年不詳，東晉穆帝司馬聃時偶爾有人提到他。他的祖父曹韶西晉末為琅邪王司馬睿鎮東將軍司馬，父親曹曼仕至尚書郎，說起來要算是「官二代」。李志字溫祖，東晉江夏鍾武（今衡陽）人。官至員外常侍、南康相，是與王羲之同時的書法家，《晉百官名》、《墨池巢錄》都有與他相關的記載。「曹蜍李志之才」當時就是庸才的代名詞。

庾龢字道季，東晉外戚和名臣庾亮之子。他為文下筆琳琅，談吐更敏捷機智，一時名流顯宦對他語多讚美，連謝安也稱讚「道季誠復鈔撮清悟（聰明敏捷）」（《世說新語．品藻》），這一半可能是其門第高貴既讓人不敢不服，一半可能是其文才口才也讓人由衷佩服。當然，他對自己的才華自然十分自負，對別人的評價也很少敷衍奉承。我們來看看他如何論己論人：「庾道季云：『思理倫和，吾愧康伯；志力強正，吾愧文度。自此以還，吾皆百之。』」（《世說新語．品藻》）康伯即吏部尚書韓伯，東晉公認的清談高手；文度即王述之子王坦之，為東晉清談名士和政壇顯要。雖不能說完全目中無人，多少也有點眼空四海。沒有十足的底氣和傲氣，斷然不會對曹蜍、李志兩位同輩作出如此苛評。

現在無從得知庾龢談話的具體語境，從史料的粗略記載來看，這倆人算不上天才，但也絕非笨蛋，曹蜍、李志和我們大家一樣屬「中人」或「常人」，單拿他們兩人說事無疑有失公平。就《世說新語》有關庾龢的幾則小品來看，他喜歡「仰望自己」而「俯視他人」，不僅背後論人十分刻薄，就是當面也不假辭色。不過有一點大概可以肯定：曹蜍、李志這兩位老兄，被禮法名教調教得沒有個性，沒有稜角，沒有膽量，沒有才情，是那種我們都很熟悉的「老好人」。

且不說庾龢對曹蜍、李志的酷評是否冤枉，單說說庾龢這則短文所隱含的論人標準。假如找不到德才兼備的賢人，你願意與四平八穩的庸人為伍，還是選擇與狡猾能幹的人精共事？庾龢顯然寧可與人精共舞，也決不會與庸人同行。周圍若全是馴良聽話的庸人，社會可以退回到結繩而治的時代，可以像老子所說的那樣「棄聖絕智」，但用不了多久大家都將被老虎豺狼吃光，庸人標誌著民族人種的退化。做大惡沒膽，積大善無才，這是庸人的典型特徵，這也是社會停滯的原因。推動歷史巨輪前進的動力，不是退讓善良，而是貪婪佔有，所以有人欣賞老虎的奔跑，卻不喜歡看肥豬的蠢動。連對弱者滿懷仁愛的偉大詩人杜甫，年輕時對俗物庸人也是滿臉不屑，他老來在〈壯遊〉一詩中說：「性豪業嗜酒，嫉惡懷剛腸。脫略小時輩，結交皆老蒼。飲酣視八極，俗物多茫茫。」早年的詠畫詩〈畫鷹〉更說：「何當擊凡鳥，毛血灑平蕪！」這兩句的意思是說，什麼時候讓兇猛迅疾的雄鷹，去搏擊那些平庸可憎的凡鳥，把它們的毛和血灑在草木叢生的曠野上。

庾龢這則小品還給我們提出教育宗旨這一大問題，我們到底應該培養什麼樣的人才？我們應該培養乖乖聽話的綿羊，還是應該造就剛烈勇猛的虎豹？如果教育是為了扼殺學生的個性，磨光學生的鋒芒，打掉學生的稜角，讓他們沒有質疑的精神，沒有挑戰的勇氣，沒有昂揚的激情，滿眼全是低眉順眼的奴才，到哪裡去找廉頗和藺相如這種卓爾不群的豪傑？

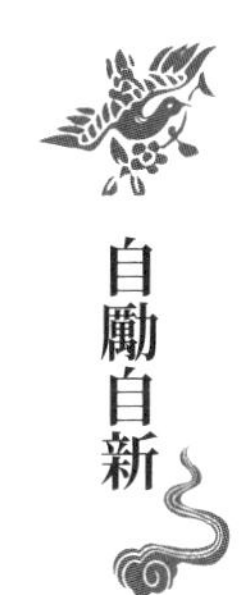

自勵自新

周處年少時，兇強俠氣，為鄉里所患。又義興水中有蛟，山中有邅跡虎，並皆暴犯百姓，義興人謂為「三橫」，而處尤劇。或說處殺虎斬蛟，實冀三橫唯餘其一。處即刺殺虎，又入水擊蛟。蛟或浮或沒，行數十里，處與之俱。經三日三夜，鄉里皆謂已死，更相慶。竟殺蛟而出。聞里人相慶，始知為人情所患，有自改意。乃自吳尋二陸。平原不在，正見清河，具以情告，並云：「欲自修改，而年已蹉跎，終無所成。」清河曰：「古人貴朝聞夕死，況君前途尚可。且人患志之不立，亦何憂令名不彰邪？」處遂改勵，終為忠臣孝子。

——《世說新語．自新》

這是一個失足青年的勵志故事，一個浪子回頭金不換的典型。

周處是三國義興陽羨（今江蘇宜興市）人，父親周魴曾任鄱陽太守。因年幼時父親就離開了人世，又因他生得膂力過人，更因他為人「兇強俠氣」，青少年時期就沒有人願意也沒有人敢來管教他。成人後他在鄉里橫行霸道，鄉親們無不對他又怕又恨。那時義興水裡常有蛟龍害人，山中常有邪足猛虎出沒，再加上常常行兇鬥狠的周處，義興人把這三樣一起稱為「三橫」，「三橫」中又要數周處為害最大。有一鄉民忽然心生一計，鼓搗周處殺虎斬蛟，本意是想以毒攻毒，希望能使「三橫」中只剩一橫。周處沒有看出這是對付自己的「陰招」，一向要強逞能的周處還真的上山殺了猛虎，又跳入水中去斬擊蛟龍。人與蛟相搏十分激烈，時而沉入水中，時而浮出水面，這樣一直在水裡相持幾十里遠，周處始終與蛟龍廝殺扭打在一起，經過三日三夜後，周處沒有從水中鑽出，蛟龍也沒有在水面浮起，鄉里人以為周處和蛟龍一起完蛋了，於是大家奔走相告相互慶賀。哪知周處力大命大，他殺死蛟龍後又沖上岸來。回家見到鄉鄰因自己死去而歡天喜地，才知道自己在鄉人眼裡是一大禍害，明白他們對自己痛恨到了什麼程度，於是便有了悔改之意。他跑到吳郡去找陸機、陸雲兄弟，不巧陸機外出，只見到陸雲，便把事情的經過一五一十告訴了他，還向他傾訴了自己的困惑：「很希望能改邪歸正，又覺得自己老大不小，人生最好的光陰已經虛度，恐怕最終還是一無所成。」見他真心棄惡從善，陸雲便鼓勵他說：「古人從來重視『朝聞夕死』，何況你還正富年華，將來前程未可限量，而且人最怕的是不能立志，不用擔心美名不能傳揚。」

周處從此便改過自新，史稱他後來勵志好學，志存義烈，言必忠信，成了歷史上有名的忠臣孝子，還撰有《風土記》、《墨語》和《吳書》。仕吳為東觀左丞、無難都督，吳滅後歷任新平太守、廣漢太守、散騎常侍等職，在地方任上除暴安良，居近侍時不避權貴，朝臣大多畏處強直。剛好氐人齊萬年謀反，那些被彈劾過的大臣想置他於死地，便派他作為前鋒攻打叛軍。伏波將軍孫秀知道此去凶多吉少，勸他以家有老母加以推辭。他謝絕了孫秀的好心勸告：「忠孝之道，安得兩全！既辭親事君，父母復安得而子乎？今日是我死所也。」既然辭親事君就難再做孝子，既然走上前線就沒有打算活著回來！征西大將軍梁王肜正是他糾彈過的汙吏，與敵交鋒後處處給他設阻，最後他因寡不敵眾戰死沙場。《晉書》本傳稱他為「輕生重義、殉國亡軀」的「志節之士」。

這則小故事藝術上寫得十分精彩，情節上不斷波瀾迭起，結局更讓人「拍案驚奇」：鄉人把他與蛟龍猛虎合稱「三橫」，可他憑一己之力殺猛虎斬蛟龍，捨身為鄉民除害；搏殺蛟龍三日三夜見不到人影，都以為他已經與蛟龍同歸於盡，誰能料到他卻安然無恙上岸生還；斬龍殺虎不僅沒有得到半句感謝，鄉親還為他的死亡舉杯相慶；看到鄉親們對自己「恩將仇報」，兇殺成性的周處非但沒有大開殺戒，這反而成了他改邪歸正的契機。

這則小故事的內容也引人回味：周處殺虎斬蛟只是由於鄉親的鼓動？是由於他想在鄉親們面前逞能才使出匹夫之勇，還是他自己早有為民除惡的善良動機？周處後來不只是馳騁疆場的將軍，也不只是精明幹練的能吏，還是一位著書立說的學者，可見殺虎斬蛟之前不可能不知道這一行動的風險，也不可能看不出鄉親叫他殺虎斬蛟的用意，周處並不是使力不動腦的莽夫。他棄惡從善的契機是受了鄉親慶賀自己死亡這一事件的刺激，可是這一事件完全可能引出另一相反的情感反應，他也可能更加仇恨「恩將仇報」的鄉親。看到鄉親慶賀自己死亡時滿面羞慚，並由此而對自己進行深刻反省，其內在動力是由於強烈自尊，還是由於他的良知未泯？俗話說「江山易改，本性難移」，這好像是說「胚子壞了」便一生壞，永遠也別想改變他，狗至死都喜歡吃屎。可我們還有個成語叫「脫胎換骨」，這好像又是在說「胚子壞了」並不可怕，只要有壯士斷腕的決心，就可以改頭換面重做新人。「性本善」還是「性本惡」爭論了幾千年，其實脫離了具體的人事和環境，對此的爭論毫無意義。流氓地痞有時也心存善念，聖賢大德有時也偶有惡意，行善作惡往往只在一轉念之間。「三歲知老」這種說法值得商榷，從前的惡少老來可能成為善人，過去的好人後來可能變為惡棍，殺人不眨眼的劊子手可能放下屠刀立地成佛，「慷慨歌燕市，從容作楚囚」（汪精衛〈被逮口占〉）的志士可能變成賣國求榮的漢奸。天氣預報尚且經常出錯，對人的預判錯誤更多。周處一生的變化為我們提出了教育學、倫理學、心理學、哲學等複雜課題。

可惜，這則小品雖為充滿「正能量」的好故事，但不完全符合歷史。周處死於晉惠帝元康七年（二九七），時年六十歲，生年當在吳大帝赤烏元年（二三八），陸機的生卒年是二六一至三〇三年，周處比陸機年長二十四歲，他殺虎斬蛟的時候陸機也許還沒有出生，更別說他的弟弟陸雲了，所以他與陸雲對話純粹是小說家虛構。

作家編的故事不合史實，但情節發展很合情理，讀起來更非常有趣，所以我們甘願做一個樂意受騙的傻子。

兄弟道別

周叔治作晉陵太守，周侯、仲智往別。叔治以將別，涕泗不止。仲智恚之曰：「斯人乃婦女，與

人別，唯啼泣！」便舍去。周侯獨留，與飲酒言話，臨別流涕，撫其背曰：「奴好自愛。」

——《世說新語．方正》

周叔治就是周謨，歷任少府、丹陽尹、晉陽太守、侍中等職。周顗字伯仁，襲父爵武城侯，人稱「周侯」。仲智是周嵩字。東晉這周氏三兄弟中，周顗老大，周謨老么。他們父親周浚是晉朝開國元勳，所以周氏兄弟在東晉並受重任。

小弟周謨不知何故外放晉陵太守，大兄周顗二兄周嵩前往送別。今天哪怕沙塵暴和霧霾再厲害，大家打破頭也要擠進北京，古人也同樣喜歡做京官不願外放。小弟離開京城時心情抑鬱感傷，在兩位哥哥面前撒嬌流淚。離別落淚本屬人之常情，沒想到二哥周嵩如此不體恤人情，不僅不安慰傷心落淚的弟弟，反而氣憤輕蔑地指責他說：「你怎麼像個娘兒們，與人分別就只知道流淚！」說罷撇下弟弟掉頭而去。老大可不像老二那樣不通人情，他一個人留下來與小弟飲酒話別，臨別時自己也淚流滿面，還撫著周謨的背說：「小弟，好好照顧自己吧。」「奴」是當時長輩對晚輩或兄長對弟弟的昵稱。

小品通過兄弟道別這一簡單場面，生動地刻畫了兄弟三人的性格特徵：老大寬厚慈愛，老二偏激狷狹，老三多愁善感。

《晉書》載，周顗為人直爽而又寬容，周嵩性格狷狹爽直且恃才傲物。一次，周嵩酒後瞪著大眼對周顗說：「君才不及弟，而橫得重名！」意思是說你的才能比不上我，怎麼無故得到這樣的盛名呢？說著，以所燃的蠟燭投向老兄。周顗神色平靜地對二弟說：「阿奴火攻，固出下策耳。」（《世說新語．

雅量》）周顗神明秀徹懇摯，與人為善卻不媚俗阿世，位居顯位又能清約自守，因此以雅望令譽蜚聲士林，是東晉初期政壇上的核心人物。周嵩則因其矜豪傲慢和輕侮朝官幾次被黜。周謨無遠略宏圖，終生只居官守職而已。

「性格即命運」，誰說不是呢？

第十二章 風姿

如果說智慧、妙賞和深情，構成「魏晉風度」的內在特質，那麼美貌、美酒、清言，就是妝點「魏晉風度」的光環。

今天談到美貌人們更多想到的是美女，魏晉人談到風姿時更多是指美男。美男不僅讓女性神魂顛倒，也讓男性傾倒膜拜。當年潘岳擁有女粉絲無數，在洛陽大街上常被少女少婦們團團圍住；韓壽因「美姿容」讓賈女魂不守舍，第一次約會就以身相許；衛玠更使得洛陽和建康男女為之瘋狂，以致造成「看殺衛玠」的悲劇。「風姿特秀」的嵇康是壯美的典型，「巖巖若孤松之獨立」使他成為名士心目中的男神，哪怕死後多年提到他仍舊滿臉崇敬。

美男不能沒有漂亮的臉蛋，但又不能只有漂亮的臉蛋。以優雅的舉止表現瀟灑的風度，以俊美的面容展示卓越的才智，這種人才是「魏晉風度」的理想標本。

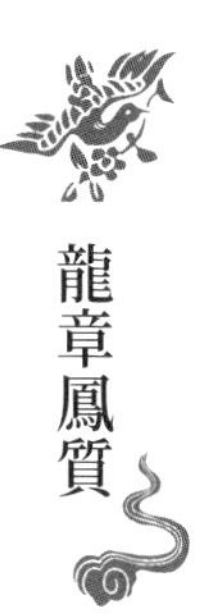

龍章鳳質

嵇康身長七尺八寸，風姿特秀。見者歎曰：「蕭蕭肅肅，爽朗清舉。」或云：「肅肅如松下風，高而徐引。」山公曰：「嵇叔夜之為人也，巖巖若孤松之獨立；其醉也，傀俄若玉山之將崩。」

——《世說新語．容止》

日本學者笠原仲二在《古代中國人的美意識》中說，中國先民很早就有了美意識。單就春秋戰國來說，愛細腰的楚王審美眼光就很前衛，效顰的東施也有幾分可愛，與城北徐公比美的鄒忌更有自知之明。但像魏晉人那樣愛美愛到幾近瘋狂的程度，在中國古代大概是獨一無二。在洛陽大街上少女少婦們圍住潘岳不放，比今天的追星族還要痴迷。另一美男子衛玠從南昌來到南京，一路上觀者像一堵堵圍牆，弄得本來就體弱多病的衛玠一病不起，當時人們就痛心地說「看殺衛玠」。

如果說潘岳、衛玠等人的秀美讓許多異性欣賞，嵇康的風姿則使無數男女傾倒。當然，嵇康顛倒眾生的「風姿特秀」，還不只是憑好身材和好臉蛋。《世說新語．容止》載：「王敬豫有美形，問訊王公。王公撫其肩曰：『阿奴，恨才不稱。』」王導公子王恬（字敬豫）姿容俊俏，有一天去看望他父親。王導拍著他的肩膀說：「小子，你的才華要是像你的容貌那麼出眾就好了，可惜你的才配不上你的貌。」王導的遺憾恰如《紅樓夢》對賈寶玉的指責：「縱然生得好皮囊，腹內原來草莽。」魏晉人心目中理想的美男子是以迷人的風姿展示過人的智慧——形俊於外，才蘊其中。嵇康是正始時期的

精神領袖，也是那一代人理想美男子的典型。

這則小品著力寫嵇康的「風姿」。作者一開始就交代嵇康「身長七尺八寸」。三國時一尺比現在短一些，大約相當於現在的二十四點二公分，一百八十九公分的個子在今天也堪稱高大魁梧。接著再以「特秀」二字形容其「風姿」。可見，不同於潘岳白面書生的秀美漂亮，也不同於何晏的粉雕玉琢，更不同於衛玠的柔弱纖秀，嵇康挺拔而又俊朗，雄健而又飄逸。

既然是寫嵇康的「風姿」，作者就不會對嵇康容貌進行描頭畫腳，而是集中筆墨刻畫他的風度儀態；可風度儀態又最難寫實，於是作者或形容取譬，或側面點染。先借「見者」之口讚歎說：「蕭蕭肅肅，爽朗清舉。」瀟灑往往易於輕浮，嚴肅往往失之古板，清高往往顯得孤傲，但嵇康既風度瀟灑又儀態嚴正，既爽朗清明又高峻飄逸。如果只這樣描寫還有點抽象模糊，接下來再用風、松和山來比喻風姿。有人覺得嵇康「肅肅如松下風，高而徐引」，他像松林中颼颼作響的風一樣飄灑，是那麼清高、舒展和從容。他的朋友山濤則用另兩種物象形容他的風姿：「嵇叔夜之為人也，巖巖若孤松之獨立；其醉也，傀俄若玉山之將崩。」嵇康站起來像懸崖上的孤松一樣孤傲高峻，遺世獨立，他醉酒傾頹的樣子酷似傀俄玉山的崩塌。嵇康站姿固然昂首挺立，醉貌同樣儀容高貴，他的風姿兼具雄健與優雅、挺拔與灑脫，把男性氣質風度展示到了美的極致。劉峻注引《嵇康別傳》說：「康長七尺八寸，偉容色，土木形骸，不加飾厲，而龍章鳳質，天質自然。正爾在群形之中，便自知非常之器。」「龍章鳳質」是對嵇康「風姿」最生動的描寫，展示了龍的卓爾不群和鳳的飄逸優美。

尤其難得的是，嵇康的「龍章鳳質」展露了他的高才遠趣。他是魏晉玄學的代表人物，是正始時期思想界的領袖，也是文學史上的著名作家和詩人。他的長篇哲學論文〈聲無哀樂論〉，一直是魏晉士人清談的主要話題之一；他的〈與山巨源絕交書〉等文章，早已是家喻戶曉的經典散文；他的詩歌像他的為人一樣清峻灑脫，「目送歸鴻，手揮五弦」（〈四言贈兄秀才入軍詩〉）這一優美的詩句，不難讓人想像出詩人那瀟灑的風姿；他遇害前從容彈一曲〈廣陵散〉，嵇康剛烈峻偉的形象至今讓人高山仰止……

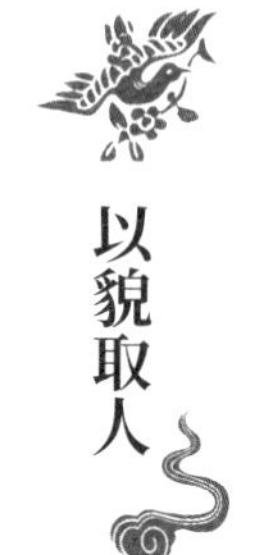

以貌取人

潘岳妙有姿容，好神情。少時挾彈出洛陽道，婦人遇者，莫不連手共縈之。左太沖絕醜，亦復效岳遊遨，於是群嫗齊共亂唾之，委頓而返。

——《世說新語．容止》

「人不可貌相，海水不可斗量」，言談中人們對這句俗語的正確性從未置疑，行動上大家對這句俗語卻從來置之不理。從古代孟老夫子見梁襄王後「望之不似人君」的惡劣印象，到今天年輕人找對象時對身高外貌的要求，無一不說明以貌取人是一種生活常態。為了在職場上佔有優勢，為了在情場上戰勝情敵，為了在社會上春風得意，青年男女都熱中整容，正像莎士比亞說的那樣，「上帝給了她一張臉，自己又要再造一張」。連老爺爺老奶奶也想給自己換一張臉或換一張皮，要使自己看起來「今年八十，明年十八」。誰不知道「人不可貌相」？誰又能避免不「以貌取人」？這種「口是心非」的確「古已有之」，今人不過是「變本加厲」而已。

魏晉之際的官二代荀粲就曾說過一句讓人們瞠目結舌的名言：「婦人德不足稱，當以色為主。」（《世說新語．惑溺》）別以為只是男人好色，《世說新語．容止》篇中這則小品表明，女性在好色這點上可能比男性更加瘋狂。西晉文壇領袖之一的潘岳天生風流倜儻，儀態優雅，神采照人。年輕時攜帶彈弓走在洛陽道上，婦女只要一遇到他，都要拉起手來圍著他看個夠。《晉書．潘岳傳》還說女孩看見他後，莫不手拉手將他團團圍住，向他扔去好吃的水果。這使我們想起前些年劉德華在中國大陸的情景，有些粉絲與劉德華握手後幾天不洗手，有些粉絲為了見劉德華一面不惜熬夜奔波。余嘉錫先生為這些潘岳粉絲辯解說，這不過是「老年婦人愛憐小兒」（《世說新語箋疏》），可聯繫下文這一辯解就不太有力。文中的「左太沖」就是西晉著名作家左思，史書說這位老兄長得「絕醜」，又不注重儀表修飾，還有嚴重的口吃。他也像潘岳那樣到洛陽大街上閒逛，於是一群婦女一齊向他亂噴唾沫，弄得他只好狼狽而歸。對美男子像聞腥，對醜男人如避臭，這不僅僅是以貌取人，簡直是好色太過！

其實，潘岳內心世界可沒有他的身材臉蛋那麼動人。史書說他為人輕躁勢利，為了飛黃騰達去巴結權貴賈謐，「與石崇等諂事賈謐，每候其出，與崇輒望塵而拜」（《晉書》本傳）。「趨勢利」而不惜出賣自己的人格和尊嚴，潘岳「幹」的真沒有他「長」的那樣「好看」。只是卑微世故也就罷了，他那虛偽更叫人噁心。在〈閒居賦〉中他把自己打扮成恬淡超脫的高人，後來元好問挖苦他說：「高情千載〈閒居賦〉，爭信安仁拜路塵？」（〈論詩三十首〉其六）左思從小就訥於口醜於形卻慧於心，長相雖然「貌寢口訥」，下筆卻是「辭藻壯麗」，他的〈三都賦〉使洛陽紙貴，他的〈詠史詩八首〉代表太康詩壇的最高水平，他的為人更比潘岳要有骨氣，〈詠史〉詩之五說：「被褐出閶闔，高步追許由。振衣千仞岡，濯足萬里流。」語氣既激烈，情感更激昂，表現了詩人對權勢、榮華、富貴不屑一顧的態度。清沈德潛在《古詩源》中稱此詩「俯視千古」。

貌美不一定才高，也不一定德好，「以貌取人」圖的是「養眼」，「以德取人」才能「養心」，可在實際生活中誰顧得了這麼多呢？有人說「以貌取人」比較靠譜——眼見為實，「以德取人」容易上當——口說無憑，在這個到處是水貨的時代，還是以看得見摸得著的東西為準。

這裡倒是要提醒那些「以貌取人」的朋友，如今這個世道即使「眼見」也未必「為實」，你眼前的「大帥哥」原來可能是個醜八怪，你娶回的「大美人」原本可能是個灰姑娘，現代醫學變性已經十分容易，整容那不更是小菜一碟？「以德取人」固然容易「看走眼」，誰能保證「以貌取人」不會被騙？韓國二〇一三年參加選美比賽的女孩，所有人的臉蛋都「長得」一模一樣，連笑容也一樣地誇張，一樣地僵硬，一樣地死板，這些「千篇一律」的臉蛋真叫人恐怖。你能鑑定臺上那些臉蛋，哪一張是「原版」，哪一張是「盜版」？

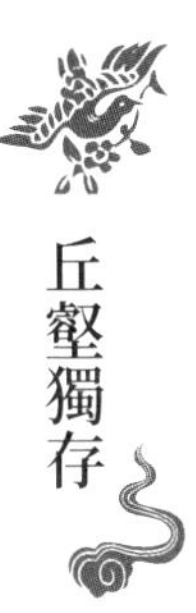

丘壑獨存

庾太尉在武昌，秋夜氣佳景清，使吏殷浩、王胡之之徒登南樓理詠。音調始遒，聞函道中有屐聲甚厲，定是庾公。俄而率左右十許人步來，諸賢欲起避之，公徐云：「諸君少住，老子於此處興復不淺。」因便據胡床與諸人詠謔，竟坐甚得任樂。後王逸少下，與丞相言及此事，丞相曰：「元規爾時風範不得不小穨。」右軍答曰：「唯丘壑獨存。」

——《世說新語．容止》

《世說新語》對庾亮這位外戚重臣讚譽有加，幾十則寫庾亮的小品中只一二則對他稍帶微諷，而正史《晉書》則對他褒貶參半，史臣對他甚至作了十分負面的評價：「元規矯跡，寵階椒掖。識暗釐道，亂由乘隙。」不過，不管是毀者還是譽者，無一不企慕他的風度和才華。連恃才傲物的周顗也佩服他的濟世之才：「明帝問周伯仁：『卿自謂何如庾元規？』對曰：『蕭條方外，亮不如臣；從容廊廟，臣不如亮。』」（《世說新語．品藻》）連想殺他的陶侃也為庾亮的風度所傾倒：「石頭事故，朝廷傾覆，溫忠武與庾文康投陶公求救，陶公云：『肅祖顧命不見及。且蘇峻作亂，釁由諸庾，誅其兄弟，不足以謝天下。』」等庾亮拜見他以後，「庾風姿神貌，陶一見便改觀，談宴竟日，愛重頓至」（《世說新語．容止》）。史稱他「美姿容，善談論」，不僅才堪濟世，而且「風情都雅」。人們都說「庾文康為豐年玉，稚恭為荒年穀」（《世說新語．賞譽》）。庾亮死後諡「文康」，他弟弟庾翼字稚恭，兄弟二人在同輩眼中，一為盛世美才，一為亂世宏才。

可庾亮「善談論」卻不苟言笑，「美姿容」但極不隨和，據說他「風格峻整，動由禮節」，就是在閨房裡對太太也一本正經，陪父親住在會稽的時候還「巍然自守」，永遠是一副方正嚴峻的樣子，誰還願意接近他自討沒趣？《世說新語．雅量》說他「風儀偉長，不輕舉止，時人皆以為假」。用現在的話來說，就是當時大家覺得庾亮喜歡「裝」，後來發現他才幾歲的兒子也是父親那種派頭，人們這才知道他那「高高在上」的模樣是出於天性。

當然，庾亮偶爾也有縱情作樂的時候。晉成帝時期他出鎮武昌，在一個景色絕佳、月光如水的秋夜，他幕府中幾位僚屬殷浩、王胡之等名士，一起登上武昌城樓吟詩賞月，當玩興正濃、音調漸高之際，樓梯上忽然傳來急促的木屐聲，一聽腳步聲大家就知道是庾亮。轉眼工夫，他率十幾個侍從上樓來了。看到平時總一臉嚴肅的上司駕到，眾人連忙起身想溜之大吉。他不緊不慢地說：「諸位幹嘛要走呢？老夫對此興致不淺。」說罷便靠著坐榻和大家諷詠戲謔。這天夜晚庾亮一改平時的矜持，下屬自然也就無拘無束，最後個個都盡情歡樂。

談玄論辯的高手中，庾亮清談足以蓋過林公，可見他也不是一直板著面孔，有時也有清談的才情風雅。在樓上一同賞月的幕僚殷浩、王胡之等都是當世名流，殷浩年輕時便與一代梟雄桓溫齊名，王胡之也是出身豪門的雅士。主賢、賓雅、月白、風清，古人所說的「四美具，二難并」（王勃〈滕王閣序〉），主人難得如此雅興，佳賓難得如此閒情，秋夜難得如此佳景，「人生得意須盡歡」（李白〈將進酒〉），再不縱情歡歌真是辜負了此情、此景、此夜、此人。

小品生動地描寫了庾亮性格的另一側面。時逢「秋夜氣佳景清」，雅士們才有登樓雅聚的興致。正當殷、王二人「音調始遒」之時，忽「聞函道中有屐聲甚厲」，大家一聽就知道是庾亮來了，「定是庾公」四字暗示庾亮平時走路同樣是「屐聲甚厲」，從其步履就能想見為人的「嚴峻」。他一上樓「諸賢欲起避之」，說明他平日「巍然自守」的派頭，可能讓下屬覺得可敬可畏。但等到他說「老子於此處興復不淺」、「因便據胡床與諸人詠謔」，這才露出自己的真性情，此時此刻才讓下屬們感到他可愛可親。

庾亮與幕僚在武昌南樓這次雅集，後來成了騷人墨客的美談，人們把他當年賞月的南樓改稱「庾亮樓」，現在成了湖北省重點文物保護單位。李白在〈陪宋中丞武昌夜飲懷古〉一詩中說：「清景南樓夜，風流在武昌。庾公愛秋月，乘興坐胡床。」庾公賞秋月坐胡床成了人們津津樂道的風流韻事，「老子」、「胡床」成了詩人們的口頭禪，宋代李昴英〈水調歌頭．題斗南樓和劉朔齋韻〉說：「風景別，勝滕閣，壓黃樓。胡床老子，醉揮珠玉落南州。」

文章後面補敘一段王羲之與王導對這次秋夜聚會的議論，看似節外生枝，實則曲終奏雅。王羲之南下京城與丞相談及此事，王導說：「庾亮那時的風範不如從前。」王羲之回答說：「可他胸中丘壑一如往日。」王導料想庾亮此時風範「小穨（音同頹）」不外兩方面原因：一是當時庾亮正處政治上的低谷，王導估計他不會像以往滿面春風；二是王庾二人議政多有不合，庾亮曾打算興兵廢掉王導，王導想借機暗損政治對手。王導所謂「風範不得不小穨」，是斷定必然如此；而從他據胡床嘯詠來看，庾亮又未必如此。王羲之對王導的說法既不肯定也不否定——否定讓丞相有失顏面，肯定又有違實情。他掉轉話頭稱道庾亮胸有丘壑，即使政治上小有挫折，處事照樣清醒精明。庾亮城府很深是時人共識，從好處說是處世有定識有主見，從壞處說是有一肚子壞主意。《世說新語．輕詆》就是從壞處說的：「人謂庾元規名士，胸中柴棘三斗許。」這兩句話的意思是說，人們都認為庾亮是天下名士，可他胸中全是一些鬼點子。

不管是往好裡還是往壞裡說，「胸中丘壑」或「胸有丘壑」現在成了常用成語，而且後人通常是從積極方面來用它的，如唐代厲霆〈大有詩堂〉：「胸中元自有丘壑，盞裡何妨對聖賢。」又如宋黃庭堅〈題子瞻枯木〉詩：「胸中元自有丘壑，故作老木蟠風霜。」

庾亮為人有「風範」，胸中有丘壑，他死後參加他葬禮的朋友感傷地說：「埋玉樹著土中，使人情何能已已。」（《世說新語．傷逝》）

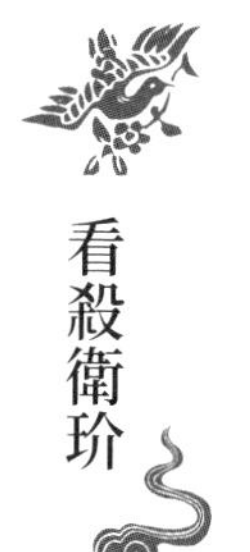

看殺衛玠

衛玠從豫章至下都，人久聞其名，觀者如堵牆。玠先有羸疾，體不堪勞，遂成病而死。時人謂「看

殺衛玠」。

——《世說新語·容止》

用山簡的話來說，衛玠（字叔寶）出身於魏晉「權貴門戶」，曾祖父衛覬是曹魏尚書，祖父衛瓘西晉位至三公，他本人東晉時官至太子洗馬。

衛玠在生前死後都為人所仰慕，既不是由於他有巍巍高位，又不是由於他有赫赫戰功，也不是他有烈烈操守，而是由於他那讓人豔羨的美貌，以及那令人嘆服的玄言。他是魏晉大名士、大清談家，尤其是魏晉大美男。

在魏晉士人眼中，衛玠是一種美的典範，甚至是一種美的極致。我們還是先細讀這篇小品。文中的豫章就是今天江西南昌。下都就是今天的南京。此處下都相當於現在所說的陪都，即都城之外輔助性都城。西晉的都城是洛陽，以江南的建鄴為下都。這有點像後來唐代的長安和洛陽，唐代把長安叫京城或西京，把洛陽名為「東都」。永嘉年間（三〇七~三一三），西晉諸王內部發生「八王之亂」，北方民族鮮卑、匈奴、羯、氐、羌乘虛而入，佔領了中原大部分地區，這就是史稱的「五胡亂華」，史家又稱它為「永嘉之亂」。北方漢族的高門大戶紛紛渡江南逃，即歷史上有名的「永嘉南渡」，衛家就是這南渡士族中的一支。永嘉四年衛玠攜母舉家南行，先暫寄居在武昌，後轉到豫章依王敦，當時王敦為江州刺史，豫章為江州州治所在地。衛玠很快發現王敦豪爽不群，個性強悍到時時都要站在別人頭上，他擔心王敦難以久做朝廷的忠臣，於是謀求到都城建康來。

像我這種模樣的男人，除了回家惹太太煩以外，到任何地方都不會惹人注意，可像衛玠這樣的美男子，到任何一個地方都會引起轟動——

聽說衛玠從豫章要來「下都」建康，那裡的人久聞他的美名，大家都盼望一睹他的風采，前來觀看的人裡三層外三層，像一堵堵圍牆一樣把他圍得密不透風。衛玠老弟本來就體弱多病，受不了眾人長時間圍觀，也經不住如此的勞累，最後釀成重病便一病不起。當時的人都說衛玠是被看死的。

時至今日，人的「生」法大體一樣，人的「死」法則大不相同：或病死，或老死，或餓死，或凍死，或他殺，或自殺，或棒殺，或槍殺……但像衛玠這樣被人「看殺」，地球人估計都聞所未聞。

一個小夥子的容貌，居然使西晉和東晉都城的男女如醉如狂，衛玠到底有多美？到底美在何處？

據《晉書》本傳說，衛玠五歲時就出落得「風神秀異」，他祖父衛瓘很早便發現「此兒有異於眾」。小時候在洛陽「乘羊車入市，見者皆以為玉人，觀之者傾都」。劉孝標注引《玠別傳》說，從小在人群之中，衛玠就有「異人之望」，只要他一出現在大街上，人們都要尋問「這是誰家的璧人」？後來家人和鄰居乾脆都喊他「璧人」。可見，他天生就是個美男胚子。

衛玠不可能留下任何照片，我照鏡子又從沒有過美的切身體驗，因而我自己很難想像衛玠美成什麼樣子。再說，現存的文章中見不到對衛玠的正面描寫，所有表現衛玠外貌美的文字，不是背面敷粉就是側面烘托，讀後誰都要讚歎他極美，可誰都說不出他哪裡美。驃騎將軍王濟是衛玠舅舅，同樣是風姿英爽的「型男」，可他每次見到衛玠總要感歎：「珠玉在側，覺我形穢！」（《世說新語．容止》）這意思是說：站在似珍珠和白玉般美麗的衛玠身邊，我覺得自己特別猥瑣醜陋。成語「自慚形穢」就是從這兒來的。王濟曾經還對人說：「與玠同遊，冏若明珠之在側，朗然照人。」（《晉書．衛玠傳》）能像明珠一樣光彩照人，難怪衛玠的美奪人心魄了。

衛玠與舅舅王濟是兩種不同甚至相反的美：舅好盤馬彎弓，孔武有力，甥則秀美文弱，「若不堪羅綺」（《世說新語．容止》），舅是一種雄性的美，甥則屬女性美，而且還是病態的美。衛玠死時只有二十七歲，貌美而體弱，名高而壽短，他屬典型的「病態美男」。

魏晉士人欣賞男性的柔美，或者說欣賞男性的女性美。他們喜歡男性皮膚像女性那樣光潔粉白，所以常用「玉」和「璧」形容美男，如「玉人」、「璧人」或「連璧」。他們還要求男性的模樣俊秀豔麗，如讚美王衍說「王夷甫容貌整麗」（《世說新語．容止》）。王濟稱衛玠「冏若明珠」，就是讚賞他明麗動人。人們常將衛玠與杜乂（字弘治）進行比較，杜乂同樣具有女性美，同樣弱不勝衣。《世說新語．容止》篇載：「王右軍見杜弘治，歎曰：『面如凝脂，眼如點漆，此神仙中人。』」《詩經．衛風．碩人》中用「手如柔荑，膚如凝脂」形容女子美麗，「凝脂」就是凝凍了的油脂，形容膚色白淨、光潔、柔嫩、潤澤，只有皮下脂肪豐富的女性才有這樣的皮膚。杜弘治「面如凝脂」，在王右軍看來簡直美如神仙。庾亮曾對四座客人說：「弘治至羸，不可以致哀。」（《世說新語．賞譽》）一個男性青年瘦弱到了不能「致哀」的程度，還獲得了大家一致的賞譽，這在今天是不可理解的事情。《世說新語．容止》中對何晏的描寫，真實地表現了魏晉士人的審美觀：

何平叔美姿儀，面至白。魏明帝疑其傅粉，正夏月，與熱湯餅。既啖，大汗出，以朱衣自拭，色

轉皎然。

這篇小品是說何晏皮膚「至白」，完全出自天然而非人工「傅粉」，可劉氏注引《魏略》的說法決然相反：「晏性自喜，動靜粉帛不去手，行步顧影。」「性自喜」就是天性自戀，「粉帛」即「粉白」，大概近似於今天的粉餅。何晏天生就自戀，不管到哪裡粉餅都不離手，動不動就給自己塗脂抹粉，走起路來顧盼生姿。那時士人覺得何晏是個大美人，「傅粉何郎」的稱呼絕無貶義。當然，魏晉傅粉的男性不止何晏一人，《顏氏家訓》說那時士族子弟無不「傅粉施朱」。

衛玠是否傅粉不得而知，但他皮膚無疑同樣潔白如玉，否則人家就不會稱他為「璧人」。他原先的岳父是清談領袖樂廣，人們將他們翁婿並稱：「婦公冰清，女婿玉潤。」成語「冰清玉潤」由此而來，是指像冰一樣晶瑩明澈，像玉一樣光潔潤澤。此處的「冰清」、「玉潤」是互文，衛玠的同輩人也常用「清」來評價他。劉惔、謝尚曾在一起品評現代名人，劉惔說「杜乂膚清，叔寶神清」，謝尚說杜乂比衛玠差幾個等級。「清」已經由形及「神」，指衛玠的精神品格清明、澄澈、高潔。

衛玠不僅膚白貌美，而且才高神清。假如只有漂亮的臉蛋和潔白的皮膚，他不可能成為名士企慕的一代「男神」。其實，名士愛美也愛才，更準確地說他們愛美更愛才。王導就曾遺憾二公子王恬才不配貌，而衛玠可以說是才貌雙全。豪門才子王澄（字平子）才華橫溢，一生很少佩服過什麼人，可一聽到衛玠談玄就崇拜得五體投地，當時人們盛傳一句名言：「衛玠談道，平子絕倒。」在豫章聽了衛玠清談後，大將軍王敦對幕僚謝鯤說：「不意永嘉之中，復聞正始之音。」王敦和他堂弟一樣對衛玠的才智傾倒備至。衛玠既容貌出眾，同時又才辯縱橫，因而《世說新語．文學》篇對衛玠之死提供了另一種說法：他不是被別人「看殺」，而是他自己「談死」：

衛玠始度江，見王大將軍。因夜坐，大將軍命謝幼輿。玠見謝，甚說之，都不復顧王，遂達旦微言。王永夕不得豫。玠體素羸，恆為母所禁。爾夕忽極，於此病篤，遂不起。

不管是「看殺」還是「談死」，這兩個故事都非常淒美——前者誇讚他的貌美，後者頌揚他的才高。他以瘦削羸弱之軀和神清骨秀之容，展示澄明縝密之思和脫俗超妙之智。東晉大畫家顧愷之在建康瓦棺寺所繪維摩詰像，「清羸示病之容，隱几忘言之狀」，把這兩句用來概括衛玠不也同樣合適嗎？衛玠短暫的一生之所以譽滿士林，士人把他與王承並列為「中朝第一名士」：「于時中興名士，唯王承及玠為當時第一。」（《晉書．衛玠傳》），是因為他用自己的生命存在，為「魏晉風度」提供了不可複製的美學標本。

第十三章 幽默

《世說新語》中有〈排調〉門，其中收錄的六十五篇小品，記述了魏晉名士相互戲謔調侃的故事，通過鬥機鋒、鬥才學、鬥敏捷、鬥思辨，表現了他們的才華、學識與幽默。

生活的方方面面都可能成為他們的笑料，有時他們拿各人的姓氏開玩笑：「諸葛令、王丞相共爭姓族先後，王曰：『何不言葛、王，而云王、葛？』令曰：『譬言驢馬，不言馬驢，驢寧勝馬邪？』」有時拿各人的籍貫開玩笑：「習鑿齒、孫興公未相識，同在桓公坐。桓語孫：『可與習參軍共語。』孫云：『「蠢爾蠻荊」，敢與大邦為讎？』習云：『「薄伐獫狁」，至於太原。』」習鑿齒是楚人，所以孫興公用《詩經．小雅．采芑》原話嘲弄他是「蠢爾蠻荊」；孫興公是太原人，所以習鑿齒同樣引用《詩經．小雅．六月》中的典故，回敬他當年周朝攻打獫狁至於太原。本章〈鼻目鬚髮〉一文，則是拿對方的外貌開玩笑。

二十世紀三十年代，林語堂先生大張旗鼓地「提倡幽默」，魯迅先生挖苦說「提倡幽默」本身就不「幽默」。因為幽默既不能提倡，更不可模仿；產生幽默必須有才，更必須有趣。

出則為小草

謝公始有東山之志，後嚴命屢臻，勢不獲已，始就桓公司馬。於時人有餉桓公藥草，中有遠志。公取以問謝：「此藥又名小草，何一物而有二稱？」謝未即答。時郝隆在坐，應聲答曰：「此甚易解。處則為遠志，出則為小草。」謝甚有愧色。桓公目謝而笑曰：「郝參軍此過乃不惡，亦極有會。」

——《世說新語．排調》

謝安曾稱道楊朗是「大才」，王敦也稱楊朗為「國器」，可楊朗終生「位望殊為陵遲」（《世說新語．賞譽》），「大才」並沒被國家「大用」，一生最高官職不過一雍州刺史，可見，好貨不一定能賣出好價。謝安本人深諳「待價而沽」的奧秘，在不同時間或不同的地點，同一種商品的價格可能相差幾倍甚至幾十倍。同樣，人的行藏出處也要看準時機，要把握住人生的風雲際會，乘時而起才能「好風憑借力，送我上青雲」（《紅樓夢》）。

謝安年輕時就聰穎過人，朝中巨擘如王導等人都把他視為政治新星，尚未出仕就已好評如潮。成人後短暫為官便馬上辭官，給人神龍見首不見尾的神秘感。再加上他清談時思緒縝密，處事顯得沉著冷靜，待人又有寬宏雅量，氣質風度更有「雅人深致」，無論才智還是胸襟，似乎只有謝安「足以鎮安朝野」，逐漸成為士林的共識。可他卻回到故鄉會稽縱情丘壑，常與王羲之、許詢等名士遊處，出則泛海遊山，入則屬文清談，有時到臨安山中，獨坐石室，面臨深谷，儼然不問世事的孤雲野鶴，讓所有人都擔心他從此謝絕世事。連與他朝夕相處的王羲之，甚至他自己的內兄劉惔，都以為他從此將高臥東山。當時東晉風雨飄搖，朝廷多次徵召他出山，越是徵召他越是一副棄絕人事的樣子，他越是棄絕人事人們就越是焦慮，社會上各階層人士都在感歎：「安石不肯出，將如蒼生何！」意思是說，謝安要是不出來從政，天下百姓可怎麼辦呵！他差不多被炒成了「民族救星」。

一方面吊足了天下人的胃口，另一方面他弟弟謝萬被廢為庶人，家族的社會地位受到嚴重威脅，這時候他才出來「收拾山河」。於是，就有這篇小品文中描寫的場面——

文章說他原本有隱居東山的志向，後來朝廷屢次嚴厲詔命，形勢不允許他再瀟灑度日，這才開始出任桓溫司馬。這時有人給桓溫送了些草藥，其中一味藥叫「遠志」。桓公拿起來問謝安：「這味藥名『遠志』，又名『小草』，為什麼一藥而兩名呢？」謝安一時答不上來。正巧參軍郝隆當時在座，他應聲回答說：「這很容易解釋。處則為『遠志』，出則為『小草』。」謝安臉上露出羞愧的神色。桓溫瞅瞅謝安微笑說：「這個解釋很新奇，也很有趣。」「此過乃不惡」中的「過」，《太平御覽》及《渚宮舊事》都作「通」，「通」在此處是「解釋」和「闡述」的意思。

一味藥而有兩名，「出」、「處」二字又有歧義，郝隆便巧妙地利用它們來調侃謝安。這味藥的學名叫「遠志」，俗名叫「小草」，這讓桓溫十分好奇，也讓謝安十分納悶。這兩種叫法估計是約定俗成，或許是不同階層人的不同叫法，「遠志」一名高貴文雅，「小草」則顯得通俗卑賤。基本上可以肯定的是，不會在山叫「遠志」，出山便叫「小草」。「處」於藥指在山，於人則指隱居；「出」於藥指採出深山，於人指出來當官。「出」、「處」通常是指出仕與隱居，此處表面上是指藥在山和出山。「遠志」與「小草」，「出」與「處」，在郝隆口中都是一語雙關——明著是說草藥，暗地裡指謝安。謝安高臥東山時好像不食人間煙火，在山時「處則為遠志」；轉眼他就下山做了桓溫府上的俗吏，正所謂下山「出則為小草」。「處則為遠志，出則為小草」，這在已經出山的謝安聽來，無異於人們向他臉上吐唾沫，難怪他「甚有愧色」。

《世說新語》中有三篇文章寫到郝隆，而且全是寫他如何戲謔調侃，獨此一篇是嘲諷別人，另兩篇都是自嘲。此公極有幽默感，既喜歡戲謔，也善於戲謔。此文真正的主角不是謝安——他是被嘲的對象，也不是桓溫——他只算這齣諷刺劇的配角，而是這位名不見經傳的郝隆——他不著痕跡的嘲諷讓謝安臉紅。謝安的確很有「雅量」，但「裝」得更有「雅量」；他的確很了不起，但「顯得」更了不起。高臥東山時的謝安，白雪不足以比其潔，山泉不足以比其清，看上去比神仙還要「高遠」。豈知這一切都是為了「蓄勢待客」，為了更好地向朝廷「喊價」，一旦時機成熟便「形馳魄散」，骨子裡是身在江湖而心存魏闕。也許郝隆看不慣謝安裝清高，才開了這種讓謝安哭笑不得的玩笑。

看不慣謝安裝清高的還不只郝隆一個，《世說新語．排調》篇載另一篇小品說：

謝公在東山，朝命屢降而不動。後出為桓宣武司馬，將發新亭，朝士咸出瞻送。高靈時為中丞，亦往相祖。先時，多少飲酒，因倚如醉，戲曰：「卿屢違朝旨，高臥東山，諸人每相與言：『安石不肯出，將如蒼生何？』今亦蒼生將如卿何？」謝笑而不答。

過去是謝安不出山，天下百姓將怎麼辦呵；現在是謝安出山了，天下百姓將拿謝安怎麼辦呵！高靈的諷刺雖然俏皮，但稍嫌直露，所以謝安可以大方地「笑而不答」，遠不及郝隆那句「處則為遠志，出則為小草」語帶雙關含蓄有味，而且還戳到了謝安的痛處，當面讓「謝甚有愧色」。

順便說一句，「處則為遠志，出則為小草」雖為笑話，但它道出了當時士人口頭上的價值取向。在魏晉名士看來，隱居比出仕更為淡泊高雅，這樣我們就能理解，像潘岳這樣見了權貴馬車便望塵而拜的俗物，為何還要裝模作樣地說「覽止足之分，庶浮雲之志」（〈閒居賦〉）。《世說新語．棲逸》篇載：「何驃騎弟以高情避世，而驃騎勸之令仕。答曰：『予第五之名，何必減驃騎？』」何驃騎即驃騎將軍何充，他弟弟何准在家中排行老五。何准情致高雅終生不仕，何充勸弟弟出來做官，弟弟不以然地對哥哥說：「我老五的名望，不見得就比你這個驃騎將軍差吧？」隱居避世被稱為「高情」，出來當官自然就算是俗慮了，這與郝隆所謂「處則為遠志，出則為小草」是同一口吻。

看來郝隆這句笑話，半是嘲諷，半是實情。

曬書

郝隆七月七日出日中仰臥。人問其故，答曰：「我曬書。」

——《世說新語．排調》

《世說新語》中出現了兩個同名同姓的「郝隆」，西晉的郝隆是山西高平人，官至吏部郎、揚州刺史。本文所寫是東晉的郝隆。據劉孝標注引《征西僚屬名》得知，郝隆字佐治，汲郡（治所在今河南衛輝市西南）人，東晉官至征西參軍。桓溫在永和二年（三四六）進位征西將軍，大約在之後郝隆入桓溫幕為征西參軍。現存有關郝隆的所有材料，只有《世說新語．排調》篇中收錄的三篇，內容不是嘲人就是自嘲，不管嘲人還是自嘲無不精彩。上文我們見識了他如何嘲諷謝安，這裡再來看看他如何自嘲。

按古人習俗，七月七日家家曬衣服和書籍，以防止腐爛和生蛀蟲。《世說新語．任誕》篇載：「阮仲容步兵居道南，諸阮居道北。北阮皆富，南阮貧。七月七日，北阮盛曬衣，皆紗羅錦綺。仲容以竿掛大布犢鼻褌於中庭。人或怪之，答曰：『未能免俗，聊復爾耳。』」住在道北的諸阮富家正好在這一天顯富，各家都把自己的「紗羅錦綺」攤在太陽底下炫耀，家徒四壁的阮咸卻用竹竿曬破短褲，他的行為和答話都很搞笑。

這一天曬衣服的人不少，估計曬書的人可能更多。衣服多不過表明主人錢多，書籍多則顯示主人學問大，因而，炫耀衣服未免俗氣，日下曬書則顯得很有「品位」。

那時普通百姓都不會讀書，普通人家也買不起書，當時富貴人家曬書顯擺，類似今天大官富豪開名車，只不過比後者稍有檔次而已。七月七日這天，看到豪門顯宦家家曬書，郝隆也到太陽底下仰面而臥，人們奇怪地問他這是幹什麼，他隨口回應說：「我曬書。」烈日炎炎之下，郝隆曬自己的大肚比阮咸曬自己的破褲更加滑稽，也更有反諷意味。家藏萬卷未必就腹藏萬卷，書架上有很多書不一定就讀過很多書，否則大富翁轉眼就會變成大學者。

郝隆「我曬書」三字，是自嘲也是自負——自嘲是說自己家無藏書，自負是說自己腹藏萬卷。這裡也可能是暗用漢代邊韶「腹便便，五經笥」的典故。《後漢書．邊韶傳》載，邊韶字孝先，是當時文壇上的著名作家，同時也是滿腹經綸的大學者。邊韶有一天白晝假寐，弟子們私下嘲笑他說：「邊孝先，腹便便。懶讀書，但欲眠。」邊韶聽說後立馬回應說：「邊為姓，孝為字。腹便便，五經笥。但欲眠，思經事。」便便形容肥胖的樣子，笥是古代裝飯或衣服的竹器。邊韶笑稱自己大肚中裝的全是經書。郝隆烈日之下袒腹曬書，隱含有飽讀詩書的自豪。

下面一則小品中，郝隆在上司面前以俏皮話發牢騷，今天讀來叫人忍俊不禁：

郝隆為桓公南蠻參軍，三月三日會，作詩。不能者罰酒三升。隆初以不能受罰，既飲，攬筆便作一句云：「娵隅躍清池。」桓問：「娵隅是何物？」答曰：「蠻名魚為娵隅。」桓公曰：「作詩何以作蠻語？」隆曰：「千里投公，始得蠻府參軍，那得不作蠻語也！」（《世說新語．排調》）

南蠻參軍即南蠻校尉府參軍，「娵隅（音同拘魚）」是西南民族稱魚的譯音。三月三日是古人的祓禊日，這天人們來到水邊沐浴洗濯，以洗盡往年的污穢，祈求來年的好運。後來慢慢演變為一種遊春宴飲活動，文人雅士在這天要賦詩、飲酒、行令、猜謎，賦詩不成或猜謎不中者罰酒三升。王羲之〈蘭亭集序〉寫的就是祓禊日的情景，「曲水流觴」是士人集會時的例行活動。郝隆開始因未能成詩被罰酒，罰後來了一句「娵隅躍清池」，桓溫將軍問「『娵隅』是什麼東西」，郝隆解釋說：「蠻人稱魚為『娵隅』。」桓溫責怪他說：「作詩為什麼用蠻語？」郝隆道出了自己的心聲：「我從千里之外來投奔您，好不容易才得到一個蠻府參軍的肥職，怎麼能不用蠻語呢！」有一個版本後面還有「溫大笑」三字，我覺得刪掉這三字更好，我猜想桓溫此時可能是苦笑，也可能是「哭笑不得」。

郝隆一生沒有建樹巍巍盛德，也沒有立下赫赫戰功，只留下幾句令人回味無窮的俏皮話，你不一定尊敬他，但一定會喜歡他。

夷甫無君輩客

王、劉每不重蔡公。二人嘗詣蔡語，良久，乃問蔡曰：「公自言何如夷甫？」答曰：「身不如夷甫。」王、劉相目而笑曰：「公何處不如？」答曰：「夷甫無君輩客。」

——《世說新語．排調》

被同事、同學或同輩人所輕慢戲弄，許多人都有過這種不愉快的遭遇。這時候，我們覺得自尊心受到侮辱，可苦於倉促之間找不到回擊的方式：與對方從此絕交未免過分，與對方大吵一架有失風度，與對方大打出手更嫌粗魯，忍氣吞聲又覺得十分窩囊。吃了軟虧卻使不上力，出不了氣，真比啞巴吃黃連還要難受。

我們來看看蔡謨如何應付這種場面。

文中的「王、劉」指王濛和劉惔，他們二人是非常投緣的好友，又都是東晉十分活躍的清談名士，所以人們常將他們並稱為「王劉」。劉惔尚晉明帝廬陵公主，歷任司徒左長史、侍中、丹陽尹等職。他死後孫綽在誄文中稱他「居官無官官之事，處事無事事之心」（見《晉書．劉惔傳》），往好處說是為政清靜無為，往壞處說是放任自流毫不作為。王濛官至司徒左長史，他女兒後來成為孝武帝皇后。史書上說他小時放縱不羈，晚節才開始克己勵行。王濛生得姿容俊秀，常常對著鏡子自我陶醉：「我爸爸王文開怎麼生出像我這麼漂亮的兒子！」臨死前還哀歎說：「我這麼俊美的人兒，竟然活不到四十歲！」（（見《晉書．王濛傳》））過度的風流自賞就變成了病態自戀。

王、劉二人相好又相像：從身分上看，一個為國舅，一個是駙馬；從為人上講，他們的才氣都集中在嘴上，會「說」而不善「做」，「說的」遠比「做的」漂亮。王、劉兩人真是生當其時，魏晉之世玄風大熾，「賤經尚道」成為社會時尚，士人「以玄虛宏放為夷達，以儒術清儉為鄙俗。望白署空，顯以台衡之望；尋文謹案，目以蘭薰之器」（見《晉書．應詹傳》、《文選》李善注引《晉記》應詹表）。在當時士人心目中，玄虛放縱才算曠達，儒學勤儉視為鄙俗。出仕以後無所事事的人前程無量，簽署文書辦事勤勉的人毫無出息。「居官無官官之事」的劉惔，被晉孝武帝視為理想的駙馬人選，表明人們只在乎你清談時會不會「說」，不太關注你當官後會不會幹。會耍嘴皮的清談名士是大家崇拜的偶像，那些實幹家反而是嘲諷的對象。當然，王、劉們覺得實幹家「土」，實幹家也認為王、劉們「煩」，看看《世說新語．政事》：

王、劉與林公共看何驃騎，驃騎看文書不顧之。王謂何曰：「我今故與林公來相看，望卿擺撥常務，應對玄言，那得方低頭看此邪？」何曰：「我不看此，卿等何以得存？」諸人以為佳。

何充是位能幹務實的官員，成天忙於公務和批示文書。一天王濛和劉惔找何充談玄，何充卻只顧看文書，不想理睬成天清談的閒人；王濛希望他能「擺撥常務」，抽出時間與他們「應對玄言」。何充不耐煩地對他們說：「我不看這些東西，你們怎麼活命？」

王、劉與蔡謨更不是同路人。蔡謨是東晉中期的著名政治家，年輕時就享譽朝野，與郗鑒等八人並稱「兗州八伯」，又因與荀闓、諸葛恢的字均為「道明」，所以號稱「中興三明」，當時傳唱他們的歌謠說：「京都三明各有名，蔡氏儒雅荀葛清。」早年歷任中書侍郎、義興太守、大將軍從事中郎、司徒左長史、侍中等職。康帝即位後，入朝任左光祿大夫、開府儀同三司。多次晉升他都固辭不就，認為自己是「尸素累積而光寵更崇，謗讟（音同獨，詆毀）彌興而榮進復加」，他說我在侍中、光祿大夫這樣的高位上，自己羞愧得「惶懼戰灼，寄顏無所」，意思是說「我的臉沒地方擱」。蔡謨不只是為政謹慎勤勞，而且治學淵博多才，於典章制度尤其嫻熟，晉朝許多禮儀宗廟制度多為蔡所議定，同時也長於文筆議論，還是《漢書》研究專家（見《晉書．蔡謨傳》）。

可是，王濛和劉惔「每不重蔡公」，對蔡謨很少表示應有的尊重。這兩位名士曾經到蔡謨那裡去清談。三人談了很長時間，於是他們問蔡謨說：「您自己說說，您與夷甫相比誰優誰劣？」夷甫是西晉太尉王衍的字。王衍是西晉末年政壇重臣，又是當時「壁立千仞」的清談盟主，以俊雅之容吐玄妙之言，看去儼如超然飄逸的神仙。西晉士人都希望能接近王衍，他被人們尊稱為「一世龍門」。可是，他的自私、浮華、虛誕加速了西晉的短命，他自己也因自私和浮華葬送了性命。王濛和劉惔依舊奉王衍為神，在他們看來，王衍與蔡謨恰如天上與人間，這兩人根本沒有可比性。蔡謨何曾不知道他們是在拿自己開涮，是在變著法兒戲弄自己。蔡謨不動聲色地回答他們說：「我不如夷甫。」「身」是當時第一人稱的代詞，就是今天的「我」。王、劉相互擠眉弄眼地笑著問道：「您什麼地方不如他？」蔡謨此時要是一五一十地說：自己的姿容沒有王衍漂亮，自己的清談沒有王衍敏捷，自己的胸懷沒有王衍超曠，那就正中了王、劉的圈套，自己當面貶損自己，既被他們戲弄，又被自己作踐。

王濛和劉惔小看了蔡謨。蔡謨雖然不喜歡像他們那樣賣弄，但真要是鬥起機鋒來，王、劉還不是他的對手。蔡謨冷冷地說：「夷甫座上從來沒有你們這種客人。」

這篇小品中兩問兩答的對話，酷似一段妙趣橫生的相聲。王、劉二人本想戲弄蔡謨，最後反被蔡謨所戲弄；他們原本做套子讓蔡謨鑽，後來自己卻鑽進了蔡謨的套子。我們再來聽聽他們的對話，看看像不像說相聲：

王、劉問曰：「公自言何如夷甫？」蔡答：「身不如夷甫。」王、劉相目而笑曰：「公何處不如？」答曰：「夷甫無君輩客。」

王、劉看起來是「主」，事實上卻是「客」。他們其實是相聲中的捧哏──給蔡謨「墊包袱」的配角，蔡謨才是逗哏──最後甩響包袱的主角。

文章在「夷甫無君輩客」後戛然而止，機鋒峻峭而又回味無窮。聽到蔡謨的回答後，王劉是「相目而笑」？還是哭笑不得？此時此刻，該輪到蔡謨抿嘴而笑，也該我們讀者哄然大笑……

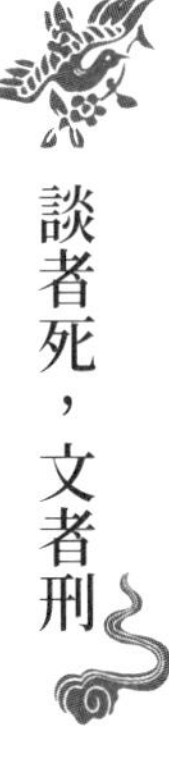

談者死，文者刑

魏長齊雅有體量，而才學非所經。初宦當出，虞存嘲之曰：「與卿約法三章：談者死，文筆者刑，商略抵罪。」魏怡然而笑，無忤於色。

——《世說新語．排調》

囊中羞澀是為貧窮，腹中空空則為貧乏，無論是經濟貧窮還是知識貧乏，沾上了「貧」字都會被人輕視嘲笑。不過，今天多笑別人錢少，古人則多笑別人腹儉。魏晉雖然也有石崇和王愷鬥富，但這畢竟是名士中的特例，名士真正看重的還是才華學問，《世說新語》中大多數還是鬥智，不學無術者才會被人們取笑。

譬如這篇小品文中的魏長齊。

文中兩位主人公魏顗（字長齊）和虞存是同鄉好友。《世說新語．賞譽》篇載：「會稽孔沈、魏顗、虞球、虞存、謝奉，並是四族之俊，於時之傑。孫興公目之曰：『沈為孔家金，顗為魏家玉，虞為長、琳宗，謝為弘道伏。』」孔沈、魏顗、虞球、虞存、謝奉，是會稽本地孔、魏、虞、謝四大旺姓的俊傑。魏顗官至山陰令，虞存官至尚書吏部郎。

文章一起筆就交代說：「魏長齊雅有體量，而才學非所經。」「才學」主要是指學問，「經」的意思是「擅長」。這兩句是說，魏顗胸襟寬廣度量很大，但讀書致學並不是他的強項。初次做官即將上任時，哥們虞存調笑他說：「和老兄約法三章：清談玄言者處死，舞文弄墨者判刑，品鑑人物者受罰。」原文中的「文筆」指詩文，魏晉南北朝出現了「文的自覺」，作家們不僅對自身有很強的身分意識，也對作品體裁有比較精細的劃分，他們把有韻的作品稱為「文」，無韻的作品稱為「筆」。此處「文筆」做動詞。「商略」就是品評或鑑賞。清談、鑑賞、作文三項，是一個名士的必修功課，而這三項魏顗都一無所長，所以虞存調侃他說：誰要是在魏兄面前談玄就宰了他，誰要是在魏兄面前寫作就抓起來，誰要是在魏兄面前鑑賞就重罰。罵人切忌罵人痛處，兄弟之間如此挖苦未免刻薄。我們以為魏顗會和虞存翻臉，沒想到他竟然還愉快地笑笑，沒有半點被羞辱的樣子——這位老兄真「雅有體量」！

如果說虞存挖苦魏顗有失厚道，那麼《世說新語·排調》另一篇小品中同僚之間的謔笑則略嫌惡俗：

桓玄出射，有一劉參軍與周參軍朋賭，垂成，唯少一破。劉謂周曰：「卿此起不破，我當撻卿。」周曰：「何至受卿撻？」劉曰：「伯禽之貴，尚不免撻，而況於卿？」周殊無忤色。桓語庾伯鸞曰：「劉參軍宜停讀書，周參軍且勤學問。」

劉參軍與周參軍都是桓玄幕府參軍。有一次桓玄到靶場射箭，劉、周二參軍分在一組賭射，「朋賭」就是分組以賭射箭。他們眼看再中一箭就可獲勝。劉警告周說：「你這一箭要是不中，我當要用鞭子抽你。」周很不服氣地說：「為何要挨你的鞭子？」劉也不甘示弱：「伯禽那麼高貴，尚且免不了挨鞭，何況是你呢？」周參軍聽後依然一臉木然，並沒有覺得自己受到侮辱。這裡得對劉參軍用的典故稍作介紹。伯禽是周公的長子，周朝諸侯國魯國的首任國君。據《尚書大傳》載，伯禽與康叔一起去見周公，三次晉見挨了周公三次鞭笞。這次劉參軍用伯禽挨周公鞭子的典故，是在周參軍面前轉彎抹角地充老子。周參軍因不熟悉這個典故，所以他居然「殊無忤色」。見劉欺負周不學無知，桓玄便對他們二人各打五十大板：「劉參軍宜停讀書，周參軍且勤學問。」用自己的學問來開這種輕浮低俗的玩笑，劉參軍這樣的人還不如不讀書，所以桓玄說他「宜停讀書」；周參軍因不讀書讓同僚占盡便宜，所以上司勸他「且勤學問」。

沒有錢財被人笑話，沒有學問被人欺侮，誰喜歡「嘴尖皮厚腹中空」的人呢？王導雖然稱道周顗為「雅流」，但多次笑話他腹中「殊空」或「空洞無物」，《世說新語．排調》篇載：「王公與朝士共飲酒，舉琉璃碗謂伯仁曰：『此碗腹殊空，謂之寶器，何邪？』」學固然離不開才，才也須輔以學，才學兼備才算「國器」。

魏晉名士特別欣賞俊逸的容止，但要求以英俊的外表和灑脫的舉止，來表現敏捷的才情和卓越的智慧，如像嵇康那樣才貌出群的名士才是眾人仰慕的「男神」。有貌而無才，或有才而無學，都可能被人們瞧不起，難怪王導不喜歡那位徒有其表的二兒子王恬了，因為這位公子哥「縱然生得好皮囊，腹內原來草莽」。

兒子有美貌而無才學，父親慨歎「恨才不稱」；朋友「才學非所經」，同輩便戲謔「談者死，文者刑」。腹中空空為人所輕古今相同，不同的是父子之間是語重心長的勸告，同輩之間則是幸災樂禍的嘲諷。

爾汝歌

晉武帝問孫皓：「聞南人好作〈爾汝歌〉，頗能為不？」皓正飲酒，因舉觴勸帝而言曰：「昔與汝為鄰，今與汝為臣。上汝一杯酒，令汝壽萬春！」帝悔之。

——《世說新語．排調》

翻開《三國志》孫皓傳，他的荒淫、暴虐和殘忍令人髮指，大臣和宮女稍不合意就可能喪命，「或剝人之面，或鑿人之眼」。隨著他的忠臣和能臣被殺死或貶死，他的吳國也就唯有一死。當晉國大將王濬率軍攻入石頭城時，孫皓仿效劉禪不久前的做法：把自己肉袒面縛，把棺材裝在車上，率領太子大臣出降。不過，同為三國的亡國之君，孫皓與阿斗劉禪同中有異——孫只是壞並不蠢，劉則是又壞又蠢。吳亡後還有人稱道孫皓「才識明斷」，更有人稱道他的詩文書法。

做了亡虜之後，他在晉武帝面前那不卑不亢的態度，他那敏捷機智的言談應對，特別是他那讓人忍俊不禁的幽默，差不多使我忘記了他先前深重的罪孽。他的本性並不是他表現的那麼殘忍，是絕對的權力讓他絕頂的荒淫。以他的幽默才能，要是不做一千多年前吳國的國君，生當今日肯定是大紅大紫的笑星。

《資治通鑑》八十一卷載，晉武帝統一全國後，大會文武百官及四方使者，還引見了孫皓及吳國降臣。晉武帝對坐在旁邊的孫皓說：「朕設此座以待卿久矣。」孫皓也告訴司馬炎說：「臣於南方，亦設此座以待陛下。」賈充見晉武帝沒有占到便宜，便馬上插話羞辱孫皓：「聞君在南方鑿人目，剝人面皮，此何等刑也？」皓鄙夷地望著賈充說：「人臣有弒其君及姦回不忠者，則加此刑耳。」言下之意是說，你世受魏祿卻背主忘恩，像你賈充這樣奸佞不忠的小人，就應當用這種刑罰，幾句話弄得賈充滿臉通紅。

戰場上孫皓是亡君，舌戰中司馬炎卻是敗將。司馬炎幾次想羞辱孫皓，最後次次都是自取其辱——

有一次晉武帝問孫皓：「聽說你們南方人喜歡作〈爾汝歌〉，你能為我們唱唱這種歌嗎？」孫皓當時正在飲酒，馬上站起來唱〈爾汝歌〉向晉武帝勸酒：「昔與汝為鄰，今與汝為臣。上汝一杯酒，令汝壽萬春！」惹得亡虜如此調笑他，晉武帝後悔不迭。

〈爾汝歌〉是魏晉間流行於南方的民歌。「爾」、「汝」為古代尊對卑或長對幼的稱呼，平輩間稱「爾」、「汝」則表示親暱。司馬炎本想叫孫皓起來獻醜，沒料到孫皓竟然真的起而作歌，一口一個「汝」字，讓亡虜與自己平起平坐，原本想借此來嘲弄孫皓，最後反而被孫皓所嘲弄。拿孫皓對君無禮治罪吧，〈爾汝歌〉本來就「爾」、「汝」相稱；指責他不該在這種場合唱歌吧，人家是奉命而唱——晉武帝只好暗自叫苦了。

當然，皇帝對臣下欲加之罪又何患無辭？這從另一側面也表現了司馬炎的寬容，元代學者胡三省認為「晉武之量，弘於隋文」（《資治通鑑音註》）。晉朝是個典型的門閥社會，皇帝與士族共治天下，君臣不像後世那麼森嚴，皇帝和臣下偶爾還能開開玩笑，有時甚至拿男女之事調侃——

元帝皇子生，普賜群臣。殷洪喬謝曰：「皇子誕育，普天同慶。臣無勳焉，而猥頒厚賚。」中宗笑曰：「此事豈可使卿有勳邪？」（《世說新語・排調》）

晉元帝司馬睿是東晉開國皇帝，皇子出生自然要遍賜群臣，殷洪喬（名羨）謝恩說：「皇子誕生，普天同慶，臣無半點功勳，卻多取厚賞（賚，音同賴，賞賜）。」司馬睿笑著對殷洪喬說：「這種事哪能讓你立功呢？」是呵，這種事要是殷真有功勞，殷的性命就真的不保！

大臣有點滑稽，皇帝也不乏幽默。

魏晉不僅君臣之間解嘲，父子乃至祖孫之間同樣常開玩笑——

張蒼梧是張憑之祖，嘗語憑父曰：「我不如汝。」憑父未解所以，蒼梧曰：「汝有佳兒。」憑時年數歲，斂手曰：「阿翁！詎宜以子戲父？」（《世說新語．排調》）

張鎮是東晉吳郡（今蘇州市）人，曾官蒼梧太守，人稱「張蒼梧」。張憑是張鎮之孫，東晉著名清談名士，在清談場上有「理窟」之稱，大家覺得張憑頭腦是義理的淵藪。張鎮曾經對張憑父親說：「我不如你。」憑父沒有理會自己父親的用意，問他為什麼這樣說，張鎮冷不丁地說：「你有個好兒子。」張憑當時只有幾歲，連忙向爺爺拱手說：「阿翁，怎麼能以子戲父呢？」「阿翁」此處是對祖父的尊稱。張憑早年就聰慧過人，成人後更是譽滿士林，張憑祖父與父親那段對話，既表明張鎮對自己兒子不太滿意，也表明他對自己孫子太得意。張憑本人對父親好像也不佩服，父母過世後他只給母親一人作誄。《世說新語．文學》中就此還有一段妙語：「謝太傅問主簿陸退：『張憑何以作母誄，而不作父誄？』退答曰：『故當是丈夫之德，表於事行；婦人之美，非誄不顯。』」張憑只作母誄而不作父誄，在當時是一種很出格的行為，所以謝安問張憑女婿陸退。個中原因當然很多，可能是張憑有戀母情結，可能是張憑對父親有成見，可能是張憑母子情深，也可能張憑和爺爺一樣瞧不起父親……個中原因，有的陸退難曉，有的陸退難言，陸退倒是很會「說話」，他的解釋無損於外公，也無損於岳父。

鼻目鬚髮

康僧淵目深而鼻高，王丞相每調之。僧淵曰：「鼻者面之山，目者面之淵。山不高則不靈，淵不深則不清。」

——《世說新語．排調》

同學、同事、同鄉或同輩人之間，拿長相開玩笑實屬司空見慣。一個人如果相貌有點特別，很容易被夥伴們拿來開涮，如大肚、大嘴、胖子、瘦子、小老頭、老來俏……都可能成為別人茶餘飯後的笑料。

我年未半百而髮已全白，十多年來這頭白髮給我造成不少煩惱，但給兄弟帶來許多歡樂。除了頭髮的顏色以外，皮膚的顏色也很扎眼，美國白人雖然殘存著種族優越感，但這個國家的黑人已逐漸擺脫了自卑，人們也從心底裡接受了「黑的才是美的」這一審美判斷。本人沒有美國黑人朋友那份自信，從來沒有覺得頭髮「白的才是美的」，每次有兄弟取笑我的白髮時，我都顯得有點窘迫和尷尬，幾次想去理髮店染髮裝嫩，最終都因害怕麻煩而沒有染成。

古人好像也喜歡拿朋友相貌取樂，東晉高僧康僧淵就遇到了這種麻煩。

據說蟻群中只要出現一個異類，所有螞蟻都會群起而攻之，直到將異類驅逐或殺死為止。人類雖然也認為「非我族類，其心必異」，雖然每個國家或多或少有點排外傾向，但大多數時候似乎比螞蟻

「寬容」，「排外」並不一定驅逐或殺死老外。不過，只要別人外表與自己異樣，通常都會覺得對方「異常」。

慧皎《高僧傳》說康僧淵「本西域人，生於長安。貌雖梵人，語實中國。容止詳正，志業弘深」。由於對玄佛都有極深造詣，謝安、殷浩等東晉名家巨擘都與他交遊；由於他西域胡人高鼻深目的外貌，許多人又拿他的鼻子眼睛取樂，甚至連王導也常常以此來調笑他。王導拿康僧淵的鼻子眼睛說事，無疑是認為他的鼻子眼睛「反常」。嘲諷胡人相貌在漢末以後十分常見，建安時期繁欽的〈三胡賦〉，就把胡人的「仰鼻」、「深睛」窮損了一番。「仰鼻」、「深睛」也即此文中的「目深而鼻高」。我們今天欣賞面部稜角，高鼻深目是一種美的標誌，塌鼻子的人寧可花錢忍痛也要做隆鼻手術。可古人都有點「少見多怪」，塌鼻醜漢反而嘲笑高鼻美男。

在相貌審美這一點上，康僧淵應該是「有苦無處訴」，因為身邊沒有人以「高鼻深目」為美，所以他只好從另一角度為自己的高鼻子和深眼睛「辯護」：「鼻者面之山，目者面之淵。山不高則不靈，淵不深則不清。」他說鼻子是臉上的山嶽，眼睛是臉上的深潭。山不高就沒有神靈，淵不深就不會清澈。時人都認為這是「名答」，也就是為自己鼻子眼睛的一次著名辯護。這次「名答」儘管十分機智，而且也很有「笑點」，但他是從哲學而非審美著眼，沒有解釋高鼻深目何以美，只是強調鼻高才有「神」，眼深才能「清」。

王導恰恰是笑他高鼻深目的模樣醜，康僧淵這一「名答」為什麼「答非所問」呢？康僧淵是「秀才遇上兵，有理說不清」，漢人在胡人面前都有文化上的優越感，蔡邕毫不隱諱地說胡人來華是「慕

化」，既然是文化上的「落後」民族，長相上自然也就「醜陋」，這是一種根深蒂固的偏見。再說，趣味無爭辯，在大家都是塌鼻子的人群中，誰還以鷹鉤鼻子為美呢？試想，康僧淵要是從美的角度為高鼻深目辯護，肯定大家都會搖頭；他從「神」與「清」的角度來回答，才使大家都認可點頭。

沒有他那敏捷的思維，沒有他那清澈的頭腦，誰能像他那樣「絕地反擊」？誰能把自己的高鼻子凹眼睛說得那麼富於「靈性」？

面對別人對自己外貌的嘲笑，另一高僧支遁的回應同樣從容自如——

王子猷詣謝萬，林公先在坐，瞻矚甚高。王曰：「若林公鬚髮並全，神情當復勝此不？」謝曰：「脣齒相須，不可以偏亡。鬚髮何關於神明？」林公意甚惡。曰：「七尺之軀，今日委君二賢。」（《世說新語．排調》）

文中的「林公」就是支遁（字道林），東晉著名的大德高僧。支道林對王徽之和王獻之兄弟一直評價不高。當王子猷（徽之）去看望謝萬時，支道林正好先到謝萬家，他的神態十分傲慢，根本不把王子猷放在眼裡。王子猷大概對支道林也不以為然，他見支擺出一副孤傲的架勢，便「不懷好意」地調侃道：「林公要是頭髮和鬍鬚都很齊全，大概不會像現在這副神態吧？」謝萬馬上接過話頭說：「只聽說脣齒相依，不能有一方偏廢，沒聽說鬍鬚頭髮與精神有什麼關係！」支道林臉色越來越難看，但他仍然淡定地說：「我這七尺之軀，今天就託付給二位處理了。」

這場對話中，三人都不失名士身分。王子猷見林公的傲態，並不直接說出自己的反感，而是從林公的禿頂入手，言下之意是說要不是禿頂，林公不至於像現在這麼神態難看。謝表面上不同意王的說法，實際上是暗中附和他對林的批評。林公何嘗不知道他們表面上說自己的鬚髮，骨子裡是不滿自己的神態？他乾脆就「以歪就歪」：既然你們對我鬍鬚頭髮這麼感興趣，那就把這身老骨頭交你們擺佈吧！

一次有關鬍鬚頭髮的閒聊，成了精英們一場機敏的智鬥。每個人都話裡有話，王子猷化沉重為輕鬆，支道林詼諧中藏機鋒。

第十四章 放誕

放誕是指行為的放縱和言語的荒唐，這兩方面魏晉名士都佔全了：他們以言談的荒誕不經「解構」虛偽的一本正經，以行為的放縱不羈衝破精神的禁錮僵硬，以生活態度的玩世不恭取代為人的墨守拘謹。

漢末隨著帝國大廈的倒塌，它的意識形態也開始崩潰，周孔從膜拜的偶像變為嘲諷的對象，此時「學者以莊老為宗，而黜六經；談者以虛薄為辯，而賤名檢；行身者以放濁為通，而狹節信」（干寶《晉紀・總論》）。經過幾百年的壓抑和束縛之後，士人紛紛喊出了「禮豈為我輩設也」、「非湯武而薄周孔」！起初，放誕既是對禮教反叛，如阮籍送嫂、劉伶病酒、阮咸與婢私通，也是對官方「以孝治天下」的挑戰，如守喪飲酒吃肉，這些放蕩的言行中有某種嚴肅的內涵。當「越名教而任自然」變為名教與自然合一之後，名士裸體荒放「行同禽獸」，只是群體的縱欲狂歡，是一種表現個性的「行為藝術」。他們在否定禮教的同時也否定了「人」本身，與其說是坦露生命的真性，還不如說是暴露了自身的獸性。舊的道德律令失去權威，而新的道德權威尚未建立，此時士人言行的放縱荒誕，是由於不知道要幹什麼，於是便什麼都幹。

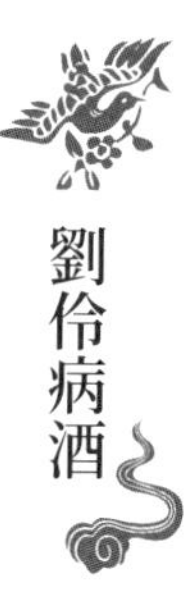

劉伶病酒

劉伶病酒，渴甚，從婦求酒。婦捐酒毀器，涕泣諫曰：「君飲太過，非攝生之道，必宜斷之！」伶曰：「甚善。我不能自禁，唯當祝鬼神，自誓斷之耳！便可具酒肉。」婦曰：「敬聞命。」供酒肉於神前，請伶祝誓。伶跪而祝曰：「天生劉伶，以酒為名，一飲一斛，五斗解酲。婦人之言，慎不可聽！」便引酒進肉，隗然已醉矣。

——《世說新語．任誕》

杜牧曾自誇「高人以飲為忙事」（〈湖南正初招李郢秀才〉），可杜牧未免太高看了自己，他天天想著「願補舜衣裳」（〈郡齋獨酌〉），無論如何都算不上什麼「高人」，「以飲為忙事」的「高人」非劉伶莫屬。劉伶一生的重要事業就是飲酒，一生的重要文章就是〈酒德頌〉，一生都是在酒中度過，酒則使他一生「其樂陶陶」，還使他一生流芳百世。難怪他要謳歌「酒德」，更難怪他不想斷酒了。

這則小品其實是一齣輕鬆的家庭喜劇，劇名就叫「劉伶病酒」。矛盾的起因是劉伶酒癮發作，口渴得非常厲害，於是求妻子要酒解渴——別人解渴是用水，他解渴是用酒。劉夫人一聽丈夫要酒喝，氣就不打一處來，一怒之下把酒全倒光，把酒器都毀掉，淚流滿面地央求他說：「夫君飲酒實在太多了，你把自己的身體糟蹋成了這個樣子，這不是養生長壽之道，非得把酒戒了不可！」

一個急需酒來解渴，一個氣急把酒全都倒光，原以為劉伶這個酒鬼會大打出手，眼看矛盾就要激化之時，誰會料到突然峰迴路轉，劉伶似乎轉眼便浪子回頭，他十分熱切地附和著妻子說：「妳說得太好了！我也正想把酒斷了，只怕我管不住自己，還得在鬼神面前發個重誓，求神靈保佑我把酒戒掉，娘子現在快去置辦祭神的酒肉！」劉夫人覺得今天的太陽從西邊出來，高興地滿口應承說：「敬遵君命！」

這下該劉夫人忙乎了，她連忙把酒和酒器供奉在神像前，請劉伶對神像發誓。劉伶一臉肅穆地跪下來祈禱說：「天生劉伶，以酒為命，一飲一斛，五斗解酲（去病）。婦人之言，慎不可聽！」祈禱之後立即大碗灌酒，大口吃肉，劉夫人還沒有回過神來，劉伶已是爛醉如泥了。劇情的高潮也即劇情的結尾，緊張、意外、爆笑……讀者心情隨著劇情的變化而變化。

爆笑之後又生出許多疑問：劉伶為什麼要「以酒為命」呢？一個「以酒為命」的酒徒，怎麼會成為竹林七賢之一，而與阮籍、嵇康、山濤、王戎這一代精英為伍呢？

他人的記述和他自己的〈酒德頌〉，或許能幫我們解開疑團。

《晉書．劉伶傳》說他「身長六尺，容貌甚陋」，《世說新語》也有類似的記載：「劉伶身長六尺，貌甚醜悴，而悠悠忽忽，土木形骸。」他整天喝得醉眼迷離，走起路來搖搖晃晃。比起「七尺八寸，美詞氣，有風儀」（《晉書．嵇康傳》）的好友嵇康，「身長六尺」的劉伶顯得又土又矮又醜。就算「男人的形象要由他們的事業來塑造」，一個在官只「盛言無為之化」的傢伙，怎麼可能去建立現世功業？劉伶是那種典型的「三無男人」——無形、無款、無權。

竹林七賢中人要麼是大詩人，如阮籍；要麼是大思想家，如嵇康、向秀；要麼是大官僚，如山濤、王戎；要麼是著名音樂家，如阮咸，獨獨劉伶是個著名的酒鬼。那麼，阮籍為什麼沒有對他翻白眼？嵇康為什麼沒有給他寫絕交書？用現在的話來說，為什麼那麼多「成功人士」樂意和這個酒鬼混在一起呢？

他人之所長在「技」——在某領域的「一技之長」，劉伶之所長在「智」——透悟生命的智慧。《世說新語．文學》稱「劉伶著〈酒德頌〉，意氣所寄」，〈酒德頌〉寄託了他一生的志趣，也表現了他的人生智慧。我們來看看這篇奇文。文章一起筆就說：「有大人先生，以天地為一朝，以萬期為須臾，日月為扃牖，八荒為庭衢。行無轍跡，居無室廬，幕天席地，縱意所如。」在這位「大人先生」眼中，開天闢地的宇宙創始至今不過是一朝，萬年歷史不過是一瞬，他以日月為自己的門窗，以大地為自己的庭院，居無定所，行無蹤跡，以天為幕帳，以地為臥席，為人適性縱意。因此，這位先生「止則操卮執觚，動則挈榼提壺，唯酒是務，焉知其餘」？停下便舉起酒杯，走路也要提著酒壺，除了「唯酒是務」以外，其他一概不知、一概不問。

這也算是「人生智慧」？用現在的價值來判斷，假如這也可以稱為智慧，那智慧就是「愚蠢」的別名！

且慢！「愚」與「智」有時的確是一個銅板的兩面。莊子說無用之用是為大用，劉伶的不智之智實為大智。

劉伶那個時代，名教與自然激烈對抗，嵇康因此提出「越名教而任自然」（〈釋私論〉）的人生理想，而真正能實現這一人生理想的便是劉伶。「貴介公子」和「搢紳處士」，聽到「大人先生」的「風聲」

後，個個都對他「怒目切齒」，向他「陳說禮法」大義。正當這夥人說得起勁的時候，大人先生捧起酒罐，枕著酒槽，進入醉鄉——「無思無慮，其樂陶陶。兀然而醉，豁然而醒。靜聽不聞雷霆之聲，熟視不睹泰山之形，不覺寒暑之切肌，利欲之感情」。酒醒後，聽不到雷霆的巨響，看不清泰山的輪廓，感覺不到寒暑的變化，更沒有世俗的貪欲……古今〈酒德頌〉的評論中，要數金聖歎的評點最到位，他說從來只說劉伶酣醉，又哪知他的得意是在醒時呢？文中「天地一朝」是說未飲以前，「靜聽不聞」是寫既醒以後。

不是我們醒著劉伶醉了，是我們皆醉而劉伶獨醒！

酒的妙處不在醉時而在醒後，醉酒是社會學意義上的「休克」，無所謂「妙」與「不妙」。辛棄疾在〈賀新郎〉中說：「江左沉酣求名者，豈識濁醪妙理？」名利之徒難得體認「濁醪妙理」，那什麼是「濁醪妙理」呢？東晉王忱曾感歎說：「三日不飲酒，覺形神不復相親。」（《世說新語．任誕》）幾天不飲酒就覺得身心分裂，「濁醪妙理」就是使人身心和諧？估計這只是他的「一家之言」，陶淵明說酒的妙用在於它使人「漸近自然」（〈晉故征西大將軍長史孟府君傳〉），這句名言必能引起大家的共鳴。

酒使劉伶回歸生命的真性，使他沒有「利欲之感情」。竹林七賢中，阮籍終生尚在「歧路」，嵇康性格失之「峻切」，山、王二人又略嫌世故，向秀處世偏於軟弱，唯有劉伶一生才「暫近自然」……

人種不可失

阮仲容先幸姑家鮮卑婢。及居母喪，姑當遠移，初云當留婢，既發，定將去。仲容借客驢著重服自追之，累騎而返，曰：「人種不可失！」即遙集之母也。

——《世說新語．任誕》

一位名士與姑姑的女傭私通，還是在居母喪期間與女傭私通，而且又使得女傭懷孕，得知女傭離開後又倉皇追趕，還十分招搖地共騎一頭驢子返回……且不說一千年前的魏晉，即使在自由開放的今天，這其中任何一件發生在社會名流身上，他都沒有辦法向社會交代，他的公眾形象將被眾人唾棄，他可能永遠從公眾視野中消失。

可這種事情一件也不少，全都發生在魏晉之際的阮咸身上。

阮咸早就和姑媽的鮮卑侍女暗通款曲。阮咸為母親守喪期間，他姑媽將要離開阮家搬到外地。姑媽知道侄子與自己的侍女有染，起初答應把這個侍女留下來，等到出發前又突然改變了主意，讓這個侍女和自己一起走。阮咸發現有變後，侍女隨姑媽已經遠去。當時家中正好有客來訪，他立即借了客人的毛驢，還來不及脫掉孝服，心急火燎地朝姑媽離開的方向追去。追上後好不容易說動了姑媽，把她的侍女留了下來。一時找不到馬和馬車，他只得與侍女同騎毛驢回來。對於像阮咸這樣的名士來說，他這樣做顯然有違常情，朋友們問他為什麼放不下一個婢女，他毫不隱諱地說：「人種不可失。」這個婢女就是阮遙集的生母。

與婢女同乘一頭驢子回家，是「大搖大擺」地宣佈兩人的私情；聲稱「人種不可失」，更是不打自招地承認婢女已經懷孕。

這不僅違背道德，而且有失身分！

可是，阮咸身為竹林七賢之一，許多要人都對他讚不絕口，如竹林七賢另一位名士山濤說：「阮咸貞素寡欲，深識清濁，萬物不能移。若在官人之職，必絕於時。」（《晉書．阮咸傳》）《世說新語》說曾舉薦阮咸為吏部郎，《晉書》說是「舉咸典選」，就是推舉他負責朝廷選拔人才的事務。一個侍女就讓阮咸魂不守舍，怎麼能說他「貞素寡欲」？又怎麼相信他「萬物不能移」？山濤難道因個人交情而罔顧事實？推崇阮咸的絕非山濤一人，當時大名士郭奕素稱見識深遠，很少人能入這位高人的法眼，但史書上說他一見阮咸便油然「心醉」。後來顏延之在〈五君詠．阮始平〉中說：「郭奕已心醉，山公非虛覯。」這兩句詩的意思是郭奕對阮咸極為傾慕，山濤對他的讚美也名副其實。

更讓人大感意外的是，舊傳紀念阮咸的詩歌中，竟然對他與姑媽侍女私通一事大加稱讚：「小頭秀項可青睞，大名高聲皆白眼。」這是說阮咸只愛他的美麗婢女，而對那些令人仰慕的名利之徒卻付之白眼。

阮咸與婢女私通的醜聞，後世為什麼成了他的「美德」呢？

他愛「小頭秀項」的鮮卑侍女，從來不羞羞答答、遮遮掩掩，他根本不顧及自己的身分，也不在乎自己的社會名聲，「恩愛」地與她同騎一頭驢，高調地宣佈她已經懷孕，還急切地借驢去追逐她，表現了一個男人的率真、摯愛和擔當。「人種不可失」不過一個藉口，實際上是他與婢女之間產生了割不斷的愛情。古今有幾個達官、顯貴和名流能做到這一點呢？且不說《杜十娘怒沉百寶箱》中的李甲，也不說「始亂終棄」的唐代詩人元稹，今天還有多少人有阮咸這種率性和真情？又有多少人願意出來為婢女承擔責任？

阮咸以率性真情挑戰虛偽的禮法。讀自己喜歡的書，幹自己喜歡的事，愛自己喜歡的人，文人常把這作為人生最大的樂事。只有超越了人世名利的束縛，擺脫了患得患失的算計，只有扔掉了禮法的偽裝，坦露出自己生命的真性，才能也才配享受這份人生的快樂。我們常像禪師所說的那樣，該吃飯時不肯吃飯，百般思索；該睡覺時不肯睡覺，萬般計較。因此，錯過了許多好事，錯失了許多好人。我們沒有勇氣去愛別人，我們也不值得別人來愛。

阮咸當眾表示對婢女的牽掛，正因為他自己了無掛礙。我們不妨捫心自問：有誰活得像阮咸這樣率性？有誰活得能像阮咸這樣坦蕩？

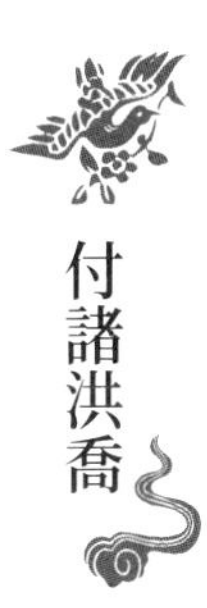

付諸洪喬

殷洪喬作豫章郡，臨去，都下人因附百許函書。既至石頭，悉擲水中，因祝曰：「沉者自沉，浮者自浮，殷洪喬不能作致書郵！」

——《世說新語．任誕》

這篇小品讀來讓人噴飯。

文中殷洪喬即殷羨，東晉前期曾為長沙相、豫章太守、光祿勳等職。就現在的史料來看，雖然在蘇峻之亂中，殷羨曾為陶侃提出過一條好建議，但此人為長沙相時貪婪殘暴，經常驕縱強橫禍害百姓。作為任職一方的父母官，他給百姓做的壞事似乎比好事還多，雖然沒法看到他的模樣和照片，但一提起他我就想起了今天那些貪官。

殷羨一生能拿得出手的，一是他生了個有名的兒子殷浩，殷浩給我們留下了「寧作我」那句豪語，以及至今還常用到的「咄咄怪事」這個成語；二是他富於喜劇天才，《世說新語》中有關他的三篇小品，近似於今天三個幽默段子，一個比一個滑稽逗笑。

殷洪喬就任豫章太守，臨走時京都人託他捎帶一百多封信。等來到離京城不遠的石頭城，他便把這些信一股腦兒全扔到江中，還煞有介事地禱告說：「信呵，信呵，要沉的儘管沉下去，要浮的儘管浮起來，反正我殷洪喬不能做郵差！」

京城裡託他捎信的那些熟人，要是看到這一幕肯定肺都氣炸了。我看到這裡也哭笑不得。

我的第一反應是：這殷洪喬真不是東西！如果覺得捎帶一百多封信是個負擔，一開始就不要答應人家；既然已經答應了人家，而且已經帶它們上路，就應該把這些信安全地交到收信人的手上。受人之託一諾千金，像他這樣與輕諾輕棄的小人何異？

接下來的反應是：這殷洪喬真有點滑稽！看到他將別人託付的信「悉擲水中」，你肯定想衝上前去揍他一頓！等讀到他最後幾句鄭重其事的祈禱詞，你又肯定會忍俊不禁。要是想把別人託付的信安全送達，就不能將它們「悉擲水中」；既然把它們「悉擲水中」，又何必為它們祈求保佑？既然祈求神靈保佑，為何又說「沉者自沉，浮者自浮」？「沉者自沉，浮者自浮」又哪用得著祈禱？既然「殷洪喬不能作致書郵」，幹嘛又把別人託付的信帶出京城？「因祝曰：『沉者自沉，浮者自浮，殷洪喬不能作致書郵』」，實在讓人絕倒。殷洪喬那一本正經「祝曰」的肢體語言，與他那「沉者自沉，浮者自浮」完全胡鬧式的祝詞，特別是「殷洪喬不能作致書郵」的內心獨白，二者形成巨大的反差，因而產生強烈的喜劇效果。如果只有偷偷地將信「悉擲水中」的行為，殷洪喬就只是現實生活中的小丑；有了最後這幾句滑稽的「祝」詞，他馬上就昇華為藝術中的「小丑」——雖然不能給受託人帶去書信，但能給無數讀者帶來快樂。

我一直在想，假如殷洪喬妥善地帶到了那一百來封書信，無疑就不能給成千上萬讀者帶來笑聲。從做人的道德來說應取前者，從社會效果和藝術審美來看應取後者——你喜歡哪一個殷洪喬呢？

如今，人們把他擲信水中的地方稱為「投書浦」，後人還建了石塔、石碑、石亭、牌坊來作為紀念。看來，人們和我一樣，寧可喜歡一個任性幽默的殷洪喬，也不願要那個謹守信用的殷洪喬。「塵世難逢開口笑」（杜牧〈九日齊山登高〉），殷洪喬便是逗我們開懷大笑的笑星，他幫人們驅走了許多人世的無聊與沉悶。

成語「付諸洪喬」就是來於這篇小品，意思是捎的信沒有帶到，它的引申義是「所託非人」。不過，「所託非人」可能性質相同，但其結局也許完全相反：有的以悲劇收場，有的則以喜劇結尾。

說到這裡故事還沒有完結。南宋吳曾在《能改齋漫錄》卷九說，江南有兩地名為「石頭」，一在今天南京郊區，即所謂「鍾山龍蟠，石頭虎踞」的石頭城，一在今天南昌郊區——當時屬豫章——的石頭。按《世說新語》中原文語意，當為南京郊區的石頭，因為殷洪喬不想做郵差，斷然不會把信帶到南昌再扔到水中，所以文中的「石頭」屬南京石頭城無疑。可余嘉錫先生《世說新語箋疏》批評吳曾只「知其一，未知其二」。《太平御覽》卷七十一引《晉書》說：「殷羨建元中為豫章太守。去郡，郡人多附書一百餘封。行至江西石頭渚岸，以書擲水中，故時人號為投書渚。」這樣說來託殷帶信就不是京都人而是豫章人，而且指明投書地就是江西石頭渚。余嘉錫認為《世說新語》這篇小品本之《語林》，《北堂書鈔》和《太平御覽》引《語林》，都作「郡人附書」，因此，余先生懷疑《世說新語》中的「都下人」當為「郡下人」，「都」字應屬「郡」字之訛。其實，造成爭議的不僅有兩個「石頭」地名，還有「殷洪喬作豫章郡，臨去」這兩句話也有歧義，我們可以將它理解為：殷洪喬做豫章太守，當他離開豫章時；也可以理解為：殷洪喬就任豫章太守，當他赴任時。地名有兩個「石頭」，兩個「石頭」分別又在南京和南昌的郊區，而且開頭的話又可作兩解，所以，殷洪喬扔信的地方到底是在哪個

「石頭」，現在很難遽下定論。

不管是南京的「石頭」，還是屬南昌的「石頭」，都不影響這篇小品的笑點，更不影響它給我們帶來的歡樂。

可惜殷洪喬生不逢時，像他這樣的喜劇天才，語言和動作如此有幽默感，要是生活在「娛樂至死」的今天，他根本用不著去當貪官撈錢，做一個笑星會讓他數錢數到手軟。

吾若萬里長江

有人譏周僕射：「與親友言戲，穢雜無檢節。」周曰：「吾若萬里長江，何能不千里一曲？」

——《世說新語．任誕》

周僕射就是周顗，他曾官至尚書左僕射。《世說新語．賞譽》篇說：「世目周侯：嶷如斷山。」周侯也是指周顗，侯是古人對州牧刺史的尊稱，因州牧刺史為一方諸侯，周顗曾做過荊州刺史。在當時人眼中，周顗高峻如斷山絕壁，可以想見他的儀容是如何峻偉剛正。《晉陽秋》也有類似的記載，周顗為人偉岸嚴正，同輩從不敢輕慢他。一世梟雄王敦見到周顗也懼怕三分，每次見到周顗便面紅耳熱，哪怕寒冬臘月也雙頰發燒。

丞相王導在與人信中稱讚周顗為「雅流弘器」（《世說新語．賞譽》），周顗為人也確有「國士門風」（《世說新語．品藻》）。王敦興兵叛亂，周顗對王敦正氣凜然，寧可捨身也不屈節，被害前大罵王敦「賊臣」，「血流至踵」仍然「顏色不變」。史家對周顗的節操讚不絕口：「甘赴鼎而全操，蓋事君而盡節者歟。」（《晉書》）遇害後，王敦派心腹繆坦抄沒周顗之家，只搜到幾隻空簍子，幾床舊棉絮，酒數甕，數石米，朝廷大臣無不嘆服周顗廉潔清正。

人是一種極其複雜的動物，高潔與齷齪、崇高與卑劣、方正與隨和、自律與放縱可能同時統一於一人。

周顗的大節真沒有可說的，但他的為人小節可說的真多。

先說酒。他多次因醉酒遭到彈劾，還有兩次因「荒酒失儀」免官。晚年更是天天爛醉如泥，即使身居僕射這樣的要職，他也是醉時比醒時多，當時人們稱他為「三日僕射」。他過江之前就酒量很大，過江後照樣時時離不開酒甕，還常常吹噓說飲酒無敵手。一次有從前酒友從江北來，周顗一時興起便拿出兩石酒對飲，直到雙雙都沉入醉鄉。周顗幾天後才酒醒，那位客人卻從此再沒有醒來。

再說色。劉孝標注引鄧粲《晉紀》說，有一天，王導、周顗和其他朝士，一起到尚書紀瞻家觀伎，紀瞻愛妾那甜美的歌聲，還有那更甜美的模樣，讓周顗完全魂不守舍，他想在眾人面前「通」主人的愛妾，不知不覺中「露其醜穢」，對自己的淫蕩行為竟然一點也不臉紅。在紀瞻家觀伎雖屬私人聚會，但客人當眾希望私通主人的愛妾，放在性解放的今天也讓人瞠目結舌，更何況王導、周顗、紀瞻等朝士，都相當於今天總理副總理級別的官員！雖然還沒有聽說過他包二奶的醜聞，但這根本說明不了什麼問題，更不表明他沒有這方面的愛好。應該是他沒有掌握貪官那種高明的貪污技巧，一個家中只有幾床破棉絮幾袋陳大米的窮官員，哪個姑娘願意去做他的二奶小三？

他與親友言談戲樂時污穢不雅，因此常常被人譏諷嘲笑，周顗為自己的行為辯解說：「吾若萬里長江，何能不千里一曲？」

不管用哪個時代哪個民族的價值觀來審視，這篇小品的思想情感都不算「健康」，用我們今天的眼光來衡量，它傳達的全是「負能量」。

我之所以選它作為細讀的範文，一是它是那時士風的風向標，二是它具有極高的審美和認識價值，三是周顗的辯解已成歷史名言。

余嘉錫先生《世說新語箋疏》對這篇文章有點將信將疑，他說以周顗名德不至如此不堪。不過，魏晉間士人放蕩無檢不是特例而是通例，《太平御覽》引曹丕《典論》殘句說，東漢末年，太醫令張奉與人飲酒，三杯酒下肚就要脫光衣服，大家都以裸體為戲樂。王隱《晉書》也說阮籍等人也「嗜酒荒放，露頭散髮，裸袒箕踞」，一大批官二代也跟著阮籍有樣學樣，「去巾幘，脫衣服，露醜惡，同禽獸」，認為這樣才接近於「自然」之道。露得最徹底的名為「通」，次者稱為「達」。晉人葛洪《抱朴子．疾謬》更罵他同時代的士人「亂男女之大節，蹈〈相鼠〉之無儀」。〈相鼠〉是《詩經》中的名篇，一開頭就說「相鼠有皮，人而無儀」。看看老鼠也有一張皮，卻見有些人沒威儀。人要是沒有一點威儀，那活著不死又有何益？但到底什麼樣子才算有「儀」？在魏晉之際的名士眼中，或許裸體才最酷最潮最有「儀」。既然當眾裸體是一種時髦，周顗當眾露「醜穢」雖十分「出格」，但他本人並不覺得十分「出醜」。周顗大節無虧而小節有疵，它們不過是時人和後人飯餘的笑談。以他任情率性的為人，又喜歡狂樂縱酒，乘著酒興有什麼幹不出來呢？再說，東晉社會思潮與正始時期大不一樣，江左名士很少有人像嵇、阮那樣激烈地對抗名教，相反地，他們大多儒道兼綜，孔莊並重。周顗一方面有余嘉錫先生高度讚賞的「名德」，一方面在私生活中又「穢雜無檢節」，從他身上可以看出社會風尚的新變。

周顗公德和私德的強烈反差表明，對任何人的評價切忌簡單化，好人便「一好百好」的情況，只有在我們的電視電影中才能找到。歷史上和現實中的許多英雄豪傑，其私德和個性可能很糟，而大漢奸汪精衛的私德卻很好，至少他不貪錢不好色。文藝作品中的壞人都是一些醜八怪，汪精衛這個大壞蛋卻是十足的美男子。周顗喜歡縱酒和好色，既不值得誇耀，也不必要遮掩。

周顗對別人譏諷的辯解十分高明，他對自己「穢雜無檢節」不僅不否認，反而覺得這些都十分正常，「我好比一條萬里長江，哪能不千里一曲呢」？是呵，誰見過一條筆直的萬里江河呢？所有筆直的江段都屬人為，自然形成的江河無一不彎彎曲曲。通體透亮而無陰影的東西，全都出自詩人的想像和科學家的設想，在現實中都是嚇人的怪物，要是誰在太陽月亮下沒有陰影，肯定會嚇得你魂不附體。

「吾若萬里長江，何能不千里一曲？」早已成為歷史名言，它可能有助於我們對歷史名人的認識

——不必把名人神化，也不應把名人醜化。

這句歷史名言，也可能成為我們對自己缺點的擋箭牌——連萬里長江也免不了千里一曲，更何況我們這些小民呢？不過我倒想提醒一下諸位：「千里一曲」雖然在所難免，問題在於我們是不是「萬里長江」。

第十五章 傷逝

如果說「未知生，焉知死」，是孔子在消極地回避死亡，那麼「朝聞道，夕死可矣」，則是他在「積極」地藐視死亡。孔子將「人」抽象為道德的存在物，「志士仁人，無求生以害仁，有殺身以成仁」，因而，一個人即使死也要死得合於仁義禮教，即曾子所謂「得正而斃」（《禮記．檀弓上》）。既然生命的最高目的是「聞道」守禮，那麼禮儀的嫻熟、典籍的溫習、節操的修養就成了人生的必修功課。「存，吾順事；沒，吾寧也」，張載〈西銘〉這幾句名言，道盡了儒家對生死的典型態度。儘管儒者明白「喪禮，哀戚之至也」，可他們仍然強調應「節哀順變」（《禮記．檀弓下》）。道家對死亡似乎更為「超脫」，《莊子》中多處論及齊生死等壽夭，〈齊物論〉宣稱「莫壽於殤子，而彭祖為夭」，〈德充符〉還主張「以死生為一條」，〈大宗師〉也認為應以「死生存亡為一體」。

生死雖說是人的「頭等大事」，但在魏晉之前，儒道兩家從不同的角度遮蔽了死亡的深淵。

到了魏晉，阮籍公開奚落禮法「鴻儒」，嵇康更指責「六經務於理偽」。在名士看來，問題不是一生能否「聞道」，而是儒家之道不值得一聞，更不值得為了「聞道」而喪命。生命是「從生身命根中帶來」，所以王羲之〈蘭亭集序〉沉痛地喊出了「死生亦大矣，豈不痛哉」，並毫不客氣地斥責莊子說：「一死生為虛誕，齊彭殤為妄作。」魏晉名士死亡的「邊緣體驗」異常敏銳，傷逝悼亡也異常撕心裂肺，《世說新語》中常有「氣絕」、「慟絕」、「一慟幾絕」、「因又大慟」的記載。他們有時悼人：「庾文康亡，何揚州臨葬云：『埋玉樹著土中，使人情何能已已！』」有時自悼：「王長史病篤，寢臥燈下，轉麈尾視之，歎曰：『如此人，曾不得四十！』及亡，劉尹臨殯，以犀柄麈尾著柩中，因慟絕。」

假如不熱愛生，又怎麼會恐懼死？假如不覺得生無限美好，又怎麼會覺得死如此可惡？名士是在哀慟死，又何曾不是在讚美生？

◆ ◆ ◆

情之所鍾

王戎喪兒萬子，山簡往省之，王悲不自勝。簡曰：「孩抱中物，何至於此！」王曰：「聖人忘情，最下不及情。情之所鍾，正在我輩。」簡服其言，更為之慟。

——《世說新語．傷逝》

人間最大的不幸莫過於喪子之痛，即人們所說的「白髮人送黑髮人」。對於天下父母來說，假如老天同意讓人替代，他們寧可喪己也不願喪子。

魏晉間的大名士王戎有兩個兒子，長子王綏（字萬子），次子王興。王綏被譽為「有大成之風」，具備能成大器的才能氣質，一直深得王戎的喜愛。王興為庶出，不知什麼原因為王戎「所不齒」。可惜命運捉弄人，王綏「有美譽而太肥」，十九歲就撒手人寰。王戎對王綏最為看重，王綏之死對王戎的打擊自然最為沉重，「悲不自勝」是說悲哀得不能自制。山濤之子山簡去探望他，見王戎痛苦得近於精神崩潰，便找個理由安慰他說：「小孩是懷抱中的東西，何至於悲傷到這般地步！」山簡這番蒼白無力的勸告哪能安慰王戎？他難以接受山簡的這種「灑脫」：「聖人道合自然，超越了人間情懷，最下等人又不懂人間情懷，人際深情全在我輩身上體現出來。」最後本想勸說王戎的山簡，反而被王戎的話說服了，轉而和王戎一起慟哭起來。

王戎為人有卓識也有深情，在魏晉名士中堪稱情理兼勝。《世說新語》和《晉書》中有很多有關他卓識的記載，也有不少他對親朋一往情深的故事。卓識表現在他對形勢的準確判斷，對事件發展的料事如神，所以能避開一個又一個政治險境，成為西晉政壇上的不倒翁；還表現在他有識人之明，任何人的優劣與心機都逃不過他的法眼，當然還表現在他處世的「譎詐多端」，他的同輩都覺得王戎深不可測。深情表現在王戎對親人、朋友的真情真性上，喪子他「悲不自勝」，喪母他「雞骨支床」，朋友之喪同樣讓他悲痛欲絕。我對王戎老兄唯一的壞印象是他過於吝嗇。當然，人吝嗇到了他那個水平，有點可笑也有點可愛。

「情之所鍾，正在我輩」，是王戎的理性認知，也是他的人生體驗，而「聖人忘情，最下不及情」，則涉及當時的玄學背景，事關當時清談家爭論的熱門話題。何晏持「聖人無情」之說，《老子》中說「人法地，地法天，天法道，道法自然」，聖人無情就是從聖人法天中推衍出來的，此處的「天」就是「自然」。聖人與天合其德，與道同其體，所以動靜與天地同流，而沒有主觀的喜怒哀樂好惡取捨，這就在邏輯上推出了聖人無情。另外，玄學家們關於「有無」之爭，最後也走向了「聖人體無」的結論，聖人既然以無為體以有為用，他們個人只有無情無緒無取無捨，對人才能沒有偏心，處事才能行無為之政。從邏輯上說，不管是行無為之政，還是對人沒有偏心，都要求聖人達到「無情」的境界。另一玄學大家王弼不同意何晏的觀點，何劭〈王弼傳〉引王弼的話說：「聖人茂於人者神明也，同於人者五情也。神明茂，故能體沖和以通無；五情同，故不能無哀樂以應物。」王弼所謂聖人高於常人的地方在「神明茂」——智慧超群，同於常人的地方在「哀樂以應物」——五情同。作為魏晉之際的清談高手，王戎無疑熟悉當時爭論的要點，他認為「聖人忘情」顯然他是站在何晏一邊。王戎覺得聖人超越情，下人不及情，「情之所鍾正在我輩」，所以他父母死亡。他「哀毀骨立」，兒子早夭他「悲不自勝」，友人離去他感愴傷懷。

古代有許多感人至深的悼子詩，如孟郊的〈悼幼子〉：「負我十年恩，欠爾千行淚。灑之北原上，不待秋風至。」黃庭堅悼友人小孩的〈憶邢惇夫〉：「眼看白璧埋黃壤，何況人間父子情！」比起這些詩歌來，王戎悼子的名言不僅具有人倫的至情，也富於玄學哲理的深度，另外，還有點士人的優越感，更有點對底層人的偏見。

最後，這則小品中的故事又見《晉書．王衍傳》，王衍是王戎的從弟，更是西晉「祖述老莊」的清談領袖。《世說新語》雖為王戎，但小品後劉孝標特地注明：「一說是王夷甫喪子，山簡弔之。」那麼故事中的主人公到底是王戎還是王衍呢？竊以為主人公是王衍更近情理：一是王戎兒子王綏死時已是十九歲的小夥子，不能再說是「抱中物」，再者，王戎與山簡父親山濤同為竹林七賢中人，他們是同輩至交，山簡不可能用小品文中那種語氣和王叔叔說話；二是《晉書》中說王衍是喪幼子，所以山簡才說「孩抱中物」，山簡與王衍年齡更接近，說話的口吻才會那樣隨便。很有可能由於王戎至情至性，讓《世說新語》的作者張冠李戴。

生孝與死孝

王戎、和嶠同時遭大喪，俱以孝稱。王雞骨支床，和哭泣備禮。武帝謂劉仲雄曰：「卿數省王、和不？聞和哀苦過禮，使人憂之。」仲雄曰：「和嶠雖備禮，神氣不損；王戎雖不備禮，而哀毀骨立。

臣以和嶠生孝，王戎死孝。陛下不應憂嶠，而應憂戎。」

——《世說新語・德行》

王戎與和嶠同為西晉政壇重臣，同為一時清談名流，但兩人為人性格卻很少共同之處。史稱王戎身材「短小」，又「任率不修威儀」，但清談時能引導大家的話題，還善於抓住別人談話的要領，所以是魏晉間清談的中心人物。和嶠不只長得「森森如千丈松」，外表看起來高峻出眾，舉手投足也有威嚴有派頭，《晉書》本傳說和嶠「厚自崇重」——他把自己也很當一回事。劉孝標注引《晉諸公贊》中的話說：「嶠常慕其舅夏侯玄為人，故於朝士中峨然不群，時類憚其風節。」（《世說新語・賞譽》）連他的同僚都對他敬畏三分，對一般人來說更難以接近。你可以和王戎隨便拍拍肩膀，開開玩笑，但要是碰見和嶠，你就只得點頭哈腰、打躬作揖。

王戎當年是竹林七賢之一，從其「任率不修威儀」來看，阮籍「禮豈為我輩設也」的生活態度，嵇康「越名教而任自然」的理論號召，無疑會對他影響很深。當王戎與和嶠同時遇上父母大喪時，他們兩人為人與性格上的差異便表現得特別顯眼。《晉書》本傳說王戎在吏部尚書任上「以母憂去職」，《晉陽秋》說王戎「為豫州刺史遭母憂」。在他母親去世的時間上二史雖傳聞異詞，但王戎守喪期間的表現，二史的記述完全一樣。他「性至孝」但「不拘禮制」，母親去世後，照樣「飲酒食肉」，照樣「觀弈」遊玩，可由於內心悲痛異常，很快瘦得「雞骨支床」，《晉書》本傳說拄著拐杖才勉強站起。女婿裴頠來弔孝，見王戎這般模樣後說：「慟能傷人，濬沖（王戎字）不免滅性之譏也。」儒家

要求哀而不傷，王戎這樣悲傷屬過禮滅性。

正巧另一名士和嶠同時居父喪，守孝期間「以禮自持」，小品文中「哭泣備禮」的意思是，哭泣哀悼都謹守儒家喪禮的禮節。王戎母死後還在飲酒吃肉，和嶠連吃飯也「量米而食」，晉武帝司馬炎被他們這種表面現象迷惑了，對身邊大臣劉毅（字仲雄）說：「你常去看望王戎、和嶠他們嗎？聽說和嶠悲哀痛苦的程度超過了禮數，我真為他的身體擔憂。」劉毅一向剛正直言，他向皇帝道出了實情：「和嶠守喪雖然禮數周全，但他的精神元氣未見損傷；王戎看上去不守禮法，但悲哀完全摧殘了他的身體，現在瘦得只剩皮包骨頭。臣以為和嶠盡孝而不傷身，王戎卻是以命來盡孝。陛下大可不必為和嶠焦慮，倒是應當為王戎的身體擔憂。」

王戎與和嶠守孝方式的差異，既表現了王、和兩人氣質個性的不同，也體現魏晉名教與自然的緊張。王戎守母喪的情形和同為竹林七賢中人的阮籍十分相像，《世說新語．任誕》載，阮籍是一個大孝子，但母喪期間照樣「在晉文王坐，進酒肉」。阮籍、王戎他們只是反感名教虛偽的禮節，看重的是人間的至情。

守喪時仍舊飲酒吃肉，人卻痛苦得骨瘦如柴，與母親永別口吐鮮血；守喪時禮數周全，每天只量米喝粥，但人還是面色紅潤——到底哪種人對父母更能盡孝呢？劉孝標注引《晉陽秋》說：「世祖及時談以此貴戎也。」司馬炎和當時輿論因此更推崇王戎，這是因為和嶠的「哭泣備禮」，只要願意誰都可以「做」得很像，而王戎「雞骨支床」、「哀毀骨立」，不是隨便可以「裝」出來的，即使能裝出來也要付出很高的代價。

當然，和嶠守喪「備禮」不一定是在「裝」，也可能出於他的氣質個性。有人感性中凝聚著強大的理性，遇事能以禮節情，歡樂不至於癲狂，痛苦不走向毀滅。有人感情強烈難以控制，在悲傷中往往不能自拔，在巨大災難面前可能失去理智。「情之所鍾」的王戎也許屬後者，「以禮自持」的和嶠或許屬前者。從至情至性這一角度來看，王戎當然更加可貴，但從生活這一角度來衡量，和嶠並非一無可取。因為「孝友」在古代是判定一個人道德的重要標準，不孝不僅要受到道德的譴責，而且還毀了自己的前程，這催生了一大批偽「孝子」。父母高壽過世是人間的白喜事，做子女的悲傷難捨情在理中，但悲痛得「雞骨支床」和吐血昏厥，恐怕是逝世的父母也不願見到的。

話說回來，王戎與和嶠的氣質個性雖反差很大，可他們在吝嗇小氣上卻「親如弟兄」。王、和二家都富埒王侯，是當時出了名的「大款」。王戎女兒出嫁借了他的錢，女兒回娘家時他老大不高興，等女兒還錢後臉上才見喜色。杜預認定「和嶠有錢癖」，他視親兄弟如路人。孝友之道關乎一個人的天性，「孝」與「友」從不單行，誰見過對父母極其盡孝的人，對親兄弟姊妹十分刻薄的呢？王戎與和嶠孰優孰劣，似乎不宜輕下結論。

阮籍喪母

阮籍遭母喪，在晉文王坐，進酒肉。司隸何曾亦在坐，曰：「明公方以孝治天下，而阮籍以重喪，顯於公坐飲酒食肉，宜流之海外，以正風教。」文王曰：「嗣宗毀頓如此，君不能共憂之，何謂？且有疾而飲酒食肉，固喪禮也。」籍飲啖不輟，神色自若。

——《世說新語．任誕》

阮籍認為禮法無非是「假廉以成貪」，不過要「詐偽以要名」（〈大人先生傳〉）。禮法之士從過去的群體楷模，逐漸變成了人們嘲諷的對象。阮籍在〈詠懷〉之六十七首詩中挖苦禮法之士的醜態說：「容飾整顏色，磬折執圭璋。堂上置玄酒，室中盛稻粱。外厲貞素談，戶內滅芬芳。放口從衷出，復說道義方。委曲周旋儀，姿態愁我腸。」他一看到禮法之士的惺惺作態就反胃。

野心家借禮法以遂其奸，偽君子借禮法以邀其名，貪婪者借禮法以成其貪。因而，只有野心家、貪婪者和偽君子才裝模作樣地遵守禮法，阮籍和「阮籍們」則羞與他們為伍，於是喊出了「禮豈為我輩設也」！

禮本是人們行為的一套規範，用來束縛人們粗野的舉動，抑制人們狂暴的動物本能，使人遠離動物性而越來越文明。可當禮日漸公式化以後，不管你是真心還是假意，守禮就得機械地走完規定的流程，這時候，禮已不再是情感的表露而是情感的桎梏。《儀禮．士喪禮》對喪弔禮的規定要多煩瑣就有多煩瑣，如守喪者男主人穿什麼服，女主人穿什麼服；什麼時候「哭」，什麼時候「止哭」；什麼時候「哭踴」，什麼時候「哭，不踴」；什麼時候「丈夫踴」，什麼時候「婦人踴」；什麼情況下可以「代哭」，什麼情況不允許「代哭」……耐著性子看完〈士喪禮〉後，我尋死的念頭都有了，寧可自己立馬死掉讓別人給我行喪禮，也不願意自己活著去給別人哭喪！長輩逝世後要是按《儀禮》那套做下來，那就不是在哭喪而是在表演，尤其是請人「代哭」更為可笑，活活將悲痛變成了滑稽。

不知是孔夫子老人家對這些禮節看不順眼，還是他也被這些繁文縟節弄煩了，《禮記．檀弓上》子路轉述孔子的話說：「喪禮，與其哀不足而禮有餘也，不若禮不足而哀有餘也。」孔夫子在《論語．八佾》也說過類似的話：「禮，與其奢也，寧儉；喪，與其易也，寧戚。」與其禮節周全而沒有悲哀情感，還不如有悲哀情感而禮節不周全。看來，孔夫子不像後世禮法之士那麼討厭。

喪母後，阮籍外表雖放縱任性不拘禮法，內心卻因哀傷太過而昏厥良久。有一次阮籍與晉文王司馬昭等一起進餐，那時還正是為母居喪期間，而他飲酒吃肉百無禁忌。司隸校尉何曾也正好在座，何曾是當時有名的禮法之士，平時他就看不慣阮籍等人的放達，阮籍自然也覺得他「姿態愁我腸」。看到阮籍居喪期間還是這般吃相，便當面向晉文王進言說：「明公正以孝道治理天下，而阮籍重喪之時還膽敢公然在您席上飲酒吃肉，應該把他這種人流放海外，以整飭端正天下的風俗教化。」沒想到司馬昭對他的讒言大不以為然：「阮嗣宗因居喪過於哀痛，現在已消瘦體弱得不成樣子，你不能同我一起為他擔憂，竟然還說出這等話來！況且居喪期間如患有重病，飲酒吃肉本來也符合喪禮。」阮籍不停地飲酒吃肉，神色鎮定自若，好像沒有聽到他們兩人對話一樣。

司馬昭說的倒是實話，別看阮籍居喪時期照樣飲酒吃肉，母親逝世的確哀徹心骨。《世說新語．

任誕》載：

阮籍當葬母，蒸一肥豚，飲酒二斗，然後臨訣，直言「窮矣」！都得一號，因吐血，廢頓良久。

阮籍安葬母親那天，特地蒸了一隻乳豬，又一口氣喝了二斗酒，然後再去與母親訣別，只慘叫一聲「窮矣」！就這麼一聲慘叫，隨即便口吐鮮血，昏過去了很長時間。對於母親逝世，有些人只以淚洗面，而阮籍則其哀徹骨；前者「哀不足而禮有餘」，阮籍是「禮不足而哀有餘」。若是孔子復生也會首肯阮籍脫略形跡的至孝。

不過，司馬昭為阮籍緩頰的真正原因倒不是阮籍至孝，而是因為阮籍雖不遵禮法，但他並不反對司馬。儘管是半推半就，阮籍畢竟是為他寫過勸進表的人，留著他至少無害，殺了他必定有礙。要是因居喪飲酒吃肉而流放他，司馬昭會失去不少士人的支持，若因此而體諒並關心他，反而能顯出他司馬昭的「仁慈寬厚」。阮籍多的是真情，司馬昭有的是算計。

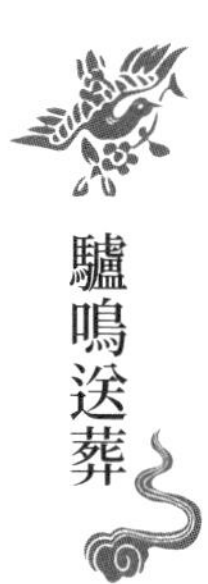

驢鳴送葬

孫子荊以有才少所推服，唯雅敬王武子。武子喪時，名士無不至者。子荊後來，臨屍慟哭，賓客莫不垂涕。哭畢，向靈床曰：「卿常好我作驢鳴，今我為卿作。」體似真聲，賓客皆笑。孫舉頭曰：「使君輩存，令此人死！」

——《世說新語．傷逝》

我們成人一般都參加過葬禮，至少在電視上見過葬禮。現在的公私葬禮幾乎是千篇一律，在電視上和廣播中，看到或聽到這樣的葬禮，你可能突然悲從中來，倒不一定是對逝者感到十分悲痛，而是對人生感到特別悲哀：人活著沒勁，死後又沒趣。

我們來看看西晉名士的一場葬禮。

文中的王武子就是西晉名士王濟，他的祖父是三國魏司空王昶，父親是晉司徒王渾。昶、渾二人在魏晉都位至三公，除了皇帝再沒有人比他們的級別更高的了。王濟本人尚常山公主，官拜侍中、太僕，死後追贈驃騎將軍，他的兩個姊夫分別是和嶠、裴楷。不過，王濟顯名當世並不是「拚爹」的結果，他是西晉的玄學家和詩人，有《驃騎將軍集》二卷，鍾嶸《詩品》評其詩說：「王武子輩詩，貴道家之言。」

《晉書》稱他「少有逸才，風姿英爽，氣蓋一世。好弓馬，勇力絕人，善《易》及《莊》、《老》，文詞俊茂，伎藝過人」。這看起來像是文武全能的超人，所以雖然他在官場上升遷極快，但人們並不認為是沾了駙馬身分的光，都說是他憑自己才能獲得的。那位孫子荊即西晉作家孫楚，孫楚門第當然無法與王濟相比，但他們才氣十分相近，氣味更為相投。王濟為人尖酸刻薄，一開口就容易傷人。孫楚更是恃才傲物，史稱「楚才藻卓絕，爽邁不群，多所凌傲，缺鄉曲之譽」，有文集十二卷，昭明《文選》中還選錄了他的詩文，劉勰在《文心雕龍》中也幾次為他說過好話。看來，他的才氣的確很大，而脾氣比才氣更大。他曾做石苞的參軍，可又瞧不起石苞，初到任就對石苞說：「天子命我參卿軍事。」（《晉書．孫楚傳》）這哪像做人家的幕僚，倒像做石苞的頂頭上司。

他們兩人都瞧不起天下人，偏偏彼此都瞧得起對方。王濟與孫楚同鄉，王曾為本州大中正，大中正的職責就是識別評定本州的人才。

有一次品評州中人才時，輪到評孫楚的時候，王濟對侍從們說：「你們沒有評定他的眼力，還是留給我來品評他吧。」他給孫楚寫的評語是：「天才英博，亮拔不群。」（《晉書．孫楚傳》）孫楚很少佩服過別人，世上唯獨欽佩王濟。在王濟死後稱道他說：「逍遙芒阿，闔門不帷。研精六藝，采賾鉤微。」（〈王驃騎誄〉）他們兩人是發自內心的惺惺相惜。

沒料到「勇力絕人」的王濟四十多歲就離開了人世，知己英年早逝自然讓孫楚異常悲傷。王濟出葬那天名士都來了，孫楚一到就在好友遺體前號啕大哭，送葬的賓客個個都傷心落淚。哭完之後，他又對王濟的靈床說：「王兄活著的時候常喜歡聽我學驢子的叫聲，今天我再學一回驢叫給你聽聽。」於是引喉學起了驢鳴，居然像真驢子的叫聲一樣，逗得賓客全都破涕為笑。這一下把孫楚給惹火了，他抬頭對周圍的人罵道：「竟然讓你們這些不該活的全活著，讓他這個不該死的死了！」

或因與親人或友人永別傷心，或受到在場氛圍的感染，送葬時「臨屍慟哭」比較普遍，現在殯儀館裡還常能見到這種場面，而「向靈床」、「作驢鳴」則極為罕見。大多數送葬者不會像他這樣「別出心裁」，我們說話辦事通常要考慮周圍人的觀感，所以儘量不讓自己有「出格」表現。孫楚「臨屍慟哭」不足以表達內心的悲痛，還要在亡友靈床前給他再一次驢鳴，最後一次要盡可能模仿得「體似真聲」。他只注重自己內心的感受，不太關注別人有什麼想法，也不在乎社會上的禮節客套，所以他為人很有稜角，待人特別率真，難怪他詩文藝術上非常新穎，連參加葬禮也「別開生面」。

一個喜歡學驢鳴，一個喜歡聽人作驢鳴，這和我們今天有人喜歡口技表演，有人喜歡看口技表演相仿，這算是孫楚和王濟的個人癖好。說來也怪，這種癖好在魏晉並不是特例，《世說新語．傷逝》載：「王仲宣好驢鳴，既葬，文帝臨其喪，顧語同遊曰：『王好驢鳴，可各作一聲以送之。』赴客皆一作驢鳴。」王仲宣即三國時期著名文學家王粲。王粲死於建安二十二年（二一七），時曹丕已立為魏王世子，也就是魏國名分和事實上的儲君。國家儲君親自主持葬禮，規格大概相當我們今天的國葬。在如此高級別的葬禮上賓客都學驢鳴，你見過這麼奇特的葬禮嗎？史稱「魏文慕通達而天下賤守節」（杜佑《通典》），以儲君的地位在葬禮上還如此隨興，為人的「通脫」可見一斑。

文人與驢子似乎一直有不解之緣，唐代大詩人李白、杜甫都留下了騎驢的傳說和詩句，宋代已有〈李白騎驢圖〉的詠畫詩，杜甫〈奉贈韋左丞丈二十二韻〉中說：「騎驢十三載，旅食京華春。朝扣富兒門，暮隨肥馬塵。殘杯與冷炙，到處潛悲辛。」稍後的賈島和李賀更常常騎蹇驢吟詩，一直到南

宋陸游〈劍門道中遇微雨〉更有「此身合是詩人未？細雨騎驢入劍門」的名句，好像騎馬就只能算武人，只有騎驢子才像詩人。可見，喜歡學驢鳴和聽人驢鳴，對於文人來說算不上什麼怪癖。當然，在很多文人看來，有點怪癖才有魅力。袁宏道認為沒有癖好的人，不是語言無味便是面目可憎。張岱在《陶庵夢憶》中也說：「人無癖不可與交，以其無深情也；人無疵不可與交，以其無真氣也。」魏晉名士中大多有癖好，有的喜歡鍛鐵，有的喜歡種竹，有的喜歡養鶴……他們的舉止不像後世士人那樣中規中矩，言談也不像後世士人無鹽無味。今天，我們沒有「不良嗜好」，沒有「出格行為」，但也沒有什麼魅力，沒有什麼情趣。很多魏晉士人坦蕩真率又個性鮮明，他們大都有情有義有才有趣，難怪日本近代詩人大沼枕山說：「一種風流吾最愛，六朝人物晚唐詩。」

人琴俱亡

王子猷、子敬俱病篤，而子敬先亡。子猷問左右：「何以都不聞消息？此已喪矣！」語時了不悲。便索輿來奔喪，都不哭。子敬素好琴，便徑入坐靈床上，取子敬琴彈，弦既不調，擲地云：「子敬，

子敬，人琴俱亡！」因慟絕良久。月餘亦卒。

——《世說新語・傷逝》

王徽之（字子猷，三三八～三八六）和王獻之（字子敬，三四四～三八六），分別是東晉書聖王羲之第五子和第七子。兄弟兩人都是東晉書法家和大名士，黃伯思在《東觀餘論》中說：王羲之幾個兒子書法「皆得家範」而「體各不同」，其中「徽之得其勢，煥之得其貌，獻之得其源」。眾弟兄之中，徽之與獻之最有才華，也最為知名，又最為投緣。當時輿論也總是拿他們兩人進行比較，如《世說新語・雅量》說：「王子猷、子敬曾俱坐一室，上忽發火。子猷遽走避，不惶取屐；子敬神色恬然，徐喚左右，扶憑而出，不異平常。世以此定二王神宇。」

要論任性放縱徽之佔先，若論成就人品獻之為上。不過，他們兩人一直相互推崇，如《世說新語・賞譽》載：「子敬與子猷書道：『兄伯蕭索寡會，遇酒則酣暢忘反，乃自可矜。』」這則小品的大意是說，獻之寫信給徽之說，兄長平時有點疏淡不群，在社會上落落寡合，一遇到酒就能開懷暢飲以至沉醉忘歸，那種豪興真讓我為你驕傲。雖然沒有留下更多的文獻記載，可以想像，徽之同樣也為有獻之這麼傑出的弟弟而自豪。

哪知天妒英才，王徽之、獻之同時病重，偏偏弟弟先兄長亡故。

敏感的徽之問身邊的人說：「怎麼完全聽不到子敬的消息？看來弟弟肯定已經死了！」說話時不露一絲悲傷，馬上便要一輛車子奔喪，到弟弟宅後又沒有一聲哭泣。行文至此，讓我們讀者好不納悶：

他明明知道弟弟已經死亡，怎麼既不哭泣也不悲傷？到底是因為鐵石心腸，還是因病重而對死亡已經麻木，抑或是徽之別有隱情？

作者將我們晾在狐疑之中，突然掉轉筆頭補敘死者的個人愛好：「子敬素好琴。」獻之平素喜歡彈琴與弔喪有什麼關係呢？這句看似可有可無的閒筆，卻是文章不可或缺的鋪墊。由於亡弟「素好琴」，徽之「便徑入坐靈床上」，他徑直進入靈堂坐到他靈床上，拿過獻之常用的那把琴來彈。我們正以為兄長會彈一曲哀樂為弟弟送行，這次作者又打破了我們的期待：琴弦已經無法調弦，徽之把琴扔到地上說：「子敬呵，子敬，人與琴都毀了！」話剛一落地，徽之因極度悲痛馬上昏厥了很長時間，一個月以後他也隨弟弟而去了。最後兩句像一曲音樂的尾聲，讀完全文後仍餘音嫋嫋。

這篇小品第一段平平道來，為下面的高峰蓄勢，「此時無聲勝有聲」。下一段寫睹物思人，徽之的悲痛之情突然爆發，酷似「銀瓶乍破水漿迸」，「子敬，子敬，人琴俱亡！」這種撕心裂肺的呼天搶地，給人極強的震撼力。寫法不斷通過跌宕掀起波瀾，文字雖短卻力透紙背。

王獻之既是大書法家，同時還是詩人、音樂家和畫家。他的書法和他父親一樣，在「兼眾家之長，集諸體之美」的基礎上，形成雄秀驚人而又典雅秀潤的獨特風格，與其父王羲之並稱為「二王」。後人分別以「飄若遊雲，矯若驚龍」和「丹穴凰翔，飛舞風流」，來評王羲之和王獻之的書風，他們父子書法是那樣婀娜多姿，那樣瀟灑飄逸，那樣丰神絕代，是魏晉風度在藝術上的典型代表。隨著王獻之的離世，隨著東晉的滅亡，高雅的藝術品位也逐漸衰落，「人琴俱亡」真使人感慨嘘唏，「風流總被，雨打風吹去」（辛棄疾〈永遇樂．京口北固亭懷古〉）……

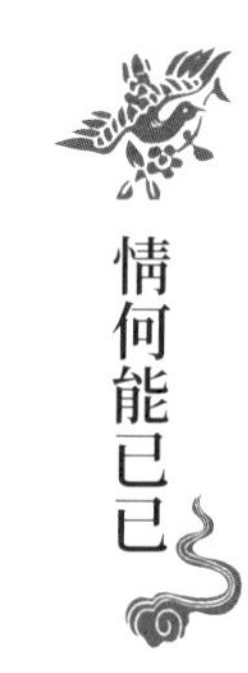

情何能已已

庾文康亡，何揚州臨葬云：「埋玉樹著土中，使人情何能已已！」——《世說新語．傷逝》

古代有不少傷心「美人塵土」的「葬花詞」，有不少感歎英雄末路的詠史詩，也有不少痛哭親友病逝的銘誄和祭文，但很少像上文這種痛惜友人逝世的小品。其實，與其說它是一篇小品，還不如說它是幾個短句——它不過是東晉名士在摯友下葬時發出的一聲悲歎，傾訴的兩句哀惋。但由於它語短情長，也由於它比喻新穎，所以千百年來它打動了無數讀者，更吸引了無數墨客騷人，如今才士或美人下葬都稱為「埋玉」，它在詩詞中更是常用典故，如杭州蘇小小墓亭上的對聯：「湖山此地曾埋玉，花月其人可鑄金。」又如黃庭堅〈憶邢惇夫〉的詩句：「眼看白璧埋黃壤，何況人間父子情。」文中的「庾文康」即庾亮，亮死後謚號「文康」。「何揚州」就是何充，他曾做揚州刺史。不瞭解庾、何其人及他們的關係，就難理解這篇小品中的哀情與美感。

庾亮妹妹庾文君是晉明帝司馬紹皇后，他稍後自然就成了晉成帝的國舅，庾氏家族在東晉炙手可熱，《世說新語．輕詆》載「庾公權重，足傾王公」，連王導、謝安兩家也得讓他三分。不過，在東晉政壇上能權傾一時，庾亮不只是憑藉外戚身分，還有他的手腕、才能、魅力和姿容。東晉高僧竺道潛對人說：「人謂庾元規名士，胸中柴棘三斗許。」（《世說新語．輕詆》）「胸中柴棘」是說他胸中算計。

《晉書》稱庾亮「美姿容」又「善談論」，晉元帝第一次相見就稱他「風情都雅，過於所望」。連對庾亮恨之入骨的陶侃，也因對他「一見改觀」而「愛重頓至」。謝鯤在晉明帝面前承認「端委廟堂，使百僚準則，臣不如亮」（《世說新語．品藻》）。同世作家庾闡讚美庾亮「方響則金聲，比德則玉亮」（《世說新語．文學》）。當代人更稱庾亮「為豐年玉」，稱他弟弟庾翼「為荒年穀」。

庾亮有顯赫的權勢，又有過人的才華，還有迷人的姿容，所有這些對庾亮的頌揚，有些可能是害怕他，有些真的是愛他，有些或許要利用他。

那麼，何充對他的讚美屬哪一種呢？

史稱何充稟性正直剛烈，風韻深沉儒雅，以文章德行見稱於世，年輕時候就深得老臣們的器重。庾亮和王導一起極力向皇帝舉薦說，「何充器局方概，有萬夫之望」，並且說在「臣死之日」，切盼能讓何充主持朝政（《晉書．何充傳》）。一方面庾亮對何充有知遇之恩，一方面何充認同庾亮是國家的豐年美玉，難怪在庾亮臨葬目睹遺容的時候，他不禁喟然長歎「埋玉樹著土中」了。

「埋玉樹著土中，使人情何能已已！」這兩句話之所以讓人痛徹肺腑，是因為它超越了某時某地某人的局限，而說出了人們痛悼志士離世的共同心聲，尤其說出了魏晉士人悼亡傷逝的共同感受。

魏晉士人群體的覺醒，使他們對內發現了自我，對外發現了自然，所以他們對美容和美景的感受都格外細膩敏銳。「顧長康從會稽還，人問山川之美，顧云：『千巖競秀，萬壑爭流，草木蒙籠其上，若雲興霞蔚。』」（《世說新語．言語》）「王子敬云：『從山陰道上行，山川自相映發，使人應接不暇。若秋冬之際，尤難為懷。』」（《世說新語．言語》）

自然界的美景讓他們陶醉，人世間的「玉人」更叫他們動心。山濤稱歎嵇康「傀俄若玉山」，是那樣高聳潤潔；人們形容夏侯玄「朗朗如日月」，是那樣光明磊落；讚美裴楷是「玉人」、「粗服亂頭皆好」；王敦稱讚王衍「處眾人中，似珠玉在瓦石間」；有人到王太尉家參加名士集會，感歎「今日之行觸目見琳琅珠玉」；「王長史為中書郎，敬和遙望歎曰：『此不復似世中人』」，「時人目王右軍，飄如遊雲，矯若驚龍」……這些珠玉般的美好姿容，遊雲驚龍似的飄逸神采，「從容於廊廟」的典雅風度，都是人世間最美麗的風景。

看著紅霞滿天的晚照西沉，人們會憂傷地問「夕陽西下幾時回」（晏殊〈浣溪沙〉）？眼見「玉人」長逝，更是「使人情何能已已」！《世說新語》中的〈傷逝〉篇，灑滿了慟絕傷心的血淚，是哀人也是哀己，是悼人也是自悼——

王長史病篤，寢臥燈下，轉麈尾視之，歎曰：「如此人，曾不得四十！」及亡，劉尹臨殯，以犀柄麈尾著柩中，因慟絕。（《世說新語．傷逝》）

王長史（王濛）父親王訥形象俊偉，王長史自己在同輩眼中也「軒軒韶舉」，既儀態軒昂又舉止高雅。《晉書》本傳載，王濛「美姿容，嘗覽鏡自照，稱其父字曰：『王文開生如此兒邪』」！直到他臨死前還是自我感覺良好，還是那樣自戀：「我這麼俊美的人兒，竟然活不到四十歲！」他的好友劉惔也為他的英年去世「慟絕」。

正是有這麼多「玉人」，有這麼多雅士，有這麼多英傑，我們的社會才顯得那樣美好，我們活著才覺得很有意義，我們的人生才值得留戀。玉人消亡，美人塵土，英才早逝，志士長冥，固然令人悲痛惋惜，但生死之哀也讓我們更加珍惜轉瞬即逝的青春，更加執著不可能再來的生命，更加痴情於難以長駐的美景，「馬兒啊，你慢些走呀慢些走，我要把這迷人的景色看個夠」……

沒有禮教的壓抑摧殘，魏晉人的心智得到了健全的發展，在各領域都爆發出耀眼的天才，如哲學家王弼、何晏、嵇康，書法家王羲之、王獻之，畫家戴安道、顧愷之，「笛聖」桓子野，更不用說作家詩人「三曹」、嵇阮、潘陸、陶淵明了。就連皇帝、武人也具多方面的造詣，如曹操除「文章瑰瑋」外，「草書亞崔張，音樂比桓蔡，圍棋埒王郭」，即使反感曹操的張溥也稱道他「多才多藝」（張溥《漢魏六朝百三家集．魏武帝集題辭》）。魏文帝曹丕像乃父一樣「手不釋卷」，文學創作「樂府清越」，學術著作「《典論》辨要」（劉勰《文心雕龍．才略》），六歲「知射」，八歲「知騎」，劍法可與高手對陣，「彈棋略盡其巧」（曹丕《典論．自序》），完全是一位文武全才。

藝術領域要數書、畫成就最高，也要數書、畫最能表現魏晉人敏感的心靈、超曠的個性、瀟灑的襟懷和飄逸的神韻。

◆

◆

◆

兄弟異志

戴安道既厲操東山，而其兄欲建式遏之功。謝太傅曰：「卿兄弟志業，何其太殊？」戴曰：「下官不堪其憂，家弟不改其樂。」

——《世說新語．棲逸》

相傳，「認識你自己」是古希臘阿波羅神廟中最有名的箴言。有人問古希臘哲學家泰勒斯：「世上哪種事情最難辦？」他應聲回答說：「認識你自己。」在這點上倒真是「東海西海，心同理同」，我們老祖宗老子也說「知人者智，自知者明」，而且他還把「自知」看成是比「知人」更高的智慧——「知人」不易，「自知」更難。那位偏激而又深刻的尼采，好像對人類的自知十分絕望，他在《論道德的系譜》中說：「我們對自己必定永遠是陌生的，我們不理解自己，我們想必是混淆了自己，我們的永恆定理是『每個人都最不瞭解自己』——對於我們自身來說我們不是認知者。」

歷史上和現實中，「自己不認識自己」的確是一種普遍現象。我身邊有一些老兄由於怕老婆，連一天正兒八經的「家長」都沒有當過，但他們屢屢信心滿滿地說「我要是這個省的省長……」「我要是教育部部長……」言下之意他要是某省省長或某部部長，某省某部肯定比現在好多了。這些老兄為什麼對當省長、部長那麼自信，而在自己老婆大人面前為什麼又那麼自卑？對此我一直困惑不解。這讓我想起了唐代大詩人李白，安史大亂爆發後他在廬山旅遊，不久接受居心叵測的永王李璘徵召，一入永王幕府便吹起了牛皮：「三川北虜亂如麻，四海南奔似永嘉。但用東山謝安石，為君談笑靜胡沙。」（〈永王東巡歌十一首〉其二）詩的後兩句是說：只要起用我這個當世謝安，我李白在談笑之間就能把天下搞定！話音剛落，永王和李白就被朝廷搞定了：永王被殺，李白坐牢。雖然李白自許「懷經濟之才」（〈為宋中丞自薦表〉），但國家要是真的交給了他管理，結果肯定不像他的詩歌那麼美妙。李白一直誤將寫詩的天才當成治國的幹才，弄得他自己老是喟歎「懷才不遇」，至今從李白那些偉大的詩篇中，你還能感受到他老人家一臉憤慨，滿腹牢騷。

這則小品對我們許多人來說，也許是一副清涼劑。我們得從頭說起。

文中的戴安道就是大名鼎鼎的戴逵，他是東晉著名的畫家，也是傑出的雕塑家，還是著名的音樂家，又是了不起的作家。當然，你在他名字後面還可以加上很多「家」，他大概是那個時代最多才多藝的天才之一。戴逵和顧愷之的繪畫，王羲之和王獻之父子的書法，是「魏晉風度」在藝術上的完美體現。南朝謝赫《古畫品錄》說，戴安道為東晉畫壇領袖和雕塑家典範：「戴逵：情韻連綿，風趣巧拔，善圖聖賢，百工所範。荀衛已後，實為領袖。」戴逵在南京瓦官寺作的五軀佛像，和顧愷之的〈維摩詰像〉及獅子國的玉像，並稱為「瓦官寺三絕」。他還是遠近聞名的鼓琴妙手，長子戴勃和次子戴顒子承父業，在傳統基礎上「各造新弄，勃五部，顒十五部，顒又制長弄一部」，他們創新聲之多為早期琴家所罕見，兄弟二人都成了著名的音樂家。

戴逵在社會上的聲望越來越高，晉孝武帝時朝廷徵他為散騎常侍、國子博士，每次他都辭以父疾不就，次數多了郡縣長官開始逼迫他應詔，無奈之下他逃到吳郡內史王珣武丘的別館。晉朝散騎常侍為皇帝近臣，入則規諫過失，出則騎馬散從，雖權力不大但地位很高。戴逵居然對和皇帝一起騎馬溜達毫無興趣，像躲瘟神一樣逃避徵召。

當時顯貴謝玄憂心戴逵「遠遁不反」，考慮他已年過六旬，在外面有「風霜之患」，這才向皇帝上疏說：「戴逵希心俗表，不嬰世務，棲遲衡門，與琴書為友。雖策命屢加，幽操不回，超然絕跡，自求其志。」（《晉書‧戴逵傳》）請求皇帝收回詔命，孝武帝才沒有逼他出來做官。

他不僅不願出來做官，甚至不願意與王公周旋。太宰的武陵王司馬晞，曾派人召他到太宰府去演奏，戴逵本來討厭司馬晞為人，覺得自己受到侮辱，立即當面把琴摔得粉碎，並大聲說道：「戴安道不為王門伶人！」（《晉書》）他鄙視那些附庸風雅而又放蕩奢侈的權貴，覺得為他們彈琴是奇恥大辱。這種情況如果放在今天，許多「藝術家」肯定要樂成瘋癲症，至少很多人把這看成「莫大的榮幸」。

魏晉士人以處為高，以出為劣，至少在口頭上都把隱逸看得非常高尚。不過，戴逵隱逸不仕並不是追逐虛名，而是他認識自我以後理性的人生選擇。他說人應該「擬之然後動，議之然後言」，遇事要先「辯其趣舍之極，求其用心之本」（《晉書》）。也就是說一個人先要瞭解自己的本性，然後才能盡自己的本分。戴逵知道自己愛幹什麼，想要什麼，能幹什麼。

幹自己愛幹的事情就會幸福，幹自己想幹的事情就有激情，幹自己能幹的事情就能成功。

「認識自我」只是前提，「實現自我」才是目的。當然，能「認識自我」的人，不一定能「實現自我」。到底是「知易行難」還是「知難行易」，古人和今人各有各的角度，自然各有各的說法，當然各有各的道理。就「認識自我」而言，誰都會承認「知難」，和「實現自我」相比，大家又都會肯定「行難」。知道自己愛做學問也能做學問，生逢「詩書雖滿腹，不值一文錢」的世道，讀書人不一定願做學問，在強權通吃的社會裡，不通世故的書呆子也可能鑽營買官。

戴逵兄弟的可貴之處就在於：他們在「認識自我」上有過人的識力，在「實現自我」上又有超人的定力。他們一旦認準了自己的長處和短處，一旦確立了自己人生的目標，就能矢志不移地朝那個方向努力，就像曹丕所說的那樣，「不以隱約而弗務，不以康樂而加思」，不因窮困而放棄自己的事業，不因顯貴而改變自己的志向，而我們常人恰恰相反，「貧賤則懾於饑寒，富貴則流於逸樂」（曹丕《典論．論文》）。個人欲望是自己定力的死敵，欲望驅使我們隨波逐流——大家愛錢就跟著大家去撈錢，大家愛官就隨著大家鑽營官，最後在蠅營狗苟中失去了自我，在庸庸碌碌中消磨了自己一生。

戴逵堅持隱居東山以激勵氣節操守，他的兄長戴逯則志在「建式遏之功」。「式遏」一詞來於《詩經．大雅．民勞》，這裡指出仕做官以建功立業。《晉書》稱戴逯「驍果多權略」。驍勇果斷的人往往魯莽，有權謀計略的人往往多疑，勇敢果斷又足智多謀確屬難得的治國人才，正是「驍果多權略」的雄才，激起了他「建式遏之功」的雄心。戴逯後來成為淝水之戰中的功臣，如願實現了自己的人生理想。他們兄弟二人的出處進退有天壤之別，謝安對此也十分納悶，有一次特地問戴逯說：「你們兄弟的志向為什麼如此不同？」戴逯一五一十告訴上司：「下官不能忍受隱居的愁苦，家弟不想改變隱居的樂趣。」「不堪其憂」、「不改其樂」借用《論語》的「人不堪其憂，回也不改其樂」，暗以顏回來比喻戴逵，迂回曲折地稱讚弟弟能像顏回那樣安貧樂道。

這則小品給我們留下了寶貴的啟示：仕與隱原無高下雅俗之分，應根據自己的主客觀條件做出選

擇。出仕就要承擔社會責任，歸隱就應保護社會良知。因此，隱逸必須耐住寂寞，出仕用不著羞羞答答，二者都能成就美好的人生——出來當官固然可以驚天動地，潛心專業同樣可以千古垂名，戴逯和戴逵便是人生選擇的最佳例證。

到底考公務員還是考研究生？今天正在為此犯愁的朋友，這則小品是最好的「心理諮詢」。

世情未盡

戴安道中年畫行像甚精妙。庾道季看之，語戴云：「神明太俗，由卿世情未盡。」戴云：「唯務光當免卿此語耳。」

——《世說新語・巧藝》

魏晉藝壇上，王羲之、王獻之父子書法臻聖，戴逵、顧愷之二人繪畫稱神，他們的書畫是「魏晉風度」的生動體現。

唐張彥遠《歷代名畫記》說，戴逵（字安道）從小就靈巧聰慧，詩、文、琴無所不能，尤其工於繪畫和雕刻，特別擅長雕繪佛像，他雕繪的佛像構思新穎別致。一次雕成了無壽量大佛木像和其他菩薩，他以為按從前的方法雕刻佛像，致使木像過於古樸笨拙，這樣的佛像一旦開龕讓人們禮敬，肯定也不會吸引感動信徒。他想當面聽聽別人的意見，又怕別人礙於情面不講真話，於是悄悄躲在簾後傾聽拜佛者的議論，集中了大家各種各樣的褒貶意見，經過三年的琢磨修改才完成佛像。這尊佛像被迎到山陰靈寶寺。據說，當時顯宦和名士郗超來寺瞻仰禮拜這尊佛像，正在提香許願時，他手中香煙蒸騰而上，一直升到茫茫的雲端——戴逵雕的佛像顯靈了。我相信這是添油加醋的附會，無非是想誇張地形容戴刻佛像栩栩如生，這種手法是文人故技。不過，南朝齊繪畫理論家謝赫對繪畫藝術的鑑賞極其精微，年代又去戴逵生活的東晉不遠，他對戴逵的評價倒非常可信，他在《古畫品錄》中稱贊戴繪佛像說：「情韻連綿，風趣巧拔，善圖聖賢，百工所範。荀衛已後，實為領袖。」六朝常把佛祖及其弟子稱為聖賢。謝赫無疑觀摩過戴逵的繪畫和雕塑，否則他不會斷言戴繪佛像，不僅富於深情遠韻，而且還露出風趣靈巧。

這則小品正是說，戴安道中年以後所畫「行像」十分精彩絕妙，所謂「行像」就是載在車上便於巡遊的佛像，可以是塑像也可以是畫像。庾道季（名龢）見到戴畫行像後假裝內行地說：「佛像看上去雖十分生動，只是神韻過於世俗，大概是你俗情未盡的緣故。」戴逵不喜歡他冒充行家的樣子，也不接受他這種不著邊際的高調：「也許只有務光可能免去你這個批評。」

我們先來見識一下戴逵說的那位「務光」。漢劉向編《列仙傳》載，務光是夏朝時的人——或說是夏朝時的「仙」，不然怎麼會編到《列仙傳》中呢？他長得怪模怪樣，耳朵就長達七寸，商湯準備討伐桀之前與務光商量，務光冷冷地對湯說：「這不關我的事。」湯又想徵求一下他對伊尹的意見，務光回答說：「只知他力氣很大，而且忍辱力強，其他的就一概不知了。」湯消滅了桀後打算把天下讓給務光，沒料到務光覺得是對自己最大的侮辱：「我早就聽說過，道德墮落的社會中，切莫踏上這樣的國土，更何況要把這樣的國家讓給我呢？」他一氣之下背上石頭自沉於盧水中淹死了。

傳說中的這位務光先生，哪怕夏桀再暴虐他也不譴責，哪怕伊尹再優秀他也不舉薦；他不想占國家的任何便宜，也不想為國家盡任何義務。務光的確「超脫」成仙了，他完全不受俗情羈絏，可也絲毫沒有人際關懷。誰能說清這是「高潔」還是「冷漠」？這是脫盡俗情還是不近人情？

宗教是心無所歸者的皈依，是苦難生靈的哀歎，是無情世界的情感。作為一種宗教藝術的佛像，是人世現實在繪畫中的折光，也是畫家情懷和個性在畫像中的表現。人們把自己的企盼、願望、理想都寄託在它身上，佛像容光是人類心境或正面或顛倒的折射。有時候人的精神越單調貧乏，佛像越顯得豐富飽滿；有時候現實越悲慘殘酷，佛像越發慈悲安詳。當戰亂殺戮導致「白骨蔽於野，千里無雞鳴」（曹操〈蒿里行〉）時，當生活在「但恐須臾間，魂氣隨風飄」（阮籍〈詠懷〉其二十三首）的恐懼戰慄中時，人們對自己的現世生活徹底絕望，便把美好的理想都寄託於天國佛像，此時佛像神情與人類心境就是顛倒的；而當人世不再是「淚之谷」的時候，當社會重新燃起希望之光的時候，佛教畫常用絢麗的色彩和圓潤的線條，表現歡快的生活場景與溫馨的精神氛圍，佛像更接近於人自身的形象，顯得嫵媚、親切、和善、幸福、仁慈……此刻佛像的微笑就是人們內心喜悅的對象化。這在古今中外都無例外，如歐洲文藝復興時的聖母像，其實就是表現那時男性畫家的心理和生理欲求，描繪的是他們心目中理想的女性典範——豐滿、華貴、聰慧乃至性感。

還是回到庾道季與戴安道的對話。

佛像神情與畫家精神息息相關，庾道季品畫的思路並沒有錯，只錯在他品畫的價值標準上。他認為佛像儀容不能顯露出人性，稍露人的欲望悲歡就「神明太俗」，所以佛像畫家應該戒斷「世情」。戴安道則認為庾道季的說法未免可笑，世上任何人都難戒斷「世情」，再說，這既不可能也無必要。且不論務光傳說的真假，即使他確實戒斷了「世情」，可斷絕了世情又哪有描繪佛像的激情？將人世一切都看成與己無關的人，怎麼可能虔誠禮佛「普度眾生」？即使他勉強去描繪佛像，他畫筆下的佛像又怎會顯出「神明」？

《世說新語》中的庾道季一直自我感覺良好，對人的評價一向比較刻薄，不知他本人是否戒絕了「世情」。戴安道並不否認自己「世情未盡」，假如毫無人際的溫情，他筆下的佛像又哪來「風趣」與「神韻」？

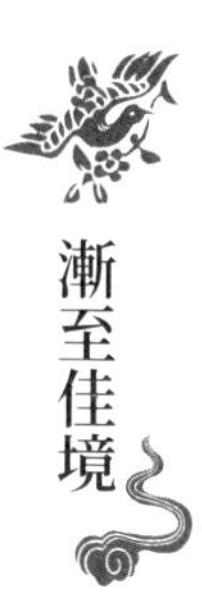

漸至佳境

顧長康啖甘蔗，先食尾。人問所以，云：「漸至佳境。」

——《世說新語．排調》

顧愷之（字長康）有才也有趣。俗傳愷之有三絕：才絕、畫絕、痴絕。才絕、畫絕讓人欽敬，痴絕則讓人親近。

他曾做過桓溫司馬大參軍，桓溫常常對人說：「愷之體中痴黠各半，合而論之，正得平耳。」他身上痴氣和狡黠各占一半，綜合起來痴與黠正好拉平。痴氣惹得大家都喜歡捉弄他。任散騎常侍時，他與謝瞻的官署毗連，二人夜晚月下久坐吟詠，謝瞻每次都含含糊糊地稱讚他，顧聽到了讚賞更加起勁，嘯詠到夜深還不知疲倦。謝瞻熬不住了就暗暗找人代替自己陪他，顧愷之竟然從沒察覺出來，照樣自我吟詠陶醉到天亮。

顧愷之甚至還迷信一些小法術，認為只要誠心就會靈驗。一次桓玄拿一片柳葉騙他說：「這是蟬隱身的葉子，用它可以自隱其身，我們可以看到別人，別人看不到自己。」顧愷之還信以為真了，常用這片柳葉自蔽，桓玄就在他身旁便溺，他更深信桓玄看不見他，把這片柳葉看得更加珍貴。（事見《晉書．顧愷之傳》）

「沒有」痴絕就難有他的才絕和畫絕，「痴」讓他超脫了世俗的你爭我鬥，讓他專心於藝術和文學創作。「只有」痴絕也不會有他的才絕和畫絕，全無靈氣再痴再苦也弄不出畫絕來，最多是一個熟練的畫匠。通常情況下，「痴」者不「黠」，「黠」者不「痴」，而「痴」和「黠」集於顧愷之一身，成就了他畫壇聖手的地位，也留下了許多令人噴飯的故事，還有許多引人深思的趣聞。

「倒吃甘蔗」就是這樣的趣聞之一。

大多數人吃甘蔗總找最甜的那幾節，顧愷之每次吃甘蔗卻從梢子吃起。人們問個中緣由，他說這樣吃能「漸至佳境」。從最甜的那節吃起會越吃越淡，從梢子吃起則越吃越甜，前者是享受在前，後者是吃苦在先，這種甘蔗吃法上的差異，自然而然讓人想起人生觀的不同。

魏晉名士常以任性放縱相標榜，推崇「且醉當前」的生活態度，《世說新語》中此類記載很多。「張季鷹縱任不拘，時人號為『江東步兵』。或謂之曰：『卿乃可縱適一時，獨不為身後名邪？』答曰：『使我有身後名，不如即時一杯酒！』」另一名士畢茂世更宣稱：「一手持蟹螯，一手持酒杯，拍浮酒池中，便足了一生。」這種人生態度今人可能覺得頹廢透頂，用時髦的話來說是「負能量」的典型，但魏晉人認為這是一種通達的人生觀，他們不在乎赫赫武功，不在乎藉藉名聲，只在乎能不能稱心而言，是不是任性而行。

顧愷之或許沒有想到，他倒吃甘蔗的吃法正好契合國人「先苦後甜」的人生態度，為後人傳遞了一種「正能量」。

不過，一聽說「先苦後甜」，我自己就有點犯怵。前人為「先苦後甜」寫了很多格言，什麼「寶劍鋒從磨礪出，梅花香自苦寒來」，什麼「吃盡苦中苦，做到人上人」，還有聖人的什麼「天將降大任於斯人也，必先苦其心志，勞其筋骨，餓其體膚」。說實話，我對這類格言本能地反感，這種生活態度過於功利，它把漫長的人生當作一次賽跑，只看重最後那一瞬間的結果，完全忽視了生命的過程。假如整個人的一生都是苦海，即使最後幾天再甜也得不償失，更何況，假如學習過程極其痛苦，就不會有學習的興趣和動力；假如沒有興趣和動力，便即「吃盡苦中苦」，恐怕也難「做到人上人」——只有覺得讀書有味的人，最後才會成為「學霸」；只有在過程中嘗到樂趣的人，他的人生才會「漸至佳境」。

顧愷之吃甘蔗的方法，顯露了他對生活的熱愛，「漸至佳境」是他對生命的審美。蘇東坡認為人生應當絢爛至極而歸於平淡，顧愷之覺得生命應當從平淡而走向絢爛，這兩種態度都充滿了詩意——前者「朝霞似錦」，後者「晚霞滿天」。

「先苦後甜」推向極端，就有了「頭懸梁，錐刺股」牢獄般生活，就有了「棍棒底下出人才」的教育方法。苦一輩子甜一天的生活不值得過，鼓吹「頭懸梁，錐刺股」的傢伙，不是笨蛋就是惡魔！

把學習、工作當作樂事，我們才會覺得人生特別美好，學得再苦、幹得再累，你同樣都能感受到輕鬆快樂，這樣，你的人生和事業才能「漸至佳境」。

頰益三毛

顧長康畫裴叔則，頰上益三毛。人問其故，顧曰：「裴楷俊朗有識具，正此是其識具。」看畫者尋之，定覺益三毛如有神明，殊勝未安時。

——《世說新語．巧藝》

就個人畫藝而言，顧愷之比戴逵可謂青勝於藍；就在各自領域地位來說，顧愷之畫與王羲之書可以比肩。

不僅顧的繪畫是後來畫家模仿的拓本，顧的畫論更啟迪無數後人。顧愷之工於名賢肖像、佛像、士女、山水，尤其是肖像畫為人所稱。他與南朝陸探微、張僧繇齊名，唐代張懷瓘在《畫斷》中評他們各自人物畫的差異時說：「張（僧繇）得其肉，陸（探微）得其骨，顧（愷之）得其神。」（語見唐張彥遠《歷代名畫記》）「得其肉」也好，「得其骨」也罷，無疑都比「得其神」低幾個層次，前者只得其形似，後者則得其神似。

張彥遠對顧畫「得其神」的評價，正好吻合顧愷之本人的畫論——他畫論的核心就是「傳神」。顧現存畫論三篇〈論畫〉、〈魏晉勝流畫贊〉和〈畫雲臺山記〉，他在這些畫論中多次提到「傳神」、「寫神」、「通神」。他另外兩個著名的繪畫理論主張「以形寫神」和「遷想妙得」，不過是達到「傳神」的手段，也就是說「以形寫神」和「遷想妙得」是抬轎子的，而「傳神論」才是坐轎子的。

這篇小品文是顧愷之「傳神論」的生動表現。

文中的裴叔則就是裴楷，西晉政壇上的名臣兼名士。裴楷的見識、形象、為人，都讓許多名人和要人為之傾倒。先來看看他的儀容。《世說新語．容止》篇說，裴楷儀表英俊出眾，戴上禮帽端莊挺拔，穿上粗衣破褲蓬頭亂髮又是另一番瀟灑。同輩都稱他是「玉人」，見過他的人都讚歎說：「見裴叔則，如玉山上行，光映照人。」他要是生在今天，生得這般「玉人」的風姿臉蛋，即使是傻瓜也會粉絲無數，更何況他不是徒然「生得好皮囊」，過人之處主要還是他料事如神的見識。在西晉風雲詭譎的政壇上，他憑自己的遠見卓識多次轉危為安，史書說他為人熱情而頭腦冷靜，遇事機敏而又思慮深沉。連老謀深算的王戎也對他的才智讚歎不已，《世說新語．賞譽》篇記述他的話說：「見裴令公精明朗然，籠蓋人上，非凡識也。若死而可作，當與之同歸。」因裴楷曾官至中書令，王戎說此話時裴已經過世，稱「裴令公」是對他表示尊敬。裴楷見識精明遠在常人之上，一望就不是等閒之輩。王戎說要是人能死而復生，我這輩子一定要與他為伍。估計很多人和我一樣有點好奇，王戎和裴楷兩個人精要是真的朝夕相處，他們是相互幫襯，還是相互算計？

當然這是後話，還是回到這則小品。裴楷是魏晉士人理想的標本，以俊朗儀容體現精明卓識。畫裴楷對任何畫家都是一個嚴峻挑戰：外表的俊朗還好描繪，內在的精明又如何表現？

且看顧愷之如何下筆。

顧愷之畫裴楷的肖像，畫成之後又在裴楷臉頰上加三根鬚毛。觀者不解地問他加三根毛的緣故，顧愷之解釋加三毛的緣由說：「裴楷俊逸爽朗而又有見識才華，這三毛正是表現他見識才華的。」觀畫的人細細玩味畫像，覺得增加三毛後確實使裴楷平添了許多神采氣韻，遠遠勝過沒有添加三毛時的樣子。

俗話說「嘴上無毛，辦事不牢」，這裡鬍鬚是一種經驗的保證，並不一定是智慧的象徵，退一萬步講，鬍鬚即使是智慧的象徵，它們也是長在嘴巴而不是長在臉頰——有多少人是臉頰上長鬍鬚呢？

顧愷之與裴楷二人，時相隔上百年，地相去幾千里，裴楷不會留下肖像，更不會照有相片，顧愷之在裴楷臉頰上加三根鬍鬚，顯然是他「遷想妙得」的結果。顧愷之畫論強調「以形寫神」，在裴楷臉頰上加三根鬍鬚正是這一理論的藝術實踐。具體落實到裴楷的肖像畫，「形」即臉頰上的三根鬍鬚，「神」便是裴楷的精明才具。不過，我至今還感到十分納悶的是：為何不多不少偏偏只有三根鬍鬚？為何不把鬍鬚畫在下巴而要畫在臉頰？為何這三根鬍鬚能表現裴楷的才具？

顧愷之本人或許也回答不了這一連串問題，在臉頰上加三根鬍鬚純粹是他的直覺。直覺是「說不出的」理由，或者根本就沒有理由。文學和藝術創作有時「無理而極妙」，有時「有理卻很糟」。有兩個涉及繪畫的常用成語，一個是「畫龍點睛」，另一個是「畫蛇添足」。或加點而使畫面生輝，或添足而讓全畫作廢，「添加」雖同而效果異趣。藝術手法的運用之妙存乎一心，得於心應於手卻難於言。畫家無心而有法，加三毛而神明頓生，添幾點而意韻更足——六朝也許只有顧愷之才臻於這種藝術化境。

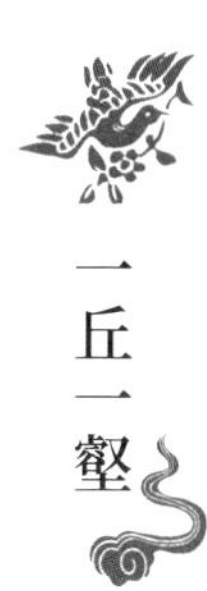

一丘一壑

顧長康畫謝幼輿在巖石裡。人問其所以，顧曰：「謝云：『一丘一壑，自謂過之。』此子宜置丘壑中。」

——**《世說新語．巧藝》**

大家常批評某人穿著不得體，就是因為衣著與氣質不太協調。像我一樣端不上檯面的傢伙，不衫不履才覺得舒坦，要是穿上正兒八經的西服，我自己反而感到彆扭，別人見了可能更是難受。

背景與人的關係恰如衣服與人的關係一樣——背景就是人的「大衣服」，而衣服不過就是人的「小背景」。

當置身於彼此和諧的背景時，我們就會感到輕鬆自在；一旦闖入與自己氣質個性相反的背景，我們馬上就會覺得壓抑煩躁。有時我們與背景相得益彰，有時我們又與背景相互對抗，關鍵就要看背景與自身的氣質個性是否協調。像大詩人陶淵明「少無適俗韻，性本愛丘山」，「誤落塵網中」就感到彆扭痛苦，「復得返自然」（〈歸園田居〉）後才快樂開心。

顧愷之繪畫理論的精髓就是「傳神」——通過外在的形體和背景，突出表現內在的氣質個性。為了表現裴楷的精明能幹，他特意在裴楷臉頰上加三根鬍鬚；為了表現謝鯤瀟灑出塵的風韻，他又別出心裁地把謝鯤畫在巖石中。有人問他為什麼要這樣畫謝鯤，他向人們道出了個中緣由：「『縱意丘壑的灑脫情懷，自認為超過了嚴肅剛正的庾亮。』這不是謝鯤的夫子自道嗎？我覺得謝鯤有自知之明，把這位老兄安放在深山幽谷中十分相宜。」

我們來見識見識謝鯤。現在有些人一開口就是「我爸是……」「我媽是……」「我爺是……」，如果像這夥人那樣喜歡炫耀爹媽，謝鯤值得炫耀的親人實在太多：他爺爺是散騎常侍謝衡，哥哥是吏部尚書謝裒，兒子是鎮西將軍謝尚，侄子是宰相謝安，他本人還是豫章太守。如今那些有個小科長小處長父母的混混，就用「我爸是李剛」來唬人，要是聽到謝鯤親人中任何一個頭銜定要嚇得半死。謝鯤對親屬的官銜不太在意，他對自己的官職更沒有興趣。《晉書》本傳說「鯤不徇功名，無砥礪行，居身於可否之間，雖自處若穢，而動不累高。敦有不臣之跡，顯於朝野。鯤知不可以道匡弼，乃優游寄遇，不屑政事，從容諷議，卒歲而已。每與畢卓、王尼、阮放、羊曼、桓彝、阮孚等縱酒」。他從不看重人們追逐的「功名」，也不想為了「功名」而扭曲自己，高官厚祿對他來說也可有可無，看到身邊那些官員非庸即貪，他自己越發優游卒歲不屑政事。與當世名士畢卓、王尼、阮放、羊曼、桓彝、阮孚、胡毋輔之等人並稱「江左八達」，他們也許有點像西方二十世紀的嬉皮，對任何事情都無可無不可。「江左八達」常在一起放縱豪飲，有時甚至還裸體相互呼叫打鬧。

不過，謝鯤可不是只會飲酒打鬧的混混，他日常生活雖不拘細節，處理大事卻極有定見；不在乎自己官銜的大小，卻很在意國家的未來；對一切好像滿不在乎，可豁達中卻自有其執著。因此，他雖然官銜並不很大，但他的人氣卻是超高，以致過世多年後溫嶠還在讚譽他的「識量」與「神鑑」。晉明帝有一次問他說：「人們常拿你與庾亮做比較，你認為自己比得上庾亮嗎？」謝鯤老實不客氣地回

答說：「端委廟堂，使百僚準則，臣不如亮。一丘一壑，自謂過之。」（《世說新語．品藻》）用現在的白話來說就是：穿上端莊華貴的朝服，運籌帷幄於廟堂之上，成為百官效法的典範，我不如庾亮；退隱山林不為俗累，縱意丘壑瀟灑出塵，庾亮可比我差遠了。

謝鯤的自評得到了世人的認可，顧愷之將他置於丘壑之中，無疑受到謝鯤這則答語的影響，也有他自己對謝鯤的深刻體認。把謝鯤這種閒散名士置於丘壑之中，丘壑與名士才相互輝映——丘壑使名士更為拔俗，名士使丘壑更有靈性。

現代審美心理學認為，審美主體與審美對象之間，存在著一種「廣泛樣態上的同構關係」，這就是辛棄疾所說的「我見青山多嫵媚，料青山見我應如是」（〈賀新郎〉）。謝安曾評論謝鯤說：「若遇七賢，必自把臂入林。」（《世說新語．賞譽》）謝鯤要是遇上竹林七賢，他們一定會攜手同入竹林。看來，對謝鯤的個性和他的追求，當時名士都有共識。

謝鯤見丘壑必定很順眼，丘壑見謝鯤肯定也很可人。

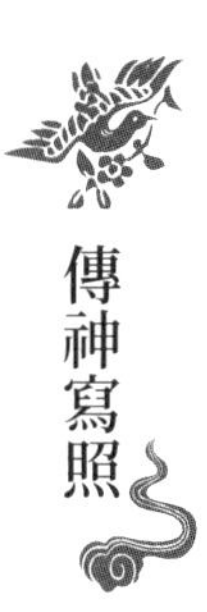

傳神寫照

顧長康畫人，或數年不點目精。人問其故，顧曰：「四體妍蚩，本無關於妙處，傳神寫照，正在阿堵中。」

——《世說新語．巧藝》

顧長康就是那位大名鼎鼎的畫家顧愷之。顧愷之的繪畫一直被當作畫壇妙品，謝安曾說顧畫自有人類以來所罕見。連傳下來的顧畫摹本也十分精妙，可以想見原作是何等神奇。他不只是精於畫藝，還工於書法和詩賦。對自己的文才非常自信，他還拿自己的〈箏賦〉與嵇康的〈琴賦〉比較說：外行會因為它比嵇賦後出而棄若敝屣，內行會因為它不同凡響而視若珍奇。嵇的〈琴賦〉收入了《文選》，顧的〈箏賦〉僅存殘篇。大家知道，太太總是人家的漂亮，文章總是自己的高明，所以，不必把顧愷之的話過於當真，也沒有必要分出二人的優劣。

〈箏賦〉即使比不上〈琴賦〉，顧愷之的才氣也不容否認。大畫家、著名作家、著名書法家，我們隨便戴上哪頂桂冠都很榮耀，顧愷之一人卻兼而有之，難怪《晉書》本傳稱他「博學有才氣」了。

當然，這些桂冠中最重要的還是畫家，作為畫家他最重要的貢獻是「以形寫神」，最重要的理論貢獻就是「傳神論」。「傳神」是他繪畫的主要目的，也是他繪畫藝術的精髓。這則小品就是寫顧愷之的「傳神」心得——

顧愷之畫人物肖像，有時畫成後數年不點上眼睛的瞳仁。人問他為什麼要這樣，顧愷之解釋說：就表現人物精神氣質的微妙來說，四肢美醜本來無關緊要，逼真地表現人物的精神氣質全在這瞳仁中。

現代人常說「眼睛是心靈的窗戶」，因而通過眼睛便可看見人的心靈，如兩眼無光就意味著無精打采，目光炯炯定然神采煥發。兩眼甚至能見出一個人的精神境界，如目光昏暗可能隱指心地陰暗，目光清澈則表明純潔坦蕩。更不用說眼睛對於人的審美價值，從《詩經·衛風·碩人》的「巧笑倩兮，美目盼兮」，到唐詩的「一雙瞳人剪秋水」（李賀〈唐兒歌〉），再到宋詞的「水盼蘭情，總平生稀見」（周邦彥〈拜星月慢〉），中國古典詩詞中描寫眼睛的詩詞數不勝數。形容壞人和醜人也先醜化他的眼睛，如「目光如豆」、「金魚眼」、「隻眼斜視」、「眼睛賊溜溜地轉」。作家還把自己詩歌和文章中最出彩的字句，稱為「詩眼」或「文眼」，「詩眼」和「文眼」是千錘百煉的結晶，「二句三年得，一吟雙淚流」（賈島題〈送無可上人〉「獨行潭底影，數息樹邊身」二句後）是詩人的甘苦之言。

不重要的「四體」易畫，極關鍵的「目睛」難成，所以畫成數年之後還沒有點睛，就像詩中的「詩眼」片言居要一樣，「目睛」才能給肖像「傳神寫照」。顧愷之認為畫作的成敗在於能否「傳神」，「傳神」既是繪畫的最高境界，也是繪畫的高難度技巧，連對畫藝外行的王安石也說「丹青難寫是精神」（〈讀史〉）。「神」虛無縹緲難以捉摸，所以只能「以形寫神」。對人來說眼睛是最能傳「神」的「形」，假如眼睛留下敗筆，全畫就成了廢品。越吃緊的地方越不敢輕易著筆，難怪他比「吟安一箇字，撚斷數莖鬚」（盧延讓〈苦吟〉）還要慎重。

唐代張彥遠《歷代名畫記》載，南朝梁代畫家張僧繇於金陵安樂寺畫「四白龍，不點眼睛。每云：『點睛即飛去。』人以為妄誕，固請點之。須臾，雷電破壁，兩龍乘雲騰去上天，二龍未點眼者見在」。這便是成語「畫龍點睛」的由來，可見，「傳神寫照正在阿堵（即「這個」）中」的影響多麼深遠，張僧繇只是把顧愷之觀點神化了而已。

整個南朝詩壇都在「巧構形似之言」（鍾嶸《詩品．卷上》），他們好像還沒想到要「以形寫神」，顧愷之不僅把同輩同行甩在後邊，還使後輩詩人「望塵莫及」。唐代以後，「傳神寫照」才成了詩人的金科玉律，蘇軾在〈書鄢陵王主簿所畫折枝〉詩中說：「論畫以形似，見與兒童鄰。賦詩必此詩，定非知詩人。詩畫本一律，天工與清新。」「論畫以形似」和「賦詩必此詩」，都是一種非常幼稚的表現。當然，後世畫家並不總是亦步亦趨，他們從「以形寫神」進而「遺貌取神」，懂得了「無畫處皆是畫」，體會到「此時無聲勝有聲」……

荀勖善解音聲，時論謂之「暗解」。遂調律呂，正雅樂。每至正會，殿庭作樂，自調宮商，無不諧韻。阮咸妙賞，時謂「神解」。每公會作樂，而心謂之不調。既無一言直勖，意忌之，遂出阮為始平太守。後有一田父耕於野，得周時玉尺，便是天下正尺。荀試以校己所治鐘鼓、金石、絲竹，皆覺短一黍，於是伏阮神識。

——《世說新語．術解》

相傳自從周公「制禮作樂」以後，便逐漸形成了「禮樂制度」或「禮樂傳統」。古代禮與樂密不可分，「禮」是一種強制性的外在規範、約束、秩序，「樂」則訴諸人內在的心境、情感、意緒，禮規定人的行為舉止，樂則陶冶人的性情，所以《禮記．樂記》說「樂由中出，禮自外作」。樂在上古首先是國家意識形態的組成部分，其次才是供人欣賞的音樂藝術。《晉後略》載，上古雅樂自東周後逐漸消亡，漢成帝曾試圖復興過古樂，估計復興的古樂酷似今天官方大會開幕時演奏的那種東西，除了製造隆重莊嚴的氛圍，除了出席大會的人必須恭聽，它對大多數人來說是刺耳的噪音。三國時魏國又命杜夔造雅樂，由於周公旦老人家沒有留下樂譜，更沒有留下錄音帶或光碟，杜夔只能按當時的絲竹之聲，按當時管弦樂器的尺寸，弄出了一種聽起來倒是悠揚婉轉的音樂，可那些從沒有聽過周公古樂的雅士，指責這不是周公所造的雅樂。為了證明自己王朝的正統性，晉武帝又命中書監荀勖制定宮廷雅樂。荀勖於是「上窮碧落下黃泉」，到處募求周公時的樂器，居然找到了周時玉律數枚，買到了漢時古鐘數口。

古人以為只要弄到了古代的樂器，就準能奏出古代的音樂。這真是天大的誤解。離我住所不遠的湖北省歷史博物館裡，便陳列了二十世紀出土的戰國隨州編鐘，如果讓我在這套編鐘上演奏，我不僅奏不出戰國時的雅樂，連驢子的破嗓音也奏不出來。讀中小學的時候，一旦對某些人感到厭煩，我就開始拉開嗓門大聲歌唱，只要我一開口那些討厭鬼立馬就逃得無影無蹤。每當這時候我總有一種惡作劇的快感，有時還自鳴得意地在人前炫耀。談了女朋友後才開始有點自卑，知道一開口唱歌就能把人嚇跑，這種事情並不光彩，也不值得驕傲。至今我一見到「音樂學院」就頭暈，本人寧可一輩子掏大糞，也絕不去當什麼音樂家！

理科中的數學，藝術中的音樂，都需要某種天賦，某種敏銳和直覺。沒有這種敏銳和直覺，再喜歡它們也別以它們為職業，「喜歡」與「能夠」可不是一回事，否則，天下到處都是陳省身，滿大街走的都是貝多芬。

直覺就是這則小品中所謂「神解」和「神識」。

文章說荀勖精通音樂聲律，這在當時人看來天生就會。於是，朝廷命他來調節律呂，校正郊廟宮廷的雅樂。每當皇帝元旦朝會奏樂，由他來正音調樂無一不韻諧宮商，曲調悠揚。竹林七賢之一的阮咸對音樂的感受極其細膩，人家都說他對音樂有「神解」。每次朝會奏樂他都感到音不諧調，一直覺得哪個地方不對勁，可又說不出具體原因。滿朝大臣都為荀勖鼓掌，阮咸對荀勖連一句恭維話也沒說過，這招來了荀勖的忌恨，便找個理由把他外放做始平太守。文中「既無一言直荀」的「直」字，注家有不同的解釋，或釋為「認為正確」，或認為是「值」的假借，這兩種說法都能找到文字學的根據，但第一種解釋似乎於義為優。後來有一農夫在田野耕種時，無意中挖出一把周代玉尺，這把玉尺正是天下的標準尺。荀勖試著用它來校正自己調理的鐘鼓、金石、絲竹等管樂、弦樂和打擊樂器，這才發現它們短了一黍米，因此佩服阮咸對音樂的妙賞神識，覺得自己冤枉錯怪了人家。

這則小品向人們展示了天分的高低，荀勖對音樂雖然天分很高，但與阮咸相比尚隔一間。誰都不滿意自己的財富，但誰都滿足於自己的才能。史書上說荀勖對自己的音樂才華頗為「自矜」，說明他對自己才氣的自我感覺，比他實際的才氣要好很多，可以想像他在宮廷奏樂時那種顧盼自雄的神態，覺得每個人都有敬佩讚美他的義務。阮咸偏偏沒有一句讚美之詞，不盡讚美義務的人當然不能欣賞美妙的音樂，在荀勖看來外放阮咸是理所當然。哪曾料到強中更有強中手，音樂「能人」遇上了音樂「神人」。

再來談對音樂有「神識」、「神解」的阮咸吧。唐杜佑《通典》載「咸世實以善琵琶、知音律稱」，他的祖上以善於演奏琵琶和通曉韻律知名，阮咸的音樂「神識」或許得之遺傳，遺傳不就是「天生」嗎？

阮咸能成為「竹林七賢」中人，看來不只是可愛，而且確實有才，也許應該倒過來說，正是由於他極其有才，所以才十分可愛。

第十七章　師道

魏晉名士大都出身於官宦世家，為了保住自己家族的地位，為了光大家族的榮耀，他們特別注重後代的教育。從諸葛亮的〈誡子書〉到嵇康的〈家誡〉，再到魏晉之後集家訓之大成的〈顏氏家訓〉，我們既能感受到「可憐天下父母心」，還能見到許多教育的真知灼見。六朝士族的家族教育卓有成效，如鍾、衛、王各大家族「代代善書」，如曹、王、謝、蕭等家族「家家有制，人人有集」，後代不僅繼承前人，而且還後起轉精。《世說新語》中有不少父子、祖孫對話，如謝安的「我常自教兒」，司馬越的從師之道，王安期的「致理之本」，無一不滲透著閃光的教育理念。

在教育已經變成「教災」的今天，你有興趣聽聽魏晉士人談從師之道嗎？

◆　◆　◆

從師之道

太傅東海王鎮許昌，以王安期為記室參軍，雅相知重。敕世子毗曰：「夫學之所益者淺，體之所安者深。閑習禮度，不如式瞻儀形；諷味遺言，不如親承音旨。王參軍人倫之表，汝其師之。」或曰：「王、趙、鄧三參軍，人倫之表，汝其師之。」謂安期、鄧伯道、趙穆也。袁宏作《名士傳》，直云王參軍。或云趙家先猶有此本。

——《世說新語．賞譽》

在韓愈所謂「傳道、授業、解惑」之外，教師的職能還應該包括「薰陶」。前者要求教師必須具備較高的專業水平，後者則要求教師應富於人格魅力。老師在課堂上的「傳道、授業、解惑」，考試結束後可能被扔到了一邊；老師課內外優雅的舉止和幽默的談吐，可能讓我們終生難忘，畢業幾十年後同學聚會還能重複老師當年的口頭禪，還能模仿老師說話的語音腔調；老師應世觀物的態度讓我們受益無窮，老師磊落坦蕩的襟懷讓我們受到無形的感化，老師無私無畏的精神更是我們人生的標杆。

授業和解惑多是學業上的點撥，為人處世則須人格上的薰陶，點撥只憑言傳，薰陶依賴身教，所以古代把「從師」說成「從遊」，把跟著老師學習叫「追隨杖履」。古人的學習既指「致知」也指「修身」，他們強調「知行合一」。這對教師的要求特別高，「先生」在道德和學識上都必須是人倫師表，學生在「從遊」的過程中，先生身教的影響可能超過了言教的傳授。中國古代書院的主講，都是當世的博學鴻儒和道德楷模。在書院裡連續幾年教學活動中，他們與學生一起切磋學業，更與學生一道砥礪氣節，在這種氛圍中培養的人才，是某一領域的「專家」，同時也是人格上的「君子」。

因而，古人慎於擇業，更慎於從師。擇業不慎就可能事業無成，從師不慎則可能入門不正。

這則小品中的「太傅東海王」指司馬越，他以謙恭有禮和扶貧濟弱，早年就在士林獲得盛譽，後來在西晉八王之亂中「笑到了最後」。「世子」原指王侯正室所生的長子，後來泛指王侯的兒子。從他告誡兒子這段話來看，司馬越的確教子有方，而且深得「從師之道」。這段話說得太精彩了，這裡我們不妨先將它譯成白話：從書本上學到往往微淺，身體力行的才能印象深刻；反覆演習紙上的法度禮儀，不如親眼瞻仰大師的揖讓儀容；誦讀玩味先人的語錄格言，不如聆聽賢人的當面教誨。南宋著名詩人陸游也說過類似的話：「紙上得來終覺淺，絕知此事要躬行。」（〈冬夜讀書示子聿八首〉其三）做學問是這樣，做人又何嘗不是這樣呢？

司馬越稱道不已的王安期名承，歷任記室參軍、東海太守等職，封藍田侯，他那位豁達性急的兒子王述，後來襲父爵被稱為「王藍田」。史書上說王承為人沖淡寡欲，為政廉潔自守，不只老百姓愛戴懷念，士林顯宦也交口稱讚，有人還把他與王導並稱。我們看兩則《世說新語》中的小品，就能窺見他的為人，一則是寫他如何對待小偷的態度：「王安期為東海郡，小吏盜池中魚，綱紀推之。王曰：文王之囿，與眾共之。池魚復何足惜！」文中的「綱紀」是州郡主簿一類的官，各級主官屬下掌管文書的辦事員。「推之」就是主簿要追究偷魚的小吏。一句「池魚復何足惜」，讓那位偷魚的小吏逃過了懲罰，也讓我們看到王安期的寬厚。另一則小品寫他對讀書人的態度，他對那些違犯夜禁的書生，

非但沒有鞭撻，反而禮遇有加。從這兩件事就可以看到，司馬越為兒子選老師很有眼光。

如今，除了特殊的家教，除了課外補習，父母很難為讀中小學的小孩選擇老師。上大學後學生才有某種選課的自由，讀研究生期間選擇導師的機會更大，尤其是念博士生完全做到「我的導師我做主」。現在學生選擇導師，更多的是看導師的社會名氣，較少關注導師的學術實力，更多的看導師有多大的行政權力，較少關注導師的為人興趣。因為「青青子矜」們生存上的艱難，導師能給自己帶來多大的世俗利益，是他們看得見摸得著的「好處」，至於激發興趣、培養人格和學業指導，在他們看來都不是「迫切問題」。有少數研究生攻讀學位，既不是對專業有強烈的興趣，也不是對學術十分虔誠，他們就是為了找個能掙錢的「好工作」，換個經濟發達的「好地方」，如此而已。他們對老師既不會像古人那樣，「一日為師終身為父」，甚至很難「一日為師終身為友」。畢業後要是如願以償實現了「理想」，導師的使命已經完成，馬上就可能與導師「拜拜」；要是自己的目的沒有達到，那也證明自己的導師是個「廢物」，師生從此就成為路人。我經常聽到同事和朋友們感歎，如今的學生「太老練」。這樣的學生本來就不想從老師那兒學到什麼東西，自然他們從老師那兒什麼東西也沒學到。當然，我說這種情況只是一小部分人，大學裡也有許多感人的「師生情」。

當然，今天也有少數老師不太盡職，由於現在教師的研究壓力較重，要爭項目，要發論文，要出專著，這些都是評定他們工作成績和業務能力的「硬指標」，課堂教學和帶研究生是他們的「軟俫數」，所以他們花在學生身上的時間和精力很少。還有少數老師不太稱職，業務上對學生無「業」可授，有「惑」難解，人格上更不能讓學生仰慕。我本人就是這些不盡職和不稱職的教師之一。總之，今天的大學校園裡很難聞到書香，卻處處彌漫著銅臭；沒有濃厚的學術氣息，卻到處充斥著官氣和奴氣。

看看這則小品真讓人歎息，不知一千多年前東海王的從師之道，能否給今天功利浮躁的「我們」一點啟迪？

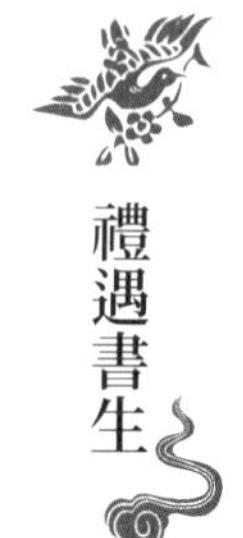

禮遇書生

王安期作東海郡，吏錄一犯夜人來。王問：「何處來？」云：「從師家受書還，不覺日晚。」王曰：「鞭撻寧越以立威名，恐非致理之本！」使吏送令歸家。

——《世說新語．政事》

為了大家品味文章的妙處，先得交代一下文中涉及的人名地名。「安期」即王承的字，「作東海郡」是指王承曾為東海太守一事。東海郡的郡治郯，在今山東郯縣北面。「錄」就是我們今天逮捕的意思。

地方長官明令實行宵禁，誰觸犯宵禁理應受到懲罰。王安期做東海太守時就遇上了這麼一件事，部下抓到了一名「犯夜」的人。王安期審問道：「何處來？」「犯夜」者回答說：「從師家受書還，不覺日晚。」「犯夜」人原來是一個刻苦用功的書生，讀書而「不覺日晚」，看來他讀書的興趣很濃。

發憤讀書其行可嘉，深夜行路觸犯宵禁，是嘉獎他還是處罰他呢？處罰一位深夜讀書的學子，會造成非常壞的社會影響；不處罰他的「犯夜」行為，宵禁便成了一紙空文。

王安期遇上一個棘手難題。這位太守大人如何是好？

按一般官僚的心理和衙門的成規推測，他無疑會關押收審學子幾天或幾月，讓他吃點皮肉之苦，給那些膽敢觸犯宵禁條例的人一點厲害看看，這樣太守的威風氣派自然也就出來了，否則威信將從何而來？

實行宵禁的目的是維護社會治安，禁止那些不法之徒在暗夜為非作歹，現在受罰的卻是安分守己的勤勉學子，這與宵禁的初衷不是大相徑庭嗎？這則小品通過描寫王安期當時的心理活動，闡明他簡短的處理意見：「鞭撻寧越以立威名，恐非致理之本！」這句老實話中有某種幽默感。寧越是西周時人，家境貧寒激發他發憤苦讀，經過十五年的學習終於成了周威公的老師。靠鞭撻像寧越一樣勤奮讀書的人來樹立自己的威名，恐怕不是達到社會清明安定的根本辦法。「致理」就是致治的意思，為唐人避高宗李治諱所改。「恐非」二句寫出了王安期不願意處罰犯夜書生的原因，這才有了「使吏送令歸家」的處理結果。

《晉書》稱王安期為政寬恕仁厚，有一次小吏偷吃他池中魚，主簿正準備拿小吏問罪，王安期知道後指示說：「文王之囿，與眾共之，池魚復何足惜！」他對那位違反宵禁學子的態度，真比今天某些「人民公僕」對待教師的做法要高明一萬倍。他寧可喪失自己的威名而送學生回家，我們有些公僕則剋扣教師工資去買轎車來顯示自己的氣派，至於那些與小學生開房的官員就更是衣冠禽獸了。

「常自教兒」

謝公夫人教兒，問太傅：「那得初不見君教兒？」答曰：「我常自教兒。」

——《世說新語・德行》

謝安是東晉一代名相，在位期間東晉取得了淝水之戰的巨大勝利，生前位極人臣，死後追贈太傅。

從這則小品可以看出，謝安夫婦在教育子女問題上的態度大不相同：謝安夫人劉氏覺得教育子女應該常加訓導，謝安本人則認為教育子女應當以身作則。《晉書》本傳上說謝安極為重視後代的家教，「處家常以儀範訓子弟」，也就是說他常通過自己的儀表風範，讓成長中的子女們潛移默化。高臥東山的時候，謝安兄弟的子女都送給他調教。

且不說像謝安這樣的世家大族，就是尋常百姓家誰不希望兒女成龍成鳳？可許多人到頭來事與願違，養成幾個渾渾噩噩的庸才還算八輩子福氣，沒準冒出個偷雞摸狗的梁上君子，甚至養出個搶騙行兇的敗類。《紅樓夢》中有首〈西江月〉嘲諷賈寶玉說：「富貴不知樂業，貧窮難耐淒涼；可憐辜負好時光，於國於家無望。天下無能第一，古今不肖無雙。寄言紈袴與膏粱，莫效此兒形狀！」富二代「富貴不知樂業」，窮二代「貧窮難耐淒涼」，這樣的兒女在今天我們還見少了嗎？能人之家出無能兒，富貴之家出不肖子，這好像已是人們見怪不怪的常事。

剛出生的小孩像塊黏土，你可以把他捏成老虎，也可以把他捏成狗熊——教育子女的方法實在太重要了。

在兒女面前，有的人嚴加訓斥，有的人循循善誘，有的人苦口婆心，這些人育兒的態度雖然有別，但育兒的方法卻並無不同——都重視言教。言教當然是教子的重要手段，但僅憑言教並不能讓後代成才。一個為人虛偽奸詐的父親，怎麼能指望兒女誠實厚道？因為他們的兒女根本不知道什麼是誠實。一個處世消沉懶散的母親，可能很難培養出積極勤快的女兒，因為女兒很容易從母親那兒見樣學樣。我在談女朋友的年齡就聽長輩說過，從未來岳母身上可以看到自己未婚妻的身影。這無非是說榜樣的力量勝過言談的影響：在兒女面前說一千，不如在兒女跟前做一件。

這則小品中謝安夫婦的對話耐人尋味。謝安夫人埋怨她的丈夫說：「怎麼從來不見你教育孩子呀？」謝安回答說：「我常常在教育孩子呵。」謝安覺得身教比言教更為有效，自己的一舉一動都是在給兒女作示範。

謝安教育孩子還不只是以身垂範，還特別注意尊重他們的人格，呵護他們的自尊心。《世說新語．假譎》篇載：「謝遏年少時，好著紫羅香囊，垂覆手。太傅患之，而不欲傷其意，乃譎與賭，得即燒之。」謝玄小字遏，是謝安的侄子。小孩子誰不愛漂亮？謝玄小時候喜歡佩帶紫羅香囊，還喜歡懸一塊叫覆手的手帕。謝安擔憂侄兒這樣下去會失去男性的粗獷雄豪，但又不想傷害他的感情，於是就心生一計：與他賭這些東西，一贏到手便把它們燒掉。現在大多數父母看到小孩玩自己認為有害的玩具，馬上就會搶過來一把扔掉，這一方面使小孩非常傷心，另一方面使小孩以後也不知道尊重別人。看看人家謝安教育後代用心之細，我們這些粗心父母能不臉紅？謝玄後來成為雄蓋一世的將軍，在淝水大戰中功勳卓著，多虧了他叔父的精心培養。

那些天天外出打麻將的父母，卻時時逼著自己的孩子在家刻苦讀書，他們要是懂得謝安這個道理就好了，千萬別忘了父母的一言一行在「常自教兒」。

兒女不太在乎父母是怎麼說的，主要是看父母們是怎麼幹的。

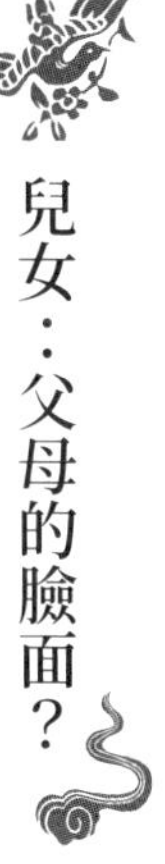

兒女：父母的臉面？

謝太傅問諸子侄：「子弟亦何預人事，而正欲使其佳？」諸人莫有言者，車騎答曰：「譬如芝蘭玉樹，欲使其生於階庭耳。」

——《世說新語・言語》

父母之愛是人間最聖潔的愛，望子成龍是古今普遍的情懷。從通常的情感深度上講，父母對子女之慈要超過子女對父母之孝。但是，兒女對父母一生中的成敗、毀譽、榮枯、禍福、生死等人事的影響較小，有許多名人的子孫都默默無聞，有許多不平凡的天才生出一些平庸的後代，有許多偉人甚至一輩子單身，人們絕不會因子孫不肖就貶低或否定他們自身的社會貢獻和歷史地位。愛因斯坦使世人折服的是相對論，而不是他有個天才的兒子；謝安流芳百世不是由於他那些子侄，而是由於他指揮淝水之戰的歷史功勳，由於他那高明的政治手腕，由於他那鎮定自若的氣度。

既然子弟對於自己一生功業的關係不大，那人們為什麼個個都希望子女成龍成鳳呢？老練的政治家謝安（即原文中的謝太傅）可能是對此也大惑不解，可能是有意要聽聽子侄們的看法，他神情迷惘地問身邊那些子侄說：「孩子們與自己的成敗榮辱有什麼相干，父母們為何總是想讓他們出人頭地？」文中的「預」就是「參與」、「與有關係」、「相干」的意思，「正欲」即「只是想」或「老是想」，「佳」當然就是「傑出」或「優秀」的意思。他這一問讓子侄們都傻了眼，沒有人能答得出謝安的「怪問題」。還是那位「善微言」的侄子謝玄聰明乖巧（謝玄死後追贈車騎將軍），他分析父母愛子女的原因說：「父母總盼望子女成龍成鳳，就好比希望芝蘭玉樹長在自家庭前階下一樣。」芝蘭是一種高貴的香草，玉樹是傳說中的仙樹，後人因此將它們比喻為優秀的子弟。

從語言的角度看，謝玄的回答實在是生動形象，比喻更是新穎別致。他巧妙地說明了父母何以望子成龍的原因，叔父謝安所不解、兄弟所「莫能言」的問題，他用一兩句話就輕鬆地說得明明白白。「譬如芝蘭玉樹，欲使其生於階庭耳」，這個比喻不僅十分新穎，而且非常典雅，「芝蘭玉樹」既很名貴，「階庭」也很華麗，芝蘭玉樹生於玉階華庭之前，這種氣象，這種語言，很符合貴族的身分和口吻。

不過，這個比喻未必貼切。父母希望子女出人頭地，希望他們成就大業，並非像把芝蘭草擺在自家階庭前那樣，完全是為了裝點自己的門面。這事實上就把子女當作了自己的私有財產。我相信世上大多數父母對愛子女絕無私心，希望他們事業有成不是想使自己臉上有光，希望他們人生幸福不是想使自己跟著沾光。將兒女的前程看成自己的臉面，這是古代貴族中一種特有現象，他們把臉面看得比生命還重要，培養兒女是為了家族的榮耀排場，把佔有欲和虛榮心摻進了父子之情和母子之愛中，使人類的至愛蒙上了灰塵。

這種現象在今天的普通老百姓家也比較普遍。小學生一次考試成績不理想，兒女最後沒有實現自己的願望，有的父母就埋怨子女給自己「丟臉」。這種父愛和母愛十分勢利，父母愛子女是要子女有出息，與其說是愛子女，不如說是愛自己。把兒女看成自己的臉面，把他們當作自己的私有財產，不僅讓父母愛得很自私，也讓兒女們活得很累，何苦呢？如果天下的兒女個個都成龍成鳳，天下滿眼就只有龍鳳，你想想世界該多麼單調無聊！天下父母們，龍鳳固然可愛，小白兔不是同樣可愛嗎？

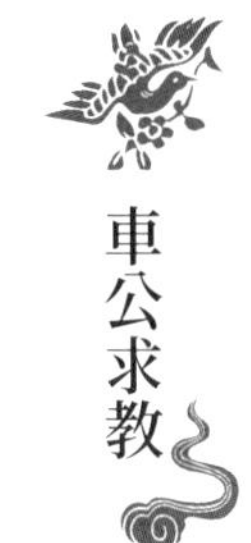

車公求教

孝武將講《孝經》，謝公兄弟與諸人私庭講習。車武子難苦問謝，謂袁羊曰：「不問則德音有遺，多問則重勞二謝。」袁曰：「必無此嫌。」車曰：「何以知爾？」袁曰：「何嘗見明鏡疲於屢照，清流憚於惠風？」

——《世說新語．言語》

孝武即晉孝武帝司馬曜，晉簡文帝第三子，在位二十五年，連慣於歌功頌德的正史也說他「耽於酒色」。文中的謝公兄弟即謝安和謝石弟兄。車武子即車胤，自幼學習發憤刻苦，家貧不能點燈就聚螢讀書。劉孝標注說袁羊是袁喬小名，但袁喬隨桓溫平蜀後離開了人世，不可能與孝武帝時的車胤對話，也可能是袁虎之誤。

孝武帝即位之初還想振作一番，裝模作樣地要學習儒家經典《孝經》。這下可忙壞了那些朝廷大臣，一時「僕射謝安侍坐，尚書陸納侍講，侍中卞耽執讀，黃門侍郎謝石、吏部侍郎袁宏執經，車胤與丹陽尹混摘句」（《晉書．車胤傳》），當時朝廷重臣全來侍候他讀《孝經》。車胤是一位學者型的朝官，對《孝經》中的疑難問題總要向謝安兄弟求教。文中的「難」就是現在所說的「不好意思」，「苦問」就是「沒完沒了地問」，這樣的次數一多他就覺得太打攪謝氏兄弟了，因而向好友袁羊傾吐內心的惶惑：「不問則德音有遺，多問則重勞二謝。」不問便錯過了學習的好機會，多問又怕給二謝添太多麻煩——問還是不問呢？

袁羊肯定地回答說：「必無此嫌。」何以見得？袁的分析真是俏皮之至：「何嘗見明鏡疲於屢照，清流憚於惠風？」將謝家兄弟比為「明鏡」和「清流」，將車胤說成是「淑女」和「惠風」，無論是本體還是喻體都清麗高雅。用兩個形象的比喻把難以說清楚的複雜問題說得一清二楚，魏晉人應對言談的本領不得不讓人嘆服。

當然，這則小品明顯是在美化「二謝」，文中說俏皮話的袁喬在孝武帝時早已命歸黃泉，袁羊無疑是張冠李戴；車胤是當時一位飽學之士，二謝只能說比車胤位高，斷然沒有車胤學富，在學問上車胤實在沒有什麼要有求於二謝的。《續晉陽秋》載：「胤既博學多聞，又善於激賞，當時每有盛坐，胤必同之，皆云：『無車公不樂。』太傅謝公遊集之日，開筵以待之。」可見，謝安也從不敢怠慢他。

事雖未必是真事，文則無疑是妙文。

第十八章 名媛

除某些篇章偶涉女性外，《世說新語．賢媛》專門寫魏晉名門閨秀。與荀粲「婦人德不足稱，當以色為主」的高論相應，這些名媛之「賢」多不因其貞潔婦德，而因其才智姿容，因此，余嘉錫先生認為「賢媛」之稱名不副實：「有晉一代，唯陶母能教子，為有母儀，餘多以才智著，於婦德鮮可稱者。題為賢媛，殊覺不稱其名。」在《世說新語箋疏》中，余先生一向持論極嚴，對放誕的名士從來不假顏色，對「出格」的女性自然也並無好感。其實，「賢」的本義是與才能相關，後來的引申義才與道德相連。以「婦德」著的閨秀可稱「賢媛」，「以才智著」的閨秀怎麼不能稱「賢媛」呢？生活在魏晉的女性何其幸運，她們的環境比後世更為寬鬆，也更為人性。

名教禁錮一旦鬆弛或解除，女性既有男性的高情遠致，又富於她們所獨有的靈襟秀氣；既像男性那樣才思敏捷，但又不像男性那樣咄咄逼人；既像男性那樣深謀遠慮，又不像男性那樣俗氣世故。洗盡了身上的脂粉氣，她們反而更加風情萬種，更加款款動人。驚人的美貌、卓越的才智和嫵媚的風韻，使魏晉名媛們別具迷人的風采：有的「風情散朗，有林下之風」，如女詩人謝道韞；有的「清心玉映，為閨門之秀」，如張玄之妹「顧家婦」；有的大難臨頭氣節凜然，如王經的母親；有的遭受冷遇時沉著機智，如許允新婦；有的對情人激情如火，如與韓壽偷情的賈充女；有的與丈夫「卿卿我我」，如王戎那位善於撒嬌的夫人……

◆　◆　◆

家娶才女

王凝之謝夫人既往王氏，大薄凝之。既還謝家，意大不說。太傅慰釋之曰：「王郎，逸少之子，人身亦不惡，汝何以恨乃爾？」答曰：「一門叔父，則有阿大、中郎；群從兄弟，則有封、胡、遏、末。不意天壤之中，乃有王郎！」

——《世說新語．賢媛》

娶到美女如果是一種福氣，娶到才女可能就是一種壓力，娶到美女加才女那簡直就是晦氣，娶到了謝道韞這樣的女孩就更別想喘息。

謝道韞是謝安的侄女，出身於東晉數一數二的豪門，美、才、富、貴兼備於她一身，她的創作和品鑑富於靈秀細膩的藝術感受，她的胸襟氣韻和她叔叔一樣有「雅人深致」。娶到這樣的太太，你這輩子還能昂首挺胸嗎？美國一位作家曾挖苦某個十全十美的希臘式古典美人說：「愛她等於受高等教育。」娶謝道韞這樣的女子做太太，那豈不是一輩子都在「攻讀博士」？

當然，謝道韞這樣的女子不是一般人所「敢」娶，更不是一般人所「能」娶。在我們今天所說的「白富美」之外，她還得另加「才」與「貴」——不是暴發戶的顯貴，而是門第與氣質的高貴，娶她的人也得「高富帥」之外，同樣還須有高貴與才華。後來唐詩中所說「舊時王謝堂前燕」（劉禹錫〈金陵五題·烏衣巷〉），東晉能與謝家門當戶對的只有王家。她後來嫁給了王羲之次子王凝之。凝之秉承家風工於草隸，歷任江州刺史、會稽內史等職。

嫁給這樣的如意郎君，謝道韞仍然牢騷滿腹。文章一起筆就說「王凝之謝夫人既往王氏，大薄凝之」。自從嫁到王家後就很瞧不起丈夫，回家省親還是一臉不高興。「不說」就是「不悅」。叔父謝安一直把她視為掌上明珠，連忙安慰侄女說：「妳家王郎是大名士王羲之公子，他自己也是一表人才，妳幹嘛這麼討厭他呢？」原文中的「人身」是六朝人習用語，相當於現在所說的「人才」。她對著叔道出了一肚子怨氣：「我們謝家一門，叔父中則有阿大（謝尚）、中郎（謝據）這等人物，堪稱人中之傑，從兄弟中有封（謝韶）、胡（謝胡）、遏（謝玄）、末（謝淵）這等人物，哪個不是才智超群？想不到這天地之中，竟然還出了這麼個夫君王郎！」

鄙薄丈夫就是鄙薄自己，除非是自己想離婚改嫁，而當時女子離婚既為國法所不許，也為社會和家族所不容。像謝道韞這等大家閨秀，怎麼可能輕易地在娘家人面前貶損夫君呢？粗看還以為她是在尖酸刻薄地窮損丈夫，細讀才會發現她句句「正言若反」——她的鄙薄恰恰是讚美，她的討厭恰恰是疼愛，就像平常百姓家妻子罵丈夫「討厭」或「死鬼」一樣，罵得越凶其實愛得越深。

既然深愛自己的丈夫，又為什麼要數落丈夫呢？謝道韞出嫁之前一直為自己謝家自豪，沒有想到王家門地人才和修養氣度，樣樣都足以與謝家匹敵，很多人物的才華風度甚或過之。在自己出眾的叔叔兄弟之間，她自己丈夫的風情氣韻都不遑多讓，她的埋怨中其實透著自豪。自從嫁到王家她克盡婦道，夫君遇難後便寡居會稽，史書稱讚她說「家中莫不嚴肅」（《晉書．列女列傳》）。

謝道韞月旦人物十分辛辣，批評親人更是不留情面。謝玄十分敬重她這個姊姊，可她有一次對這位弟弟說：「汝何以都不復進？為是塵務經心，天分有限？」（《世說新語．賢媛》）她的意思是說：你為什麼一點都沒有長進？是因為塵事分心，還是天資有限？這種「兇狠」是恨鐵不成鋼。而她窮損丈夫也不過是在曬幸福。

要是真的娶到了謝道韞這樣才智卓越的大家閨秀，你也許不能放肆，不能胡吹，但你同時也不會墮落，不會頹廢；你的人生也許有壓力，但肯定更有動力。她不僅會讓你身心愉悅，更能讓你心智成熟，尤其會促進你事業成功。朋友，說到這裡我要修正上文的觀點，沒有比「女子無才便是德」這句話更缺德的了，娶美女有豔福，娶才女才幸福！

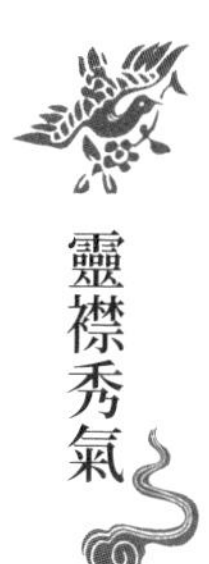

靈襟秀氣

謝太傅寒雪日內集，與兒女講論文義。俄而雪驟，公欣然曰：「白雪紛紛何所似？」兄子胡兒曰：「撒鹽空中差可擬。」兄女曰：「未若柳絮因風起。」公大笑樂。即公大兄無奕女，左將軍王凝之妻也。

——《世說新語．言語》

魏晉士人追求一種清明恬靜的境界，嚮往一種優雅飄逸的風度。我們不妨看看司馬道子與謝朗之子的一次對話：「司馬太傅齋中夜坐。於時天月明淨，都無纖翳，太傅歎以為佳。謝景重在坐，答曰：『意謂乃不如微雲點綴。』太傅因戲謝曰：『卿居心不淨，乃復強欲滓穢太清邪？』」司馬道子是一位昏醉終日權欲薰心的俗物，連他這種人也憧憬澄明光潔的境界。

文中「謝太傅」指謝安。在泛海遭遇狂風巨浪時優游從容，在殺機四伏的危急時刻談笑自若，在日常生活中更是溫文爾雅，謝安不僅是東晉左右朝政的重臣，也是當時士林風雅的典範。

這則小品寫的是謝安與侄子侄女們的一個生活片斷，主角是他精心培養的子侄們。

「謝太傅寒雪日內集，與兒女講論文義。」「內集」指家人在一起團聚。《晉書》本傳稱謝安「處家常以儀範訓子弟」，寒雪天還要給兒女們講論文章義理，他對後輩教育的重視可見一斑。不一會兒雪越下越大，他興奮地考問子侄們說：「白雪紛紛何所似？」

這是要子侄們談談對鵝毛白雪的審美感受。「兄子胡兒曰：『撒鹽空中差可擬。』」胡兒是安次兄謝據長子謝朗，史書說他「善言玄理，文義豔發」，是一位修養深厚且情趣高雅的貴族子弟，但以「撒鹽空中」比擬鵝毛大雪實在不敢恭維，非但沒有傳達出雪花輕柔、潔白、飄逸的神態，而且有點村夫子的俗氣。兄女馬上接著說：「未若柳絮因風起。」「柳絮因風起」形容飛揚雪花比起「撒鹽空中」來，更形象，更逼真，也更高雅，難怪謝安聽後「大笑樂」了。他這位侄女是長兄無奕的千金，王羲之次子王凝之之妻，東晉有名的女詩人謝道韞，她因這一句而獲得「謝絮才」的美稱。

宋代一書生陳善在《捫虱新話》中對此提出異議，認為謝朗的那一句並不比謝道韞的遜色：「撒鹽空中，此米雪也；柳絮因風起，此鵝毛雪也。然當時但以道韞之語為工，予謂《詩》云：『如彼雨雪，先集維霰。』霰即今所謂米雪耳。乃知謝氏二句，當各有所謂，固未可優劣論也。」陳善以為「撒鹽空中」是詠雪子，「柳絮因風起」是詠雪花，謝氏兄妹二人各有所指，所詠對象有差異，藝術水平則無優劣。這表面看來似乎說得在理，但他忘記了謝安是問「白雪紛紛何所似」？顯然是要他們兄妹吟詠雪花而非雪子，再說，即使這兩句確實「各有所謂」，就風調而論也以謝道韞為優。宋代蒲壽宬〈詠史八首．謝道韞〉說：「當時詠雪句，誰能出其右。雅人有深致，錦心而繡口。此事難效顰，畫虎恐類狗。」「未若柳絮因風起」一句，表現了她作為詩人細膩的感受能力，作為才女的靈襟秀氣。

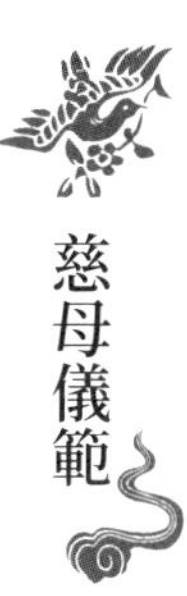

慈母儀範

陶公少時作魚梁吏，嘗以坩鮓餉母。母封鮓付使，反書責侃曰：「汝為吏，以官物見餉，非唯不益，乃增吾憂也。」

——《世說新語．賢媛》

陶侃的家庭「望非世族」，他所生長的環境「俗異諸華」，而他本人最後卻能拔萃於偏僻之地，比肩於東晉世族之家，《晉書》本傳稱他地位「超居外相，宏總上流」。世家望族背後蔑稱陶侃為「溪狗」，他是東晉前期政壇上一個異類，是以「非常之人」立「非常之功」。

是誰養育了這個「非常之人」呢？父親去世時陶侃還只有幾歲，是他母親一手將他養大成人。陶侃友人范逵見到陶母後歎息說：「非此母不生此子！」（《王隱晉書》）

陶侃母親湛氏豫章新淦（今江西省新幹縣）人，為侃父丹聘娶做妾。史稱陶氏世代貧賤，湛氏母家比陶家更為貧苦。陶侃從小便志向遠大，她日夜紡織資助兒子結交比自己更優秀的人。同郡孝廉范逵一次路過陶家，遇上大雪後便在陶家借宿。此時陶家真是「家徒四壁」，范逵僕從車馬不少，這下讓陶侃左右為難。湛氏叫兒子出去招待客人，她把幾根房柱子劈成木柴，把自己睡的草墊鍘碎作為馬料，把自己長髮剪成兩副假髮換得米糧，很快擺上一頓精美飲食，客人和隨從個個都十分滿意。范逵離去時陶侃相送一百多里，後來范逵到處向人盛讚陶侃的忠厚、正直和才能。湛氏的一言一行都為兒子示範了待客之道，也為兒子後來的成功積累了人脈。

這則小品寫湛氏更以身作則，教育兒子從政就應廉潔奉公。陶侃年輕時當過管理魚梁的小官。魚梁是一種捕魚設施。以土石築斷小河水流，在小壩中間留下缺口，再把魚兒能進不能出的竹笱置於缺口中，魚順流遊入竹笱便可捕獲。陶侃因職務之便，曾用陶罐裝一些醃製的魚帶給母親。坩（音同甘）是一種盛物的陶器，鮓（音同眨）是一種南方人用鹽和紅麴醃製的魚。這即使在現在也算是「人之常情」，屬我們大家常說的「職務便利」。湛氏娘家夫家都很清貧，現在兒子大了總算能改善一下生活，換成其他母親肯定「求之不得」，沒想到兒子的「孝心」卻給母親帶來了煩惱。她將魚罐加上封條交給派來的人，並回了封信嚴厲責備兒子說：「你剛一出仕為官，便把官家的東西送給我，不僅對我毫無益處，反而增添了我對你的擔憂呵！」

可能在很多人眼裡，陶母有點小題大做，兒子不就是給母親捎帶了幾條醃魚嗎？其實，這正是陶母的過人之處，這件小事表明她德高慮遠。兒子現在管魚就給家中帶魚，將來管錢難道不會給家中撈錢？要是管什麼就貪什麼，兒子不就成了一個貪官污吏嗎？

史稱陶母湛氏「賢明有法訓」（劉注引《陶侃別傳》），對兒子的嚴格是出於對兒子的慈愛，她處處身體力行地告誡自己的孩子：臨事不苟，臨財不亂。

後來陶侃的為人處世能見到他母親的影子，《晉書．陶侃傳》載陶侃從不愛財，「有奉饋者，皆問其所由，若力作所致，雖微必喜，慰賜參倍；若非理得之，則切厲訶辱，還其所饋」。可見，是由於有湛氏這樣的「非常之母」，才養出了陶侃這樣的「非常之人」。湛氏堪稱慈母儀範。

巾幗英豪

王經少貧苦，仕至二千石，母語之曰：「汝本寒家子，仕至二千石，此可以止乎！」經不能用。為尚書，助魏，不忠於晉，被收。涕泣辭母曰：「不從母敕，以至今日。」母都無戚容，語之曰：「為子則孝，為臣則忠。有孝有忠，何負吾邪？」

——《世說新語．賢媛》

王經出身貧寒之家，生活的磨難使他為人踏實，迫切改變命運的欲望又使他志存高遠，出仕以來頗有政績和令名，累遷至二千石。漢魏內自九卿郎將外至郡守尉的俸祿等級都是二千石，後來二千石成了這類官的代稱。他母親對兒子的成就十分滿意，對兒子的官階更非常滿足，便勸告仍然奮鬥不止的王經說：「你本為寒門子弟，官位已經達到了二千石，實話說你的所得大大超過了我的所望，現在可以到此為止了。」積極進取的王經哪聽得進母親這些告誡？他還是精神抖擻地拚搏不已，最後如願以償做了魏國的尚書。

此時魏國的政壇風濤險惡，司馬氏集團基本上控制了朝政，曹魏政權已是臣強主弱。司馬師廢掉曹芳後立曹髦為帝，司馬師死後司馬昭擅權，大肆剷除朝野忠於曹氏的異己，曹髦事實上是一個任憑擺佈的傀儡，朝廷內外都心知肚明，改朝換代只是時間長短而已。曹髦對大臣王沈、王業、王經等人說：「司馬昭之心，路人皆知。」忍氣吞聲是死，奮起反抗也是死，曹髦不聽王經的忠告選擇了反抗。

王沈、王業為了自保邀王經向司馬昭自首告密，王經拒絕。曹髦事敗，王經為司馬氏逮捕。他淚流滿面地辭別母親說：「怪兒當年沒聽母親教誨，以至有今日之禍！」此時此刻，王母對即將臨刑的兒子卻沒有半點埋怨，沒有半點哀傷，她鎮定自若地安撫王經說：「我的好兒子，你為子能盡孝，為臣能盡忠。一生有忠有孝，無愧大丈夫，怎麼能說辜負了我呢？」東晉文學家袁宏後來在〈三國名臣序贊〉也讚歎道：「烈烈王生，知死不撓。求仁不遠，期在忠孝。」

王經值得後人稱頌，王母更加可歌可泣。

這則小品用母子二人的對話，刻畫了王母的胸襟、氣節和見識。當兒子「仕至二千石」還不滿足時，王母勸兒子要懂得適可而止。這裡可以見出母子二人精神的超脫與沾滯，兒子富於強烈的功名欲望，自然也看不透世俗的利害，母親看輕社會的虛名，也不在乎官家的利祿；還可以見出母子目光的深遠與短淺，兒子只能看到眼前高官帶來的利益，卻料不到高官潛在的危機，母親明白朝廷既然能讓你出頭，自然也就能讓你掉頭。當兒子因不能功成身退招來殺身之禍時，王經對自己母親滿懷愧疚，母親卻對兒子一生感到欣慰和自豪，明顯可以見出母子對責任、擔當、氣節等方面的不同態度。眼前的愛子行將就戮，而且向自己告別時泣不成聲，這件事情要是發生在一般女性身上，身為人母肯定會精神崩潰，而這位母親竟然「都無戚容」，沒有露出一絲一毫的淒慘痛苦。在她看來，自己的兒子在家對母盡孝，在朝對君盡忠，對親人有愛心，對社會敢擔當，生則一身正氣，死仍頂天立地，她為自己有這樣剛烈的兒子而驕傲。

多麼偉大的母親！

正因為代代都有這樣的母親，所以才哺育出我們無數的民族脊梁。王經是三國的忠烈之士，王母更是民族的巾幗英豪。

聰慧

漢成帝幸趙飛燕，飛燕讒班婕妤祝詛，於是考問，辭曰：「妾聞死生有命，富貴在天。修善尚不蒙福，為邪欲以何望？若鬼神有知，不受邪佞之訴；若其無知，訴之何益？故不為也。」

——《世說新語．賢媛》

漢成帝即漢元帝之子劉驁，西漢第九代皇帝。他對酒色比對治國更有興趣，當然更加在行，人們至今還常常念到他，不是他推行了什麼惠民的德政，而是他先後愛過兩個有名的女人。第一個美女班婕妤，樓煩（今山西寧武）人，憑美貌才華深得成帝寵愛，是一位能詩善賦的作家，婕妤是帝王嬪妃的稱號。後來成帝移寵於趙飛燕，她發現趙飛燕陰險狠毒，害怕其危及自己的生命安全，要求到長信宮去侍奉太后。成帝死後她又守護成帝的陵園，陵園中的石人石馬陪伴她度過孤寂餘年。《文選》中〈怨歌行〉相傳是她的作品，詩歌以秋扇見捐比喻自己中途被棄，情辭纏綿幽怨：「新裂齊紈素，鮮潔如霜雪。裁為合歡扇，團團似明月。出入君懷袖，動搖微風發。常恐秋節至，涼飆奪炎熱。棄捐篋笥中，恩情中道絕。」

班婕妤在歷史上以美貌為人們所喜愛，以美德為人們所傳頌，以高才為人們所稱道，《漢書》這樣的「正史」也對她褒獎有加。這則小品通過她戳穿趙飛燕讒言的故事，表現了班婕妤過人的機智聰慧。

趙飛燕為了恃嬌專寵，讒毀陷害她所有潛在的對手，因為擔心成帝與班婕妤舊愛復萌，於是便常在皇帝面前說班婕妤的壞話，誣告班婕妤向鬼神詛咒她，祈求鬼神給她降禍。此前許皇后被廢的罪名，就是在寢宮中設置神壇向鬼神詛咒趙氏姊妹。昏庸的成帝聽信了趙飛燕讒言，於是親自去考詢審問。此時成帝已被趙氏姊妹的妖媚迷惑得不辨東西，班婕妤要是辯稱自己不恨趙氏姊妹無疑違反常情，要是否認自己向鬼神祝咒成帝也肯定不信，要是態度強硬成帝以為是抵賴，要是求情成帝以為是心虛，班婕妤面臨著殺身之禍，她如何才能躲過這一死劫呢？我們來聽聽班婕妤的供詞：

「臣妾早聽孔聖人說過『死生有命，富貴在天』，既然生死由命決定，富貴由天安排，可見，行善尚且不能保佑今生有福，作惡又能指望得到什麼好處？假如鬼神真的有感知，就不會接受和相信邪惡巧佞者的詛咒；假如鬼神沒有感知，詛咒訴說又有什麼用處呢？不管鬼神有知無知，我都不會幹『祝咒』這種傻事。」

成帝聽了她這段供詞，頓時便啞口無言，趙氏姊妹也不再以此刁難班婕妤。

班婕妤是如何為自己辯白脫險的呢？她知道成帝相信天命和迷信鬼神，便抓住這兩點讓成帝明白：天命使我們幹壞事沒有任何好處，鬼神使我們幹壞事沒有任何用處。她先從天命這一角度辯解，自己死生富貴全由命定，「修善」也不會給自己帶來福分，「為邪」還能指望得到什麼好處呢？言下之意是說，詛咒趙氏姊妹自己沒有任何好處，我還要詛咒她們不是犯傻嗎？接著再從鬼神這一角度為自己辯解，鬼神要是知道人情世態，就不會相信惡人的詛咒；鬼神要是對人情世態一無所知，詛咒又有什麼用呢？我會去做這種無用功嗎？

班婕妤申辯的聰明之處就在於，她不是說自己不想用詛咒來害趙飛燕，而是說自己知道用詛咒害不到趙飛燕。詛咒不能利己，又不能害人，即使蠢豬也不會幹這種蠢事。

已經失寵的班婕妤如果動之以情，皇帝肯定不會為情所動，她從坦承自己「性本惡」出發曉之以理，皇帝也不得不為理所服。讀班婕妤的詩賦，覺得她多愁善感，聽班婕妤這段供詞，才知道她還能言善辯。

她是那樣美麗動人，更是那樣才智過人。寫到這裡我真有點信「命」了，俗話說「自古紅顏多薄命」，又說「自古才命兩相妨」，班婕妤貌美而且才高，難怪她的命那麼苦了……

卿卿

王安豐婦，常卿安豐。安豐曰：「婦人卿婿，於禮為不敬，後勿復爾。」婦曰：「親卿愛卿，是以卿卿；我不卿卿，誰當卿卿？」遂恆聽之。

——《世說新語．惑溺》

古代有很多「模範夫妻」的「先進事蹟」，什麼「相敬如賓」，什麼「舉案齊眉」，都已經流傳了一、兩千年。就像現在許多英雄模範的先進典型一樣，這種典型事蹟大概很難推廣，也不會有多少夫妻願意學習，假如所有夫妻平時真的都「舉案齊眉」，這些男男女女不是發瘋就是散夥。

單說那個「舉案齊眉」的故事吧。《後漢書》載，東漢西北扶風平陵地區，也就是今天陝西咸陽市，有一個叫梁鴻的老兄道德高尚，很多父母都想把女兒嫁給他，梁鴻一一回絕了這些人的美意。恰好他同縣也有一個姓孟的女孩，人長得又黑又肥又醜，力氣大得能輕易舉起石臼，過了三十歲還沒出嫁，這個「剩女」竟然聲稱「嫁人就嫁梁鴻這樣的人」。梁鴻一聽說立馬就下聘禮娶她為妻。婚後梁鴻為妻子取名孟光，字德曜，大意是說她的仁德閃閃發光。孟光完全按儒家規定的夫婦禮節生活，每次她對丈夫都低頭不敢平視，平日裡給丈夫端茶送飯總要「舉案齊眉」。「案」是古代一種有腳的托盤，「舉案齊眉」就是端茶送飯時把托盤舉得跟眉毛一樣高，以表示對丈夫的敬重。每次看這個故事我便想打哈欠，要是我太太天天對我「舉案齊眉」，我寧可參加政治學習也不願回到家裡。

儒家給夫妻規定的那些禮法，沒有一條不讓人反胃；按這些禮法過夫妻生活的名教之士，沒有一個混蛋不令人厭惡。魏晉之際有一個叫何曾的大臣，以「閨門整肅」聞名全國。他們老夫老妻見面仍舊「皆正衣冠，相待如賓」。相見時他自己南面而坐，他妻子北面而拜，連拜幾次後再上酒，「酬酢既畢便出」。這哪是什麼夫妻兩人的會面，比兩國元首會見還要嚴肅莊重！更要命的是即使這樣的會面一年也不過二、三次，他太太要見他一面比我們草民見「偉大領袖」還難。到底因過這種夫妻生活變態，還是已經變態了才過這樣的夫妻生活，這得交給心理學家去下結論。何曾死後，他的同僚秦秀上奏摺要求謚何曾「繆醜公」，按古代《謚法》規定，「名與實爽曰繆，怙威肆行曰醜」，可見何曾是一個十足的變態偽君子。

雖沒有像當時男人那樣高喊「禮豈為我輩設也」，魏晉女性同樣用行動低調地反叛禮法。與何曾同時的王戎，他太太就討厭儒家的夫婦禮節，她試圖過一種甜蜜的夫妻生活。這則小品中的「王安豐」即王戎，王戎參與滅吳之戰因功封安豐縣侯。王戎太太常稱戎為「卿」。王戎不好意思地提醒太太說：「婦人以『卿』來稱呼丈夫，從禮儀上說是不敬重，往後千萬別這麼隨便喊『卿』。」沒想到太太根本不理睬他這一套：「我親昵卿喜歡卿，這才以『卿』來稱『卿』。我不以『卿』稱『卿』，世上誰該以『卿』稱『卿』呵？」經太太這麼一說，王戎從此就聽之任之，任由太太天天「卿卿」地呼來叫去，這就是後世「卿卿我我」的由來。

在古代，「卿」原本是一種官爵，後來逐漸演變成為貴對賤、長對幼、尊對卑、上對下的稱呼，不拘禮節的平輩之間稱「卿」則顯得十分親昵。按儒家禮儀婦人須以「君」來稱其夫，丈夫則可以以

「卿」稱其妻，如〈古詩為焦仲卿妻作〉中丈夫對妻子說「我自不驅卿，逼迫有阿母」。通常情況下妻子稱丈夫為「夫君」或「良人」，如〈九歌．雲中君〉「思夫君兮太息」，唐趙鸞鸞〈雲鬟〉詩「側邊斜插黃金鳳，妝罷夫君帶笑看」。妻子稱丈夫為「良人」始於先秦，《詩經．秦風．小戎》說「厭厭良人，秩秩德音」，到唐代李白〈子夜吳歌．秋歌〉也說「何日平胡虜，良人罷遠征」。

稱夫為「君」則妻子對丈夫只剩下敬畏，甚至可能只有畏懼，妻子對丈夫不敢平視，這哪還有什麼愛情？妻子天天對自己「舉案齊眉」，夫妻之間又哪來「琴瑟相和」？稱夫為「卿」才表明夫妻之間的平等，夫妻能天天「卿卿我我」，兩口子才會有親昵溫暖。妻子時時戰戰兢兢地「舉案齊眉」好，還是妻子在丈夫面前親熱、撒嬌乃至挑逗好，每一個做丈夫的都心知肚明。歐陽脩在〈南歌子〉詞中寫道：

鳳髻金泥帶，龍紋玉掌梳。走來窗下笑相扶，愛道「畫眉深淺入時無」。

弄筆偎人久，描花試手初。等閒妨了繡工夫，笑問「雙鴛鴦字怎生書」？

這首詞寫夫妻閨房之樂極妍盡態，上片寫小娘子輕盈嬌縱的意態，精心梳妝後明明知道自己新潮時髦，還偏要扶著丈夫明知故問「畫眉深淺入時無」？無非是纏著丈夫欣賞和讚美。下片寫小娘子依偎在丈夫懷裡的甜蜜幸福，還有她那小鳥依人的玲瓏可愛。比起「相敬如賓」的古板，比起「舉案齊眉」的僵硬，這種纏綿、嬌憨、挑逗和性感，對於夫妻來說不是更親密、更自然、更和諧嗎？

古代士人埋怨「妻不如妾，妾不如娼」，這固然暴露了男性獵奇猥瑣的心理，也說明在儒家的夫婦禮儀中，正妻不得不謹遵禮節端莊恭敬，丈夫對她們也就敬而遠之，小妾無須整天端著架子，所以妾比妻更富於女性的嫵媚風韻，而娼比妾更接近於自然本能，在男人面前反而更為性感迷人，如周邦彥〈少年遊〉：「并刀如水，吳鹽勝雪，纖手破新橙。錦幄初溫，獸煙不斷，相對坐調笙。低聲問：向誰行宿？城上已三更。馬滑露濃，不如休去，直是少人行。」

王戎最後聽任妻子「卿卿我我」地叫個不停，一是作為竹林七賢中人，他自己為人就通脫隨便，在下級和兒女面前也不拘小節。《世說新語．任誕》篇載：「裴成公婦，王戎女。王戎晨往裴許，不通徑前。裴從床南下，女從北下，相對作賓主，了無異色。」裴成公就是西晉名士思想家裴頠。王戎清早到女婿裴頠家，不通報一聲就徑直進來相見，恰好女婿和女兒還沒有起床，裴頠便匆匆從床南邊下來，女兒從床北邊下來，賓主雙方都面對面，大家一點也沒有不自在的神情。做泰山大人尚且如此不成體統，關起門來做丈夫無疑也不會一本正經。二是王戎自己本是性情中人，聲言「情之所鍾，正在我輩」，太太喜歡和自己「卿卿我我」，王戎要不暗暗偷著樂才怪哩。

誰都喜歡在家裡穿睡袍趿拖鞋，有幾個男人樂意在閨房還著西裝打領帶呢？

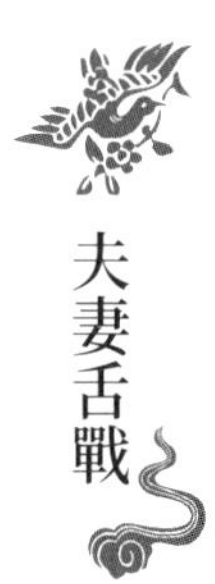

夫妻舌戰

王公淵娶諸葛誕女，入室，言語始交，王謂婦曰：「新婦神色卑下，殊不似公休。」婦曰：「大丈夫不能彷彿彥雲，而令婦人比蹤英傑！」

——《世說新語．賢媛》

古代男女不能像今天這樣自由戀愛，他們的婚姻主要取決於父母之命，父母為兒女擇偶的主要標準又是門當戶對。不少新婚夫妻婚前未曾見面，所以新婚大喜揭開蓋頭一剎那，新郎新娘不是意料之中的喜悅，就是意料之外的失望，失望的新郎甚至從此不入洞房。這篇小品便記下了一對新人新婚當天的脣舌之爭——

三國名臣王淩之子王公淵（名廣），娶當時另一名臣諸葛誕女兒為妻，一入洞房開始交談，王公淵就挑釁地對新娘說：「新婦神色氣質卑微低下，一點也不像妳父親公休那樣優雅高貴。」看到新郎一見面就如此無禮，新娘子馬上反脣相譏：「大丈夫一點也不像你父親彥雲那樣出類拔萃，反而強求一個婦道人家向英傑看齊。」

這裡順便介紹一下，新娘父親諸葛誕字公休，新郎父親王淩字彥雲。公休和彥雲都是三國曹魏政權的顯貴，也都是曹魏政權的忠臣，明王應麟稱他們兩人為「節義之臣」，雖然「王淩以壽春欲誅（司馬）懿而不克，諸葛誕又以壽春欲誅昭而不成」，但他們「千載猶有生氣」（《困學紀聞》）。公休和彥雲兩家的地位旗鼓相當，他們兩人的立場又非常相同，他們最後成為兒女親家情在理中，他們兒女在新婚當天就脣槍舌劍則實出意外。《魏氏春秋》說王廣「有風量才學，名重當世」，三國蔣濟稱王廣志向才能「有美於父」。王廣一看到自己的新娘就這麼失禮，肯定是由於對新娘的外貌十分失望。史家並沒有說諸葛誕女兒醜陋，當然也沒有誇她是美女，大概是由於王廣這種風度、氣量、才能、學問俱佳的青年，對自己妻子要求太高，看到新娘相貌平平就情緒失控。新娘雖無傾國傾城的外貌，但她有過人的聰慧機敏。這位千金小姐在家從來是有求必應，在新郎面前又怎肯逆來順受？

見面就領教了太太厲害的王廣，沒有繼續與太太交鋒，是發現自己鬥嘴不是太太的對手，就此以沉默表示認輸，還是一旦發現她驚人的機智才華，王廣從此就對太太十分欣賞？

從他們夫妻的人生結局來看，答案應該屬後者。當公公王淩反對司馬懿鬥爭失敗自殺後，太太最後毅然陪丈夫共同赴難，王廣與妻子諸葛氏相互賞識，相互體貼，丈夫欣賞太太的才華，太太與丈夫命運與共，他們小兩口不打不相識！

可見，一個女性要贏得才智之士的愛情，不一定非得有勾人的臉蛋和魔鬼的身材，也可以因自己的才華機智讓對方傾倒；不一定非得要百依百順的依從，也可以有與對方肩並肩的人格獨立；不一定非得要逆來順受和忍氣吞聲，也可以通過據理力爭來贏得對方的尊敬。

《世說新語．賢媛》另一篇小品更是寫一位醜女的愛情——

許允婦是阮衛尉女，德如妹，奇醜。交禮竟，允無復入理，家人深以為憂。會允有客至，婦令婢視之，還，答曰：「是桓郎。」桓郎者，桓範也。婦云：「無憂，桓必勸入。」桓果語許云：「阮家既嫁醜女與卿，故當有意，卿宜察之。」許便回入內，既見婦，即欲出。婦料其此出無復入理，便捉裾停之。許因謂曰：「婦有四德，卿有其幾？」婦曰：「新婦所乏唯容爾。然士有百行，君有幾？」許云：「皆備。」婦曰：「夫百行以德為首。君好色不好德，何謂皆備？」允有慚色，遂相敬重。

許允三國時官至領軍將軍，阮衛尉即阮共，三國時官至衛尉卿，阮德如（名侃）為阮共之子，三國時期作家和醫家，著有《攝生論》二卷，與嵇康曾有詩歌唱和，現嵇康集中有〈與阮德如一首〉，並附有〈阮德如答詩二首〉。許允見新婚妻子容貌奇醜，行過交拜禮後就不打算再入洞房，家裡人對此一籌莫展。正好此時有客人來賀喜，新婦讓隨嫁的婢女看看來客是誰，婢女答說客人是桓範公子，新婦斷定桓公子一定會勸許允進來。果不其然，桓公子對新郎官說：「阮家既然把醜姑娘嫁給你這樣的俊傑，定然有人家的道理，老兄應該細心體察才是。」許允經朋友勸告便轉向回到洞房，一見到醜妻後馬上又想出去，新婦料定他此去便無再回房的可能，一把抓住新郎衣襟不讓他再走。被扯住的許允被她煩死了：「為婦應該具備四德，妳有了其中幾德呢？」阮氏婦非常自信地回答說：「四德之中新婦唯缺容貌一條，然而士應具備各種德性，夫君有了幾種？」許允自詡各德「齊備」。阮氏婦還是不依不饒：「君子各種品行中以德為首，你好色而不好德，怎麼說得上諸德齊備呢？」許允被新娘子說得羞愧難容，從此對自己的醜媳婦敬重有加。

許允新婦既有知人之智，又有自知之明，事情的發展全在她的預料之中。新婚之日新郎不入洞房，身為新娘不焦不躁不哭不鬧，在緊要時刻融情入理讓新郎回心轉意，不管是心智還是口才，新娘都在新郎之上，這麼好的才女怎麼不叫新郎刮目相看呢？

許允後來事事都要徵求娘子的意見，阮氏婦在丈夫遭受大難之後，以她的智慧保住了許家根苗。老兄，家有美婦是你人生的豔福，家有才婦是你家門的大幸，珍惜諸葛誕女和阮德如妹這樣的姑娘吧！

夫婦戲謔

王渾與婦鍾氏共坐，見武子從庭過，渾欣然謂婦曰：「生兒如此，足慰人意。」婦笑曰：「若使新婦得配參軍，生兒故可不啻如此。」

——《世說新語·排調》

常言道「兒子總是自家的聰明，老婆總是別人的漂亮」。不過，這顯然是男權主義者的價值標準，從女權主義者的角度是否還別有說法呢？

這則小品為我們回答了這個問題。

有一天，王渾與妻子鍾琰之正坐在一塊閒聊，恰好看見兒子王濟（字武子）從庭前經過。王濟不只人生得英姿俊爽，而且還勇力絕人，更加上文思敏捷，為人自然是「氣蓋一世」。王渾一直以這個兒子為榮，每次見了他總要眉開眼笑心情大好。這次見到庭前的兒子，便忍不住自豪地對妻子說：「能生出這樣優秀的兒子，足以讓人感到欣慰。」鍾氏夫人見丈夫一臉幸福，便笑著調侃夫君說：「倘若當初把我配給你家小叔子參軍王淪，生出的兒子肯定還不只這個樣子。」

被鍾氏夫人「恨不相逢未嫁時」（張籍〈節婦吟〉）的參軍王淪是何許人呢？我對這個問題非常感興趣。可除了劉孝標注引《王氏家譜》簡短介紹外，遍查史籍再難找到他的任何資料。家譜說王渾這個弟弟王淪曾官至大將軍參軍，思想取向「貴老莊之學」，二十五歲就英年早逝。《三國志．王暢傳》裴松之注說，王暢有子渾、深、湛，並沒有說到渾還另有弟弟淪，還說王暢「諸子中」，要數王湛「最有德譽」。或許史家或注家偶爾疏漏，但疏漏肯定事出有因——即使王渾有個弟弟王淪，他在他們兄弟中也要算是默默無聞的一個。

那麼，鍾氏夫人對他為何如此鍾情呢？

失去了的常常最美好，沒得到的常常最珍貴。從鍾氏夫人人生最大遺憾來看，從生命力旺盛女性的內心深處來說，大概不難做出推論：小孩總是自己的可愛，丈夫總是人家的瀟灑。

別相信情人或夫妻之間那些甜言蜜語，這些不是善意的謊話，就是狂喜後的胡話。然而，正是這些謊言或胡話，製造了人間無數悲喜劇——說者常常無心，聽者往往有意，「謊言重複一千遍就成了真理」，這在愛情生活中是「放之四海而皆準」的真理。謊話或胡話聽多了便以為對方是出於真心，於是自己慢慢也就動了真情，久而久之就摩擦出了愛情的火花。大部分愛情都是將錯就錯的產物，時間一久就還原了事情的真相，因而以喜劇開頭的許多夫妻，不少人最後都以悲劇結尾。

言歸正傳，還是來談王渾誇兒。王渾為愛子感到驕傲是人之常情，更何況王武子的確值得他父親驕傲。「生兒如此，足慰人意」八字，生動地表現了為父的欣喜，也活脫脫袒露了為父的得意——好像這個有款有型、有勇有才的兒子全是自己的功勞！

真是豈有此理！鍾氏夫人笑著對丈夫說：「若使新婦得配參軍，生兒故可不啻如此。」表面上看，這當然是夫妻之間的親昵戲謔，但玩笑中暗寓了這樣的潛臺詞：兒子這麼優秀全是我的功勞，要是換一個丈夫，兒子更加優秀！王渾的門第、成就、才華，在西晉都是屈指可數，至少還沒有證據表明他弟弟王淪才貌蓋過王渾。拿丈夫弟弟來壓自己丈夫，鍾氏夫人說的未必是真話，不過只想殺殺丈夫的得意和威風，順便也想提醒丈夫別太忘乎所以，要記住「生兒如此」至少有一半是為娘的功勞！

中國古代妻妾最忌諱與伯、叔的曖昧關係，誰敢在丈夫面前公開表白喜歡大伯子或小叔子？鍾氏夫人之所以敢冒天下之大不韙，一是因為她自己的特殊身分，她是魏太傅、楷書鼻祖鍾繇曾孫女；二是因為她在王家是母儀典範，《世說新語．賢媛》篇載，鍾氏夫人不僅出生高貴，又兼有「俊才女德」，就是說既有卓越才智又有女子賢德，在王渾家「範鍾夫人之禮」，即以鍾夫人的禮法為家規，可見她敢在丈夫面前開這種玩笑，是身正不怕影子斜；三是王渾與鍾氏夫妻恩愛甚篤，王渾對妻子大度信賴，鍾氏對夫君也摯愛忠貞，所以開這種玩笑不至於引起丈夫的吃醋和猜忌；四是在禮法相對鬆弛的魏晉，貴族女性婚後的夫妻生活也相對平等，妻子在丈夫面前不必唯唯諾諾，她們能享受平等甜蜜的愛情，從山濤、王戎、謝安等夫妻的對話中也能看出當時妻子的地位。另外，從當時史料記載中還偶爾能看到「妻管嚴」現象，《世說新語》中還有個「女漢子」。《世說新語．惑溺》說宰相王導一名姓雷的寵妾，經常干預朝政收受賄賂，被人們稱為「雷尚書」。

余嘉錫先生在《世說新語箋疏》中，注引晚清李慈銘《越縵堂讀書簡端記》中的評語說：「閨房之內，夫婦之私，事有難言，人無由測。然未有顯對其夫，欲配其叔者。此即娼家蕩婦，市里淫姏，尚亦慚於出口，赧其顏頰。豈有京陵盛閥，太傅名家，夫人以禮著稱，乃復出斯穢語？齊東妄言，何足取也！」（引文與余著略異，筆者據原著校改）

鍾氏玩笑的確異乎尋常，此事真偽也難於確考，不能遽然斷定其有，更不必冒然判定其無，說它是「齊東妄言」失之武斷。這篇小品編在〈排調〉篇中，表明編者也把它視為夫妻間的調笑。鍾氏夫人堂上「以禮著稱」，難道就不能享受閨房之樂？恩愛夫妻之間的調笑哪有這麼多禁忌？出格的調笑正表明夫妻出奇的親密。李慈銘三妻四妾之外，還常出入風月場所，是他老人家真的不解風情，還是他老人家在假裝正經？

韓壽偷香

韓壽美姿容，賈充辟以為掾。充每聚會，賈女於青瑣中看，見壽，說之。恆懷存想，發於吟詠。後婢往壽家，具述如此，並言女光麗。壽聞之心動，遂請婢潛修音問。及期往宿。壽蹻捷絕人，踰牆而入，家中莫知。自是充覺女盛自拂拭，說暢有異於常。後會諸吏，聞壽有奇香之氣，是外國所貢，一著人則歷月不歇。充計武帝唯賜己及陳騫，餘家無此香，疑壽與女通，而垣牆重密，門閤急峻，何由得爾？乃託言有盜，令人修牆。使反，曰：「其餘無異，唯東北角如有人跡，而牆高，非人所踰。」充乃取女左右婢考問，即以狀對。充秘之，以女妻壽。

——《世說新語．惑溺》

這篇小品中所寫的愛情故事雖發生於一千七、八百年前，但男女雙方的愛情心理、戀愛方式及長輩態度，即使放在今天也夠大膽，夠新潮，夠刺激。比如女孩主動追男孩，而且不是男才女貌模式，而是時下女孩最時髦最搶手的「小鮮肉」；如女孩邀男孩翻牆偷情，而且還大膽地未婚同居；如不是男孩送女孩聘禮，而是女孩送男孩異香；又如女孩父親不僅沒有斥責打罵女兒，反而把女兒嫁給了她喜歡的情人……

我們還是回到正文。時光倒回西晉的時候，曹魏司徒韓暨曾孫子韓壽生得姿容俊美，當時外戚權臣賈充辟他做僚屬。賈充每次與下屬聚會時，他的小女兒賈午就從窗格中偷看，一看到新來的韓壽就喜歡上他，從此眼前總是韓壽的影子，耳中總是韓壽的笑聲，心裡更常常幻想著與韓壽溫存，她還把這份情感抒寫在詩文中。後來賈小姐讓婢女暗暗到韓壽家，把小姐的情意告訴韓壽，還說小姐如何嫵媚美麗，如何光豔照人。韓壽聽後怦然心動，於是轉託婢女密傳音訊，並約定某日某時前往幽會，賈小姐也暗自以身相許，同意韓壽在約定的時間去她閨房。韓壽這小子身手敏捷矯健，翻牆而入小姐家中竟無人知曉，這對情人便常常夜晚一起偷情。自此而後，賈充發覺女兒總精心打扮，神情欣喜歡暢不同於往常。後來在官吏的一次集會上，同僚們聞到韓壽身上有奇特的香味，這種香料是外國的貢品，一旦抹到人身上香氣就幾月不散。集會散去後賈充暗自尋思，晉武帝十分珍惜這種異域香料，只把它賜給自己和陳騫，其餘的文武大臣再沒有人家會有這種香料，由此他開始懷疑女兒與韓壽私通，但他又覺得十分納悶，自己家圍牆高峻嚴密，整天又門禁森嚴，韓壽怎麼可能進入女兒閨房呢？於是，他便藉口家中盜賊，派人去重新修整圍牆。派去查看的人回來向他稟報說：「所有地方都無異常，只東北角好像有人翻爬的痕跡，但那麼高的圍牆也不是一般人能翻過的。」滿腹狐疑的賈充找來女兒身邊的侍女盤問，侍女們一五一十地把實情告訴了他。賈充得知實情後嚴加保密，很快就把女兒嫁給了韓壽。

與傳統擇婿以才德為首要條件不同，韓壽的「美姿容」讓賈充女兒神魂顛倒，賈小姐完全是「以貌取人」，更讓人咋舌的是第一次幽會就以身相許，沒有半點大家閨秀的禮節、體面與矜持。韓壽與賈午之間的戀情既無關於男子的人品與才智，也無關於女子的婦德與節操，賈女醉心於韓壽的「美姿容」，韓壽也迷倒於賈女的「光麗」，無須媒妁之言，不要父母之命，僅僅是性吸引使得這對男女充滿了激情，使他們不惜翻牆同居，使他們不計後果也要偷嘗禁果。

擺脫了儒家名教對人的束縛，沒有諸多嚴酷禮節對人性的壓抑，才會出現這種像烈火一樣熾烈的愛情——女的不顧及自己的名節，為了討好男人可以偷香，男的不考慮自己的前程，為了能夠偷情可以半夜翻牆，生命的激情沖毀了一切禮法的堤防，這種愛情不是節之以禮義，而是全身心的投入和震顫。

翻牆幽會似乎在古今中外都屬通例，《詩經．鄭風》中的〈將仲子〉也是寫男子翻牆：

將仲子兮，無踰我里，無折我樹杞。豈敢愛之？畏我父母。仲可懷也，父母之言，亦可畏也。

將仲子兮，無踰我牆，無折我樹桑。豈敢愛之？畏我諸兄。仲可懷也，諸兄之言，亦可畏也……

現將前面二段翻譯成白話——「仲子小哥哥喲，別翻過我家閭里，別折斷了我家的樹杞。哪是捨不得杞樹呵，我是害怕父母。仲子小哥哥喲我想你，但父母的批評呵我害怕。

仲子小哥哥喲，別翻越我家圍牆，別折斷了我家的綠桑。哪是捨不得桑樹呵，我是害怕兄長。仲子小哥哥喲我想你，但兄長的批評呵我害怕。」

從《周禮．地官．媒氏》可知，「中春之月，令會男女，於是時也，奔者不禁」，周代青年人在特定季節可以自由戀愛，而且此時男女「奔者不禁」，一過「中春」私相幽會就屬「淫奔」。越到後世男女之防就越嚴格，《孟子．滕文公下》兇狠狠地說：「不待父母之命，媒妁之言，鑽穴隙相窺，踰牆相從，則父母、國人皆賤之。」到魏晉士人「非湯武而薄周孔」，才有賈女「於青瑣」相窺，韓壽「踰牆」偷情的非禮之舉。賈充明明知道下屬翻牆和女兒偷人，但他不僅沒有輕賤他們，反而秘而不宣地默許了他們的愛情，並認可了女兒自己挑選的夫婿，讓有情人終成眷屬。賈充的政治品格多有可議，但他作為父親實在無可挑剔。

「韓壽偷香」千百年來一直是男女豔羨的風流韻事，一直是文人們津津樂道的美談，即使在理學盛行的宋代也很少聽到人們指責賈午和韓壽。唐代李商隱在〈無題四首〉其二中說「賈氏窺簾韓掾少，宓妃留枕魏王才」，將賈午與宓妃、韓壽與曹植並列，將他們作為痴情的情種來歌頌。唐代另一詩人羅虯更把韓壽視為愛情英雄：「當時若是逢韓壽，未必埋蹤在賈家。」（〈比紅兒詩一百首〉其十七）

第十九章　機詐

魏晉是一個尚力尚才的時代，人物品評首重才情風度，很少論及人物的道德操守，曹操在〈求賢令〉中「唯才是舉」而不問其他，公開要求舉薦「盜嫂受金」的能人。《世說新語》雖然首列〈德行〉，那不過是謹守孔門四科的「例行公事」，相較於談言語、文學、任誕、容止等章，內容既不出彩，篇幅又不太多。〈夙惠〉專寫少年的聰明和天才的早熟，〈捷悟〉專寫敏捷的才華和敏銳的感悟，〈假譎〉甚至專寫手段的機巧和為人的狡詐。作者對於機詐似乎並無貶義，相反，對很多隨機應變的能力還十分欣賞。這裡隱含的價值判斷是：只要達到目的，可以不擇手段。

三國時期的魏、蜀、吳，很難說哪家的目的更高尚，要說高尚誰都有份——誰都宣稱要統一天下，要說卑鄙誰都一樣——誰不是為了自己黃袍加身？說到手段則只有高下之分，而無道德上的好壞之別，在手段的範圍內，你可以說誰最精明誰最愚笨，但不能說誰是偉人誰是小人。

《三國志》稱曹操是「非常之人，超世之傑」，說劉備「機權幹略，不逮魏武」，說諸葛亮「應變將略，非其所長」，這些評價可謂恰如其分。諸葛亮缺乏曹操的冒險精神，劉備沒有曹操的雄才大略，孫權更沒有曹操的學識胸襟。魏晉之際，曹操比諸葛亮有膽有才，比劉備有眼光有謀略，比孫權有遠見有氣魄——魏晉人物當以曹操第一。誰能像他那樣，戰場上留下「官渡之戰」這樣以少勝多的輝煌戰例？誰能像他那樣，文學上留下那些悲壯慷慨「時露霸氣」的詩文？

◆　◆　◆

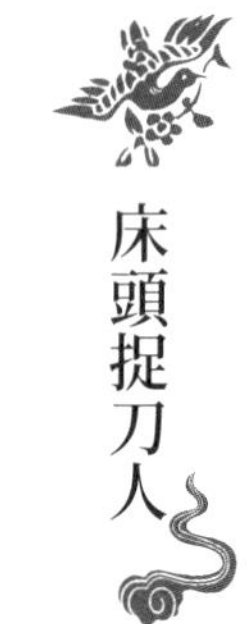

床頭捉刀人

魏武將見匈奴使，自以形陋，不足雄遠國，使崔季珪代，帝自捉刀立床頭。既畢，令間諜問曰：「魏王何如？」匈奴使答曰：「魏王雅望非常，然床頭捉刀人，此乃英雄也。」魏武聞之，追殺此使。

——《世說新語．容止》

在我們印象中，叱吒疆場的英雄應該魁梧威猛，實際上許多使敵人膽寒的將軍身材矮小，如三國時期逐鹿中原的曹操，十九世紀統率法國橫掃歐洲的拿破崙，還有解放戰爭中南征北戰的林彪。

這篇收入《世說新語．容止》的小品，主要表現曹操的容貌和舉止——「形陋」卻可愛，矮小但可怕。

先交代一下小品文中的人物和背景。曹操在建安二十一年（二一六）晉爵魏王，去世後諡號為「武王」，曹丕稱帝後追尊「魏武帝」。匈奴是居住在西伯利亞一帶的古老民族，他們衣著打扮的顯著特徵是「披髮左衽」，也就是披頭散髮，衣襟左開。古時華夏是束髮右衽，孔子把「披髮左衽」視為野蠻的標誌。東漢以後南匈奴投降漢朝，北匈奴西遷後消失在中國古籍中。崔季珪即東漢末名士崔琰，他起初被袁紹徵召佐命袁氏，袁紹被打敗後效力曹操，歷任別駕從事、中尉、尚書等職。

魏武帝將要接見匈奴使者，他覺得自己形象醜陋，不足以威鎮遠方異族人，便讓崔季珪做自己的替身，代替他出面接見使者，自己親自握刀侍立坐榻旁邊。接見結束後，指使秘探詢問使者對魏王的印象：「您覺得我們魏王怎麼樣？」匈奴使者回答道：「魏王俊美高雅的儀表非同尋常，然而坐榻邊那位握刀人，才是真正的英雄豪傑。」魏武帝一聽到對自己的評價，馬上派人追殺了那個使者。

就像特別欣賞皇皇大賦一樣，漢人也以高大魁偉的男性為美，常以「峻」、「偉」來形容男性，如《後漢書．何熙傳》說：「身長八尺五寸，善為威容，贊拜殿中，音動左右，和帝偉之。」《漢書．王商傳》說西漢丞相王商「身長八尺餘，身體鴻大」，為人少言語而有威嚴，接見單于時對方「仰視商貌」，十分畏懼不斷後退，漢成帝聽說後感歎道：「此真漢相矣！」曹操無疑熟悉王商見單于的故事，史書載魏王身材矮小，所以他「自以形陋」。《三國志》本傳說崔琰「聲姿高暢，眉目疏朗，鬚長四尺，甚有威重」，不僅「朝士瞻望」，連魏王也心生敬畏。這樣，他使崔季珪代自己接見匈奴就很自然了。

反襯是這篇文章最突出的手法。不管崔琰怎麼「眉目疏朗」，他在這篇文章中也只是用來襯托曹操的道具。曹操「自以形陋」找他做替身，可在使者看來，崔琰外貌雖然「雅望非常」，但他不過徒有其表，「床頭」那個其貌不揚的「捉刀人」，才是算得上真正的「英雄」。這倒應驗了《魏氏春秋》對曹操的描述：「武王姿貌短小，而神明英發。」「自以形陋」的曹操成了使者眼中的「英雄」，一方面說明使者不以貌取人，具有非凡的洞察力。另一方面表明魏晉人對人物的審美，逐漸從形的俊偉過渡到神的卓越。

《三國志》本傳稱讚曹操是「非常之人，超世之傑」。這篇小品文使我們「目睹」了他的「非常」之處。以魏王之尊居然捉刀床頭，自願做自己臣子的侍衛，大概只有他這種性格的丞相，才會想出這樣的鬼點子，也只有他這種不循常理的人，才會去幹這種違背常理的事。矮小的曹操捉刀床頭，站在偉岸威嚴的崔琰旁邊，那場面該是多麼滑稽，此時的曹操又該多麼可愛！

這篇文章也讓我們見識了曹操的機警冷酷。假如曹操不是「神明英發」，誰能一眼便會認定他是「英雄」？假如使者沒有敏銳獨到的眼光，又怎麼會發現短小的捉刀人是「英雄」？可見，曹操和使者都是「非常之人」。一個忌刻多疑的曹操，絕不會放過另一個「非常之人」，更何況他是強敵的使者。歷史上許多使者喪命是由於愚蠢，這位匈奴使者喪命卻是由於精明，估計他至今仍然死不瞑目。不過，要是知道做曹操替身的崔琰，不久也成了曹操的刀下鬼，使者的心情也許會好受得多。

唐人劉知幾《史通》從歷史和情理等方面，論析了文中的情節全屬虛構。其他史家也認為「此事近於兒戲」，一看就知道是小說家言。

儘管如此，文中故事即使不符合歷史真實，也十分符合曹操性格的真實。它本來就是一篇寫人的

小品，誰叫你把它作為歷史來讀呢？

謀逆者挫氣

魏武常言：「人欲危己，己輒心動。」因語所親小人曰：「汝懷刃密來我側，我必說『心動』，執汝使行刑，汝但勿言其使，無他，當厚相報。」執者信焉，不以為懼。遂斬之，此人至死不知也。左右以為實，謀逆者挫氣矣。

——《世說新語．假譎》

曹操父親曹嵩為宦官養子，史家說「莫能審其生出本末」（《三國志．魏書．武帝紀》）。出生於孤寒之族，崛起於動亂之世，本應是「屌絲」逆襲的成功典範，可當時和後世對他的評價一直好壞參半——人們往往把曹操看成「超人」，同時又常常把他說成「壞人」；無論是正史還是稗官中的曹操故事，曹操的形象既是一個智者，同時又是一個惡棍；你一邊驚歎他那過人的機敏，一邊又恐懼他那罕見的殘忍，所以你說不清對曹操是該愛還是該恨，大多數情況下你極有可能又愛又恨。

這篇小品生動地表現了曹操的機心與狡詐。

皇帝和任何獨裁者一樣，表面看起來強大無比，實際上可能脆弱不堪，比我們這些草民還缺乏安全感。他們既要對付境外的強敵，更要提防身邊的侍從乃至親人，皇帝死於強敵的情況很少，死於近衛和親人的機率反而較大。俗話說「外敵易禦，家賊難防」，這對曹操來說尤其如此，當時幾乎沒有外敵可以消滅他，但侍從和親人隨時都可能害死他，乘他熟睡之機結果他的性命。

晝夜最貼心侍候自己的人，也可能是最容易謀害自己的人。這種擔憂一直困擾著曹操，且看他有何高招——

曹操曾對周圍的人說：「如果有人存心害我，我就會心跳得特別厲害。」為了使人們對他的話堅信不疑，他便對一個十分親近的侍從說：「你暗暗在懷中揣一把刀，偷偷地靠近我的身邊，我必定會喊『心跳得厲害』，捉住你送去行刑，只要你不透露是我指使你幹的，我保證什麼事也沒有，事後一定會重重報償你。」那侍從沒有半點遲疑，全然照曹操的話去做，行刑時還毫無懼色，直到送他上西天了，這可憐蟲還不知道是怎麼回事。曹操身邊的所有人都信以為真，圖謀叛逆的人也全都洩氣。

這個陰招實在狠毒。為了自己活命，不惜侍從喪命，「成功」實踐了他「寧我負人，毋人負我」的人生哲學。既是「所親」的侍從，無疑是對他忠心耿耿。為什麼要拿忠心耿耿的侍從下手呢？只有對自己忠心耿耿的人，才不會把自己的詭計洩露出去！正因為對他忠心，才要讓他送命——誰懂得曹操的這種怪邏輯？

這個陰招的確有效。曹操「人欲危己，己輒心動」這種特殊的生理反應，親近侍從已經用性命進行了驗證，誰也不敢更不願用自己的生命再試一次。目睹了曹操這種「特異功能」，想要殺害曹操的傢伙都灰心喪氣。只要你心裡想害他，他的心就跳得厲害，不僅不敢動手害他，你連害他的心也不敢有，否則，只要曹操的心跳得厲害，你的心就可能從此不跳。

《世說新語．假譎》還講了曹操另一個相近的故事：「魏武常云：『我眠中不可妄近，近便斫人，亦不自覺，左右宜深慎此！』後陽眠，所幸一人竊以被覆之，因便斫殺。自爾每眠，左右莫敢近者。」熟睡之後侍從最容易致他死命，所以他睡覺時禁止他人靠近。可要讓所有人遵守這一戒令，不能靠思想工作，也不能靠品德教育，教育甚至還會適得其反，讓「謀逆者」知道了可乘之機。曹操只得讓所有人不敢靠近，辦法還是揚言自己有「特異功能」：我睡著後任何人都不能隨便靠近，一靠近我就會自動砍人，這是一種無意識，連我自己也無知覺，大家可要千萬當心！這次做得更絕，先上床假眠，他最寵幸的人好心給他蓋被，於是就被他「無意」砍死了。從此以後，每當他在酣睡，誰都不敢走近。曹操刀下的那些冤魂，不是對他最忠心的，就是被他最為寵幸的。

對於統治者來說，與其讓別人覺得他仁慈，還不如讓別人看到他恐懼。

劉孝標引《曹瞞傳》說：「操在軍，廩穀不足，私語主者曰：『何如？』主者云：『可以小斛足之。』操曰：『善。』後軍中言操欺眾，操題其主者背以徇曰：『行小斛，盜軍穀。』遂斬之，仍云：『特當借汝死以厭眾心。』其變詐皆此類也。」這個故事後來被《三國演義》採用，穿插在曹操南討袁術之際，羅貫中還有鼻子有眼地說出「主者」姓甚名誰。

不過，這三則故事雖然很吸引人，但沒有一個真實可信。第一個故事中，曹操與「所親」侍從的密約，侍從至死都沒有告訴過別人，編故事的人又何從得知？假如曹操的話被人偷聽，又怎麼能說「左右以為實」？第二個故事中，只要曹操不主動說出實情，誰知道曹操是真睡還是「陽（佯）睡」？第三個故事中，曹操與主事者的對話，既然是他們兩人之間的「私語」，主事者又已經被殺，誰能斷定「行小斛」是受曹指使？「特當借汝死以厭眾心」，確實暴露了曹操奸詐的本色，可這句話既是對「主者」一個人說的，他們之間只有你知我知，「主者」既已被害，當時又不可能錄音，誰又知道曹操曾出此言呢？從裴松之和劉孝標所引《曹瞞傳》的隻言片語來看，幾乎沒有一條不是「黑」曹操，僅從書名不稱《曹操傳》而叫《曹瞞傳》，就知道作者的情感傾向。從古至今，社會上稍有風吹草動，最高統治者就會拿大臣做替死鬼，讓別人為自己的罪過償命，這已經是官場上的慣例。即使曹操真的這麼幹了，也只能說他和別的統治者一樣壞，絕不能說只有他一個人特別壞。

曹操的權謀、機詐和狠毒，前兩篇小品寫得活靈活現。情節固然都經不起後人推敲，可後人何苦又要去推敲呢？

望梅止渴

魏武行役，失汲道，軍皆渴，乃令曰：「前有大梅林，饒子，甘酸，可以解渴。」士卒聞之，口皆出水，乘此得及前源。

——《世說新語．假譎》

在中國古今政治家中，曹操可能是最有個性的一位，更可能是「故事」最多的一位。愛他的人喜歡編故事說他機智，恨他的人也喜歡編故事罵他奸詐。他在後世被塗抹成了一個反面角色，既不像關羽那樣被聖化，也不像諸葛亮那樣被神化，因而人們編他的故事百無禁忌。題材上可以從軍國大事到兒女情長，態度上可以從無限仰慕到極其厭惡，怎樣形象生動，怎樣好玩可笑，你就可以怎樣虛構編排。

其中有些故事真假莫辨，因為曹操和其他當事人已經死無對證，有些一看就知道是胡編，許多細節都經不起推敲和檢驗。可聽故事和讀故事的人，寧可信其有，不願信其無，真有「其」事覺得更加「好玩」，若「無」其事就感到大煞風景。

下面這個「望梅止渴」的故事，是表現曹操急中生智的應變之才——

一次曹操率領部隊行軍途中，長時間找不到取水的地方，將士們都口渴難忍。他見此情況便傳令說：「前面不遠處就有一大片梅林，林中碩果累累，梅子又甜又酸，正好用來解渴。」將士們聽說以後，個個都流出口水來。他趁這個機會加速行進，很快便趕到前面有水源的地方。

戰爭相持階段我軍水盡糧絕，指揮員進行政治動員，宣傳員進行革命宣傳，戰士們口中生煙仍然鬥志旺盛——這是中國當代影視劇中常見的畫面。看多了覺得它老套還在其次，關鍵是感到它有點虛假——幾天幾夜不吃不喝還精神飽滿，影片中的戰士難道是「鐵人」不成？

曹操沒學過「物質變精神，精神變物質」的辯證法，但他明白口渴這種生理上的麻煩，就要用生理上的辦法來解決。士兵們口渴得生煙，就得讓他們口中流水。每個人都有過條件反射的經驗，見到或想到酸甜的東西，不知不覺就口中生津。他傳令部隊將士：「前有大梅林，饒子，甘酸，可以解渴。」大片梅林，碩果累累，讓所有將士看到了希望，很快就可以飽吃一頓；梅子又酸又甜的味道，一想起來就流出口水，梅子雖然尚未吃到，而口渴便已解除。

前面有一大片梅林，完全屬曹操「無中生有」，可正是這片「許諾」的梅林，使將士由口中生煙變成口中流水——誰說「巧婦難為無米之炊」？

《三國志》稱曹操「機變無方，略不世出」，他能在一瞬間就隨機應變，不僅要有極其敏捷的思維，而且還得有十分豐富的聯想。

這個故事發生在何時何地呢？現在大多說是曹操征討張繡的途中。曹操討伐張繡是在建安二年和三年，地點在今河南南陽一帶。《三國志》並未記載「望梅止渴」，這個故事最早見之《世說新語》，杜佑《通典》卷一百五十六轉引。

故事刻畫曹操形象非常傳神，至於它的真實性，我不敢斷然肯定，也不願貿然否定。千百年來，大家一說起「望梅止渴」都津津有味，至今還是使用頻率很高的成語，誰要無緣無故說它虛構，誰就沒安好心！

◆ ◆ ◆

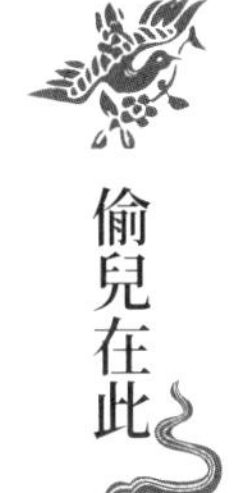

偷兒在此

魏武少時，嘗與袁紹好為游俠，觀人新婚，因潛入主人園中，夜叫呼云：「有偷兒賊！」青廬中人皆出觀，魏武乃入，抽刃劫新婦。與紹還出，失道，墜枳棘中，紹不能得動。復大叫云：「偷兒在此！」紹遑迫自擲出，遂以俱免。

——《世說新語．假譎》

《三國演義》中周瑜埋怨「既生瑜，何生亮」，袁紹死前應該也要哀歎「既生紹，何生操」。

其實，袁紹與曹操完全不在同一個起跑線上——就出身而言，袁紹出身於四世三公的名門望族。袁家從曾祖父起連續四代有五人居三公之位，在東漢後期勢傾天下，而曹操的父親是宦官養子，連當時的人也「莫能審其生出本末」；就自身條件而言，《後漢書》說袁紹不僅「有姿貌威容」，而且氣度「弘雅」，而曹操卻身材「矮小」，他本人也「自以形陋」。可是誰曾料到，官渡之戰中袁紹竟然敗在曹操手下，而且還敗得十分丟人。

不過，他們並不是天生的冤家對頭，年輕時他們還有共同的愛好——游俠。王粲《英雄記》說袁紹少「好游俠，與張孟卓、何伯求、吳子卿、許子遠、伍德瑜等皆為奔走之友」。「奔走之友」是指常常一起到處遊逛的人。

《三國志》稱曹操「少機警，有權數，而任俠放蕩」，裴松之注引《曹瞞傳》也說他「少好飛鷹走狗，游蕩無度」。游俠好的一面是輕生重義，勇於為人排難解紛，壞的一面是游手好閒，偶爾還像無賴之徒一樣為非作歹。袁紹和曹操二人「好游俠」，好和壞兩面都各沾了一點。

這篇小品正是寫他們小時一起的惡作劇——

魏武帝小時候，曾經和袁紹一起喜好學游俠。有一次他們去看人家新婚，先暗暗潛藏到主人家園中，夜深時分突然大叫道：「這裡有偷兒賊！」等青廬裡的人都跑出來看小偷時，曹操趁機衝進青廬，抽出刀來劫持新娘子。他和袁紹逃出園子時迷失了道路，墜入密集多刺的枳棘中，袁紹陷在刺中動彈不得。曹操見此情狀，連忙又大叫道：「偷兒在此！」袁紹在驚慌急迫中亡命地跳了出來，因而二人才幸好沒有被主人抓獲。

古代北方婚俗，用青布幔為屋叫青廬，在青廬中新郎新娘交拜，還以竹枝打新郎為戲。親戚鄉鄰成群地去看新婦，在洞房裡戲新郎新婦，是很早就形成的新婚習俗，葛洪《抱朴子．外篇．疾謬》指責說：「俗間有戲婦之法，於稠眾之中，親屬之前，問以醜言，責以慢對。」曹操和袁紹一起去看人家新婚並非無禮，但搶人家的新娘就過分荒唐了。看了人家的新婚，還要搶人家的新婦，曹、袁二人小時是不折不扣的惡少。

不過，作者本意不是要揭露曹、袁的惡少行徑，而是要通過急中生智的行為，刻畫曹操有膽有謀的個性。他想搶劫青廬中的新婦，可青廬中一滿屋人在鬧洞房，他和袁紹二人絕不可能得手，於是他大喊「有偷兒賊」，把青廬中的人引出來抓小偷，這樣他才能「抽刃劫新婦」。「有偷兒賊」是寫曹操的智謀，「抽刃劫新婦」是寫曹操亡命的膽略。當袁紹陷在枳棘中時，要是鼓勵他不要怕刺，可能越鼓勵他越害怕，追他們的人又越來越近。曹操要是一個人逃走，以後大家會指責他為人不義，要是先把袁紹救出枳棘，然後再兩人一齊逃走，他們都將同時落網。在這萬分危急的時刻，曹操又靈機一動大聲喊道：「偷兒在此！」驚恐緊張中的袁紹，必然會奮不顧身地衝出荊棘，還哪用得著別人鼓勵幫助？兩次簡短的喊話，兩個敏捷的動作，就寫出了曹操的機智、膽量和冷靜，我們如見其人，如聞其聲。

同伴身陷枳棘，失道更有追兵，若不是曹操如此聰明，哪會想出如此聰明的逃法？

文中雖然有兩個人物，但袁紹完全用作陪襯。在這次劫新婦行動中，袁紹成了曹操的累贅：「墜枳棘中，紹不能得動。」是曹操的機敏才讓他免被抓獲。

儘管這是曹、袁兒時的遊戲，但預示了他們後來的結局；儘管袁紹出身比曹操高貴，可曹操一直瞧不起袁紹的才能：「吾知紹之為人，志大而智小，色厲而膽薄，忌克而少威。」（《三國志》）「志大而智小」的袁紹，與膽大而才高的曹操，最後在官渡一決雌雄，能不被打得一敗塗地嗎？

曹成了袁爭天下的對頭，可袁卻不是曹的對手，青少年時代袁「玩」不過曹，成年後自然也鬥不過曹。

「偷兒在此」真有象徵意義。唐代詩人章碣在〈癸卯歲毗陵登高會中貽同志〉中憤激地說：「塵土十分歸舉子，乾坤大半屬偷兒。」曹、袁小時去偷劫別人的新婦，他們成人後又去偷劫整個國家。曹操喊叫袁紹「偷兒在此」，曹操本人又何曾不是「偷兒」呢？只是他比袁紹偷技更高而已。

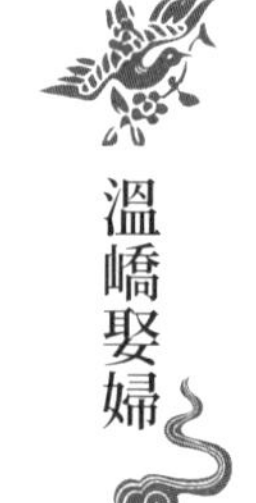

溫嶠娶婦

溫公喪婦。從姑劉氏家值亂離散，唯有一女，甚有姿慧。姑以屬公覓婚，公密有自婚意，答云：「佳婿難得，但如嶠比，云何？」姑云：「喪敗之餘，乞粗存活，便足慰吾餘年，何敢希汝比。」卻後少日，公報姑云：「已覓得婚處，門地粗可，婿身名宦盡不減嶠。」因下玉鏡臺一枚。姑大喜。既婚，交禮，女以手披紗扇，撫掌大笑曰：「我固疑是老奴，果如所卜。」玉鏡臺，是公為劉越石長史，北征劉聰所得。

——《世說新語．假譎》

故事情節跌宕起伏，人物刻畫生動形象，人物對話微妙傳神，最後結局極富喜劇性——這篇不足二百字的小文，是一篇微型小說的藝術傑作。

文中的「溫公」指東晉名將和重臣溫嶠。溫嶠太原祁縣（今山西祁縣）人，曹魏名臣溫恢之孫，西晉司徒溫羨之侄。他既出生於官宦世家，人又生得「風儀秀整」，處事更是機敏聰明，學術上又「博學能屬文」（《晉書》本傳），《隋書．經籍志》有《溫嶠集》十卷。可由於他過江比王導等人稍晚，政壇上瓜分位置也是「先來先得」，時人歷數「過江一流人物」時，往往遺漏了他這位難得的文武全才，而他本人又很看重「人物排序」，所以一聽到名士品藻「一流人物」他就緊張，要是沒有被數到便常懷憤憤。

歷史上真實的「溫公」留待後敘，他在政壇上的得失也暫且不提，我們先來看看溫公的婚事。溫公不久前喪妻。堂姑劉家因遭逢戰亂，一家人都流離失散，姑媽身邊只有一個女兒，生得又聰明又好看。姑媽託付溫公給女兒尋一門親事。文中的「屬」通「囑」，即囑託或託付的意思。溫公一見到表妹就愛上了她，暗中已有了娶她的打算，他便試探性地對姑媽說：「佳婿難以尋覓，要是能找到像我這樣的，不知能不能中姑媽的意。」姑媽回話說：「遭逢喪亂而僥倖未死，只求馬馬虎虎能夠活命，就算是我晚年不幸中的萬幸了，那敢希求像你這樣的女婿！」幾天之後，溫嶠稟告姑媽說：「總算是為表妹找到人家了，門地（門閥地位）也還算說得過去，女婿的官位、名聲、相貌，哪一樣都不比我差。」還送來了一個玉鏡臺作為訂婚聘禮。姑媽自然是歡天喜地。等到結婚那天行了交拜禮之後，新娘用手挑開遮臉的紗扇，拍手大笑道：「我本來就懷疑是你這老東西，果然不出我的所料。」

故事既有波瀾又合情理。作者先以「溫公喪婦」四字，說明溫嶠此時的婚姻狀況。再寫堂姑「家值亂離散」，身邊「唯有一女」，而且還「甚有姿慧」，更關鍵的是「屬公覓婚」。一個是新喪偶的鰥夫，一個是待字閨中的怨女；一個有「門地」和「名宦」，一個有姿容和慧心；於是，一邊託其「覓婚」，一邊自然就想「自婚」了。表妹「甚有姿慧」，姑媽託其「覓婚」，公暗想「自婚」，這三句話環環相扣，情節發展的節奏很快，絕不像現在電影電視劇那樣拖泥帶水節外生枝。雖事有湊巧，卻水到渠成。讀者誰會想到是在「編故事」，大家都以為是在「寫信史」。

透過對話和行為刻畫人物形象，尤見出作者非凡的功力。溫公是故事中的主角，文中對他著墨最多。聽到姑媽「屬其覓婚」後，他先有意識地「自抬身價」——「佳婿難得」，再試探姑媽的覓婚條件——「但如嶠比，云何」？聽到姑媽滿意自己這種條件以後，「卻後少日」便立即回報，「已覓得婚處」，未來女婿「門地」、「名宦」，「盡不減嶠」。「盡不減嶠」四字大可玩味，強調不比嶠差也不比嶠好，「盡」表明一切都與嶠旗鼓相當。世上找不到一片完全相同的樹葉，又怎麼會有完全相同的人？所謂「佳婿難覓」，所謂「覓得婚處」，全是溫嶠在自炫自媒。

他的堂姑同樣不可小覷。她自然知道溫嶠喪偶鰥居，更瞭解溫嶠的門地名宦，他與女兒正是天然佳配，更是讓自己「足慰餘年」的佳婿。她囑溫嶠為表妹「覓婚」，既向內侄傳遞了自己的願望，又顯得非常得體。當溫嶠提出「但如嶠比」的條件時，她馬上表示「何敢希汝比」；當溫嶠回報說未來

女婿地位名望「盡不減嶠」時，她又毫不掩飾自己的「大喜」。以這位從姑的閱歷和敏銳，連她女兒都能猜透是溫嶠，她怎會看不透溫嶠玩的把戲?她不過是在裝聾作啞以配合演出。

作者只用一句對話和兩個動作，便將「女兒」的形象寫得活靈活現。通常交禮之後是由夫婿掀開紗扇，女孩主動「以手披紗扇」，是急於想看看自己的夫婿，更是想印證自己的懷疑。「撫掌大笑」表現了她猜中後的興奮，也表明她對自己婚姻的狂喜，同時還流露了她活潑爽快的性格。「我固疑是老奴，果如所卜」，這句話揭開了全部的謎底——溫對她有情，她也對溫有意。這句話不僅能見出她的聰慧，回應上文的「甚有姿慧」，也能見出她的潑辣和情趣。

溫嶠聽到託他「覓婚」，便暗暗決意「自婚」；姑媽表面上囑溫嶠「覓婚」，實際上是在向溫嶠「求婚」；女兒更看出了溫嶠的「密意」，也知道媽媽的「用意」——三個人都在將計就計，彼此又都是心照不宣，誰都不願說破這一公開的秘密。在這場大團圓的喜劇中，溫嶠這一角色機智風流，姑媽心思細膩縝密，女兒爽快潑辣而又聰明美麗。

這則故事在歷史上影響深遠，元代關漢卿的雜劇《溫太真玉鏡臺》、明代朱鼎的傳奇《玉鏡臺記》、民國初年京劇《玉鏡臺》，故事情節都取材於這篇小文。但三個劇本都不及這篇小文含蓄雋永，也不像這篇小文「真實可信」。

文章最後交代玉鏡臺的來歷，有的學者認為純屬累贅，這種說法顯然沒有看懂作者用心：一是要凸顯玉鏡臺的珍貴，它原為十六國漢國君御品，溫嶠用它做定親聘禮，表明女孩的「姿慧」讓他多麼動心；二是要給故事增添真實感，連一個玉鏡臺都能追溯來龍去脈，可見實有其事，實有其人。

可實際上，這個故事全屬虛構。劉孝標注引《溫氏譜》說：「嶠初取高平李暅女，中取琅邪王詡女，後取廬江何邃女，都不聞取劉氏。」當代史學家余嘉錫先生在《世說新語箋疏》中也根據《晉中興書》、《晉書．溫嶠傳》證實了《溫氏譜》的記載，斷言溫嶠從未與劉氏結婚。

不過，這些考證於史學極有必要，於文學則大煞風景，讀者哪在乎事情的真假，他們只在意故事是否動人。

韜晦

郗司空在北府，桓宣武惡其居兵權。郗於事機素暗，遣箋詣桓：「方欲共獎王室，修復園陵。」世子嘉賓出行，於道上聞信至，急取箋，視竟，寸寸毀裂，便回，還更作箋，自陳老病，不堪人間，欲乞閑地自養。宣武得箋大喜，即詔轉公督五郡、會稽太守。

——《世說新語．捷悟》

詩人常常自我感覺良好，以為連詩歌都能寫好還有什麼不能幹好？深信「天生我材必有用」（〈將進酒〉）的李白，安史大亂時誇口說：「但用東山謝安石，為君談笑靜胡沙。」（〈永王東巡歌十一首〉其二）隱然以當世謝安自居，好像自己在談笑之間就可以把天下搞定。連印象中比較老成持重的杜甫也一張口就是「會當凌絕頂，一覽眾山小」（〈望嶽〉），一千多年以後還能想像出他那目空一切的氣概。歷史學家范文瀾先生曾毫不客氣地說，李杜都是政治上的糊塗蟲。幸喜李杜都沒有治國的機會，否則，他們就不是偉大的詩人而是歷史的罪人。詩人中政治糊塗蟲當然不只李杜，一直被稱為才高八斗的曹植也要算一個。明明知道兄長和侄子一直提防和忌恨自己，可他在文帝、明帝面前不懂韜晦之略，還在〈求自試表〉中一而再再而三地吹噓自己的才華和壯志，要求皇帝「出不世之詔」，讓自己「統偏師之任」。這不是找死嗎？他好像至死都不明白，在曹丕眼中，自己立功的雄心就是篡位的野心。

政壇上深諳權謀的老手，沒有一個人會像李杜那樣「說大話」，他們都明白誰先伸頭誰便先死的道理，所以無一不擅長韜光晦跡——明明狗膽包天偏要裝成膽小如鼠，明明雄心勃勃偏要裝成胸無大志，明明目光深遠偏要裝成鼠目寸光，明明老謀深算偏要裝得傻氣天真。

《三國演義》「曹操煮酒論英雄」這一回中，寫劉備棲身曹營時「防曹操謀害，就下處後園種菜，親自澆灌，以為韜晦之計」。做夢也想黃袍加身的劉備，哪有興趣當一個菜農澆花種菜？

上面這則小品向我們生動地展示了政壇上的韜晦之術。

郗鑒、郗愔、郗超（字景興，一字嘉賓）祖孫三代一直處在東晉權力的中心，三人在朝廷同參權要，但他們為人卻大不相同：郗鑒儒雅，郗愔方正，郗超機敏。這裡來看看郗愔和郗超父子的處事方式。

文中的「北府」是東晉的一個軍事建制，此時治所從廣陵移到了京口，也就是今天江蘇鎮江市。郗愔曾掌控藩鎮北府，北府地勢扼京城咽喉，史稱京口「人多勁悍」。有英邁之氣和不臣之心的桓溫，常常讚歎「京口酒可飲，箕可用，兵可使」（劉孝標注引《南徐州記》），對北府早已垂涎三尺，郗愔居重地握重兵使他如芒在背。忠厚的郗愔對權術機謀一向都很遲鈍，既不能窺探桓溫的險惡用心，也不能洞察自身的危險處境，竟然糊裡糊塗地給桓溫寫信說：「方欲共獎王室，修復園陵。」由於中原已被胡人佔領，西晉帝王陵墓都在洛陽。郗愔對晉朝忠心耿耿，他希望與桓溫共同輔佐朝廷，秣馬厲兵收復中原故土。信中對桓溫的真心表白，可能招致郗愔的殺身之禍：一、「共獎王室」擺明了當今之世能與桓溫抗衡的只有郗愔；二、郗愔是晉室的鐵桿忠臣，自然就是桓溫篡位巨大障礙；三、郗愔雖已屆暮年仍雄心不老，這會使桓溫如魚刺在喉。

郗愔給桓溫寫信那會兒，正好長子郗超外出，在路上聽說有信使到了，急忙從信使手中取出信箋，讀完立馬把信撕成碎片，回家後代父重寫了一封信，陳述自己又老又病，無力勝任眼下這一軍事重任，想乞求一個閒散的位置打發餘年。文中的「宣武」即桓溫，溫死後諡宣武侯。桓溫見信後非常高興，對郗愔的戒備和忌憚全都消除，立即下令升任郗公都督五郡軍事，並兼任會稽郡太守。

要不是兒子郗超調包換信，在當時詭譎多變的形勢中，身居要津的郗愔轉眼就將身陷絕境。郗超年輕時就卓犖不群，他做桓溫參軍時桓溫便發現郗超深不可測。郗超知道什麼時候必須收斂鋒芒——韜晦以打消他人戒心，什麼時候應該露出崢嶸——展示力量以震懾對手。桓溫對郗超「傾意禮待」（《晉

書·郗超傳》），郗超對桓溫也鼎力相助，桓溫「王霸大業」背後的高參就是郗超。溫超二人在才調上惺惺相惜，在追求上又臭味相投，難怪他馬上把糊塗父親那封糊塗信「寸寸毀裂」，因為他最明白這封信會招來多大的風險。

郗超不僅辦事精明幹練，識人眼光敏銳，待人又慷慨大度，而且清談時義理精微，與人辯論更是議論風發，一代名相謝安也畏他三分。郗超生前讓人服讓人怕也招人愛。他入桓溫幕後暗助溫密謀篡逆，可惜把才能用錯了地方。郗超死後他父親才看到兒子與桓溫謀反的密信，正在喪子之痛中的郗愔厲聲罵道：「逆子真該早死！」

看來，任何一個政客在風急浪高的政治舞臺上，「沒有」才能不行，「只有」才能更不行；不用機謀可能自己遭殃，只用機謀國家可能遭難。

第二十章　世故

任何事物，受光的正面看上去總比較光亮，背光的反面自然相對陰暗，所以人們容易看到它的正面，也願意看到它的正面。

譬如，一提起「魏晉風度」，人們首先就想到「目送歸鴻，手揮五弦」的瀟灑之姿，想到高臥東山的出塵之志，想到玄而又玄的有無之辯，總覺得魏晉名士玉潔冰清，一塵不染……

假如轉到背面或側面審視，一個精神世界中的王子，可能是現實生活中的俗人——口不言錢的人可能十分貪婪，超然絕世的名士可能頗多俗念。「乘興而來，興盡而返」的王徽之，「在山陰道上行」的王獻之，他們兄弟二人的風情氣韻都悠然脫俗，可他們兄弟有時驚人地俗氣。「王子敬兄弟見郗公，躡履問訊，甚修外生禮。及嘉賓死，皆著高屐，儀容輕慢。命坐，皆云『有事，不暇坐。』既去，郗公慨然曰：『使嘉賓不死，鼠輩敢爾！』」（《世說新語．簡傲》）文中的「郗公」即郗愔，「王子敬兄弟」為書聖王羲之之子，郗愔之甥。「嘉賓」即郗愔之子郗超，郗超為東晉炙手可熱的能臣。當郗超表兄在世的時候，王獻之兄弟對忠厚的舅舅畢恭畢敬，表兄剛一離世，他們對舅舅就「儀容輕慢」。他們的書法和風度像「天際真人」，他們對待舅父又世故得要命。

這一章就是要讓大家看看「魏晉風度」的背面和側面。

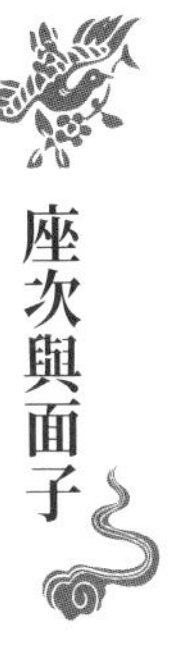

座次與面子

支道林還東，時賢並送於征虜亭。蔡子叔前至，坐近林公。謝萬石後來，坐小遠。蔡暫起，謝移就其處。蔡還，見謝在焉，因合褥舉謝擲地，自復坐。謝冠幘傾脫，乃徐起，振衣就席，神意甚平，不覺瞋沮。坐定，謂蔡曰：「卿奇人，殆壞我面。」蔡答曰：「我本不為卿面作計。」其後二人俱不介意。

——《世說新語．雅量》

這篇文章寫的是魏晉名士之間爭搶座次的輕鬆喜劇。

東晉高僧支道林在京城遊厭了朱門，想回東山的寺廟換換胃口。《高逸沙門傳》說支道林這次來京是「為哀帝所迎」。因是當朝皇帝的座上賓，離開皇都時才有「時賢並送於征虜亭」的熱鬧場面——皇帝的貴客誰不想巴結呢？司徒蔡謨二公子蔡子叔先到，很自然便靠近支道林就座。太傅謝安弟弟謝萬石後來，座位離支道林就稍遠一點。在給支道林送行的餞別宴席上，支道林無疑是眾星捧月的中心人物，誰離他最近誰就是席間的貴人，因而離支道林座次的遠近，無形就成了送行人身分貴賤的標誌。蔡子叔是當時的「著姓」，謝萬石也是那時的高門，子叔的父親位極人臣，謝萬石的兄長炙手可熱，「後來」的萬石怎能忍受「先至」的子叔「坐近林公」呢?大家知道中國人向來臭要「面子」，貴族比百姓更看重榮譽和浮名，有礙「面子」時不惜以兵戎相見。這樣，蔡、謝二位名門公子就有好戲等著我們看了。

謝萬石瞅準「蔡暫起」離座的時機，趕緊把座位移到蔡子叔原先的位子上，以便自己「後來」而能「坐近林公」。蔡子叔轉眼回來見謝佔了自己的座位，不由得心頭火起，竟然有人敢公開與太尉公子爭座，這還了得!於是二話不說就「合褥舉謝擲地」——連著坐墊一起把謝萬石舉起來扔到地上，自己又大模大樣地坐回原處。《晉書·謝萬石傳》說謝一向「矜豪傲物」，從來就目中無人。假如他平時為人謙讓，斷然不會去搶佔蔡子叔的座位。本來為了爭「面子」弄得沒「面子」，此兄豈可善罷甘休?蔡子叔也是得理不讓人，寧可以失身分的手段來挽回身分，以不講「面子」的方式來保全「面子」。

看來，一場龍虎鬥在所難免。

事態的發展卻大出人們所料，謝萬石「乃徐起振衣就席，神意甚平，不覺瞋沮」。「徐起」—「振衣」—「就席」，這既是謝萬石極有層次地調整身體的過程，也是他逐漸調整心態的過程，等他就席的時候已毫無怒容，神情意態都很平靜。謝的許多複雜心理過程只通過動作來展示，這是作者用筆的含蓄雋永處。

下面一段對話更有趣。「坐定，謂蔡曰：『卿奇人，殆壞我面。』蔡答曰：『我本不為卿面作計。』」蔡子叔不僅不顧全他的「面子」，甚至差一點摔破了他的臉「面」，謝萬石只輕輕說了句「卿奇人」就想轉彎，蔡偏不給他一點轉彎的餘地：「我本不為卿面作計」——我本來就沒有考慮過你的臉會如何。狂妄放肆的謝萬石在這次事關「面子」的座次之爭中丟盡了「面子」，可是他居然不聲不響地隱忍了下來，「其後二人俱不介意」——兩人事後像從沒有發生過什麼不愉快一樣。

此文意在稱讚謝萬石的涵養和雅量，被人欺侮還不失君子風度。其實，講面子從來就是以權勢地位做基礎，那些在下級或小民面前很要「臉」的人，在上司那裡也可能很不要「臉」。謝萬石的為人並無什麼「雅量」，假如這次侮辱他的不是太尉公子，他是不是也有如此寬容大度？是不是也能毫不介意？

從這一喜劇中可以約略窺見「座次」與「面子」的關係：「座次」的高低決定了「面子」的大小——沒有實力，哪有面子？

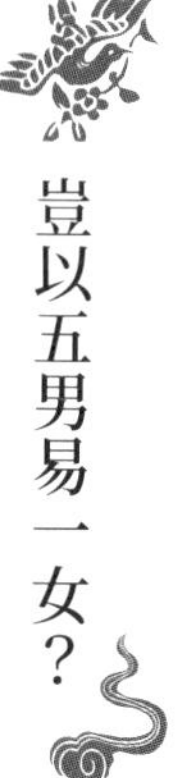

豈以五男易一女？

樂令女適大將軍成都王穎。王兄長沙王執權於洛，遂構兵相圖。長沙王親近小人，遠外君子，凡在朝者，人懷危懼。樂令既允朝望，加有婚親，群小讒於長沙。長沙嘗問樂令，樂令神色自若，徐答曰：「豈以五男易一女？」由是釋然，無復疑慮。

——《世說新語．言語》

晉武帝司馬炎死後，晉初分封各地的同姓諸王紛紛起兵爭權，這就是歷史上有名的「八王之亂」，它是統治階層內部為了爭奪皇位而骨肉相殘的醜劇。亂的起因是惠帝妻賈后與外戚楊駿爭權，以楊駿被殺告終。賈后以汝南王司馬亮輔政，再唆使楚王司馬瑋殺亮，司馬亮的屍骨未寒，她又借刀幹掉了司馬瑋。趙王司馬倫於是起兵討賈后，這次賈后自己掉了腦袋，還牽連惠帝丟了皇位。趙王倫自己剛剛坐上龍椅，齊王冏、成都王穎就聯合起兵殺倫，接下來是冏專擅朝政。長沙王乂又興兵殺冏，自己再重複冏的故事，司馬穎聯合河間王顒殺掉乂，乂很快也重演了冏的悲劇。除了賈后和楊駿是外姓人，這場殺戮是司馬氏兄弟之間的血拚。由此可以窺見權力對人腐蝕的極限，也可以窺見人性是如何陰暗。

這則小品寫的是成都王司馬穎與長沙王司馬乂廝殺之際，朝廷重臣樂廣與司馬乂的一次智慧較量。樂廣的女兒嫁給了司馬穎，樂廣本人在朝廷又深孚眾望，這引起了獨掌朝政的司馬乂警覺，要是

樂廣與司馬穎翁婿二人裡應外合，豈不是要把自己逼向絕境？司馬乂本來就猜忌很深，加上一群小人不斷向他進讒言，樂廣洛陽一家都在司馬乂的魔掌之中，隨時可能招來殺身滅族之禍。

司馬乂就此試探樂廣的態度，樂廣要如何向司馬乂表白才能消除他的猜忌呢？向他表明自己討厭正在向洛陽進兵的女婿？向他發誓與不義女婿一刀兩斷？向他表明誓死忠於司馬乂？這一切都不會讓司馬乂消除猜疑，一個連親兄弟都不信任的人，還能相信誰呢？向親骨肉揮屠刀的傢伙不會講什麼感情仁義，他講的只是皇位和權力。老謀深算的樂廣看清了這一點，他不動聲色地對司馬乂說：「豈以五男易一女？」意思是說：我怎麼會那麼傻呢？要是我幫助司馬穎，你不是要殺害我在京城的五個兒子嗎？我怎麼會讓五個男兒的性命去換一個女孩呢？司馬乂聽了這番話後，「由是釋然，無復疑慮」。從此對他不再猜忌和防範。

《晉陽秋》的記載與《世說新語》這則小品的說法稍有不同：「成都王起兵，長沙王猜廣，廣曰：『寧以一女而易五男？』乂猶疑之，遂以憂卒。」司馬穎於太安二年（三〇三）起兵討伐司馬乂，樂廣卒於永興元年（三〇四）正月。司馬乂對廣仍然充滿猜忌，樂廣因此憂懼而死，《晉陽秋》的記載似乎更為可信，《晉書·樂廣傳》也不從《世說新語》。在那骨肉交兵的危急時刻，司馬乂還會輕信誰呢？一句話怎麼可能就打消他的「疑慮」？樂廣一家隨時都可能喪命，能夠想像他一直戰戰兢兢，以至沒有被殺死卻被嚇死。不過，「豈以五男易一女」這句話，肯定會大大減輕了司馬乂對他的「疑慮」，不然樂廣還能壽終正寢？

上流社會那些有頭有臉的人物，他們一舉一動都不是由感情好惡來支配，而是受個人利益的驅使。樂廣這句「豈以五男易一女」，活脫脫勾畫出一個穩健老練的政治家形象：工於利害算計，善於應付危局；只考慮個人得失，但從不輕易動情。

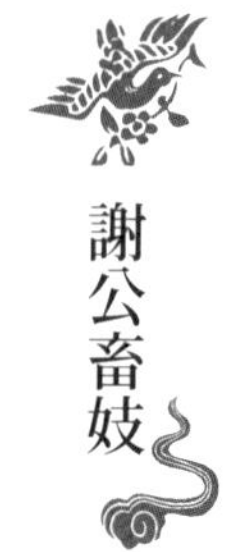

謝公畜妓

謝公在東山畜妓，簡文曰：「安石必出。既與人同樂，亦不得不與人同憂。」

——《世說新語．識鑑》

晉簡文帝和孝武帝兩朝內亂頻仍，強敵寇境，晉江山如風中殘燭。出身高門的謝安享譽士林，名士認為其雅量足以鎮安朝野，可是，謝安本人偏偏「無處世意」，高臥東山堅不出仕，與王羲之、許詢、支道林、孫綽遊處，出則漁弋山水，入則言詠屬文，儼然像不事王侯、恬淡謙退的隱士。說來也怪，越是拒絕朝廷徵召，謝安的聲譽越隆，足不出戶卻「自然有公輔之望」（《晉書．謝安傳》）。他那副神態把同床共枕的太太也騙過了，見他萬事不關心的模樣，夫人便勸他說：「大丈夫不該如此吧？」

家人、友人都認為謝安已經絕意官場，時任中臣的高崧對謝安說：「卿屢違朝旨，高臥東山，諸人每相與言，安石不肯出，將如蒼生何！今亦蒼生將如卿何！」（《世說新語．排調》）

一方面大家迫切希望他出來挽救危局，一方面他自己又逍遙世外，朝野人士都在焦灼地期望、等待……

只有簡文帝司馬昱「讀懂」了謝安，他認為謝安不會長期隱居遁世，一定會出山與人共濟時艱。他這種看法的根據何在呢？

原來謝安雖然在浙江上虞的東山，縱情於丘壑，縱意於林泉，泛舟於滄海，似乎真的「去伯夷、叔齊不遠」，但他每次外出遊賞總要攜妓陪同。據此簡文帝斷言：「安石必出。」為什麼呢？他的分析十分獨到：「既與人同樂，亦不得不與人同憂。」

畜妓是當時士大夫普遍的嗜好，謝安和別人一樣離不開聲色之娛，嗜欲習深說明俗情未斷，俗情未斷就不可能高蹈棄世，從感情到思想都是「我輩中人」，與人同樂必定會與人同憂——謝安出山只是時間問題，他只是在選擇最佳出仕時刻。

簡文帝是位窩囊皇帝，在位兩年一直戰戰兢兢，害怕被獨攬大權的桓溫廢黜。不過，他雖無濟世之略，卻有知人之明；雖是一位無能的政治家，但不失為一位出色的心理學家，善於從一葉落而知秋已至。不然，怎能對謝安獨具慧眼？

向秀入洛

嵇中散既被誅，向子期舉郡計入洛，文王引進，問曰：「聞君有箕山之志，何以在此？」對曰：「巢、許狷介之士，不足多慕。」王大咨嗟。

——《世說新語．言語》

曹魏後期，司馬氏集團加緊了篡奪的步伐，殘酷地殺戮不向他們俯首稱臣的士人。嵇中散就是三國著名文學家和思想家嵇康。嵇康尚曹操孫女長樂公主，不滿司馬氏集團的篡權陰謀，加之他「越名教而任自然」的人格理想，與以名教為幌子陰謀奪權的司馬氏尖銳對立。由於他在士林的影響力，使他成了不滿司馬氏集團人士的精神領袖，這一切註定了嵇康被害的悲劇下場。

向秀是嵇康的摯友，嵇康在山陽打鐵時，他欣然去幫他拉風箱。嵇康被殺以後他不得不應詔到京城洛陽，完全是迫於司馬氏的政治壓力。這時擺在士人面前的道路唯有兩條：或者歸附，或者殺頭。向秀雖然討厭司馬昭的陰險偽善，但他更害怕自己掉腦袋，所以只好去洛陽臣服於司馬昭——向人低頭總比自己掉頭合算。

想不到文王司馬昭不給他一點面子，一見面就挑釁似的問他說：「聞君有箕山之志，何以在此？」「箕山之志」即隱居遁世的志向，據說上古唐堯時的隱士許由，一直住在「潁水之陽，箕山之下」。既然有不事王侯的高潔志向，幹嘛跑到京城這個爭權奪利的是非之地來呢？司馬昭何曾不知道向秀是被逼來的，他這一問又逼著軟弱的向秀說違心話，一個過於愛惜腦袋的人必然不太愛惜尊嚴，我們來聽聽向秀的回答有多滑稽：「巢、許狷介之士，不足多慕。」《晉書》稱向秀「好老莊之學」，有飄逸之韻，慕巢父、許由之風，現在在千古權奸面前說上古巢、許兩位隱士為「狷介之士」，他們孤傲不群的行為「不足多慕」，不是在自己打自己的耳光嗎？這就是獨裁者的狡詐之處，明明是他們把你逼來，偏要你承認是自己跑來，然後他站在一旁欣賞你自我作踐、自我否定的情景，品味自己手中權力的淫威。這使人想起「四人幫」強迫知識分子寫檢討的那一幕，當時多少讀書人為了免受或少受皮肉之苦，自己朝自己臉上吐唾沫：過去的尊孔之士站出來批孔，過去的拔俗之士忙著去媚俗，過去的清高之士忙著去鑽營……

聽完向秀這一番自我作踐後，來一句不陰不陽的「王大咨嗟」。「咨嗟」可以理解為「感歎」，也可以理解為「讚歎」，即「文王對向秀的回答大為讚歎」。司馬昭要是生活在今天一定會這樣說：「能與落後分子劃清界限，你的思想覺悟提高很快，向秀的確是個『與時俱進』的好同志。」

向秀在赴洛陽途中寫了一篇〈思舊賦〉，表達了自己對被害友人嵇康、呂安深沉的悼念，並讚美「嵇志遠而疏，呂心曠而放」的可貴品質，然而，轉眼他又不得不在殺害嵇康的劊子手面前曲意逢迎，不難想像他內心承受了多少屈辱和煎熬。封建專制對人的戕害如此嚴重，不僅剝奪了人的平等與尊嚴，甚至閹割了民族的生命力，專制社會沒有人格健全的公民，只有俯首帖耳的奴隸，「依賴之外無思想，服從之外無性質，諂媚之外無笑語，奔走之外無事業，伺候之外無精神，呼之不敢不來，麾之不敢不去，命之生不敢不生，命之死不敢不死」（鄒容《革命軍》）。

向秀低下頭顱，換來了高官，由散騎侍郎遷黃門侍郎，升散騎常侍。史書說「在朝不任職」，只是「容跡而已」。嵇康被暴君毀滅了肉體，向秀被暴君摧殘了心靈；嵇康在專制之下在劫難逃，向秀在淫威之下也未能豁免；嵇康極其不幸，向秀又怎能說幸呢？他們二人的差異只在於：一個豁出了性命，一個交出了靈魂。

唉！

「變色龍」

褚公於章安令遷太尉記室參軍，名字已顯而位微，人未多識。公東出，乘估客船，送故吏數人投錢唐亭住。爾時吳興沈充為縣令，當送客過浙江，客出，亭吏驅公移牛屋下。潮水至，沈令起彷徨，問：「牛屋下是何物？」吏云：「昨有一傖父來寄亭中，有尊貴客，權移之。」令有酒色，因遙問：「傖父欲食餅不？姓何等？可共語。」褚因舉手答曰：「河南褚季野。」遠近久承公名，令於是大遽，不敢移公，便於牛屋下修刺詣公。更宰殺為饌，具於公前，鞭撻亭吏，欲以謝慚。公與之酌宴，言色

無異，狀如不覺。令送公至界。

——《世說新語·雅量》

這簡直就是一篇中國古代的〈變色龍〉，是契訶夫那篇〈變色龍〉的「爺爺」。它生動地刻畫了專制社會裡，官場上大小奴才欺下媚上的醜態。

褚公就是文後自稱的「河南褚季野」，也即後來的太傅和康獻皇后的父親，但在文中他還只從章安縣令升為記室參軍。「名字已顯而位微」，社會上知名度雖然很高，仕途上的官兒還不大。一次他乘商船「送故吏數人投錢唐亭住」。「錢唐」也稱為「錢塘」。正好吳興沈充作錢唐縣令，碰巧也送客過浙江，客人一下船就投宿錢唐亭。錢唐亭的鋪位本來不多，那位亭吏當然知道孰輕孰重，為了讓當權的縣太爺的客人住在亭內，便把褚季野趕到牛棚去安身。住旅店應該有個先來後到，亭吏竟然將先來的客人趕進牛棚，好給後到的客人騰出床鋪。他為什麼敢如此放肆無理呢？聽聽他回答沈充時的話就明白了：「昨有一傖父來寄亭中，有尊貴客，權移之。」原來在亭吏眼中，先來的褚季野只是「一傖父」，後到的則是有身分有派頭的「尊貴客」。他這條「遇見所有闊人都馴良，遇見所有窮人都狂吠」的哈巴狗，赤裸裸的勢利眼只是使人覺得可笑，那位姓沈的縣太爺對褚季野前倨後恭的醜態則叫人噁心。

沈縣令望著天問「牛屋下是何物」的神氣，把一個土皇帝目空一切的狂妄虛驕寫得活靈活現。「是何物」另一本子作「是何物人」，「是何物」更加形象，於義為優。想來他必不敢問「朱門之中是何物」，因為縣令以為牛屋下必是賤人。六朝時南方人稱北方男子為「傖（音同倉）」，「傖父」就是粗人和賤人。既是賤人就不是「人」而只是「物」。從亭吏口中得知牛屋下是「一傖父」後，他那縣太爺的氣派就更足了。加之送「貴客」的席上又貪了杯，他滿臉酒色滿嘴酒氣地遙問道：「傖父欲食餅不？姓何等？可共語。」他請「傖父」所食之餅是宴席上的殘羹，從那直呼「傖父」的稱呼裡，從那「姓何等？可共語」的命令語氣中，不難想像他居高臨下的威嚴。可是，等牛屋下「傖父」舉手回答「河南褚季野」後，沈縣令剛才那頤指氣使的傲氣，還有那君臨一切的威風，立刻都跑得無影無蹤了。「令於是大遽」五字寫出了他極度的惶恐，「不敢移公，便於牛屋下修刺詣公」，不僅不敢直呼「傖父」，甚至「不敢移公」——連將剛才稱為「傖父」而現在稱為「公」的牛屋客人從牛屋移到亭中也不敢，自己連忙跑到牛屋下去遞上名片，那樣子要多謙卑就有多謙卑，主子的尊容轉眼就換成了奴才的媚態。「更宰殺為饌，具於公前，鞭撻亭吏，欲以謝慚」，這位沈縣令比小品演員還滑稽，一開始當著亭吏輕侮褚季野，現在又於公前鞭撻亭吏，「更宰殺為饌」是獻殷勤，「鞭撻亭吏」是邀寵。前面對「傖父」何其倨傲，後面對「褚公」何其卑微！他比變色龍變得還要快！

這則小品的本意是要借亭吏和沈縣令對褚季野的侮辱，來表現褚季野的「雅量」和寬宏，亭吏驅趕他去牛屋下，他一聲不響就到牛屋下棲身；沈充直呼「傖父……姓何等」，他恭恭敬敬地「舉手」回答「河南褚季野」；最後縣令「宰殺為饌」，他「與之酌宴，言色無異，狀如不覺」。這一連串的言行舉止表現了他的大度和涵養。《晉書》本傳稱「季野有皮裡春秋」，言談中無臧否，而內心裡卻有是非。他忍辱含垢的海量雖然叫人由衷佩服，但他那喜怒不形於色的「皮裡春秋」又讓人覺得陰森可怖。後來與沈縣令宴飲時「言色無異」，到底是他不屑於與縣令計較，還是原諒了縣令先前對自己的侮辱？是鄙視這位縣令見民仰頭、見官低頭的卑劣，還是欣賞縣令後來對自己的逢迎？鬼才知道。

胸中柴棘

蘇峻之亂，庾太尉南奔見陶公。陶公雅相賞重。陶性儉吝，及食，啖薤，庾因留白。陶問：「用此何為？」庾云：「故可種。」於是大歎庾非唯風流，兼有治實。

——《世說新語．儉嗇》

要是不瞭解這篇文章的背景，不瞭解庾太尉與陶公談話的語境，就難以讀懂這篇小品文，更難以「讀懂」文中的庾太尉。

先說「蘇峻之亂」。蘇峻家世並非高門望族，永嘉之亂後南渡又相對較晚，所以很長時間是東晉政壇上的一個邊緣人物。王敦叛亂，晉明帝司馬紹無奈之下才詔他入衛京城，蘇峻因戰功升任冠軍將軍、歷陽內史、加散騎常侍，並封邵陵公；也因戰功他在社會上贏得了較高的威望，使他慢慢靠近了權力的中心；又因戰功他很快變得驕縱不法，常常收納亡命之徒和隱匿逃亡罪犯。晉明帝逝世後，晉成帝司馬衍繼位，母庾太后臨朝攝政，命國舅中書令庾亮、太尉王導、尚書令卞壼共同輔政，但實際上是庾亮一人獨攬朝政。庾亮認為蘇峻「狼子野心，終必為亂」（《晉書．卞壼傳》），為了消除蘇峻這一隱伏的禍患，他不顧大臣們的反對，決意立即徵蘇峻入朝，隨後朝廷下詔命蘇峻為大司農，加散騎常侍，位特進，同時將兵權交其弟蘇逸統領。蘇峻上表要求改鎮青州一荒郡，這一要求被庾亮斷然拒絕。這使蘇峻更加擔心庾亮召他入朝是要加害於他，正當他猶豫是否赴詔時，參軍任讓等人力主他起兵。蘇峻平亂後雖然狂肆囂張，但對朝廷並沒有不臣之心，是庾亮把他逼上了反叛絕路。當蘇峻聯合祖約興兵叛亂後，庾亮同樣不接受許多大臣和將領的良策，招致一系列的軍事慘敗，京城也被蘇峻叛軍佔領。

再說文中的「陶公」與庾亮的關係。陶公即東晉名將陶侃，著名詩人陶淵明曾祖父。由於出身寒微，雖然多次戰爭中戰功卓著，但晉明帝死前陶侃未預顧命大臣，他對此一直耿耿於懷，並懷疑是庾亮從中作梗。蘇峻叛亂後義軍節節敗退，陶侃開始只作壁上觀。庾亮陷入絕境來投奔他時，陶侃甚至主張以庾亮人頭向蘇峻謝罪。後來在溫嶠等人的勸說下，他顧全大局答應出兵平亂，並被大家推為剿蘇盟主，使東晉江山轉危為安。這篇小品說「蘇峻之亂，庾太尉南奔見陶公，陶公雅相賞重」云云，並不符合歷史事實。庾亮剛來「奔陶公」時不僅未獲「賞重」，還引起了陶公的反感和憤怒，《世說新語．假譎》載：

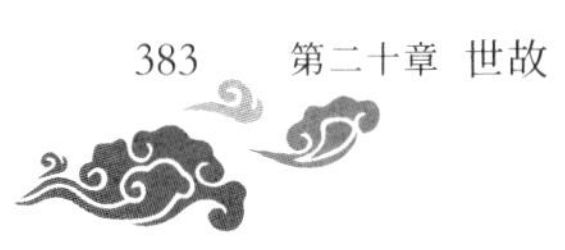

陶公自上流來赴蘇峻之難，令誅庾公。謂必戮庾，可以謝峻。庾欲奔竄則不可，欲會恐見執，進退無計。溫公勸庾詣陶，曰：「卿但遙拜，必無它，我為卿保之。」庾從溫言詣陶，至便拜，陶自起止之，曰：「庾元規何緣拜陶士衡？」畢，又降就下坐。陶又自要起同坐。坐定，庾乃引咎責躬，深相遜謝。陶不覺釋然。

戰敗的庾亮在陶侃面前戰戰兢兢，特別害怕自己被捕或被殺，所以在陶侃那兒「至便拜」，拜後再到陶侃下位就座，剛一「坐定」便「引咎責躬」。庾亮這一連串的自責認罪後，陶侃才慢慢消除了對庾的怨氣。此文是寫庾亮起初在陶侃面前如何低頭，下面要細讀的這篇小品則是寫庾亮在陶侃面前如何討好——

蘇峻叛亂後，庾亮太尉因戰場失利，不得不向南來逃奔陶侃。庾亮在他面前反覆謝罪後，陶侃才盡棄前嫌，開始對庾亮十分賞識器重。庾亮知道陶侃生性節儉，非常吝惜財物。等到用餐時，庾亮吃薤菜順便留下薤的根白。許多老兄平時吃薤菜時應該未曾留心，薤菜上邊是綠的，根部是白的。陶侃不解地問庾亮說：「留下這些東西幹什麼用？」庾亮回答說：「這些根還可以種。」聽他這麼一說，陶侃由衷地讚歎說：「庾亮不只有迷人的風情韻致，還兼具可貴的務實精神。」

陶侃自己勤勞節儉，也欣賞勤勞節儉的人。據《世說新語．政事》篇載，他在做荊州刺史時，令官船收集鋸的木屑，不限多少，大家都不知道這個有什麼用。後來正月朔旦大會僚屬恰好碰上大雪初晴，廳堂前臺階除雪後還很濕，於是鋪一層木屑就不打滑。官府用竹子一律留下竹頭，後來桓溫伐蜀造船，全用這些竹頭做竹釘。聽說陶公徵用所在地竹篙，有個下級把較長的竹篙一根兩用，陶公見後將他連升兩級。

陶公節儉在當時誰人不曉？困境中的庾亮明顯是投其所好。庾亮的妹妹即晉明帝之妻明穆皇后，他本人姿容俊美，風度峻整偉岸，生前被公認為「豐年玉」，死後同輩哀歎「埋玉樹著土中」。陶侃這種在貧賤困苦中成長起來的人才會想到，鋸木頭留下鋸屑，用竹子時留下竹頭，而庾亮一生都是錦衣玉食，日常生活中一擲千金，吃薤菜怎麼可能會想到還要留根白呢？眼下，庾亮兄弟的身家性命，東晉政權的安危，全都握在陶侃一人手中，所以他低三下四地向陶侃賠罪，想盡辦法向陶侃討好。

庾亮吃薤菜而留下根白，是揣摩陶公木屑竹頭之心，在陶公餐桌上的「表演」非常自然，但這並不表明他真的節儉，而恰好表現了他十分機詐。忠厚的陶侃也許被庾亮的「表演」所迷惑，僧人竺道潛卻看得一清二楚：「人謂庾元規名士，胸中柴棘三斗許。」（《世說新語．輕詆》）「柴棘」指柴木和荊棘，比喻胸中的機心和盤算。「胸中柴棘三斗許」是說庾亮城府很深，胸中藏有許多壞主意和歪點子。

通過吃薤留白這一細節，將庾亮的偽裝與狡詐，陶侃的忠厚與樸實，都形象地展現在我們眼前，不得不嘆服作者刻畫人物形象的筆力。

雅與俗

劉真長為丹陽尹，許玄度出都，就劉宿。床帷新麗，飲食豐甘。許曰：「若保全此處，殊勝東山。」劉曰：「卿若知吉凶由人，吾安得不保此！」王逸少在坐，曰：「令巢、許遇稷、契，當無此言。」二人並有愧色。

——《世說新語．言語》

南朝梁殷芸《殷芸小說．吳蜀人》記載了這樣一個故事：一書生想當揚州刺史，一書生想腰纏十萬貫，一書生想騎鶴上青天，一書生則想三者兼得——「腰纏十萬貫，騎鶴上揚州」。林語堂先生描繪理想的人生時說：「住美國的房子，吃中國的飯菜，娶日本的太太，找法國的情人。」可見，人生的欲望是多方面的，居廟堂之高則思山林之樂，嘯傲林泉則又想執笏朝端。除非條件限制或萬不得已，我們既想吃魚又想吃熊掌。

文中的劉真長即劉惔，東晉著名的玄學家和清談家，歷官司徒左長史、侍中、丹陽尹等職，許玄度就是許詢，東晉大名鼎鼎的玄學家和文學家。另一位王逸少就是書聖王羲之。這三位都是當時上流社會的高人雅士。許詢多次拒絕朝廷徵召，終生都是一名不事王侯的隱者。唐許嵩《建康實錄》說他「幼沖靈，好泉石，清風朗月，舉酒詠懷」，儼然超邁絕塵不食人間煙火的神仙，交遊的也是謝安、王羲之、支遁等一流人物。劉惔雖然是一位入世官僚，但《晉書》稱他「清遠有奇標」，酷好老莊而純任自然，死後名作家孫綽讚美他「居官無官官之事，處事無事事之心」（見《晉書．劉惔傳》），堪稱處俗卻能脫俗的雅士。

超然塵外的雅士有時也有俗不可耐的念想，想不到吧？

劉惔任丹陽尹期間，許詢曾前去就宿清談，夜晚看到他家的床帳裝潢豪華富麗，餐桌上的飲食豐美甘肥，不禁發出由衷的豔羨：「若保全此處，殊勝東山。」大意是說：「兄在丹陽尹這個位子上所獲得的享受，比我在東山叢林中所過的窮日子好多了，小心保住這頂烏紗帽吧。」劉惔對朋友的提醒也莫逆於心，連忙向他保證說：「卿若知吉凶由人，吾安得不保此！」用今天的話來說就是：「你如果知道吉凶禍福在於各人自己的努力，我怎麼能不保全這個位置呢？」這一官一隱的對話何其俗氣淺薄，相比於他們平時的高雅出群真是判若兩人！書聖王羲之聽到他們二人的閒談後，多少有點鄙夷地說：「假如古代的隱士巢父、許由與那時的賢臣相會，大概不會說出這種話來。」稷相傳是周代的祖先，舜時教民播種五穀的農官。契相傳是商代的祖先，舜時為司徒。他們後世被視為賢臣的代表。王羲之的話讓劉、許二人都羞慚得滿臉通紅。

許詢、劉惔這種心態在魏晉名士中很有典型性，有些士人一邊高唱無為遺棄世事，一邊又貪戀皇家的高官厚祿，豈肯輕易脫下佩帶簪纓？石崇所謂「士當令身名俱泰」（《世說新語．汰侈》），是一部分名士的人生理想。既雅且俗的人生追求，往往使他們在仕途上進退失據，在生活中難以自處。為了能享入仕的榮華，又不失出世的瀟灑，他們終於發現了處世的兩全妙策：居其官卻不幹其事，不治即所以為治；享其祿卻無所為，即所謂「無為而無不為」——什麼都無須獻出，但什麼又都能得到。

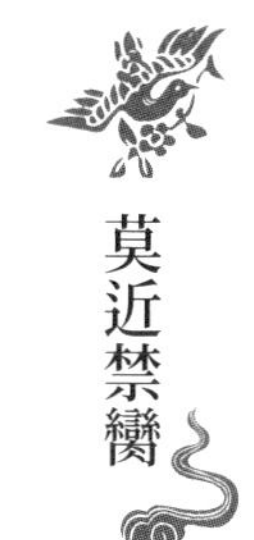

莫近禁臠

孝武屬王珣求女婿，曰：「王敦、桓溫磊砢之流，既不可復得，且小如意，亦好豫人家事，酷非所須。正如真長、子敬比，最佳。」珣舉謝混。後袁山松欲擬謝婚，王曰：「卿莫近禁臠！」

——《世說新語．排調》

俗話說「皇帝的女兒不愁嫁」，可皇帝女兒要嫁個如意郎君也非易事，因為皇帝女兒的個人婚事，同時也是國家的「政治大事」，皇帝不僅要考慮為女兒求得佳偶，還得考慮為自己求得賢臣，這不只是簡單的男女結合，而更像是複雜的政治聯姻。

那麼，皇帝是如何挑選駙馬的呢？且看晉孝武帝司馬曜如何「求女婿」——

孝武帝眼看女兒長成亭亭玉立的大姑娘，委託心腹大臣王珣為公主物色駙馬人選。王珣是宰相王導之孫，是當時名臣名士名書法家，時人認為「珣學涉通敏，文高當世」（《世說新語．文學》劉注引《續晉陽秋》），謝安死後他是孝武帝最為倚重的大臣之一，難怪把「求女婿」的私事交給他辦理。他還特向王珣交代了擇駙馬的標準：「像王敦、桓溫這樣雄才異志、頭角崢嶸之流，如今再也很難覓到了，更何況這類人稍稍出人頭地，就喜歡插手干預別人的家事，這類人實在不是我所想找的女婿。要是能找到像劉真長、王子敬這樣的人物，那就是再理想不過的了。」王珣聽後向皇帝舉薦了謝混。後來不明就裡的袁山松想讓謝混做自己的女婿，王珣馬上打消了他的念頭：「你千萬別靠近禁臠！」文中「磊砢」原本形容樹大多節，同書〈賞譽〉篇稱讚和嶠「森森如千丈松，雖磊砢有節目，施之大廈，有棟梁之用」，「磊砢之流」是指雄傑卓異的人物。

皇帝提到這四個人全是晉朝的駙馬爺。王敦很小就被人視為奇人，尚晉武帝司馬炎襄城公主，拜駙馬都尉。桓溫尚晉明帝司馬紹南康長公主，拜駙馬都尉。劉真長尚晉明帝廬陵公主。王獻之先娶郗曇之女郗道茂，後被選為晉簡文帝之女新安公主駙馬。為什麼孝武帝說不能再挑王敦、桓溫這樣的人為婿呢？這兩位都堪稱一世雄傑，領兵莫不決勝千里，治國都能內外肅然，屬文能安邦、武能定國的能臣。王敦少時人們就發現他蜂目豺聲，桓溫更是「鬢如反蝟皮，眉如紫石稜」。他們都是晉朝的功臣，同時又都是晉朝的叛將。王敦後來發動叛亂，幾乎葬送了東晉天下；桓溫晚年「廢帝以立威」，並不滿足於獨攬朝政，而是要改朝換代，這就是孝武帝暗指的「亦好豫人家事」。王、桓這兩位老兄也太貪了，娶了人家的女兒，還要搶佔人家的天下，這種「磊砢之流」誰還敢招他們為駙馬呢？劉真長和王獻之這兩個女婿屬另一種類型。劉真長出生於仕宦世家，從小就被王導所賞識，被時人視為名士風流的宗主，江左清談界的領袖。王羲之稱他「標雲柯而不扶疏」（《世說新語．賞譽》），王濛稱「真長可謂金玉滿堂」（同上），人們說一想起真長就如見到清風朗月。王獻之更是生於魏晉顯赫豪門，書聖王羲之之子，書法上與父齊名。他生前被大家視為「一時之標」（《世說新語．品藻》），死後又被史家視為「風流之冠」，其人其書都讓人「高山仰止」。招王敦、桓溫這種女婿簡直就是引狼入室，稍有不慎就殺得天翻地覆；劉真長、王獻之這種女婿有高才有盛名，可以妝點皇帝臉面又不會給朝廷帶來任何危險，所以是理想的駙馬人選。

可見，皇帝的擇婿標準是：要名氣很大但不能野心太大，要會舞文弄墨但不能舞槍弄棒，要能給皇帝掙面子但不能給朝廷惹麻煩。總之，對於皇帝來說，女兒可以嫁人，天下只能獨享。

王珣推舉的謝混是謝安之孫，東晉詩壇上著名詩人，山水詩歌的開山鼻祖，「水木湛清華」（〈遊西池〉）就是他詩中的名句，連殺害他的劉裕登基之日也感歎「後生不得見其風流」（《晉書．謝混傳》）。王珣說謝混的文采風流「不及真長（劉惔），不減子敬（王獻之）」（《世說新語．排調》劉注引《續晉陽秋》），直到唐代詩人孫元晏還在讚美「可憐謝混風華在」。以孝武帝的擇婿標準衡量，門地、才華、風采、聲譽，謝混可說是駙馬的不二人選。孝武帝對王珣舉薦的人選自然滿心歡喜，謝混果然尚其女兒晉陵公主，拜駙馬都尉，可惜未及婚娶謝混便遇害。皇帝內定的女婿誰還敢想入非非？文中的「禁臠」是指皇帝獨享的美肉，東晉開國之初物質奇缺，即使權貴也很難吃到豬肉。《晉書》載當時大臣每得一豬「以為珍膳」，豬項上一臠尤其味美，這塊肉成了皇帝的專享「特供」，於是大家都把這塊肉呼為「禁臠」。王珣戲稱謝混為「禁臠」，就是要告訴袁山松，謝混已是內定駙馬，他人切莫妄想染指。

「禁臠」一詞讓人反感，絕對權力導致絕對獨享，絕對權力也導致絕對腐敗。美味、美女、美男都要讓皇家獨佔，皇帝選中的美女從此就成了宮中寵物或宮中棄物，皇帝選中的女婿同樣沒有半點自由，駙馬本人根本就身不由己，如王獻之就不得不與原配郗氏離婚，後來還成為他終生的愧疚。其實，公主自己也未必幸福，皇帝選駙馬很少徵得女兒同意，他盤算得最多的是個人威嚴和皇朝門面，很少考慮女兒是不是真心喜歡。

第二十一章 吝嗇

《世說新語》中〈儉嗇〉和〈汰侈〉兩門，分別寫魏晉名士的吝嗇和奢侈。吝嗇和奢侈看似兩個極端，其實它們是一個銅板的兩面——本質上都是對財富的貪婪。二者的差別主要在於：前者害怕別人知道他有多富，後者希望人們知道他是多麼富；前者以財富多自樂，後者以財富多相誇。王戎、和嶠與石崇、王愷分別是這兩類人的典型，王戎與和嶠因小氣而顯得十分低調，石崇和王愷以鬥富來高調炫耀；王戎與和嶠家財萬貫仍潔身自好，石崇和王愷用不義之財來大肆揮霍。

奢侈下面還有專章談到，這裡姑且聊聊名士的吝嗇。你可能很難把刻薄小氣與俊邁瀟灑的竹林名士聯繫在一起，更可能不敢相信京城首富王戎，哪怕女兒借錢未還也會怒目而視。可遺憾的是，清談時高超而玄妙的王戎，正是那個與太太一起以數錢為樂的王戎。

兩個王戎都是真實的，只看到他的正面失之膚淺，只接受他的背面未免陰暗。名士的精神世界或許超脫高雅，在現實生活中可能粗鄙俗氣，揮麈清談的智者沒準就是生活中的庸人。

多面王戎呈現魏晉風度的複雜性，也展示了魏晉士人精神生活的豐富性。

膏肓之疾

司徒王戎既貴且富，區宅、僮牧、膏田、水碓之屬，洛下無比。契疏鞅掌，每與夫人燭下散籌算計。

——《世說新語．儉嗇》

《世說新語．儉嗇》共九則小品，其中有四則專寫王戎，看來，王戎的摳門小氣在魏晉名士中堪稱一絕。

論出身，王戎屬魏晉豪門——琅邪王氏；論才華，王戎少年即已早慧，成人後更被士林推為宰輔之器；論聲望，他在曹魏時期已身預竹林七賢，後來所交皆當世名流；論地位，入晉後他位極人臣，官至晉朝「三公」之一的司徒。門第、才氣、名望、權勢，魏晉名士所渴望的一切他無一不有。以今天權力尋租的情況推測，像王戎這樣居於權力頂峰的顯貴，一旦「大貴」就必然「大富」。漢語中從來將「富貴」連在一起，「富」與「貴」本來就是如影隨形。一人之下萬人之上，如此有權有勢有名有才，王戎這樣的人又怎麼可能沒有錢呢？

果不其然，《世說新語．儉嗇》載——司徒王戎不僅地位顯貴，而且非常富有，他家住宅規模之宏敞，奴婢家丁之眾多，肥土膏田之遼闊，水碓（音同對，杵臼）農具之齊全，在京城洛陽無人可比。家中契券賬本多不勝數，常常和夫人燭光下擺開籌碼算帳。

「每與夫人燭下散籌算計」的模樣，活像一個富有的鄉下財主，誰敢相信他是權傾一時的司徒呢?而他對待親人那種薄情的樣子,更像一個只愛錢財不顧親情的守財奴。我們來看看他對自己親生女兒的態度:「王戎女適裴頠,貸錢數萬。女歸,戎色不說。女遽還錢,乃釋然。」(《世說新語.儉嗇》)這則小品的意思是說,王戎那位嫁給了裴頠的女兒,曾向她父親借了幾萬塊錢。女兒回娘家時王戎臉色很難看,女兒趕緊把錢還給了父親,王戎那副苦臉才重現了喜色。王戎對自己女兒的喜怒之情,不是出自血緣親情而要看錢財的多少。他對自己的侄子好像更加刻薄寡恩:「王戎儉吝,其從子婚,與一單衣,後更責之。」以王戎這樣的身分和家境,侄兒結婚只送一件單衣作為禮品實在太輕了,侄兒結婚後還要把這件單衣要回去,這就吝嗇得太過分了!對女兒和侄兒尚且如此,對世人就更可想而知了,且看《世說新語.儉嗇》中王戎另一「趣事」:「王戎有好李,賣之,恐人得其種,恆鑽其核。」王戎家有上好品種的李子,他把家人吃不完的李子拿去賣錢,又怕別人得到了那樹種,每次賣李子前都要將果核鑽破才出售。楊朱拔一毛而利天下不為也,王戎則小氣到了不拔一毛而利天下也不為也!鑽果核費時又費力,結果是損人而不利己,這則小品讓人看了又好笑又好氣。

那麼,他聚斂這麼巨大的財富是為了自己揮霍嗎?劉孝標注引王隱《晉書》說:「戎性至儉,不能自奉養,財不出外,天下人謂為膏肓之疾。」他並不只是對女兒、侄子和外人慳吝,對自己同樣「不能自奉養」。

自居節儉卻慷慨待人,那叫「高尚」;自己奢華卻對人小氣,那是「自私」;對自己摳門也對別人摳門,那就是「有病」——「膏肓之疾」。

對王戎這種守財奴來說,錢財只能進不能出,只能積攢不能花銷,不僅別人不能花自己的錢,自己也不得花自己的錢。錢才是他的「命」——他活著的終極目的，命只是他的「錢」——他的生命只是攢錢的工具。「連自己也怕自己吃了」，常用來形容一個人小氣刻薄到了極點。王戎家中的財富「洛下無比」，早已是富甲天下，他還怕別人吃了，也怕自己吃了，這讓一個大腦正常的人想破腦殼也想不明白，所以「天下人謂為膏肓之疾」。

一個財富「洛下無比」的顯貴，出嫁女兒借錢暫未歸還，馬上就給她臉色看；侄子結婚只送一件單衣作為禮物，婚禮結束後竟然還要他奉還；怕自家李子種流向社會，賣李子時鑽破所有果核；退朝歸來「每與夫人燭下散籌算計」，成了他人生唯一的樂趣——王戎這副模樣醜惡、俗氣而又愚蠢。

王戎「俗氣」或許有之——阮籍也曾調侃王戎「俗物已復來敗人意」（《世說新語．排調》），王戎「愚蠢」則未必——他是那個時代公認的智者之一，王戎「薄情」也非事實——「情之所鍾正在我輩」（《世說新語．傷逝》）正是他的名言。那麼，他為何做出這種種蠢而且俗的薄情事來呢？孫盛《晉陽秋》記述時人對此的解釋：「戎多殖財賄，常若不足。或謂戎故以此自晦。」這是說王戎不過是以對財富的貪婪，來向人們表明自己毫無政治的野心。東晉大畫家戴逵贊同這種說法，「戴逵論之曰：『王戎晦默於危難之際，獲免憂禍，既明且哲，於是在矣』」。他以垂涎於財貨的方式，向社會表明自己不過是胸無大志的俗人，不會覬覦更高的權位，這樣才能苟全身家性命於「危難之際」。他是在以俗事遮掩其遠慮，以愚行晦跡於亂世。

當時就有人反駁戴逵說：「大臣用心，豈其然乎？」一個大臣怎麼可能只想著身家性命呢？戴逵進一步辯解道：「運有險易，時有昏明，如子之言，則蘧瑗、季札之徒，皆負責矣。自古而觀，豈一

王戎哉？」

氣運有危險與平易，時世有昏暗與光明，假如所有大臣都必須臨危授命，那蘧伯玉、季札這些邦無道則隱的賢者都應該受到指責，歷史上又豈止一個王戎這樣的人呢？千多年之後余嘉錫在《世說新語箋疏》中也站出來批駁戴逵：「觀諸書及《世說》所言，戎之鄙吝，蓋出於天性。戴逵之言，名士相為護惜，阿私所好，非公論也。」

一個說王戎為了避禍而裝「鄙吝」，一個說王戎的「鄙吝」是出於天性。朋友，你傾向於哪種說法呢？

小氣

和嶠性至儉，家有好李，王武子求之，與不過數十。王武子因其上直，率將少年能食之者，持斧詣園，飽共啖畢，伐之。送一車枝與和公，問曰：「何如君李？」和既得，唯笑而已。

——《世說新語‧儉嗇》

晉朝大人小孩好像都喜歡吃李子。王戎小時候夥伴們搶摘路邊李子；王戎家有好李擔心種子外流，將李核鑽破後他才拿去外賣。這篇小品說的是另一權貴和嶠家有好李的趣事——

和嶠為人極為小氣，家中有上好的李子樹，哪怕是小舅子王武子（濟）向他要李子吃，給他的李子也不過幾十顆。王武子向來奢侈豪縱，幾十個李子哪能解饞，這讓他對小氣的姊夫大為不滿。他趁和嶠上朝輪值的當兒，帶著年輕力壯的青年，拿著斧頭來到和嶠李園中，大家飽餐一頓之後便把李樹給砍了，覺得這樣仍不解恨，又把砍下來的樹枝裝滿一車，送到和嶠面前問道：「這車李樹與你家的李樹相比怎麼樣？」和嶠望著這些樹枝不氣不惱，只是對他笑笑而已。

劉孝標注引《晉諸公贊》說，和嶠為人不夠通達，家中財富可比皇室王公，而他待人接物卻小氣得要命，這有損他作為一代名臣聲望。《語林》還交代了王武子砍和嶠李樹的原因：「嶠諸弟往園中食李，而皆計核責錢。故嶠婦弟王濟伐之也。」幾個弟弟到他園裡吃李子，還要按李子核交錢，小舅子王武子一氣之下砍了他的李樹，估計其他幾個弟弟無不拍手稱快。我一向主張保護私有財產，可讀到王武子砍光和嶠李樹照樣興奮。和嶠小氣得太過分了，沒有人喜歡小氣鬼。正史也說和嶠富比王侯，對人卻極為慳吝，因此常被世人譏笑，晉朝開國元勳杜預說他有「錢癖」。

說起和嶠的「錢癖」真叫人無法理解。他出生於魏晉之際的官宦世家，祖孫三代都身居顯位，他祖父和洽先後輔佐曹操、曹丕、曹叡，他父親和逌官至廷尉、吏部尚書，弟弟和郁西晉太康年間官至征北將軍、中書令、尚書令，他本人官拜中書令、太子少傅、光祿大夫。用現在的時髦話來說，一家三代都為國家從事「頂層設計」，家中「富擬王公」自不在話下，他竟然還在乎那點李子錢，而且還要弟們按吃剩的李核買單！

在富有和吝嗇上能同時與和嶠比肩的，晉初名士中非王戎莫屬。和嶠家產富敵王公，王戎財富「洛下無比」——兩家的資產大概旗鼓相當；王戎見女兒借錢暫未歸還便臉若冰霜，錢一歸還立即回嗔作喜，侄子結婚送件單衣，婚後很快就要他奉還，而和嶠園中李子弟弟們吃也得數核交錢，內弟向他要李子也只給幾十顆——兩人的慳吝真是棋逢對手。和嶠與王戎真是一對難兄難弟，難怪不管官方還是民間，都喜歡拿他們一起說事。

不過，說到和嶠時士林基本上是一片讚美，偶爾嘲諷他小氣不過是頌聲中的小插曲。太傅庾顗見到他就讚不絕口：「森森如千丈松，雖磊砢有節目，施之大廈，有棟梁之用。」（《世說新語．賞譽》）和嶠高聳挺拔如千丈松樹，儘管難免疙疙瘩瘩的節眼，但可以用來作為大廈的棟梁。小氣大概就是這類疙瘩節眼，絲毫不影響他立朝剛正的「高大形象」。《晉書》本傳說他為政清廉，「甚得百姓歡心」；為人方正不阿，又讓他「有盛名於世」。小氣的人常常貪心，和嶠極為小氣卻又十分清廉。小氣是不能讓別人占自己的錢財，清廉是自己不占別人的錢財，前者只是不夠大方，後者則極其難得。他遷升中書令後，正好荀勖為中書監，晉朝中書令與中書監同乘一車入朝，和嶠鄙視荀勖的為人諂諛，拒絕與他同車共載，於是他一人乘專車上朝，這就是「和嶠專車」一典的由來。見皇太子司馬衷是個弱智，他便直言不諱地向晉武帝進言道：「皇太子有淳古之風，而季世多偽，恐不了陛下家事。」（《晉書．和嶠傳》）後來晉武帝對他和荀顗、荀勖三人說，近來太子大有長進，他們可以去和他談談國事。荀顗、荀勖稍後在皇帝面前「並稱太子明識弘雅」，誠如聖上英明詔誥上說的那樣。只有和嶠一個稟奏「聖質如初」，也就是說，皇太子還是和從前一樣愚蠢。後來司馬衷繼位成為晉惠帝，司馬衷質問和嶠說：卿過去說我不能承擔國事，現在你又該如何說？和嶠坦誠地回答說：「臣昔侍先帝，曾有斯言。言之不效，國之福也。臣敢逃其罪乎？」發現皇太子不堪重任是為明鑑，冒險向先帝進言是盡忠誠，後來向晉惠帝承認「曾有斯言」是有擔當——和嶠不愧為國之棟梁。

不能僅以一時一事論人。就愛錢如命而言，和嶠活像委瑣的商人；從立朝大節著眼，和嶠又酷似頂天立地的松柏。

如果你喜歡蒼松翠柏，就要能包容它們身上的疙瘩結疤。我們的先人不管如何高尚，多少都有這樣那樣的不足。通體透亮沒有污點的「先進典型」，也許只有在焦裕祿和雷鋒式的「光輝形象」中才能找到。

刻薄

衛江州在尋陽，有知舊人投之，都不料理，唯餉「王不留行」一斤，此人得餉便命駕。李弘範聞

之，曰：「家舅刻薄，乃復驅使草木。」

——《世說新語・儉嗇》

這篇小品讓人想起「下雨天留客天留我不留」的笑話。某日，一窮秀才到朋友家做客，主人嫌秀才太窮，本不想留他，又不好開口，此時正巧下起雨來，便立即在桌上寫一便條：「下雨天留客天留我不留。」按主人的本意，這句話應該讀作：「下雨天留客，天留我不留。」而秀才將它斷句為：「下雨天留客，天留我不？留！」不知是無心還是有意，客人把主人的「逐客令」讀成了「留客信」。於是，秀才死皮賴臉地留下了，弄得主人哭笑不得。據說這則笑話出自清人趙恬養的《增訂解人頤新集》，王利器《歷代笑話集》收錄《增訂解人頤新集》笑話五條，遺憾的是恰恰漏收了這條笑話。

不過，《世說新語》中的這篇小品可不是笑話，讀後也很難讓人輕鬆解頤。文中的「衛江州」即衛展，河東安邑（今山西運城市）人，東晉名士和政治家。河東安邑衛氏是官宦世家，魏晉之際人才輩出，如衛展的伯祖父衛覬、伯父衛瓘、從兄衛恆，都是政壇顯宦和書法大家，他的妹妹衛鑠也是著名書法家，還是書聖王羲之的啟蒙老師，王羲之後來雖青出於藍，但書法風格仍有衛夫人的流風餘韻。衛展本人歷任鷹揚將軍、江州刺史等職。如此家世，如此地位，衛展無疑屬上流雅士，可他處世卻比小人還俗不可耐。

衛展在尋陽任江州刺史的時候，有一位早年相識的老朋友來投奔他。衛展對他不理不睬，根本就不想接待他，只給他送了一斤名叫「王不留行」的草藥。老友收到這份「禮物」後，馬上就命車夫趕車迅速離開。衛展外甥李充聽說此事後感歎道：「我家舅舅也未免太刻薄了，竟然驅使草木來趕走客人！」

西晉後期，八王之亂鬧得天下雞犬不寧，士大夫不僅隨時可能丟烏紗帽，更可能隨時掉腦袋。士人一般都很要面子，不是被逼得萬般無奈，衛展這位老友絕不會來投奔他。當時尋陽要算相對平靜富庶的地方，一州刺史為一方要員，接濟一位老友不過舉手之勞，可衛展全不念舊情，對上門的故交「都不料理」。「都不料理」也就罷了，而且還要借草藥之名逐客，不只是羞辱了從前老友，也玷辱了「王不留行」草藥，同時也侮辱了他本人，這種做法比下三爛還下賤。連他的外甥李充也看不過去，不然外甥豈敢無端指責舅舅「刻薄」？

據劉孝標注引《本草》介紹，「王不留行」這味草藥生於大山之中，能治金瘡和除風濕，長期服用還能「輕身」。另外，《本草綱目》還介紹它的藥性和得名由來：「此物性走而不住，雖有王命不能留其行，故名。」「王不留行」是因其藥性而得名，衛展則因其名而逐客，想不到出身於書香門第的名士如此刻薄，連一味草藥也不放過；更想不到衛展如此惡俗，給前來投奔自己的老友送「王不留行」！「下雨天留客天留我不留」那則笑話，多少還有點幽默，而衛展送友人「王不留行」，只給後人留下反感。

小品原文中的「李弘範」當為「李弘度」之誤，劉孝標說李弘範是「劉氏之甥」，李弘度即東晉文學家、文獻學家李充，李充母親是著名書法家衛鑠，弘度才是衛展的外甥。李弘範和李弘度都是「江夏人」，兩人又只有一字之差，很容易造成作者或抄者的混淆和筆誤。

唐人韋續在《墨藪》中稱讚衛鑠書法說：「衛夫人書，如插花舞女，低昂芙蓉，又如美女登臺，仙娥弄影，又若紅蓮映水，碧沼浮霞。」衛展妹妹書法真高雅得一塵不染，衛展本人的書法想來同樣高逸不凡。

有些朋友可能感到困惑：一個清談中的名流，一個藝苑中的雅士，卻是現實生活中的俗人。我們如何理解這種現象呢？

只要一說起魏晉風度，大家馬上就會想起名士的超脫曠達，想起他們的愛智重情，或許很難想到他們也冷漠世故，他們還俗氣投機。且不說被譽為「太康之英」（鍾嶸《詩品．序》）的陸機，因朝三暮四而「以進取獲譏」，也不說「潘才如江」的潘岳，為巴結權臣賈謐「望塵而拜」，即使一臉嚴肅剛正的庾亮，同輩人背後也說他「胸有柴棘」——滿肚子歪點子，甚至書法大家王獻之，為人也時常世故矯情。事實上，豪門貴族比升斗小民更加冷漠，更多算計，比尋常百姓更看重家族聲望，也更關注自身利益，所以他們對人對事往往用智而不動情。

當然，魏晉名士愛惜自家羽毛，即使為人刻薄也注意形象，不至於像衛展這般面相難看。

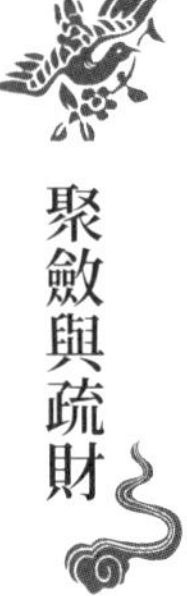

聚斂與疏財

郗公大聚斂，有錢數千萬，嘉賓意甚不同。常朝旦問訊，郗家法，子弟不坐，因倚語移時，遂及財貨事。郗公曰：「汝正當欲得吾錢耳！」乃開庫一日，令任意用。郗公始正謂損數百萬許，嘉賓遂一日乞與親友、周旋略盡。郗公聞之，驚怪不能已已。

——《世說新語．儉嗇》

常言道「有其父必有其子」，但郗愔與郗超父子的氣質個性表明，「常言」不一定就是「常理」。這裡先得介紹一下文中兩位主人公——「郗公」與「嘉賓」。「郗公」即郗愔，出生於晉代的名門望族，是晉太宰郗鑒的長子，書聖王羲之的內弟，官至平北將軍、徐兗二州刺史。「嘉賓」是郗愔之子郗超的字。郗愔既非將帥之才，也無識人之智，忠厚到愚憨的程度，往好處說是「淵靖純素」，往壞處說是「暗於機宜」；其子郗超則以過人才智享一代盛譽，其氣度與才華在士林中鶴立雞群，當時人們就將他與謝安、王坦之並稱：「大才盤盤謝家安，江東獨步王文度，盛德日新郗嘉賓。」（劉孝標注引《續晉陽秋》）郗超有雄才更有雄心，他是一代梟雄桓溫最為倚重的謀士，可惜北伐時所獻嘉謀「上則悉眾趨鄴，次則頓兵河濟」（見《晉書．郗超傳》），沒有被桓溫採納而招致大敗，敗後他所出歪主意「廢帝以立威」，桓溫卻又立即付諸行動。

在對待錢財的問題上，郗愔父子也大異其趣：其父郗愔大肆聚斂財貨，家中存錢千萬還不滿足，而其子嘉賓對錢財的態度與父親完全相反，他看不慣父親守財奴似的聚斂財貨。身為人子他必須每天清晨要到父親那兒請安，依照郗家家法，子弟請安是不能入座的，有次請安郗超站著談了很長時間，最後總算是談到了錢財的事情上來。郗愔以為兒子是在打自己錢財的主意：「你不就是想要我的錢財嗎？」他想滿足一下兒子的欲望，於是便開庫一天，讓郗超任意地使用。郗愔起初以為兒子再怎麼用，一天最多損失也不過幾百萬的樣子，沒想到郗超竟然把錢都送與親戚、朋友和與自己有交情的人，一天時間就把父親的所有積蓄散了個精光。郗愔聽說後驚詫不已。

郗愔小氣、貪婪而又愚暗，誰看了這篇小品都會對他十分反感。他像守財奴似的愛錢如命，連兒子與他談錢也引起他高度警覺，和他談錢就被當成是向他要錢。他對什麼事情都異常遲鈍，唯獨對錢特別敏感。家中已「有錢數千萬」，他仍然還要「大聚斂」，吝嗇和貪婪總是「結伴而行」——吝嗇鬼必然貪婪，貪婪鬼往往吝嗇。俗話說「知子莫若父」，可他這位父親並不「認識」自己的兒子，兒子的「曠世氣度」和「卓犖不羈」（劉孝標注引《〈中興書〉》），超出了他那木頭腦袋瓜的理解能力之外。他以為兒子和他談到錢財，不過是「正當欲得吾錢耳」！烏鴉眼中的一切都是黑的，他誤認為兒子和自己一樣貪財。父子之間畢竟血濃於水，為了滿足兒子的「貪心」，他「乃開庫一日，令任意用」。他想兒子再怎麼揮霍，一天最多也只會「損數百萬許」。豈知兒子視金錢如糞土，一天就將他所有錢財全部分送給親朋好友。兒子的所作所為大出他的意料，所以他聽說後「驚怪不能已已」，可見這位父親對兒子的為人與志向全無所知。

這篇小品處處以其父的聚斂吝嗇，反襯其子的豪爽大度：對於父親的「大聚斂」，其子「嘉賓意甚不同」；父親責怪兒子「汝正當欲得吾錢耳」，其子卻將錢財「乞與親友、周旋略盡」，對父親的「數千萬」錢財毫無興趣。行文至此，讀者肯定會十分納悶：這麼小氣顢頇的父親，怎麼會生出像郗超這麼卓犖大度的兒子呢？至於讀者的情感好惡就更不用說了，估計無人不討厭其父而欽敬其子。

可是，《晉書》中的〈郗愔傳〉和〈郗超傳〉，史家對他們父子二人的「蓋棺定論」，對郗愔是一片讚譽，對郗超卻含譏帶諷。郗愔於晉室盡忠，於父母至孝，父親郗鑒逝世後他悲傷得幾乎自毀，郗超英年早逝他悲痛欲絕，當得知兒子助桓溫篡晉後立即轉悲為恨。與忠孝這一人生大是大非相比，慳吝小氣只算是枝節性的小毛病。從傳統道德觀念來看，郗愔在原則是非上可敬，在一些細枝末節上可惡。

郗超散盡父親畢生的積蓄，在金錢上可謂慷慨大方；生前為父親謀劃免禍之策，還預謀身死之後止父哀痛之方，對父親可謂極盡孝敬；交遊士林而能鶴立雞群，識人論人眼光銳利，政壇上縱橫捭闔遊刃有餘，書法同樣也能獨立成家，作為名士可謂才智卓越。但他是桓溫「廢帝以立威」的策劃者，是桓溫篡晉最關鍵的謀士。郗超在「忠」上大節有虧，所以前面這些優點反而成了缺點。房玄齡在《晉書》本傳中評他們父子說：「愔克負荷，超慚雅正。」這是說國有危難郗愔可承擔重任，而郗超為人卻有失「雅正」。明人馮夢龍《智囊．明智部》的觀點更有代表性：「人臣之義，則寧為愔之愚，勿為超之智。」清人秦篤輝在《平書》說得更加刻薄：「郗愔性吝而忠，郗超好施而奸，故君子不以一節論人。愔以多藏為利者也，超以賣國為利者也，多藏之利小，賣國之利大，如超者所謂小人喻於利。」郗愔的慳吝不過「以多藏為利」，而郗超的慷慨則是「以賣國為利」，比起賣國來說再如何聚斂也是「小利」，所以郗超才真正是「喻於利」的小人。

朋友，你是敬重郗愔呢？還是欣賞郗超？

第二十二章　奢侈

本章幾位主人公全是西晉名士，主題則是描寫他們的驕縱奢侈。晉王朝結束了三國的分裂割據，可並沒有呈現出威加海內的盛世氣象，統治者既沒有什麼遠略宏圖，士人也沒有任何理想抱負。這個時代沒有激情也沒有衝動，此時的士人沒有大喜也沒有大悲。

司馬氏集團統一了全國不久，就琢磨著要如何「統一思想」，他們口口聲聲說弘揚「名教」，目的是想把社會輿論從眾聲喧嘩變為一人獨唱。可是，名教的倫理規範強調「忠孝」，而司馬氏祖孫欺君篡位本身就是對名教的嘲弄。他們沒有臉要求士人對自己盡「忠」，於是就宣稱要以「孝」治天下。儘管司馬炎完全取得了政權，事實上已經統轄了四境，嵇康被殺後向秀到洛陽就範，吳亡後陸機兄弟入洛稱臣，開國初他還不斷顯示「仁恕」，可國家始終缺乏道德正氣，全社會沒有昂揚向上的活力。

君無所謂仁義，政無所謂準的，士無所謂操行。

儒家倫理規範無法約束人心，君臣上下又沒有什麼社會理想，苟且、貪婪和奢侈之風馬上就填補了精神的真空。司馬炎是賣官鬻爵的老手，更是驕奢淫逸的行家，大臣們當然會跟著有樣學樣，紛紛以玉食錦衣相誇，以奢侈豪華為榮。《晉書》載，名教之士何曾「廚膳滋味過於王者」，其子何劭更是「食必盡四方珍異」，石崇與王愷鬥富人所共知，王武子以人乳餵豬更令人髮指。西晉很快就在這種醉生夢死中滅亡。

要想對「魏晉風度」有全面深刻的體認，就不能只看到魏晉名士的風流瀟灑，他們的任誕放達，而有意無意地忽視他們的貪婪奢侈，他們的放縱浮華……

◆ ◆ ◆

交斬美人

石崇每要客燕集，常令美人行酒。客飲酒不盡者，使黃門交斬美人。王丞相與大將軍嘗共詣崇。丞相素不能飲，輒自勉強，至於沉醉。每至大將軍，固不飲，以觀其變。已斬三人，顏色如故，尚不肯飲。丞相讓之，大將軍曰：「自殺伊家人，何預卿事！」

——《世說新語．汰侈》

在西晉上流社會，私人宴會十分常見，讓「美人行酒」也很常見，但如此奢侈冷酷則比較罕見。石崇是晉朝開國元勳石苞的幼子，這小子力氣大膽子更大，有才氣更有野心。石苞臨終前把財物分給幾個兒子，獨不分財給小兒子石崇，石崇母親為此埋怨丈夫，石苞說別看他在兄弟中年齡最小，將來兄弟中要數他的錢財最多。果不其然，石崇後來不僅在兄弟中最富，而且還成了晉朝的首富。西晉的時候沒有現在的國有企業，也還不懂什麼叫「中外合資」，更沒有證券期貨市場，土地又沒有收歸國有，所以後門、壟斷、賣地、批條和內線交易，那時候統統都無處可使，西晉官僚和官二代聚斂的手法只有兩種——貪和搶。那時候無官不貪，貪污是相對安全的斂財途徑，大多數官員通常都選用這種方法致富，而搶雖然發財快可風險也高。石崇是足智多謀的冒險之徒，他的斂財手法是雙管齊下——既貪又搶，所以他比同僚們的財富成倍翻番。史書上說在荊州刺史任上的時候，他經常搶劫來往的商旅，估計在其他任上他同樣做這種「兼職」。當然，幹這種「兼職」的不只石崇一人，僅從《世說新語》記載看，魏晉之際戴淵曾以搶劫為職業（見《世說新語·自新》），祖逖也曾以搶劫為副業。祖逖搶劫事記在《世說新語·任誕》中，在當時士大夫眼中，像祖逖這樣的名士搶劫，只是「放誕」而非「犯罪」，祖逖本人以搶劫自誇，他人也不以搶劫為恥。當然，戴淵後來改過自新，祖逖僅只偶一為之，都沒有像石崇那樣「持之以恆」，所以也都沒有像石崇那樣暴富。

石崇與王戎相似又相反，相似之處是他們都喜歡走極端，相反之處是他們正好處在奢侈與吝嗇的兩端。《世說新語·儉嗇》九則小品王戎獨佔四則，《世說新語·汰侈》十二則小品石崇獨佔七則。假如王戎的小氣讓你搖頭，石崇的奢華定要叫你咋舌。石崇追求暴富，而且喜歡炫富。王戎連自己也害怕自己吃好了，石崇卻要使世人都知道他吃得多麼好。王戎的樂趣是回家後與夫人一起數錢，石崇的樂子是與人豪飲鬥富，因此，石崇家裡從來是「座上客常滿，樽中酒不空」（《三國志》孔融語）。這篇小品就是寫他家宴上的飲酒與勸酒——

石崇每次請客都要大擺宴會，每次宴會都要叫美人勸酒，客人要是沒有將杯中酒飲盡，就表明美人勸酒未盡責任，馬上命令家中侍者把她們牽出殺頭，不少美人因此而喪命。一次，丞相王導與大將軍王敦一起去拜訪石崇，丞相向來不善飲酒，但他擔心美人因自己喪命，就勉強自己把杯中酒喝乾，一杯接一杯喝到大醉。每次輪到大將軍飲酒時，他卻故意堅持滴酒不沾以觀察事態發展，接連斬了三個勸酒美人，王敦仍然面不改色，照樣還是堅持不飲。丞相王導見此責備王敦，王敦卻無所謂地說道：「石崇殺他自家人，干你何事？」

過去人們一直將《世說新語》視為小品集，魯迅把它作為六朝志人小說的代表作。從文體形式上看，它的確更近於小品文，從其著墨於寫人來看，也可以說它是一本微型小說集。明人胡應麟認為作者通過語言，將「晉人面目氣韻」刻畫得「恍忽生動」（《九流緒論》）。魯迅先生更稱它「記言則玄遠冷雋，記行則高簡瑰奇」（《中國小說史略》）。此文真正出場的主角是王導和王敦，石崇家宴及美人勸酒，只是他們二人活動對話的原因與背景，石崇本人則通過「背面敷粉」的方法間接描寫。像石崇這樣大官兼大款的豪門，宴席有美人勸酒並不稀奇，就像吃飯有佐料一樣，而以客人「飲酒不盡」便「交斬美人」的方法，來強行要挾客人喝酒則極不尋常。這遠遠不是生活的奢華，而是他為人的暴烈兇殘。比石崇更兇殘的當數王敦，石崇以殺美人要挾客人飲酒固然殘酷，可這種殘酷的勸酒法，只對有惻隱憐憫之心的人才管用，如王導就寧可把自己灌醉，也不忍心看著美人喪命，可對像王敦這樣豺狼本性的人則有反作用——刺激了他嗜殺的動物本能。明明知道自己不飲酒的結果，他偏偏「固不飲以觀其變」，看石崇到底能不能狠心殺掉美人。如果說第一次「固不飲」，是出於好奇想一看究竟，那麼當主人連「斬三人」以後，他還是「尚不肯飲」，而且臉上居然「顏色如故」，那就比野獸還要冷酷殘忍。他看著別人殺掉美人，就像觀看屠宰場殺動物一樣，引不起他半點悲傷同情。當聽到王導責備後，他還振振有詞地說：「自殺伊家人，何預卿事！」在這些權貴世胄眼中，平民都是奴才和動物，只配供他們役使、作樂、殺戮，殺死美人與殺雞殺猴別無二致。

作者重點寫王敦的殘忍，處處以王導的仁厚來作反襯：因害怕勸酒美人喪命，王導「素不能飲」卻飲至「沉醉」；想看看主人殺自家美人，王敦善飲卻「固不飲」。人們常用「見死不救」來形容冷漠自私，王敦借刀殺人則比親自殺人還要狠毒。

對於此事的真假人們各執一詞。首先劉孝標注引《王丞相德音記》說，王導和王敦在王愷家聽樂，吹笛人一時忘記了曲調，王愷便命內侍當場把樂伎打殺，當場一座改容，只王敦神色不變。這是王愷殺吹笛樂伎，而不是石崇殺勸酒美人。《晉書．王敦傳》將殺吹笛樂伎和勸酒美人都歸之王愷。石崇在荊州刺史任上殺人越貨是家常便飯，他與王愷鬥富時曾斬殺向對手通風報信的都督和車夫，石崇和王愷同樣奢侈殘暴，他們兩人做出這種事情都不讓人意外。王敦在兇殘上比石、王有過之而無不及，挑逗並「觀賞」殺人的主角都是王敦更情在理中。我覺得他們三人親手殺人、誘使殺人和「觀賞」殺人，即使不符合歷史的真實，也符合他們各自為人的真實——殺奴婢這種事情，他們都做得出來。

鬥富

石崇與王愷爭豪，並窮綺麗以飾輿服。武帝，愷之甥也，每助愷。嘗以一珊瑚樹高二尺許賜愷，枝柯扶疏，世罕其比。愷以示崇；崇視訖，以鐵如意擊之，應手而碎。愷既惋惜，又以為疾己之寶，聲色甚厲。崇曰：「不足恨，今還卿。」乃命左右悉取珊瑚樹，有三尺、四尺，條幹絕世，光彩溢目者六、七枚，如愷許比甚眾。愷惘然自失。

——《世說新語．汰侈》

石崇與王愷是一對生死冤家，前者是開國元勳之後，後者是當朝皇帝之舅，一個出身奇好，一個背景極硬。傻子也能想像他們是何等富有，可就像一山難容二虎一樣，他們都想分出誰是當代首富，所以這兩個寶貝常在一起鬥富。

這篇小品就是其中一次鬥富場面。

朋友，先不看上面的小品，你能猜出誰將是這場鬥富的贏家嗎？估計許多讀者會和我當初的判斷一樣，更傾向於王愷會取勝——鬥富誰還鬥得過當朝國舅呢？

這場鬥富的結果卻讓觀眾大跌眼鏡——

僅從《世說新語．汰侈》的記載來看，石崇與王愷的三次鬥富中，王愷前二次與石崇勉強打了平手，最後一次石崇完勝王愷。

第一次是比兩家飲食和裝潢的奢華。「王君夫以飴糒澳釜，石季倫用蠟燭作炊。君夫作紫絲布步障碧綾裹四十里，石崇作錦步障五十里以敵之。石以椒為泥，王以赤石脂泥壁。」文中「君夫」是王愷的字，「季倫」是石崇的字。王愷用飴糖拌乾飯來擦鍋，石崇則用蠟燭當柴火做飯。王愷以紫色絲綢為面，以綠色薄綾襯裡，做成長達四十里的步障；石崇便用錦緞做成長達五十里的步障來和他爭高下。石崇用花椒和泥來塗牆壁，王君夫便用赤石脂來刷牆。可見，石崇與王愷兩人處處較勁，對於王、石的資財來說，炊飲、步障、塗牆這三樣都屬小兒科，所以這次難分勝負。

第二次是比賽兩家煮豆粥和駕牛車的速度。「石崇為客作豆粥，咄嗟便辦。恆冬天得韭萍虀。又牛形狀氣力不勝王愷牛，而與愷出遊，極晚發，爭入洛城，崇牛數十步後，迅若飛禽，愷牛絕走不能及。每以此三事為扼腕。乃密貨崇帳下都督及御車人，問所以。都督曰：『豆至難煮，唯豫作熟末，客至，作白粥以投之。韭萍虀是搗韭根，雜以麥苗爾。』復問馭人牛所以駛。馭人云：『牛本不遲，由將車人不及制之爾。急時聽偏轅，則駛矣。』愷悉從之，遂爭長。石崇後聞，皆殺告者。」韭萍虀是用韭菜和萍搗碎後醃製的調味鹹菜。古代沒有今天這種高壓鍋，煮豆粥要花很長時間，可石崇煮豆粥頃刻便好。那時更沒有現在的反季節蔬菜，可石崇冬天還有細碎的韭萍調味鹹菜。石崇家的牛從形體到氣力看上去都比不上王愷家的，而他們一起出去遊玩時，數十步之後石崇的牛就像飛禽一樣，把王愷的牛遠遠甩在後面。這三樣可不是錢所能辦成的，王愷一直感到納悶和憋氣，於是便暗暗收買石崇家的總管和車夫，總管和車夫全都出賣了東家的秘密。王愷照著石崇的法子做，竟然還能後來居上，狠狠地出了一口惡氣。石崇得知個中原委後，把洩密的人全都殺了。石崇先以機巧逞能，後來王愷又以謀略爭勝。這次所爭屬「雕蟲小技」，各人的財富倒還在其次。

第三次才是真正的財富較量。話說石崇與王愷比闊鬥富，他們都用盡華麗的東西來裝飾車馬章服。晉武帝司馬炎是王愷外甥，常常明裡暗裡幫助王愷，曾把一株二尺來高的珊瑚樹賞賜給王愷，這棵珊瑚樹枝條繁茂，世上很少有和它相比的。王愷得意地給石崇看，哪知石崇看過後拿鐵如意把它砸得粉碎。王愷不僅深為惋惜，還認為這是石崇嫉妒自己的寶貝，言語之間辭色都很難看。石崇一臉無所謂的樣子：「不值得遺憾，我現在就還給你。」於是，命令身邊的人把珊瑚樹都拿出來，有六、七株都高三、四尺，枝桿繁茂光彩奪目為世所罕見，像王愷那樣的珊瑚就更多了。王愷一下看傻了眼，露出悵惘若失的神情。從這篇小品，我們可以看到石崇是如何富有，也可以見識石崇是如何張狂。珊瑚樹那時是價值連城的稀世珍寶，皇帝賜給王愷的珊瑚樹高達二尺，更是「世罕其比」。而石崇家的珊瑚樹竟然高過三、四尺，相比之下，王愷那樣的珊瑚樹不值一談，石崇真個「富可敵國」，難怪王愷「惘然自失」了。膽敢把皇帝的御賜擊碎，石崇真個是狗膽包天！

從這篇小品，我們還可以看到當時奢靡的士風，以及皇帝對奢靡之風的推波助瀾。舅舅與石崇鬥富，晉武帝不僅沒有制止，反而時常出面力挺舅子，石崇這才敢打碎皇帝的御賜——君既不君，臣也不臣。

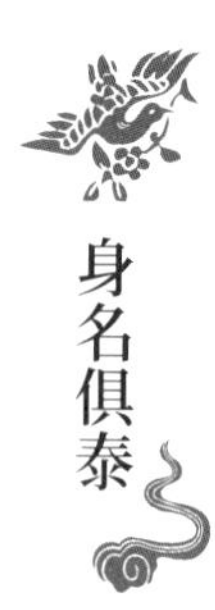

身名俱泰

石崇每與王敦入學戲，見顏、原象而歎曰：「若與同升孔堂，去人何必有間！」王曰：「不知餘人云何，子貢去卿差近。」石正色云：「士當令身名俱泰，何至以甕牖語人！」

——《世說新語．汰侈》

該文雖然收在《世說新語．汰侈》章，但它並不是寫驕縱奢侈，而是寫兩位主人公的價值取向和人生理想。不管是正史還是稗史中，石崇和王敦基本上都是「反面形象」，他們的人生理想自然不會崇高，價值取向肯定也很卑下——

有一天，石崇和王敦一同去學校遊覽，他看見學校裡顏回和原憲的塑像便感歎道：「要是和他們一塊做孔夫子的學生，和這些人相比又會差到哪裡去？」聽石崇這麼說，王敦有點反感：「不知其他人如何，子貢倒是和你老兄比較相近。」石崇神色嚴肅地說：「讀書人本應當身享大富大貴，又有社會盛譽美名，何至於抬舉顏回和原憲這些窮困潦倒的人呢？誰願意過以破甕做窗戶的窮日子？」「身名俱泰」就是我們常說的「名利雙收」，也是人們十分鄙薄的「既要名又要利」。

這裡還得介紹一下顏回和原憲。他們兩人都是孔子的得意門生，也是後世「安貧樂道」的典範。《論語．雍也》中孔子稱讚顏回說：「賢哉，回也！一簞食，一瓢飲，在陋巷，人不堪其憂，回也不改其樂。賢哉，回也！」住在簡陋的破巷子裡，一筒冷飯，一瓢冷水，就是一天的全部飲食，別人肯定不堪其憂，而顏回卻不改其樂，難怪孔子兩次深情地讚歎：「賢哉，回也！」《莊子．讓王》載，孔子看到顏回一貧如洗，有一次試探地對顏回說：「顏回呀，窮成這個樣子，幹嘛不出去當官呢？」顏回回答說：「城郭外有田五十畝足以我喝稀飯，城郭內有田十畝足以我織麻穿衣，彈琴足以我消遣，老師所教的道理足以我自得其樂。學生不願出來當官。」原憲同樣也安於貧賤，「家徒四壁」用來形容他家再貼切不過了。由於房子年久失修，苫房頂上的草全都腐爛，裡面長出了雜草，門也是用蓬草編紮成的，門軸是用桑木條釘成的，兩間房的窗戶是用破甕做成的，甕口用破粗布糊起來遮風擋雨。這種房子外面下雨他家裡也下雨，外面出太陽他家裡就出太陽，可原憲卻像沒事似的，照樣正襟端坐彈琴唱歌。一天，子貢乘著大馬車穿著大衣來看他，原憲家的小巷子容不下子貢豪華的馬車，子貢不得不步行來見原憲。戴著破帽子，穿著破草鞋，拄著舊拐杖，原憲出來迎接老同學。子貢一見原憲這副模樣，大吃一驚地問他說：「老兄得了什麼病呵？」原憲回答說：「沒錢財那叫『貧』，知『道』卻不施行才叫『病』——我是『貧』，不是『病』。」子貢聽後滿面羞紅。

石崇見到顏回和原憲塑像，剛開始想在王敦面前假裝清高，宣稱自己要是有幸成為孔子的學生，也能像顏回、原憲那樣安貧樂道。沒料到王敦絲毫不給他面子，說他即使成了孔子學生，與顏回和原憲也是兩路人，只會與子貢比較相近。既然偽裝也掩蓋不住馬腳，石崇便乾脆扔掉所有遮羞布：聰明的讀書人本應該追名逐利，男人成功的標誌就是「身名俱泰」，何苦要向顏回和原憲這種窮光蛋看齊？可見，石崇前面說的全是假話，問題不是他能不能成為顏回和原憲，而是他根本就不想成為顏回和原憲。

「身名俱泰」這一價值取向本身並沒有錯，名與利並沒有「原罪」，求名求利更不低俗，孔子不也說過「富而可求也，雖執鞭之士吾亦為之」嗎？關鍵是如何求得名利富貴，我們還是來聽聽孔子是如何說的：「富與貴人之所欲也，不以其道得之不處也。貧與賤人之所惡也，不以其道得之不去也。」

王敦把石崇看成子貢的同類，實在太抬舉石崇了。石崇做不了顏回和原憲，同樣也做不成子貢。做不了顏回和原憲是他不「想」，做不成子貢是他不「能」。在孔子的弟子中，子貢像顏回和原憲一樣有德，像子由一樣勇敢，像曾點一樣灑脫，像冉有一樣多才，像宰予一樣善辯，像曾參一樣忠誠，但沒有一個弟子像子貢那樣足智多謀。《史記．仲尼弟子列傳》中對子貢著墨最多，在同門中所占篇幅最長，這是由於他的功業、智慧和影響，在同門中無人可及。他是能言善辯的卓越外交家，多次出使不辱使命；是遠見卓識的政治家，在魯、衛兩次為相都政治修明；同時他還是商業鉅子，《史記》和《論衡》都說子貢能準確地預判市場行情，致使他的家產「富比陶朱」，出行總是「結駟連騎」，「國君無不分庭與之抗禮」，越王勾踐甚至「除道郊迎」。石崇無論哪個方面都不能望子貢的項背，政治、外交就不用說了，就是財富也無法與子貢相比。雖然他們兩人都富可敵國，但石崇的財富來於搶劫和貪污，滅吳之役中吳國大量財產入於他家私庫，而子貢的財富來自於他合法的商業經營。其次，他們在如何支配財富上大異其趣，子貢用自己的財富來贊助老師遊學，用來贖出被役為奴的魯人，用來實現自己的政治理想，而石崇卻以非法所得，專供自己揮霍奢侈，專門用來與人鬥富使氣。至於個人的道德品行，石崇與子貢更有天壤之別：搶劫、貪婪、驕縱、奢華和荒淫，這些加起來便是石崇一生的全部「業績」，而子貢發揚老師的事業，維護老師的聲譽，當有人稱讚子貢勝過孔子時，子貢馬上站出來說：「譬之宮牆，賜（子貢）之牆也及肩，窺見室家之好。夫子（孔子）之牆數仞，不得其門而入，不見宗廟之美，百官之富。得其門者或寡矣。」

公開鄙視後世尊為「先師」、「復聖」的顏回，把「身名俱泰」當作人生的最高理想，這是西晉才特有的精神現象。此時儒家價值大廈已經崩塌，正始名士早就聲稱「非湯武而薄周孔」，司馬氏集團雖然提倡「名教」，可他們的種種醜行又踐踏了名教本身。司馬氏祖孫欺君篡位，更是對名教準則的嘲弄。儘管統治者用殺戮恐嚇壓制了反對派和批評者，用威逼利誘籠絡收買了許多士人；儘管司馬炎名正言順地取得了政權，並且事實上已經統轄了四境，開國後還不斷顯示「寬弘」、「仁恕」，可靠武力和陰謀登上皇位的統治者，不可能樹立起自己的道德形象。這時基本上不存在政治上的反對派，嵇康被殺後向秀到洛陽就範，吳亡後陸機兄弟入洛稱臣，幾乎所有士人都接受晉王朝這一已成的事實。但整個社會沒有昂揚向上的活力，朝野士人也缺乏剛直不阿的正氣，反而到處彌漫著苟且、貪婪和奢侈之風。禮法之士何曾生活之奢華令人瞠目結舌，石崇斂財鬥富更是人所共知，王戎、和嶠等人聚斂吝嗇近乎病態。士人生活上以玉食錦衣相誇，以奢侈豪華為榮，而在政治上毫無操守可言，立身處世以保家全身為準則，連史家也感歎朝臣「無忠蹇之操」（見《晉書．王衍傳》）。因此，石崇所謂「士當身名俱泰」道出了許多士人的心聲。

帝甚不平

武帝嘗降王武子家，武子供饌，並用琉璃器。婢子百餘人，皆綾羅絝襬，以手擎飲食。蒸豚肥美，異於常味。帝怪而問之，答曰：「以人乳飲豚。」帝甚不平，食未畢，便去。王、石所未知作。

——《世說新語·汰侈》

假如你還不明白什麼叫「窮奢極欲」，那就來讀讀這篇小品文，文中主人公的日常生活，就是這個成語最形象生動的演示。

文章寫的是一千多年的事情，要讀懂它就必須瞭解文中「武帝」和「武子」是什麼關係，還要瞭解絝和襬是些什麼衣服，所以話還得從頭說起。

晉武帝司馬炎有個寶貝女兒，從小就瞎了雙眼，她就是有名的常山公主。可能因為瞎眼後父親更加心疼，晉武帝對她格外寵愛，許諾要給她挑選天下無雙的駙馬爺。當時有個青年才俊名濟字武子，出生於太原晉陽王氏豪門，不只是風姿豪爽讓人青睞，才智卓絕更叫人傾倒，盤馬彎弓勇武過人，更加之他氣概雄邁一世，這種鶴立雞群的青年放在今天肯定是無數美女明星的夢中情人，在晉朝同樣也是無數父母的「夢中快婿」。皇帝當然事事都要獨佔，要為自己挑選天下美女，也要為女兒挑選天下俊男，王武子自然就成了理想的駙馬人選，而王武子本人也就無可挑選——不管喜不喜歡，都得尚常山公主。

眼睛不大可脾氣很大，雙目失明但把丈夫「盯」得很緊，這大概是常山公主的主要優點和特點。王武子的才華、風姿、勇力、氣概，沒給他帶來「桃花運」，卻給他招來了「喪門星」——公主只能吵架不能生育。他們是一對名副其實的怨偶，常常在一起吵得天翻地覆，王武子父親王渾一聽到吵架就跑來勸架。公公當然不是怕兒媳大哭大鬧，是擔心兒子的泰山大人大發雷霆。

一個又瞎又暴躁的女兒，嫁給一個又帥氣又有才氣的郎君，晉武帝哪裡放得下心呢？像許多愛兒愛女的父親一樣，晉武帝也常常去看看女兒，一來給自己的心肝寶貝送去父愛，二來給女兒打氣撐腰，三來給親家和女婿一點面子——如今一個土裡土氣的縣委書記，到本縣一個科長家裡打秋風，還讓科長一家人都感到出人頭地，皇帝大人臨幸大臣之家，那大臣一家豈不更要雞犬升天？

這就是文章開頭「武帝嘗降王武子家」的緣由。岳父司馬炎到女婿家，要是平民百姓就是再平常不過的「走親戚」，可皇帝到駙馬家屬於屈尊紆貴，所以說是「降」王武子家。皇帝降臨接待的規格自然最為隆重，駙馬王武子都用琉璃器皿盛美饌佳餚，一百個婢女都身穿綾羅衣褲，所有美食都由婢女雙手舉起。其中一道蒸乳豬肥嫩鮮美，與平常吃的味道大不相同。連皇帝也沒有嘗過這種美味，晉武帝問是如何做成的，駙馬王武子回答說：「這道菜的原料是用人乳餵養的小豬。」司馬炎聽說後憤憤不平，飯沒有吃完就匆匆離開了。即使國中豪富王愷和石崇也不知道這種做法。

這篇小品在寫法上突出特點是層層深入，如先寫所有美食都裝在琉璃器皿中，再寫所有菜盤都由婢女雙手托起，所有婢女都身著綾羅綢緞，而且婢女有一百多人。完全無須親臨其境，你就能想像出那種排場奢華的場面。日本現在還時興「人體盛」，就是一場宴席雇用一個美女，將壽司、生魚片、水果等食物放在美女身上，讓食客在滿足口腹之欲的同時，又能滿足自己的偷窺欲，把性刺激與食欲刺激搭配在一起。這種招徠食客的方法無論如何不敢恭維。再說，一個美女身上又能放多少道菜呢？一百多個身穿綾羅的婢女手托一百多道佳餚，國宴也難見到這麼「壯觀」的景象，「人體盛」與它相比真寒酸至極，不僅有豐儉之分，而且有雅俗之別。

讀者可能會好奇地問：家裡僅婢女就有一百多個，那男丁又會有多少呢？家宴需要一百多婢女來托菜，那又得多少人來做菜和上菜呢？這大概就是古人所謂「鐘鳴鼎食之家，富貴溫柔之地」吧？

舞臺上最後的那齣戲才是壓軸戲，同樣，王武子家宴最後那道菜才是招牌菜。最後上的菜是什麼呢？「蒸豚肥美。」皇宮和豪門什麼沒吃過，蒸乳豬又算什麼貴重名菜？一隻蒸乳豬又能「美」到那裡去呢？作者只輕描淡寫地說了句「異於常味」。至於哪裡「美」如何「異」，作者一直在給我們「賣關子」。連晉武帝也沒有嘗過這種味道，一聽說「是用人乳餵養的小豬」後，作者僅用四字描寫皇帝的反應：「帝甚不平。」

「帝甚不平」四字大有深意，學者把「不平」解釋成「十分憤慨」，不是無意誤解就是有意曲解。「憤慨」是指對壞人壞事的憤怒，認為這些人與事不仁不義，而此文中的「不平」雖然同為憤怒，但這種憤怒中隱含著嫉妒惱怒。此處「不平」的潛臺詞是：大臣奢侈的規格居然超過朕家，他家嘗過的味道寡人竟然未曾嘗過，形同僭越，豈有此理！晉武帝的自尊心受到了侮辱，所以飯沒有吃完就匆匆離席。司馬炎並不是覺得以人乳餵豬有什麼不對，而是惱火自己在駙馬面前像個鄉巴佬。手中握有最

高的權力，理所當然就應有最好的享受，權力既要獨佔，奢華哪能分享。在石崇與王愷鬥富的過程中，晉武帝一直明裡暗裡幫助國舅王愷——皇室哪能輸給大臣？「帝甚不平」也是同一心理作怪。晉朝的奢靡之風，始作俑者正是皇室。有什麼樣的君，就有什麼樣的臣。豬先喝人奶，人再吃豬肉！

王武子真讓我們開眼了，見識了什麼家族才算豪門，什麼場面才算奢華，什麼生活才叫醉生夢死。如此君臣，如此生活，西晉要是不滅亡，那誰還相信天理？

初版後記

拙著所用的方法是文本細讀，所用的體裁是隨筆小品。我希望它能兼顧專業人士和普通讀者，一方面想把文章寫得有點新意，另一方面也想讓文章有點情趣。全書共選一百二十多篇名文，約占原著的十分之一。我盡力以優美機智的語言，闡釋原文要旨，品鑑原文神韻。但願廣大讀者能嘗鼎一臠而口齒留香，以激起他們通讀《世說新語》原著的興趣和欲望。

二十多年前，我邀湯江浩教授合編了一本《世說新語選注》，這次拙著付梓之前，又請湯教授幫我審讀了全書，他還仔細地為我一一校對了《世說新語》原文；余祖坤博士幾次幫我審讀原稿，又幫我再次核對了引文。從字句推敲到標點符號，他們發現了很多我不曾注意的問題。因出版拙著讓他倆放下手頭的研究工作，請他們接受我深深的謝意和歉意！博士生劉卓、碩士生李芳、張娜娜、馮之、張夢贇、陳忙忙、左敏行，或幫我校對書稿，或幫我查找資料，校出了書中許多錯誤，節省了我不少時間。寫書雖自有其樂，出書卻不勝其煩，我把快樂留給自己，把麻煩帶給學生。前年我竟然還成了我們華中師大六、七千名研究生「心目中的好導師」，看來，不折騰研究生的導師就成不了「好導師」。

戴建業

二〇一五年十月

華師南門劍橋銘邸

慢讀·世說新語

那些放誕與深情的魏晉名士

作　　者　戴建業
裝幀設計　黃畇嘉
行銷企劃　黃羿潔
業務發行　王綬晨、邱紹溢、劉文雅
編輯企劃　劉文雅
資深主編　曾曉玲
特約總編輯　趙啟麟
發 行 人　蘇拾平
出　　版　啟動文化
Email：onbooks@andbooks.com.tw
發　　行　大雁出版基地
新北市新店區北新路三段 207-3 號 5 樓
電話：(02)8913-1005　傳真：(02)8913-1056
Email：andbooks@andbooks.com.tw
劃撥帳號：19983379
戶名：大雁文化事業股份有限公司

二版一刷　2024 年 4 月
定　　價　580 元
ISBN　978-986-493-175-0
EISBN　978-986-493-176-7 (EPUB)

※ 本書為改版書，原書名：
《慢讀·世說新語最風流：那些放誕與深情的魏晉名士》

國家圖書館出版品預行編目 (CIP) 資料

慢讀·世說新語：那些放誕與深情的魏晉名士 / 戴建業著. -- 二版. -- 新北市：啟動文化出版：大雁出版基地發行, 2024.04
面；　公分
ISBN 978-986-493-175-0(平裝)

1. 世說新語 2. 研究考訂

857.1351　　113002075

圖書許可發行核准字號：文化部部版臺陸字第 109005 號
出版說明：本書係由簡體版圖書《戴建業精讀世說新語》以正體字在臺灣重製發行，期能藉引進華文好書以饗臺灣讀者。